KB150662

이리의 그림자

FEEL PREMIUM EDITION

무연 장편 소설 一부

이리의 그림자

당신과 나의 시간

목차

序章
당신과 나의 시간

귀밑까지 오는 짧은 머리카락이 바람에 흔들린다. 땅의 울림을 느끼며 숨을 깊게 들이마셨다. 사막의 텁텁한 공기가 들어와 입 안을 쓰게 했다. 감고 있던 눈을 뜨자 작렬하는 태양과 그 아래서 치열한 전투가 벌어지고 있는 전쟁터가 한눈에 들어왔다.

고함과 비명이 한데 어우러지는 그곳을 무표정한 여자가 까마득한 절벽에서 내려다보고 있었다. 파리한 얼굴에 가는 체구가 부서질 듯 위태로웠다. 서 있는 것조차도 힘든지 한 줄기 땀이 여자의 얼굴을 타고 내렸다. 하지만 아래를 내려다보는 여자의 눈만큼은 또렷했다.

여자의 시선 끝, 회색 갑옷을 입은 젊은 장군이 적을 향해 폭풍처럼 검을 휘두르고 있었다.

극의 끝에서 솟아오르는 이분법적인 감정에 여자가 입을 굳게 다물었다.

그가 이곳에서 죽기를 바란다. 스스로 저지른 죄의 대가를 받아 무너지기를, 그리고 그 모습을 살아남은 자신이 볼 수 있기를…… 그의 마지막을 보며 오랜 시간 짊어지고 있던 마음의 짐을 내려놓을 수 있기를 원했다.

하지만…….

장군을 보고 있던 여자의 주먹에 힘이 들어갔다. 질끈 깨문 입술이 빨갛게 부어올랐다.

그와 함께하고 싶다. 지독한 악연 따위 다 외면해 버리고 저 사람의 곁에서 행복하게 살고 싶었다. 감히 꿈조차 꾸지 못했던 달콤한 미래를 같이 하기를 염원했다.

하지만 감당할 자신이 없다. 그와 함께하려면 자신이 가지고 있는 모든 것을 포기해야 했다. 그것은 지금까지의 삶을 부정하는 것과 같았다.

절대로 양립할 수 없는 감정이 치열하게 마음속에서 대립하였다.

장군을 보고 있던 여자가 몸을 숙여 바닥에 내려놓았던 커다란 활을 들어 올렸다.

상체만 한 활과 그에 버금가는 길이를 가진 화살.

천천히 화살을 시위에 걸었다. 그녀가 쓰기에는 무겁고 벅찼지만, 지금까지 짊어지고 있었던 삶의 무게에 비하면 가볍게 느껴졌다. 시위가 당겨지는 소리가 날카로웠다. 전쟁터에서 울려 퍼지는 소음과는 다르게 여자의 주변은 고요해졌다.

이제 시위를 놓고 쏘아 버리면 끝이었다. 화살은 단번에 그의 몸을 꿰뚫고 목숨을 앗아 갈 것이다. 생각은 모두 끝났다. 행동만 하면 되었다.

하지만 그럼에도 여자는 움직이지 않았다. 시위를 잡고 있는 몸은 미동도 없었지만, 눈은 흔들렸다.

'이번 전쟁이 끝나면 나와 함께 가자.'

그의 목소리가 흔들리고 있는 여자의 마음을 들쑤셨다. 눈을 가득 채우던 무언가가 조용히 뺨을 타고 내려왔다. 표적인 장군을 보는 여자의 눈이 부드럽게 변하였다. 굳어 있던 입가에 서글픈 미소가 걸렸다.

"나도 당신과 함께 가고 싶어."

결론이 난 건 아무것도 없다. 아니, 애초에 그녀가 할 수 있는 선택이 아니었다.

그렇기에 지금 이 순간, 치열하게 싸우고 있는 그를 향해 이렇게 할 수밖에 없었다.

흐트러진 시위를 다시 당겼다. 길게 숨을 들이마시고 내쉬었다.

사랑하는 당신.

"당신이 여기서 살아남는다면……."

잡고 있던 시위를 놓았다. 바람을 찢는 소리와 함께 거대한 활이 그에게로 날아갔다. 눈물로 얼룩진 얼굴의 여자가 날아가는 활을 보며 미소를 지었다.

여기서 당신이 살아남는다면…… 그때는 당신과 함께하리라.

一章
열여섯의 월

손님을 맞이하기 위해 만들어진 화려하고 넓은 방의 상석에서 중년의 남자가 긴장한 얼굴로 아래를 내려다봤다. 아래선 화려한 차림의 점쟁이가 심각한 표정으로 손에 들린 종이를 보고 있었다.

점쟁이가 뜸을 들이자 더는 못 참겠다는 듯 남자가 재촉하였다.

"이보게. 무언가 말을 해 보게. 우리 가문에도 그렇지만, 주단에도 중요한 혼담이란 말일세. 어떤가!"

남자의 재촉에 점쟁이가 고개를 돌려 다른 곳을 쳐다봤다.

방의 한편에 마련되어 있는 작은 공간, 그 안에 앉아 있는 사람의 모습을 가리려는 듯 청색 발이 길게 늘어져 있었다. 그리고 그곳에는 혼담의 주인공으로 추정되는 작은 인영이 다소곳하게 앉아 있다.

남자인지 여자인지 알 수 없는 이질적인 목소리의 점쟁이가 인영에게 물었다.

"부가주님 주변에 이리의 이름을 가진 이가 있는지요?"

점쟁이의 말에 상석의 남자가 놀란 듯 청색의 발로 시선을 돌렸다. 그리고 그와 동시에 낭랑한 목소리가 들려왔다.

"미안하지만 내 주변에 그런 이름을 가진 사람은 없소."

"무슨 일인가? 이리의 이름이라니. 도대체 궁합이 어찌 나왔기에! 도대체 혼약을 맺어도 된다는 말인가, 아니면 맺으면 안 된다는 말인가?"

남자의 외침에 점쟁이는 고개를 숙였다.

다섯 개의 제국과 십여 개의 중소국가로 이루어진 대륙. 그중 가장 넓은 영토를 가지고 있는 주단에선 두 개의 무인가문과 두 개의 문인가문이 막대한 권력을 누리고 있었다.

그리고 현재, 무가인 하우와 문가인 소가의 혼담이 오가는 중이었다.

사주단자가 오고 가고, 용하다는 점쟁이를 불러 궁합을 알아본 혼담은 하우가의 가주인 하우천과의 기대와는 다르게 나오고 있었다.

여자의 몸이었지만 사내들보다도 능력이 뛰어나고, 그에 버금가는 노력까지 하는 귀한 딸이었다. 맏아들이 사고로 행방을 알 수 없게 된 지금, 하우천을 도와 가문의 일까지 맡아서 하고 있는 금지옥엽이었다. 그렇기에 소가가 명문이라고 해도 궁합이 좋지 않다면 단번에 거절할 생각이었다.

"하우가의 부가주님과 소가의 도련님 궁합은 두말할 필요가 없습니다. 다만 도련님과 부가주님 사이에 이리의 그림자가 자꾸 보이고 있지요. 주변에 그런 이름을 가진 사람이 없다면 혼사를 서두르십시오. 그리되면 그림자는 저절로 사라질 것입니다."

완벽하게 마음에 드는 결과는 아니었지만, 어찌 되었든 궁합은 좋다는 말이었다. 하우천은 알았다는 소리와 함께 점쟁이에게 나가라 손짓했다.

그의 손짓에 점쟁이는 뒷걸음질로 문을 나왔다.

점쟁이의 모습에 지나가던 하인들의 눈가가 찌푸려졌다. 주단에서 점쟁이는 천대받는 존재, 필요할 때는 빨리 오라며 부르지만 원하는 것을 이루면 쫓겨나듯 나오는 것이 일상이었다.

땅에 떨어진 복채를 주워 든 그가 몸을 숙인 채, 가문 밖으로 서둘러 걸음을 옮겼다.

"이보게. 잠시 멈추시게."

작고 날씬한 체구로 보아 자신을 부른 사람은 방에 있던 부가주인 듯했다. 무슨 연유에서인지 귀족 여인들이 쓰는 너울조차 하지 않은 채 급하게 달려온 그녀가 길게 숨을 내쉬었다.

"미안하네. 하아, 힘들다."

귀족 앞에서 고개를 들고 서 있으면 목숨이 위험하기에 점쟁이는 황급히 고개를 숙였다.

"어인 일이신지요?"

성을 알 수 없는 기괴한 목소리에 부가주의 뒤에 있던 여시종이 흠칫 뒷걸음질 쳤다. 하지만 가장 격하게 반응을 보여야 할 그녀는 아무렇지 않은 듯했다. 그녀가 눈짓하자 여시종이 작은 보따리를 점쟁이에게 내밀었다.

"내 부족하지만 돌아갈 때 요기라도 하라고 마련하였네. 듣자 하니 걸어서 이 주일은 족히 걸리는 곳에서 왔다면서? 원래는 탈것이라도 마련해 주고자 했으나 그것까지는 허락을 받지 못했네. 대신 이야기를 해 놓았으니 필요한 게 있으면 편히 부탁하게."

겉치레가 아닌, 호의. 신을 받은 후, 처음으로 느끼는 호의에 점쟁이는 더욱 고개를 숙였다.

"저 같은 천것에게 이런 건 과합니다. 이러지 마십시오."

"내 혼담을 위해 온 것이 아닌가. 내 아직 어리나 고생해서 온 사람을 박대하라 배우진 않았네. 비록 가문 안의 여인이라 가법(家法)을 어기며 자네에게 호의를 베풀지는 못하나, 이런 작은 것 정도는 해 주고 싶네. 부디 받아 주게."

그리 말하며 보따리를 앞에 내밀었다. 그러자 아무 말도 못 하고 있던 점쟁이가 갑자기 고개를 들어 부가주를 쳐다봤다.

"어디 천것이 아가씨를 쳐다보는 거냐!"

점쟁이의 행동에 놀란 여시종이 소리치려는 것을 부가주가 저지하였다. 그리고는 조용히 그녀가 그와 시선을 맞추었다.

"달 아가씨."

성을 알 수 없던 목소리가 젊은 남자의 저음으로 바뀌자 부가주와 여시종의 눈이 크게 떠졌다. 하지만 둘이 놀란 건 남자의 목소리 때문만은 아니었다.

하우월.

하우천의 장녀이자 부가주의 직책을 맡고 있는 그녀의 진짜 이름이었다. 그리고 이 이름을 아는 사람들은 가족들과 가까운 하인뿐이었다. 가문 내의 소수 사람만 아는 것을 눈앞의 점쟁이는 단번에 알아냈다.

놀란 눈으로 쳐다보고 있는 부가주에게 점쟁이가 고개를 숙였다.

"달 아가씨께서는 본래의 이름과 함께 또 하나의 이름을 가지시게 될 것입니다. 그 이름이 아가씨를 지켜 줄 것이고, 또 본래의 이름으로 되돌아올 길을 열어 드릴 것입니다."

천기를 누설하는 일이 얼마나 위험한 일인지 점쟁이는 누구보다도 잘 알고 있었지만 근 십여 년 만에 받아 보는 순수한 호의였다. 그는 자신이 할 수 있는 방법으로 보답하고 싶었다.

그리하여 머지않은 미래, 눈앞에 아가씨와의 인연이 끝나질 않길 진심으로 빌었다.

"많은 이의 생명과 삶을 짊어지시게 될 것입니다. 늑대의 시작은 독이 될 수 있으나 그 끝은 또한 모르는 일이듯, 선택하셔야 할 때가 오신다면, 남쪽의 사막으로 오십시오. 세상에서 가장 안전하게 아가씨를 지켜 줄 것입니다."

불길한 소리를 했다며 여시종이 대문 밖에 왕소금을 뿌릴 동안 그녀는 말없이 점쟁이가 나간 문을 쳐다봤다.

둘의 인연은 먼 훗날에 다시 생길 일.

반년 후, 하우월과 소가 장남의 혼례가 시작되었다.

* * *

주단의 서쪽에 있는 하우는 풍부한 자원과 안정적인 자치로 다른 지역에 비해 살기 편안한 곳으로 유명했다.

새하얀 매화꽃과 연분홍의 벚꽃이 흐드러지게 핀 봄에 하우가의 장녀 하우월이 소가의 장남에게 시집을 가게 되었다.

하우에서는 처음 있는 혼례, 더군다나 하우천이 홀로 애지중지

키워 온 딸이었다. 몇 해 연이은 가뭄으로 식량을 아껴야 하는 상황이었지만 오늘만큼은 저장해 놓은 음식을 아낌없이 꺼내 놓았다.

혼례 준비로 분주한 사람들, 그 와중에 음식을 훔쳐 먹다 혼나는 어린 시종까지. 모처럼의 잔치에 사람들의 웃음이 끊이지 않았다.

무구에서 나오는 가죽과 철의 향 대신 곳곳에 준비한 꽃과 향나무의 향기가 하우가의 곳곳을 화사하게 바꾸었다. 바깥채가 소란스러운 만큼 신부가 있는 안채 또한 모처럼 활기를 띠었다.

상의는 몸에 딱 붙었으나 치마와 양 소매는 넓고 길게 늘여 있었다. 평생 복이 있으라는 의미의 붉은 비단으로 만든 혼례복에는 부부의 금실을 기원하는 원추리 꽃과 보리수나무가 은실로 수놓아져 있었다.

하얀 꽃을 말려 곱게 빻은 가루를 솜으로 얼굴에 얇게 펴 발랐다. 그 후, 홍화가루를 갠 물을 얇은 붓에 묻혀 입술에 곱게 바르고, 연분홍의 꽃가루를 양 뺨에 살짝 발라 생기를 불어넣었다.

소가에서 예물로 보낸 수정 비녀와 하우가에서 마련한 혼례 장식이 월의 올린 머리 곳곳에 꽂혀 맵시 있게 꾸며 주었다.

"아가씨, 눈을 떠 보세요."

화장을 위해 감고 있던 눈을 뜨자 완전히 변해 버린 자신의 모습에 월은 아무 말도 하지 못하였다. 대신 하우의 후계이자 월의 하나밖에 없는 동생인 하우천후가 월의 옆으로 쪼르르 달려왔다.

"누나, 하늘에서 내려온 선녀님 같아. 그렇지? 이수야."

"천후야! 하지 마! 무슨……."

"아니에요, 아가씨. 정말로 고와요."

"이수! 너까지 진짜! 이러지 마. 부끄러워."

얼굴까지 새빨개진 월이 둘에게 눈을 흘겼다. 그럼에도 둘은 연신 싱글벙글이었다. 천후를 낳고 바로 돌아가신 어머니 대신, 월은 자신을 치장하기보다는 집안을 관리하는 데 힘썼다. 그렇기에 오늘과 같은 치장은 처음으로 해 보는 것이었다.

"누나."

월의 무릎에 천후가 얼굴을 묻었다. 이제 여덟 살밖에 안 된 어린 동생이었다. 월은 혼례복의 소매 속에 감추고 있던 손을 꺼내 조심스레 천후의 머리를 매만졌다.

"철이 바뀔 때마다 누나가 좋아하는 과일을 들고 꼭 갈 거야."

울음을 꾹 참은 채 또박또박 말하는 천후를 향해 월이 고개를 끄덕였다. 무언가 위로를 해 주면 좋으련만…… 왠지 입을 열면 아무 말도 못 하고 울어 버릴 거 같아 월이 입술을 꼭 깨물었다.

"솔직히 누나가 혼인을 하지 않았으면 좋겠어. 나랑 계속 같이 살면 안 되는 거야?"

은근슬쩍 나오는 말에 어린 천후의 진심이 담겨 있었다. 무릎에 얼굴을 묻고 있던 천후가 고개를 들었다. 두 눈 가득 그렁그렁 맺힌 눈물에 월의 표정이 흐려졌다.

말없이 천후의 눈물을 닦아 주던 그녀가 고개를 저었다.

"여름이 되면 그분께 말씀드려 다시 올게. 울지 마."

"도련님, 울지 마시고 이쪽으로 오세요. 아가씨께서 우시면 고운 화장이 다 지워져요."

"이수도 슬프잖아! 내가 모를 줄 알고!"

천후의 말에 월의 뒤에 있던 여시종의 표정이 일그러졌다. 순간 달라진 분위기에 월이 난감한 듯 뒤의 여시종, 아니 이수의 얼굴을

16

쳐다봤다.

그러고는 다시 천후를 향해 고개를 돌렸다.

"하우천후. 오늘은 누나에게 좋은 날이야. 난 이수도, 너도 모두 축하해 줬으면 좋겠어. 축하해 주고 기뻐해 줘. 이 누나가 떠나는 게 아니라 믿음직한 분을 우리 가족으로 모셔 오는 거로 생각해 주면 안 되겠니?"

월의 부탁에 천후는 눈가에 그렁그렁했던 눈물을 훔치고는 그녀의 목을 꼭 껴안았다.

"누나, 나 이만 나가 있을게."

도망치듯 나가 버리는 천후의 모습을 보고 있던 월이 검지로 눈 끝에 맺힌 눈물을 훔쳤다.

"이수도 울지 마. 솔직히 나도 무서워."

태어나고 자란 곳을 처음으로 떠나는 날이었다. 어린 동생을 위해 티를 내진 않았지만, 월은 미약하게 몸을 떨고 있었다.

월의 눈물로 지워진 화장을 고치며 이수가 입을 열었다.

"여름이 되고, 가을이 되면 봄도 금방 오겠지요. 지금은 따라갈 수 없지만 다음 봄에는 꼭 아가씨를 따라갈 거예요. 그때까지 건강하게……."

끝내 말을 잇지 못하고 이수가 고개를 돌렸다. 도박에 미친 아비의 손에 팔릴 뻔한 자신을 구해 준 게 월이었다. 일곱 살밖에 안 되었던 월은 자신 또래의 이수를 구하는 데 그날 받은 생일선물을 주저 없이 써 버렸다. 그때부터 둘은 주인과 시종 관계를 떠나 세상에서 가장 서로 믿고 의지하는 존재가 되었다.

구 년을 친자매와 같이 지냈지만 안타깝게도 이번 혼례에 이수는 따라가지 못하게 되었다. 내년에는 꼭 데리고 간다는 월의 약속이 아니었다면 이수는 하우천을 직접 보겠다며 소란을 피웠을 것이다.

"소가로 가시게 되면 검은 놓으시는 건가요?"

이수의 물음에 월이 고개를 옆으로 돌렸다. 그러자 벽 한쪽에 세워져 있는, 하우천이 열 살 때 선물해 준 소검이 보였다.

"아무래도 그래야겠지. 문가의 안주인이 될 여인이 검을 연습한다고 하면 곤란할 테니까."

검을 선물 받은 이후로 꾸준히 연습해 온 월이었다. 실전 경험만 없을 뿐, 검술은 어쭙잖은 무인보다야 낫다는 소리를 듣는 그녀였다.

하지만 그런 그녀의 노력과는 달리 이번에 가져가는 혼수품 중에 검은 없었다.

"아까워요. 꾸준히 익히셨던 건데……."

이수의 말에 월은 잠시 감았던 눈을 다시 떴다. 아쉽기는 그녀 또한 마찬가지였다. 하지만 이번 혼사가 하우가와 동생인 천후에게 얼마나 많은 도움이 되는 일인지 잘 알고 있었다.

그렇기에 그녀는 최소한의 미련도 갖지 않기 위해 노력했다.

그때 밖에서 혼사를 돕는 아낙의 목소리가 들려왔다.

"아가씨 준비는 다 되어 가오? 곧 신랑분이 오실 시간이네."

"다 되었어요."

대답한 이수가 빠르게 월의 모습을 살폈다. 만족스러운 결과에 고개를 끄덕인 이수가 월의 얼굴에 진홍색의 얇은 너울을 씌웠다.

이수가 씌워 주는 너울을 물끄러미 바라보고 있던 월이 길게 숨을 내쉬었다.

같은 시각, 하우가 밖에서 일어나는 일은 알지 못한 채 월은 그대로 자리에 앉아 있었다.

＊　　＊　　＊

하우가 보이는 산의 중턱. 그곳에 검은 말을 타고 있는 남자가 감고 있던 눈을 떴다. 시원하게 불어오는 바람에 표정이 풀어질 법도 하건만 하우를 보고 있는 남자의 눈은 깊고 어두웠다.

한창 혼례 준비로 수선스러운 하우를 보고 있는 남자의 뒤로 다른 말의 발굽 소리가 들려왔다. 곧 하얀 백마를 탄 또래의 남자가 다가와 내려섰다.

호리호리한 체격에 고급 재질의 비단옷을 입고 있는 훤칠한 남자였다. 그의 등장에 검은 말에 타고 있던 사내도 말에서 훌쩍 뛰어내렸다.

"비월, 아직도 황명이 안 왔는가?"

검은 말을 타고 있던 남자, 아니 비월이 옆에서 들려오는 소리에 고개를 돌렸다. 여심을 흔드는 미모의 남자를 보며 비월이 고개를 끄덕였다. 비월의 대답에 남자가 시선을 하우에게로 돌렸다. 그 모습을 보고 있던 비월이 굳은 표정으로 말했다.

"너한테는 미안하다. 청원."

"뭘? 아! 혼인을 말하는 것인가? 원하지 않았던 일이라 별 상관은 없네. 다만 신부에게는 미안하군. 어쩔 수 없는 일이지만."

말과는 다르게 청원의 표정은 전과 별반 다르지 않았다. 하지만 그를 보는 비월의 마음은 편하지 않았다. 굳이 오늘이 아니더라도

19

하우를 칠 날은 많았다.

그럼에도 청원이 먼저 비월에게 혼인날에 거사를 행하라 제안하였다. 자신 대신 비월의 군대가 급습을 한다면 하우를 순식간에 제압할 수 있을 것이라는 계획까지 알려 주었다. 그렇게는 못 한다며 비월은 거절했지만 청원은 냉정했다.

'어차피 멸문된 가문의 딸이라면 혼인이 무산되는 것이 나를 위해서도 나은 일일세.'

청원의 말이 틀린 것은 아니었기에 비월은 받아들였다. 하지만 마음 한구석이 여전히 찜찜했다. 다른 사람은 몰라도 청원은 그의 하나밖에 없는 벗이었다. 지옥과 같았던 유년 시절을 그와 함께 견디며 이겨 낼 수 있었다. 그렇기에 이번 일로 인해 청원이 난처해지진 않을까 싶어 신경이 쓰였다.

"이 일에 대한 보답은 반드시 하겠네."

비월의 말에 청원이 빙긋 미소를 지었다. 기지개를 쭉 켠 청원이 북적거리는 하우에 시선을 고정했다. 그림으로 본 것이 한 번, 그리고 스치듯 얼굴을 본 것이 전부였다. 하우월에 대해 아는 것은 없었지만, 짧게 본 것으로는 그녀 또한 다른 여인들과 별다를 바가 없었다.

이런 식으로 하우와의 인연을 자르고 싶지는 않았지만, 아직 아내라는 존재에 얽매여 가문에 묶이고 싶지 않았다.

대가문의 자식이라 정략결혼을 피할 수는 없겠지만, 아직은 아니었다. 그녀에게는 미안한 일이었지만 현재의 청원에 있어서 하우월이라는 인물은 인생의 장애물로밖에 보이지 않았다.

그렇기에 비월에게 자신 대신 가라며 문을 열어 주었다. 억지로 혼인을 하느니 그 편이 훨씬 더 바람직한 일이라 생각했다.

"대신 확실하게 정리하게. 이제 겨우 시작이지 않은가. 자네의 궁극적인 상대는 자네 아버지야. 알고 있지?"

청원의 말에 긴장하고 있던 비월이 작은 미소와 함께 고개를 끄덕였다. 한동안 가벼운 대화를 하는 둘의 뒤로 흑의로 몸을 가린 인영이 달려와 무릎을 꿇었다.

"황명이 내려졌습니다."

인영의 말에 비월이 숨을 들이마셨다. 비월의 옆에서 청원이 급하게 물었다.

"어떻게 나왔나?"

짧은 시간이었지만 비월에게는 천 년만큼이나 길게 느껴졌다.

"멸문입니다!"

들려오는 대답에 비월이 굳게 주먹을 쥐었다. 그의 곁에 있던 청원이 비월의 어깨를 두드렸다.

드디어 원하는 답을 얻었다. 오랜 시간을 준비해 온 일이 드디어 시작되었다.

팔 년 동안 품어 왔던 원한을, 그리고 아버지와 싸우기 위한, 힘을 키우기 위한 터전을 얻게 되었다.

비월이 옆에 있는 청원을 보았다.

"이만 가 봐야겠네. 자네는……."

"걱정하지 마라. 모든 일이 끝난 다음에나 내려갈 테니 마음 놓고 정리하게."

청원에게 미안한 감정이 있는 터라 그와 같이 가는 것이 부담되었었다. 의사를 먼저 파악하고 빠져 주는 청원이 고마워 비월은 고개를 숙였다.

"일이 끝나면 사람을 보내겠네. 그럼 이만."

말을 끝낸 비월은 병사들이 모여 있는 곳으로 빠르게 사라졌다. 잠시 후, 비월이 내려간 방향에서 병사들의 고함 소리가 들려왔다. 이윽고 말발굽 소리가 땅을 울리고 하우를 향해 진격해 들어가는 군대의 모습이 보였다.

하우의 문이 열리고 아수라장으로 변하자 청원이 시선을 다른 곳으로 돌렸다.

아무리 담담하게 비월에게 복수의 문을 열어 줬어도 그 모습을 보는 것은 힘든 일이었다.

청원은 스스로 한 선택을 후회하지는 않았다. 너울을 걷어 올리며 하우월이 지었던 미소가 머릿속에서 스쳐 지나갔다. 하지만 그뿐이었다. 월에게 미안했지만, 어차피 주단에서 가문의 운명은 남을 짓밟거나 짓밟히거나 둘 중 하나였다.

몸을 돌린 청원이 말에 올랐다. 가볍게 말의 배를 찬 청원이 천천히 산에서 내려가기 시작했다.

*　　　*　　　*

소가의 사람이라 생각하고 문을 연 순간 하우가 맞이한 건 흑의를 입은 무사들이었다.

잔치는 순식간에 피바다로 변하고, 예상치 못한 공격에 하우는 속수무책으로 당하기 시작했다.

"하우는 역천을 저질렀으니, 가주 천은 그 죄의 대가를 받아라."

밖에서 들려오는 비명과 고함에 하우천이 놀라 방 밖으로 뛰어나왔다. 그리고 앞에 서 있는 남자를 보는 순간, 뇌리에 스친 건 점쟁이가 한 말이었다.

이리의 그림자.

그게 눈앞의 존재라고는 전혀 생각지 못했다.

"팔 년…… 만이구나."

하우천을 보고 있던 남자가 허리에 차고 있던 검을 뽑았다. 팔 년을 기다려 온 원수가 눈앞에 있었다.

"황제 폐하의 명이오, 하우가주 천은 역천의 벌을 받으시오."

"폐하의 명이라면 마땅히 그래야 하는 게 신하의 도리지만, 나에게는 서가의 비월이 만든 명으로밖에 안 들리는구나."

그 말이 끝나자 하우천의 뒤로 나타난 병사들이 비월을 향해 검을 겨누었다. 비월을 보고 있던 하우천이 옆에서 대기하고 있던 무사에게 작게 말했다.

"안채로 가거라. 월과 천후를 대피시켜야 한다."

고개를 끄덕이며 그가 움직이자 하우천이 허리에 차고 있던 대검을 빼 들었다.

"하우를 닫게 할 생각으로 온 것이라면, 이 정도는 각오했겠지."

대검이 앞으로 향하고, 하우의 병사들이 비월을 향해 달려들었다. 동시에 비월의 뒤에 대기하고 있던 무사들 또한 그 병사들을 향해 검을 휘둘렀다.

땅을 울리는 고함과 함께 무기가 부딪치는 소리가 땅을 울렸다.

한편, 밖에서 들려오던 웃음소리가 비명으로 바뀌자 월이 자리에서 일어났다.

월이 몸을 일으키자 같이 일어난 이수가 말했다.

"무슨 소리일까요? 제가 확인을⋯⋯."

"이수! 이리 와!"

문을 열며 나가려는 이수의 팔을 월이 잡아당겼다.

쾨쾅.

꾕음과 함께 문이 단칼에 부서졌다. 연기와 함께 나타난 흑의의 남자가 둘을 보며 웃음을 터트렸다.

"찾았다. 킥킥. 보아하니 화려하게 꾸민 년이 하우천의 딸년이렷다?"

"이수 물러나!"

공포로 굳어 버린 이수를 자신의 뒤로 숨기며 월이 머리에 쓰고 있던 너울을 집어 던졌다. 언제나 하우천과 훈련을 해 왔지만 실전은 처음이었다. 혼례복 때문에 움직이기 힘들었지만 지금은 그런 걸 따질 때가 아니었다.

"킥킥. 네년 목 하나면 난 출세하는 거야."

음습하고 불쾌한 기운이 남자에게서 흘러나왔다. 흑의 밖으로 나오는 광기에 월의 몸이 떨렸다.

두려움을 최대한 참아 가며 월이 침착하게 남자를 노려봤다. 어린 여자라는 이유로 눈앞의 남자는 월을 얕보고 있었다. 그 점을 그녀는 노리기로 했다.

휙 소리와 함께 남자의 검이 월을 향해 휘둘러지자 월은 이수를 밀며 몸을 숙였다. 검에 잘린 옷소매가 남자의 시선을 가리자, 그 틈을 노린 월이 머리에 꽂아 놓았던 비녀를 뽑아 남자의 손목을 찔렀다.

"아아악."

비명과 함께 남자가 검을 떨어뜨리자 월이 힘껏 그것을 발로 찼다. 검이 굴러가는 것을 확인한 그녀가 몸을 빼려는 찰나, 남자의 거친 손이 흐트러진 머리채를 붙잡아 바닥에 내리찍었다.

쾅!

머리가 울렸다. 세상이 비틀리는 느낌에 월은 정신을 차릴 수가 없었다. 하지만 화가 난 남자의 행동은 여전히 무자비했다.

"이년이!"

격분한 남자는 월의 목을 움켜잡았다. 컥 소리와 함께 온몸을 휘감는 고통에 월의 몸이 꺾였다.

"이대로 목을 부러뜨려 주마."

있는 힘껏 목을 누르며 남자가 이를 갈았다. 월의 얼굴이 점점 빨개졌다. 옆에 보이는 검을 향해 손을 뻗었지만 있는 힘껏 밀어낸 터라 잡히지 않았다.

빨갛던 얼굴이 하얗게 변하자 남자가 비릿한 미소를 지었다. 월을 죽이는 데 남자의 온 신경이 집중되었다.

그때 남자의 뒤로 몰래 다가온 그림자가 있었다.

쾅!

자신의 존재를 잊고 있던 남자의 머리를 이수가 들고 있던 조각상으로 후려쳤다.

"아가씨!"

남자가 조각상에 맞고 쓰러지자, 월은 자신이 낼 수 있는 최대의 힘으로 그를 밀어냈다. 이수의 비명을 들으며 월은 모든 것을 망각했다.

단 한 번의 실전도 경험하지 못했다는 것을, 그렇기에 지금까지 그 누구에게 상처를 입힌 적이 없다는 것을, 마지막으로 사람을 죽여 본 적이 없다는 사실마저도…….

남자의 검은 크고 무거웠지만 목을 찌르기에는 부족함이 없었다.

"컥."

짧은 비명을 끝으로 남자는 더는 움직이지 않았다.

그제야 월은 자신이 처음으로 살인을 저질렀다는 것을 깨달았다. 월이 사시나무처럼 떨며 바닥에 주저앉자 이수가 다가와 그녀를 껴안았다.

"괜찮아요, 아가씨. 괜찮아요."

마치 자신에게 최면을 걸 듯 이수가 반복적으로 말했다. 하지만 몸을 떨고 있는 월의 시선은 시체 너머 방 밖을 향해 있었다.

부서진 문밖은 이미 지옥이었다. 쌓여 있는 시체 사이로 겁에 질린 아낙이 살려 달라며 비명을 질렀다. 그리고 아낙의 등을 흑의의 인영이 주저 없이 베었다.

쓰러지는 아낙의 피 사이로 이수와 월을 본 인영이 소리를 질렀다.

"여기다! 저기에 하우의 자식이 있다!"

하얗게 질린 이수가 연신 월의 이름을 불렀다. 반면 몸을 떨고 있던 월은 이수의 부름에 점점 진정이 되기 시작했다.

처음으로 저지른 살인에 무너질 때가 아니었다. 인영의 고함에 순식간에 다섯 명의 병사가 모여들었다.

우선은 이수를 지켜야 했다. 그리고 이곳에서 몸을 피해야 했다.

꼭 붙어 떨어지려 하지 않는 이수를 떼어 내며 월이 벽에 세워 놓았던 검을 뽑았다.

얼굴에 묻은 피를 닦으며 월이 자세를 잡았다. 불리한 상황이었지만 지금으로서는 이 방법뿐이었다.

"이수, 방 안에 마련되어 있는 곳 알지? 거기에 들어가 있어."

"안 돼요. 아가씨께서 들어가세요. 제가 어떻게든 유인을……."

"저들은 이미 날 봤어."

죽을 때 죽더라도 한 명이라도 더 데려가겠다. 그렇게 마음먹은 월은 잡고 있는 검에 힘을 주었다.

월을 향해 병사들이 빠르게 달려왔다. 마른침을 삼키며 월이 병사를 향해 검을 휘두르려 했다.

그 순간, 병사들과 월을 향해 날카로운 소리가 들려왔다. 바람을 찢는 소리와 함께 병사들의 몸에 단검이 날아들었다. 그러자 병사들의 몸이 하늘에 붕 떴다 땅에 곤두박질쳤다.

단검이 날아온 방향으로 월이 고개를 돌리자 검은 도복을 입은 중년 사내가 멀지 않은 곳에 서 있었다. 단단히 소검을 잡고 있던 월의 손에서 힘이 빠졌다.

챙!

바닥에 떨어진 소검에서 나는 소리가 심장이 바닥에 내려앉는 것 같이 무겁게 울렸다.

왈칵 월의 눈에서 눈물이 쏟아졌다.

"주영."

"아가씨, 어디 안 다치셨습니까?"

그는 하우천의 무사이자 월의 검 스승인 주영이었다. 주영이 한 달음에 달려와 묻자 월은 고개를 끄덕였다.

"난 괜찮소. 아버지는? 아버지는 괜찮으십니까?"

"지금 항전 중입니다. 피하셔야 합니다. 천후 도련님은 어디에 계십니까?"

"모르겠소. 조금 전에 나갔는데……."

"아가씨께서는 몸을 숨기십시오. 제가 찾아보겠습니다. 말을 준비해 놓았으니 그 길로 빠져나가십시오."

주영의 말에 월은 고개를 숙였다. 무엇을 생각하는지 한동안 말이 없던 그녀가 주영을 향해 고개를 저었다.

"아니요. 아버님을 봬야겠소. 천후를 부탁드립니다."

"아가씨!"

"이수는 여기 남아 내가 돌아올 때까지 몸을 숨겨."

평소에는 배운 대로 말과 행동을 최대한 아꼈지만, 하겠다는 마음을 먹는 순간 밀어붙이는 성격은 하우천과 똑같았다.

천후만을 데리고 빠져나갈 수는 없었다. 아버지를 이곳에 놔두고는 발걸음이 떨어지지 않았다. 어머니가 죽고, 오라버니가 실종된 후부터 하우천은 월의 유일한 버팀목이었다.

무슨 일이 있어도 함께 가야 했다.

안채로 들어가며 월은 입고 있던 혼례복을 벗어 던졌다.

"아가씨!"

이수와 주영이 비명을 질렀지만 그녀는 개의치 않았다. 거추장스러운 혼례복 대신 무복으로 갈아입은 월이 바닥에 떨어뜨린 소검을 들었다.

"이수, 숨어 있어. 아버지만 모시고 이쪽으로 올게."

"아가씨. 안 돼요. 위험해요"

"최대한 숨어서 다닐 거야. 천후가 가장 중요해. 천후 꼭 부탁할게."

주영을 먼저 보낸 월은 서둘러 하우천이 있는 곳을 향해 달려갔다. 이수는 두려움에 질린 표정으로 그녀가 떠나는 것을 보았다. 잠시 후, 떨리는 숨을 길게 들이쉰 이수는 몸을 숨기기 위해 걸음을 옮겼다.

툭.

이수의 발에 월이 벗어 놓은 혼례복이 걸렸다.

무슨 생각이었을까.

밖의 소란을 보고 있던 이수는 서둘러 혼례복을 챙겨 품에 안은 후, 병풍 뒤에 있는 작은 문을 밀었다.

문이 열리고, 그 안에 사람 한 명이 지나갈 정도의 작은 공간이 보이자 그녀가 안으로 들어갔다.

* * *

비월의 검이 하우천의 허벅지를 베었다.

벌써 여덟 번째, 단번에 목을 벨 수 있음에도 비월은 미소까지 보이며 하우천을 압박하고 있었다.

숨을 길게 내쉰 하우천이 주변을 둘러봤다.

아수라장이었던 주변은 비월의 병사들에 의해 깔끔하게 정리된

지 오래였다. 산더미처럼 쌓여 있는 시체들, 그 안에는 단순히 혼례를 도와주러 온 사람들도 있었다.

"무고한 사람들까지는 죽일 필요는 없지 않은가. 쿨럭!"

기침과 함께 하우천의 입가에 붉은 피가 흘러나왔다. 그 모습을 차갑게 보고 있던 비월이 무심히 주변을 둘러보았다.

"휘말린 건 어쩔 수 없소."

냉정한 비월의 말에 하우천이 어이없다는 듯 웃음을 터트렸다.

하우는 끝났다.

본가가 존재하지 않는 한, 분가는 같이 망하거나 새롭게 이곳을 지배할 다른 가문에 충성하는 게 기본이었다.

하지만 하우천은 속으로 미소를 지었다. 가문이 망하는 것은 많은 것을 잃는 것이었지만 전부를 잃어버리는 것은 아니었다.

월과 천후.

두 아이만 살아 있다면 희망은 있다. 아니 이미 사라져 버린 가문에는 미련이 없다.

하우천은 자신이 선택해야 할 순간이 왔다는 걸 느꼈다. 비월에게서 도망갈 수는 없다. 하지만 그를 잡아 놓아야 자신들의 두 아이가 살아남을 수 있었다.

결심이 끝난 하우천은 힘겹게 몸을 일으켰다. 노려보고 있는 비월과 시선을 맞추었다.

절대 끊어질 것으로 생각하지 않았던 친구와의 절교, 그의 아내. 그리고 비월.

비월이 태어났을 때 제일 먼저 축하해 주었던 사람이 바로 하우천이었다. 친구의 뒤를 이어 뛰어난 무인이 되라며 어렵게 구한 보검을 건네줬던 사람 또한 그였다.

그리고 지금, 그 검이 자신을 겨누고 있었다.

"믿지는 않겠지만 난 떳떳하네."

하우천의 말에 비월의 눈썹이 꿈틀했다. 뿜어져 나오는 비월의 살기에 하우천은 더욱더 시선을 맞추었다.

마지막이었다.

증명할 수는 없어도 말해야 했다.

"아무런 잘못이 없다고 할 수는 없지만, 그 일에 한해서 난 떳떳하네. 그때도 그렇고 지금도 그러하네."

비월의 눈에 서리는 분노를 하우천은 담담히 받아 냈다.

이미 마음의 준비는 끝났다. 자신의 목숨 하나로 모든 게 끝날 수 있다면 얼마든지 비월에게 목숨을 내어 줄 생각이었다.

하우천이 고개를 들어 하늘을 보았다. 딸을 시집보내기에도 좋은 날이었지만 죽기에도 그리 나쁜 날은 아니었다. 더군다나 자식을 살리기 위해 죽는 것이라면 몇 번이고 할 수 있었다. 가주이기 전에 하우천은 두 아이의 아버지였다.

결심한 하우천이 시선을 아래로 내렸다. 아래로 내려오던 시선은 어느 한 지점을 기점으로 멈추었다. 믿을 수 없다는 표정으로 뜨고 있던 눈을 감았다 다시 떴다.

그의 눈앞에 월이 서 있었다.

심장이 내려앉았다. 평온했던 몸이 빠르게 떨렸다.

왜 여기에 왔는가? 분명히 천후와 가문 밖으로 도망치라 했거늘 왜 저기에 있는가!

월이 점점 가까이 다가왔다. 침착한 성격답게 조심히 오고 있었지만 위험했다.

하우천은 온몸에 힘을 주었다. 자신의 반응에 비월이 돌아보기라도 한다면 낭패였다.

"지금 하신 그 말씀, 내 어머니 앞에서 한번 해 보시지요."

다행히 하우천의 변화를 눈치채지 못한 듯 비월이 검을 들어 올렸다. 그 모습에 월이 비명을 지르려 했다.

아무것도 들리지도, 보이지도 않았다.

딸을 살려야 한다. 자신은 죽어도 되지만 월만큼은 무슨 일이 있어도 살려야 했다.

찰나의 순간, 하우천은 자신이 할 수 있는 최선의 선택을 하였다.

"으아아악!"

기합성과 함께 들고 있던 검을 집어 던진 하우천이 비월의 팔을 잡았다. 몸에 난 상처가 벌어지면서 피가 뿜어져 나왔지만 그는 이를 악물고 비월을 밀어냈다.

돌발적인 행동에 비월은 힘으로 맞대응하였으나 먼저 움직인 하우천이 우위였다. 결국 비월의 몸이 무너졌다.

비월을 밀고 앞으로 나온 하우천이 월을 바라봤다. 생의 마지막으로 보는 딸의 모습을 하우천은 마음에 담고 또 담았다. 눈에서 왈칵 샘솟은 눈물이 얼굴을 타고 목으로 내려갔다.

세상에서 가장 아끼는 딸.

어미가 없어도 반듯하게 자라 그 누구보다도 자랑이었던 자신의 보물.

"도망쳐라! 최대한 멀리 그 누구보다도 안전한 곳으로 도망가라!"

하우천의 고함이 주변을 울렸다. 달려오던 월이 그 소리에 자리에서 멈추었다.

시선과 시선이 만났다. 월은 울었고 그는 웃었다.

'제발 도망가라. 월아……. 제발.'

내동댕이쳐진 비월이 놓쳤던 검을 다시 잡아 하우천에 달려들었다.

뒤에서 비월이 움직이는 소리가 들려왔지만 하우천은 그를 막는 대신 멈춰 있는 월을 바라보았다.

월을 향해 하우천이 있는 힘껏 소리를 질렀다.

"가문이라는 것은 살아 있기에 존재하는 것이다. 쓸데없는 걸로 목숨을 버리지 마라. 살아라! 나를 위한 최선은 살아…… 컥!"

심장을 뚫고 비월의 검이 모습을 드러냈다. 역류하는 피와 온몸을 지배하는 고통에 하우천이 피를 토했다.

"이제 그만 어머니께 사과하러 가시지요."

비월의 말이 끝나자 심장에 박혀 있던 검이 빠져나왔다. 상처에서 터져 나오는 피가 분수처럼 뿜어져 나왔다.

입을 가린 채 비명을 삼키고 있는 월을 보며 하우천이 미소를 지었다.

저 아이라면 안심이다. 지금과는 비교할 수 없을 정도로 힘들어지겠지만 영특한 아이니 잘 헤쳐 나갈 것이다. 하우의 이름을 받은 딸이 아닌가. 지금처럼 현명하게 살아남을 것이다.

다만…… 오랫동안 곁에서 월과 천후를 지켜보고 싶었다. 월이 낳는 아이를 보며 기뻐하고, 가주의 자리에 오르는 천후를 자랑스럽게 바라보았으면 했다. 아버지로서 둘의 앞날을 지켜 주고 싶었다.

움직이지 않는 손을 들어 허공을 저었다.

이대로 쓰러지면 비월이 월을 보게 된다. 죽는다는 공포보다도 월이 위험해질지도 모른다는 불안이 더 강했다.

하우천은 있는 힘껏 월에게 떠나라며 팔을 저었다. 제발 자신의 뜻을 알고 월이 도망가기를, 이 지옥에서 살아남기를 간절히 바랐다. 무너지는 가문은 아무것도 아니나 월은 그에게 세상 전부였다.

모르는 이에게는 그저 쓰러지기 직전에 허우적대는 걸로 보이겠지만, 현재 그가 할 수 있는 최선이었다.

'어서 가라.'

당장에라도 쓰러질 듯 온몸에서 피가 뿜어져 나왔지만 생의 마지막 힘으로 그는 버텨 냈다.

아직도 월은 자리에서 떠나지 않고 있었다. 피가 식어 가고 정신이 흐릿해졌지만 시선만큼은 똑바로 월에게로 향했다. 죽어서라도 기억에 남을 수 있도록 딸의 모습을 하나씩 세심하게 머릿속에 넣었다. 한없이 무거워지는 손을 움직여 월에게 떠나라는 손짓을 하였다.

아직 지켜 줘야 할 여리고 약한 딸인데 마지막까지 이런 못난 모습이나 보여 주고 있는 아비였다.

반드시 살아남기를……. 무능한 아비 따위 잊어버리고 견디어 내기를…….

자리에 굳어 있던 월은 그제야 그의 뜻을 알아채고는 고개를 숙였다. 조심스레 월이 모습을 감추자 비로소 안도한 하우천이 모든 것을 내려놓았다.

쿵 소리와 함께 하우천의 몸이 바닥에 떨어졌다.

그의 모습을 비월은 한동안 말없이 쳐다보았다. 생의 마지막, 도대체 무엇을 보았는지 하우천은 작게 미소까지 짓고 있었다.

그가 죽었어도 개운하지 않았다. 아니, 도리어 지독한 공허만이 느껴졌다.

살아 있는 비월은 그 어떤 만족도 느끼지 못했건만, 죽은 하우천은 만족한 듯 미소 짓고 있었다.

비월은 주저 없이 검을 들어 하우천의 목을 베었다. 그토록 원하던 복수를 이루어 냈음에도 변하지 않는 그의 표정에 주변 무사들이 몸을 떨었다.

"시신을 보관해라. 목은 모든 일이 정리된 후 성벽에 걸겠다. 나머지 식솔은?"

"알아보고 있습니다. 되도록 빨리 보고하겠습니다."

바로 옆에 있던 무사가 밖으로 뛰어가고, 하우천을 보고 있던 비월의 시선이 그를 따라 밖으로 향했을 때였다.

"음?"

비월의 눈이 좁아지자 무사 중 하나가 그에게 다가왔다.

"무슨 일이십니까?"

"봤나?"

비월의 말에 무사가 밖으로 시선을 돌렸다.

"무엇을 말씀하시는 것인지요?"

"아니다."

무사의 말에 비월은 고개를 저었다.

"내가 잘못 본 것이겠지. 정리해라."

"네!"

우렁찬 대답이 들리고 비월이 밖으로 나왔다.

짧은 순간이었지만 분명히 작은 인영이 움직이는 걸 보았다. 하우천이 죽었을 때 있었던 사람이라면 하우의 사람일 가능성이 높았다.

초조한 마음에 비월의 걸음이 점점 빨라지기 시작했다.

*　　　*　　　*

흐르는 눈물을 닦을 생각도 하지 못했다.

몸의 힘이 자꾸 빠진다. 눈물이 시야를 가려 앞이 보이지 않았지만 월은 걷고 또 걸었다.

머릿속에서 아버지의 마지막이 떠나지 않았다.

마음 같아서는 아버지를 찌르는 사내 앞을 막고 싶었다. 우리 가문이 무슨 죄를 저질렀기에 이런 일을 벌이는 거냐고 묻고 싶었다.

하지만 다리가 떨어지지 않았다. 무서워서 다가갈 수 없었다.

아버지는 자신을 살리기 위해 모든 것을 버렸지만, 자신은 아버지를 위해 아무것도 하지 못했다.

다리가 풀리고 몸이 무너졌다. 그늘 속에 몸을 가리고, 있는 힘껏 입을 막았다. 소리 없는 통곡이 칼이 되어 온몸을 찢고 갈랐다. 떠날 때까지 버티고 있던 아버지는 고통 속에서도 웃고 계셨다. 피가 끊임없이 흘러나오고 있어도 아버지는 어서 피하라며 힘겹게 손짓하였다.

"아아악."

참고 있던 비명이 터져 나왔다. 아파 오는 심장을 있는 힘껏 움켜쥐어도 나아지지 않았다.

자신은 그 어떤 것도 할 수 없었다. 무력한 현실에 월은 절규했다.

손톱이 빠질 정도로 땅을 긁어도 고통이 느껴지지 않았다. 무력했기에 아버지의 죽음을 막을 수도 없었고, 그 살인자가 아버지의 목을 베는 것을 보고 있을 수밖에 없었다.

아버지의 마지막이 다시 머릿속을 스쳐 간다.

자신이 몸을 완전히 숨길 때까지 아버지는 쓰러지지 않았다. 자신이 지켜 줄 테니 안심하고 도망가라는 듯 마지막까지 그의 시선은 자신에게서 떨어지지 않았다.

왜 이런 일이 일어나는 것인가? 도대체 하우가 무슨 잘못을 그렇게 했다는 것인가?

아무것도 모르는 채 현실은 자꾸 무너져 가고 있었다. 숨을 들이마시고 내쉬어도 아픈 심장이 나아지지 않았다. 눈에서 흘러내리는 것이 무엇인지 알 수 없었다. 이대로 주저앉아 밖에서 일어나는 상황에서 도망가고 싶었다.

하지만 그 순간, 월의 뇌리에 천후가 지나갔다.

살아남은 하우의 후계, 그리고 자신의 동생.

하우천이 살린 것은 월의 목숨만이 아니다. 천후도 들어갔다.

나락에서 허우적대던 감정을 이성이 끌어 올렸다. 엉망이 된 얼굴을 닦고 흐르던 눈물을 꾹 눌러 참았다. 아버지의 희생을 하찮은 것으로 만들 수 없다. 지금은 무너지기보다는 자신이 할 수 있는 최선의 일을 해야 한다. 아버지의 죽음을 애도하는 것은 천후를 완전히 구해 온 다음에 해도 늦지 않았다.

몸을 일으킨 월이 안채를 향해 달려갔다.

주영이 죽인 다섯 구의 시신에서 나는 비릿한 피 냄새가 안채에 가득했다. 땅에 흥건하게 고인 피를 밟아 가며 월이 안채를 향해 걸어갔다. 안채와 연결이 된 계단을 오르던 월은 후각을 자극하는 기름 냄새에 걸음을 멈추었다.

무언가 이상했다. 열려 있는 문 안으로 보이는 방의 풍경은 떠날 때와 달랐다. 가구와 천들이 엉망으로 부서지고, 찢겨 있었다.

가까이 다가가는 걸음이 무겁다. 아니라고 생각하면서도 혹시나 라는 불길함이 밑바닥에서부터 생겨났다. 방 안에 들어간 월이 천천히 주변을 둘러봤다.

"아……."

조금 전에 나갔던 방이었다. 아버지의 죽음을 목격한 지 채 얼마의 시간도 지나지 않아 이런 모습 따위 보고 싶지 않았다.

엉망이 된 안채 안에는 항아리 조각에 목이 찔린 시체가 한 구 더 있었다. 다른 시체와는 달리 찔린 시체는 반라의 상태였다. 그 옆, 엉망진창인 모습으로 혼례복을 입은 이수가 벽에 기댄 채 앉아 있었다.

흐트러져 있는 머리카락, 몸에 생긴 붉은 멍과 상처.

월이 숨을 삼키며 한 걸음, 한 걸음 다가갔다.

온몸이 떨린다. 각오하고 왔음에도 다시 한 번 온몸에 진한 불길함이 다가왔다.

꿈일 것이다. 지독하고 무서운 꿈. 일어나면 모든 것이 원래대로 되어 있을 것이다. 아직 깨어나지 못했을 뿐이었다. 눈을 뜨면 진짜 현실이 나타날 것이다.

월은 떠는 손으로 자신의 눈을 가렸다. 그리고 잠시 후, 긴 숨과 함께 손을 내렸다.

"아⋯⋯."

꿈이 아니었다. 이수의 복부에 커다란 검이 관통되어 있었다. 고개를 숙인 채 앉아 있는 이수가 흐르는 피와 함께 힘겹게 숨을 내쉬고 있었다.

"아아아악."

신이시여⋯⋯.

나한테 이러지 마세요.

도대체 무슨 잘못을 그렇게 했다고 내 모든 것을 가져가시려 하십니까!

"아⋯⋯가씨."

힘겹게 눈을 뜬 이수가 월을 불렀다. 평소였다면 그녀의 목소리에 단번에 달려갔겠지만 이상하게도 다리가 움직이지 않았다.

추스르고, 재촉하며 버텨 왔던 다리의 힘이 이수의 목소리에 완전히 빠져 버렸다.

이수에게 다가가는 대신 월은 그 자리에 주저앉았다. 참아 왔던 눈물이 다시 쏟아졌다.

온몸에 공포가 휘감았다.

돌아가신 아버지, 죽어 가는 이수.

"제발 와 주세요⋯⋯. 아니 와 줘."

마지막을 예감했기 때문이었을까? 평소에는 그렇게 해 보라고 해도 하지 않았던 반말을 이수는 하고 있었다. 그토록 듣고 싶었던 말임에도 전혀 기쁘지 않았다. 그녀의 변화가 무서웠다. 끝이 보이지 않는 어둠이 월의 귀한 사람들을 모조리 삼켜 버리고 있었다.

떨고 있는 월에게 이수가 다시 와 달라고 말하였다. 연이은 이수의 말에 월이 무릎을 꿇은 채로 그녀에게 기어갔다.

떨리는 월의 손이 이수의 복부에 관통된 검 주변을 맴돌았다. 부들부들 떨리는 입에서 숨을 삼키는 소리가 간헐적으로 났다. 지금의 상황을 부정하는 빛이 월의 눈 안에 가득했다.

"같이, 같이 가야지. 함께 가기로 했잖아. 이수야."

힘겹게 하는 월의 말에 이수가 미소를 지었다.

"나도…… 가고 싶었어."

이수의 말에 월은 결국 울음을 터트렸다.

아무것도 할 수 있는 일이 없다.

따뜻한 봄날인데도 월은 지독하게 추웠다. 온몸을 감싸는 절망에 모든 힘을 잃어버렸다. 이대로 떠나가는 사람들을 지켜보고만 있는 것은 끔찍했다. 아침까지만 해도 월의 세상은 평온하고 단단했다. 하지만 그 모든 게 눈앞에서 부서지고 있었다.

이수의 어깨에 얼굴을 묻은 월이 통곡하였다. 고개를 숙인 채 울고 있는 월의 머리에 이수의 손이 닿았다. 이수의 손길이 지나갈 때마다 월의 뺨에 붉은 얼룩이 새겨졌다. 가까이에서 느껴지는 이수의 혈향에 월이 절망하였다.

월을 보고 있던 이수가 힘겹게 입을 열었다.

"이제부터 넌…… 이수야. 알았지? 하우월은…… 여기서 죽은 거야."

이수의 말에 월의 고개가 번쩍 들렸다.

지금 이수가 무슨 이야기를 하고 있는지 바로는 알 수 없었다. 하지만 곧, 월은 이수가 말하고자 하는 의도를 깨달았다.

찢어졌지만 현재 이수가 입고 있는 옷은 월이 입고 있던 혼례복이었다. 헝클어진 머리에 매달려 있는 장식 또한 월이 하고 있었던 것이다.

터져 나오려는 비명을 손으로 틀어막았다.

아니다. 무언가가 잘못되었다.

이수가 하려는 일을 월은 도저히 감당할 수 없었다. 끔찍한 현실이 칼이 되어 월을 찔렀다. 네가 서 있는 곳이 모든 일의 끝이 아니라는 듯 현실은 자꾸 그녀를 절벽 끝으로 떠밀었다.

고개를 저으려는 월의 뺨에 이수가 손을 갖다 댔다. 천천히 아주 부드럽게 이수가 월의 흘러내리는 눈물을 닦아 냈다.

"나 대신 살아 줘. 알았지?"

"안 돼. 그러지 마."

"네가 안전해질 때까지…… 내 이름이 널 지켜 주기를…… 약속해. 어서."

부정하려는 월을 이수가 막았다. 월과 시선을 맞춘 이수가 답을 재촉하자 월은 결국 손으로 얼굴을 가렸다.

"제발, 나 혼자 두고 가지 마."

이수의 이름을 가지면서까지 목숨을 구원받을 자격 따위 월에게는 없었다. 이 모든 것을 짊어지고 살 자신도, 그리고 자격도 없었다.

이수는 손을 들어 얼굴을 가리고 있는 월의 손을 잡았다.

이수의 손이 점점 차가워졌다. 그럴수록 월의 심장 또한 가라앉았다. 이수는 웃었지만 월은 울었다. 죽어 가는 자와 살아 있는 자의 거리가 점점 더 멀어졌다.

월이 고개를 들자 생이 얼마 안 남은 이수가 짧게 숨을 내쉬며 그녀를 바라보고 있었다.

찰나의 시간이었지만 월에게는 평생 잊을 수 없는 순간이 지나갔다.

결국 월이 고개를 끄덕였다. 그녀의 대답에 이수가 힘겹게 말했다.

"마지막으로…… 하고 싶은…… 일이 있어. 동생에게 가."

이수의 말에 월이 싫다는 듯 힘껏 고개를 저었다.

"곁에 있을래. 이수 말대로 얼마 안 남았으니까 곁에 있을래."

밀어내는 이수의 손을 월이 붙잡았다. 그런 그녀의 손을 이수가 다시 밀어냈다.

생의 마지막에서 나오는 힘이었을까?

있는 힘껏 밀어내는 이수에 의해 월이 방 밖으로 쫓겨났다.

"월아, 어서 가……."

힘없는 이수의 목소리에 월이 있는 힘껏 고개를 젓고는 다시 안으로 들어가려 했다. 그러자 이수가 안 된다며 고개를 저었다.

둘의 시선이 맞닿았다.

이수가 웃었다.

세상 그 어느 것보다도 아름다운 곡선이 이수의 입에 그려졌다.

그 미소에 월 또한 억지로 웃음을 만들어 냈다.

월을 보고 있던 이수가 바닥에 널브러져 있던 천을 잡아당겼다. 천의 끝에 놓여 있던 촛대의 초가 바닥으로 떨어졌다.

혈향과 같이 나던 기름 냄새.

"안 돼!!"

순간 웃고 있던 월이 비명을 지르며 다시 안으로 들어가려 했다.

그러나 그런 그녀를 조롱하듯 순식간에 불이 이수가 있는 방 안을 삼켰다.

"아아아악!"

타오르는 방을 지켜보고 있던 월이 비명을 질렀다.

올려다보는 하늘조차 붉게 보일 정도로 안채는 활활 타올랐다. 현실을 부정하듯 월이 고개를 세차게 저었지만 달라지는 것은 아무것도 없었다. 절규와 함께 깨문 입술에서 피가 흘러내렸지만 그걸 생각할 이성 따위는 남아 있지 않았다.

이수를 태우는 불을 향해 월이 소리를 질렀다. 더는 자신의 것을 가져가지 말라는 위협과 같은 고함이 월에게서 터져 나왔다. 하지만 그 모든 행동이 무의미하다는 듯 화염이 만들어 낸 굉음은 모든 것을 집어삼켰다.

＊　　＊　　＊

곳곳에서 나는 매캐한 연기에 코가 얼얼했다. 연이어 일어나는 일에 몸도 마음도 고통스러웠지만 월은 입을 악문 채 참아 냈다. 안채 뒤로 나 있는 비밀 통로를 지나면, 유사시 하우를 바로 떠날 수 있게 만들어 놓은 공간이 있었다. 천후는 그곳에서 월을 기다린다 했다.

힘겹게 발걸음을 옮기던 그녀는 통로가 있는 문 앞에서 멈추어 섰다. 그리고 앞의 모습에 숨을 삼켰다. 괜찮다며, 견딜 수 있다며 힘을 내도 한 걸음만 앞으로 나가면 바로 지옥이었다.

숨을 멈춘 월의 눈에는 산처럼 쌓여 있는 시체의 뒤에 무릎 꿇고 있는 주영의 모습이 보였다.

선물 받은 검을 어색하게 들고 갔던 날, 서 있는 꼴이 우습다며 놀리면서도 하나씩 가르쳐 주던 스승이었다. 하나씩 익힐 때마다 아버지를 닮아 곧잘 배운다며 칭찬하면서도 여인에게 검은 멀리하는 게 좋은 것이니 가까이하지 않았으면 좋겠다는 충고를 하던 스승이었다.

천후를 먼저 들여보내고 월을 기다렸을 것이다. 문을 뚫고 안으로 들어가려는 적을 베고 또 베었을 것이다. 그러다 모든 기운을 소진하자 마지막 생의 힘으로 무릎을 꿇은 채 양팔로 문을 막은 것이리라. 그녀가 올 때까지 스승이었던 그는 그렇게 자신을 불태웠다.

그의 앞으로 다가온 월이 무릎을 꿇고 시선을 마주하였다.

"주영."

부릅뜬 눈은 무섭고 위압적이었다. 떨리는 손이 주영을 향해 다가갔지만 차마 만질 수 없었다. 난도질이라 표현할 수 있을 정도로 주영의 몸은 베이고 찔린 상처로 엉망이었다.

"늦게 와서 미안해요."

의지와 상관없이 멋대로 흐르는 눈물이 바닥에 뚝뚝 떨어졌다. 문의 양옆을 붙잡고 있는 손을 떼어 낸 월은 그를 평평한 곳에 반듯이 눕혔다.

하늘을 노려보듯 부릅뜬 주영의 눈은 서러워 보였다. 왜 이런 일이 일어난 것이냐며 묻는 것 같은 시선에 월 또한 고개를 들었다.

구름 한 점 없는 맑은 날씨가 끔찍했다. 홀로 서서 견디라고 말하는 것 같은 밝은 태양이 지독히 미웠다. 차라리 죽었다면 이런 고통도 없으련만, 살아남는 사람은 언제나 자신이었다.

월의 손이 천천히 주영의 눈을 덮었다. 손과 함께 부릅뜨고 있던 주영의 눈이 감겼다.

"살아남을게요. 살아남아 천후와 꼭 이곳을 떠날게요."

답을 듣지 못하는 망자의 옆에서 월이 일어났다. 무거운 몸을 억지로 일으킨 월이 통로를 향해 뛰어갔다.

자신은 살아 있는 것일까? 알 수 없었다.

다친 곳은 하나도 없었지만 아무것도 느껴지지 않았다.

죽은 것일까? 그건 아니었다.

생의 마지막에 보았던 모든 사람은 월에게 살아남으라고 하였다. 살아남아 반드시 이 지옥에서 도망치라고 하였다. 그들의 말 때문에 움직이고 있는 것은 아니었다. 현재 그녀가 맹목적으로 잡고 있는 삶의 끈은 동생인 천후였다.

살아서 동생을 지켜야 했다. 그녀의 세상과 다르게 동생의 세상만큼은 지켜야 했다.

"누나!"

준비되어 있는 말에 짐을 실은 채 옆에 서 있던 천후가 월을 보자 그대로 울음을 터트렸다. 눈물범벅이 된 천후를 달려가 껴안은 월이 길게 떨리는 숨을 내쉬었다.

살아 있었다. 다치지도 않았고 무사했다.

손으로 만지는 천후의 뺨은 따뜻했다. 천후의 온기에 월은 원망하던 하늘에 몇 번이고 감사해했다.

없을 것으로 생각했던 힘이 솟아났다.

월은 이리저리 천후를 살폈다. 주영이 철저히 준비를 한 듯 천후는 가벼운 재질의 갑옷을 입고 있었다.

침착하게 주변을 둘러봤다. 다행히 느껴지는 기척은 없었다. 주영이 마련해 준 짐에는 약간의 자금과 본가에서 가장 가까운 분가로 가라는 서신이 있었다.

짐을 챙긴 월이 천후를 말 앞에 태우려 하였다. 그러자 천후가 손을 저었다.

"내가 누나 뒤에 탈게. 빨리 도망가야 하잖아. 나보다는 누나가 말을 더 잘 다루니 내가 뒤에 타는 게 나을 거야."

"안 돼, 천후야. 위험해. 어서 앞으로 와."

"난 갑옷을 입었잖아. 그리고 지금 출발하면 안전할 거야. 어서 타. 누나, 빨리 가야 돼."

천후의 말에 월은 결국 말 앞에 올랐다. 그리고 그녀의 뒤에서 천후가 월의 허리를 꼭 잡았다.

천후를 뒤에 태운 월이 말의 배를 힘껏 찼다.

"이럇!"

월의 외침에 말은 짧은소리와 함께 힘차게 달려갔다. 조금만 더 가면 하우를 벗어나 산속으로 들어갈 수 있다. 초조한 마음으로 월이 서둘러 말을 몰았다.

말 머리가 숲 안으로 들어가자 작게나마 안도의 숨을 내쉬었다.

이제는 벗어날 수 있다.

살았다. 천후만큼은 지킬 수 있게 되었다.

그 순간, 바람을 가르는 소리와 함께 말의 허벅지에 커다란 화살이 푹 박혔다.

말이 비명을 지르며 몸을 틀었다. 월이 반사적으로 상체를 돌려 천후를 감쌌다.

다시 한 번 들려오는 날카로운 소리.

말의 허벅지에 박혀 있는 것과 똑같은 커다란 화살이 천후의 등에 박혔다.

비명을 지를 틈도 없이 둘은 말에서 굴러떨어졌다.

*　　*　　*

'맞았나?'

숨을 가쁘게 몰아쉬던 비월이 화살이 나간 방향으로 몸을 내밀었다. 비월을 따라온 무사들 또한 멀리서 들리는 말의 비명에 몸을 밖으로 내밀었다.

비월이 본 건 말과 함께 도망가려는 사내아이의 모습이었다. 일말의 주저함도, 생각할 겨를도 없었다. 시위를 메기고 있던 화살로 말을 노린 후, 쉴 틈 없이 바로 숲 속으로 활을 쏘았다.

말의 비명과 구르는 소리가 분명히 들렸다. 하지만 소리만으로는 안심할 수 없었다.

하우의 자식들만 처리되면 복수는 우선 일단락이 된다. 이제는 이곳을 발판 삼아 힘을 키울 수 있었다. 그러기 위해서는 확실히 하우의 씨를 없애야 했다.

"따라와라."

분명히 하우에는 그가 모르는 비밀 통로가 있을 것이었다. 하지만 지금은 그걸 찾아볼 여유 따위는 없었다. 결국 말을 타고 돌아가는 수밖에 없었다.

혹시라도 하우천의 자식들이 도망가지 않을까 불안했다. 오늘 일은 무슨 일이 있어도 성공해야 했다. 비월이 단숨에 준비된 말에 올랐다. 일말의 주저함도 없이 그가 출발하자 무사들이 그 뒤를 따랐다.

같은 시간, 월은 천후의 등에 박혀 있는 화살을 멍하니 보고 있었다. 화살은 월이 지금까지 보아 온 그 어느 것보다 크고 단단했다. 그렇기에 도주용으로 길러 온 말을 단번에 쓰러뜨리고, 천후의 갑옷을 한 번에 뚫을 수 있었다.

월은 떨리는 손으로 천후의 상체 갑옷을 조금 열어 보았다.

"아······ 아아악!"

월은 경악에 찬 표정으로 비명을 질렀다.

말을 한 번에 죽인 화살은 천후의 작은 몸 또한 한 번에 꿰뚫었다. 그리고 월 또한 그 화살에 죽었을 것이다.

천후가 갑옷을 입지 않았더라면······ 말이다.

다행히 활은 천후의 갑옷에 막혀 더 이상 나아가지 못했고, 그렇기에 월은 다치지 않았다.

생각하기 싫은 현실이 눈앞으로 다가왔다. 안도하는 순간 찾아온 불행은 억지로 끌어모았던 월의 모든 의지를 삼켜 버렸다. 하지만 하우천이나 이수 때와 달리 울음을 터트리기보다는 숨을 내쉬고 견디었다.

동생을 살릴 수 없다면 적어도 그의 마지막은 누나로서 같이 있어야 했다. 제대로 지키지도 못한 다른 사람들과는 달리 동생의 마지막만큼은 함께해야 했다.

흘러내리는 눈물을 삼키며 월은 천후의 얼굴을 조심스레 어루만졌다. 역류하는 피를 토하느라 아무 말도 못 하는 동생의 얼굴을, 어깨를, 팔을 쓸었다.

"괜찮아, 내 동생. 곧 괜찮아질 거야."

월의 말에 천후가 고개를 끄덕였다. 그의 대답에 월 또한 연신 고개를 끄덕였다.

피에 흠뻑 젖은 천후의 손을 월이 꼭 붙잡았다. 천후가 손을 잡아당기자 그의 뜻을 알아차린 월이 천후의 얼굴 가까이 고개를 갖다 댔다. 쿨럭거리는 소리와 함께 들려오는 작은 목소리에 월의 눈이 커졌다.

참고 참았던 눈물이 결국 얼굴을 적셨다. 체온이 빠져나가는 동생의 손을 꼭 잡은 월은 연신 숨을 불어 주었다. 하지만 식은 손의 체온은 돌아오지 않았다.

천후와 시선을 맞춘 월이 그를 향해 고개를 끄덕였다.

월의 대답을 들은 천후가 마지막으로 그녀를 향해 미소를 지었다.

하우천도, 이수도, 그리고 천후도 모두 월을 향해 같은 말을, 그리고 믿는다며 미소를 보내 주었다.

"누나만 믿어. 걱정하지 마."

감당하기 어려운 그들의 소망에 월이 해 줄 수 있는 건 그저 걱정하지 말라는 말과 미소뿐이었다.

쿨럭거리던 소리가 잠잠해졌다. 가쁘게 내쉬던 숨이 어느 순간 멈추었다.

눈을 질끈 감았다. 축 늘어진 손을 잡았지만 아무런 반응이 없었다.

조용히, 하지만 그 어느 때보다도 격하게 월이 통곡하였다. 낮게 울부짖는 소리는 참혹했고, 동생의 시신 옆에 앉아 고개를 숙이고 있는 월의 모습은 처절했다.

이젠 진짜 혼자였다. 하지만 무섭다며 포기할 수 없게 되었다.

연이어 일어나는 고통에 눈이 충혈되었다. 질끈 문 입술에서 피가 흘러내렸다. 하얗다 못해 창백해진 얼굴이 죽은 자와 별반 차이가 없었다.

힘겹게 천후의 손을 뗀 월이 품에서 단검을 꺼냈다. 조심스레 천후의 얼굴을 쓰다듬은 후 단검으로 동생의 머리카락을 잘라 냈다. 천후의 머리카락을 잘 갈무리해 품에 넣은 월은 짐을 꺼내 작은 보따리를 만들었다.

멀리서 들려오던 말소리가 가깝게 들려왔다.

입을 악문 월이 침착하게, 빠른 손놀림으로 주변을 정리하였다. 멀지 않은 곳에서 희미한 울림과 함께 먼지가 날리는 것이 보였다.

모든 준비를 마친 월이 천후를 바라보았다. 그를 향해 고개를 끄덕인 월이 구르듯 언덕 아래로 내려갔다. 작은 틈에 몸을 숨긴 그녀가 양손으로 입을 틀어막았다.

잠시 후, 도착한 비월이 말에서 내려왔다. 화살이 꽂혀 있는 천후를 감정이 느껴지지 않는 시선으로 보았다.

'하우천의 아들.'

한쪽 무릎을 꿇은 채 비월이 천후의 옆에 앉았다.

어린아이. 비월이 어머니를 잃었을 때와 비슷한 나이의 아이였다.

하우만 아니었다면 살아남았을 아이.

마음 한편으로 치밀어 오르는 죄책감을 억지로 눌렀다. 어차피 그날 이후로 비월 또한 자신을 버렸다.

죄의 대가라면 얼마든지 받아들일 자신이 있었다. 그런 각오 없이 이런 잔인한 일을 생각하지 않았을 것이다.

천후를 보며 생각에 잠겨 있는 비월의 뒤로 안채의 상황을 보러 갔던 무사가 달려왔다.

몸을 숙인 그가 비월을 향해 보고하였다.

"안채에 딸로 추정되는 이의 시신이 있었습니다. 훼손이 심해 정확히는 알 수 없으나 주변에 있는 장신구와 남아 있는 옷, 전반적인 신장의 길이로 봤을 때 확실합니다."

무사의 말에 비월이 몸을 일으켰다.

하우는 이제 없다.

오랜 시간 열망하고 계획했던 일 하나가 드디어 끝났다.

"이제…… 끝났군."

비월의 짧은 말에 무사들이 고개를 숙이며 무릎을 꿇었다.

"축하드립니다. 주군."

"축하드립니다!"

축하드린다는 말에 월이 눈을 질끈 감았다. 치밀어 오르는 구역질에 고개를 세차게 저었다. 질끈 물고 있던 입술에서 흘러내리는 피가 목으로 이어졌다. 조금 전까지 폭풍처럼 흘러내리던 눈물은 더 이상 나지 않았다.

밖에서 들려오는 사내의 끝났다는 말과 함께 월의 모든 것이 멈추었다. 천후의 주변을 맴도는 기척이 완전히 사라질 때까지 월은 입을 꼭 틀어막은 채 숨을 죽였다.

날이 어두워지고 그 어떤 소리도 들리지 않게 되자 월은 몸을 일으켰다. 피부에 닿는 바람이 매섭게 스치고 지나갔다. 고개를 들어 밤하늘을 보고 있던 그녀가 천후의 시신이 있던 곳을 말없이 보았다.

천후의 흔적을 보던 월은 숲을 향해 몸을 돌렸다. 그리고 천천히 그 안으로 걸어 들어갔다.

*   *   *

비월의 군대가 휩쓸고 간 하우는 끔찍했다. 코를 찌르는 냄새를 옷으로 막으며 청원은 월의 시신이 있다는 안채를 향해 걸어갔다.

아무런 감정도 없었던 여인이라 괜찮을 것으로 생각했건만 시신을 보니 기분이 불편해졌다. 불에 까맣게 그슬려 형체만 남아 있는 시신에서 청원은 눈을 떼고 고개를 돌렸다.

죄책감일까? 가슴이 먹먹했다.

어차피 비월에게 복수를 하라고 했을 때부터 예상했던 결말이었다. 그가 하우에 가지고 있는 증오가 얼마나 깊은 것인지 잘 알고 있었다.

처음 청원의 가문으로 인사를 왔던 하우월의 얼굴이 스쳐 지나갔다. 한눈에 사람을 끄는 매력은 없었지만, 나지막이 말하는 어조와 또렷한 눈동자가 묘하게 사람의 시선을 사로잡는 여인이었다.

정략혼인의 상대가 아니었다면 편하게 대화를 해 보고 싶었다. 하지만 청원의 의사와 상관없이 진행되어 가는 혼인 때문에 어느 순간부터 그녀의 얼굴조차 보고 싶지 않게 되었다.

청원의 뒤를 따라온 시종이 준비해 온 것을 그에게 내밀었다. 시신을 가리는 하얀 천을 시종에게서 받아 든 청원은 월의 시신에 그것을 직접 덮었다.

"내가 해 줄 수 있는 건 이 정도밖에 안 되오."

청원의 말에 아무런 대답도 들려오지 않았다. 지우려 해도 지워지지 않는 각인처럼 월의 시신에서 눈이 떨어지지 않았다. 아는 것이라고는 하나도 없는 여인이었다. 그렇기에 안타까움이라거나 슬픔은 느껴지지 않았다.

그저 비월에 의해 목이 잘리기 전, 미안하다는 가벼운 사과라도 할까 싶어 한 걸음이었다.

"미안하오. 변명하자면 내 오랜 벗을 위해서였소. 적어도 지금 생에서는 당신보다 그 녀석이 더 귀했소. 그래서…… 아니지. 무슨 말을 해도 아무 소용이 없지."

말을 하다 말고 청원이 힘겹게 고개를 돌렸다. 정적이 오랜 시간 계속되었다.

처음으로 느껴 보는 알 수 없는 감정이었다. 그저 눈앞에 있는 시신이 불쌍한 것일까? 아니면 자신이 저지른 일의 결과를 받아들이기가 어려운 것일까? 답을 알 수 없는 감정에 청원이 허우적댔다.

"그럴 일은 없겠지만 말이오. 만약 당신과 다시 만나게 된다면 말이오. 그러니까…… 말이 안 되는 일이라는 것을 알고는 있지만 어찌 되었든 다시 만나게 된다면 그때는 내가 당신을 지켜 주겠소. 더 많이 아끼고 누구보다도 사랑하겠소. 그때는 꼭 그렇게 하리다."

지금 무슨 말을 하고 있는지 알 수 없었다. 다만 자리를 계속 지키기에는 청원의 마음이 무겁고 불편했다. 거짓으로나마 실현될 수 없는 약속을 해 버렸지만 그래도 쏟아 내고 나니 한결 가벼워졌다.

말을 모두 끝낸 청원이 비월을 향해 걸음을 옮겼다. 그의 주변으로 상황을 정리하는 사람들의 수선스러운 소리가 울려 퍼졌다.

*　　*　　*

이 세상에 하우가 없어지고 한 달이란 시간이 흘렀다.

바람에 실려 날리는 색색의 꽃, 군데군데 터지고 있는 화려한 폭죽, 새로운 주인을 맞이하기 위한 사람들의 환호성.

한 달 전, 이곳을 소유하고 있던 하우가문이 서가문의 비월에 의해 멸문되었다. 죄명은 반란죄, 허울뿐인 황명이었지만 그 또한 명이었기에 하우는 멸문되었다.

드디어 오늘, 하우를 처단하는 데 최고의 공을 세운 서가의 가주가 이 지역의 새로운 주인으로 오는 날이었다.

선두에 서 있는 젊은 사내. 그리고 그 뒤를 따르는 늠름한 무사들.

이제 겨우 스무 살이 된 젊은 가주였다.

새로운 주인에게 잘 보여야 한다는 심리 때문이었을까? 아니면 달라진 미래에 대한 기대 때문이었을까? 다투듯 소리를 지르는 사람들의 눈빛에는 기쁨을 넘어서 광기까지 엿보였다.

같은 시각, 낡고 더러운 천으로 얼굴과 몸을 가린 걸인이 비틀거리며 사람들 사이로 걸어왔다. 상처투성이에 더러운 발이 한 걸음씩 가까워질수록 사람들이 인상을 찌푸리며 옆으로 몸을 옮겼다.

한 발, 한 발.

하우로 들어가는 행렬에 가까이 닿자 얼굴을 쓰고 있던 넝마를 조심히 걷어 냈다.

더러운 겉모습을 한 넝마 안의 인물은 십 대 중반의 앳된 여자였다. 입술과 얼굴 곳곳에 나 있는 상처가 저절로 눈살을 찌푸리게 했다. 하지만 사람들은 곧 걸인에게 흥미를 잃고 시선을 다시 새로운 주인에게로 옮겼다.

사람들과는 다르게 여자의 시선은 하우로 들어가는 입구에 고정되었다.

크게 뜨여진 눈, 벗겨지고 상처 입은 여자의 손이 피딱지가 엇어져 있는 입술을 가렸다.

하우가의 가주였던 하우천, 그리고 그의 자식이었던 하우월과 하우천후.

사고로 행방을 알 수 없다고 하는 맏아들을 제외한 모든 이의 목이 그곳에 매달린 채 썩어 가고 있었다.

입술을 가리고 있던 여자의 손 사이로 붉은 것이 흘러내렸다.

아무리 상처를 추슬러도 나아진 것은 없는 것처럼, 시간이 흘렀어도 죽은 사람들 또한 변한 것이 하나도 없었다. 한 달이 지났지만 그들은 여전히 쉬지 못하고 있었다.

피로 얼룩진 손이 매달려 있는 머리를 어루만지듯 허공을 헤매었다. 머리의 밑으로 서가의 사내가 안으로 들어갔다.

나오지 않으리라고 생각했던 눈물이 다시 흘러내렸다. 비명을 지르듯 고함을 지르는 사람들 사이에서 여자가, 아니 월이 통곡했다.

서가의 사내가 하우 안으로 들어가자마자 문이 닫히고 그를 향해 환호성을 질렀던 사람들이 하나둘씩 뿔뿔이 흩어졌다. 상황이 정리

되어 가자 월은 다시 너덜너덜한 넝마를 쓰고 빠르게 건물 사이로
사라졌다.

"으음?"

장사하기 위해 물건을 꺼내 놓던 장사꾼이 빠르게 사라지는 월을
보며 고개를 갸웃했다.

"이제야 나오는 건가? 자네도 여전하군. 아까 나왔으면 대박을
터트리는 건데!"

고개를 갸웃대는 장사꾼을 보며 이웃이 이해할 수 없다는 표정으
로 고개를 저었다.

그의 행동에 장사꾼이 '흥' 코웃음을 쳤다.

"어차피 잘나신 귀족님네 일이야 나 같은 천한 것이 알겠나? 그
저 내가 팔고 싶을 때 파는 거지. 그리고 하우나 서가나 물건이나
잘 팔아 주면 되는 거지. 무슨 상관이 있다고……."

"이보게. 말조심하게. 죽고 싶은 건가!"

이웃의 외침에 장사꾼은 코웃음을 치며 월이 사라진 골목으로 시
선을 돌렸다. 아무리 봐도 어디선가 본 얼굴이었다. 피와 먼지로 범
벅이 되어 있었지만 분명히 아는 얼굴이었다.

"뭘 그렇게 보고 있는 건가?"

"분명히 어디선가 본 얼굴인데 말이야. 하아! 생각났다! 하우가의
부가주!"

손바닥을 치는 장사꾼의 외침에 이웃이 말도 안 된다는 듯 헛웃
음을 터트렸다.

"예끼, 이 사람아. 말은 바로 하라고. 아까 그 거지가 하우월이면

저기, 저쪽에 매달려 있는 건 누구란 말인가. 말이 되는 소리를 하게."

이웃의 말에 장사꾼은 벽에 매달려 있는 세 개의 목을 쳐다봤다.

"하긴…… 말이 안 되지. 죽은 사람이 다시 살아 돌아오려고 해도 목은 필요한 법이니까. 그리고 내가 알고 있는 하우가의 부가주는 검은 머리카락을 가지고 있었지. 그 거지처럼 백발이 아니라. 아무래도 내가 잘못 본 모양일세."

장사꾼은 말도 안 된다는 듯 너털웃음을 지으며 물건을 빠르게 내오기 시작했다.

같은 시각, 바닥에 굴러다니는 자갈과 흙이 월의 여린 맨발을 찢고 상처를 냈다. 하지만 그것도 느끼지 못하는 듯 월은 정신이 완전히 나간 상태로 걷고 있었다.

'도망쳐라. 그리고 살아남아라.'

'나 대신 살아 줘. 알았지?'

'내 몫까지 살아 줘. 누나. 내 삶까지 누나가 대신 살아 줘야 해.'

매서운 바람과 함께 넝마에 숨겨져 있던 월의 백발이 밖으로 꺼내졌다. 흘러내리는 눈물은 소름이 끼치도록 차가웠다. 소리 낼 수 없는 울음이 채찍처럼 여자의 심장을 때리고, 맑기만 했던 여자의 정신을 들쑤셨다.

여자를 스치고 사라졌던 바람이 하우를 한 바퀴 휘놀고는 위로 날아올랐다.

그 후 팔 년의 세월이 흘렀다.

그렇게 열여섯이었던 하우월은 스물넷이 되었고, 스물이었던 비월 또한 스물여덟이 되었다. 그사이 숨겨져 있던 모든 일이 주단국의 최남단, 이민족과의 대립으로 황폐화되어 버린 사막에서 다시 시작되었다.

二章
스물넷의 이수

어두운 사막의 사이로 무사들의 입에서 하얀 김이 뿜어져 나왔다. 낮에는 너무 뜨거워 싸울 수 없기에 사막에서의 전투는 해가 지면서 바로 시작이 되었다.

주단의 최남단에 있는 사막. 그 끝에 있는 푸른 바다.

그 바다를 경계로 거주하고 있는 이민족과 주단이 서로 대치하였다. 나라의 세력 차이 때문에 금방 끝날 것으로 예상했던 전투는 몇 달이 지나도 계속되고 있었다.

주단의 반대편에 보이는 한 무리의 병사들에게서 뿜어져 나오는 하얀 연기가 이쪽만큼이나 많아 보였다.

무사는 피고 있던 연초를 모래에 끄며 입을 열었다.

"그쪽이 나섰다는 건 이번 전투는 이길 수 있다는 거요?"

물어보는 무사의 옆에는 매끄러운 몸 선을 가진 여자가 복면으로 얼굴을 가리고 있었다.

남자들만 있다는 전쟁터, 그 가운데에 있는 여자는 이질적이었지만 이상하게도 주변에 있는 사람들은 별 위화감을 못 느끼는 듯했다. 도리어 무사의 질문이 끝나자 사람들의 시선이 여자에게 몰렸다.

"이번에 참가하지 않으면 밀린 돈을 주지 않겠다고 하더군요."

"허, 그놈들 급하긴 급했나 보네. 그런데 그 말을 믿는가?"

전쟁은 나라에서 나온 병사를 중심으로, 돈으로 고용된 무사가 보조를 맞추는 형식으로 이루어졌다. 그렇지만 이번 전투에는 병사들보다는 무사들의 수가 더 많았다.

복면으로 얼굴을 가린 여자는 잠시 눈을 감았다. 바람이 불어오자, 작은 모래 알갱이가 눈을 뜨고 있던 무사들의 눈에 들어갔다.

"이곳에서 얻지 못하면 반대편에서 얻어야겠죠. 하지만 이곳에서의 계약은 이 전투를 마지막으로 정리할 생각입니다."

여자의 말은 낮지만 또박또박했고, 복면 밖으로 드러난 눈은 유난히 반짝반짝 빛났다.

주단의 패배가 확실하게 정해진 전쟁. 그럼에도 무사들이 계약을 깨는 대신 이곳에서 버티는 이유는 간단했다. 옆에 있는 여인과 그녀가 속해 있는 무사단이 아직 이곳에 있기 때문이었다.

"준비!"

맨 앞에 서 있던 장군이 자신의 검을 빼 들었다. 그와 동시에 병사들이, 다음엔 무사들이 자신의 무기를 들었다. 복면을 쓴 여자가 자신의 무기인 긴 검을 빼 들었다. 길게 숨을 쉰 그녀는 자신의 뒤에 있는 무사들과 일일이 눈을 맞추었다.

그녀가 눈을 맞춘 사람들은 그녀가 속해 있는 무사단의 동료들, 전투 전에 눈을 맞춘다는 건 살아 돌아오라는 그들만의 신호였다.

"반드시 이겨야 한다!"

앞의 장수가 비명을 지르듯 고함을 쳤다. 하지만 장수의 말은 현재의 사기에 아무런 도움이 되지 않았다. 배당을 두 배로 주겠다는 장군의 제안만 아니었다면, 돈을 받고 움직이는 무사들이 패색이 짙은 전투에 계속 있을 리가 없었다.

하지만 벌써 무사들이 받을 금액은 밀릴 대로 밀려 있었다. 돈을 주지 않는 전쟁터에서 무사들이 최선을 다해 싸울 리 없었다.

적당히, 죽지 않을 정도로만 검을 휘두르고 오면 그만이었다.

검을 쥐고 있던 장군의 팔이 위에서 가운데로 내려오고, 그와 동시에 병사들과 무사들이 고함을 지르며 앞으로 달려 나갔다.

여자라는 걸 확인한 이민족이 웃으면서 그녀를 향해 커다란 쇠몽둥이를 휘둘렀다. 몸을 돌려 무기를 살짝 피한 그녀는 주저 없이 이민족의 다리를 향해 검을 휘둘렀다.

살이 썰리는 소리와 함께 이민족이 비명을 지르며 무릎을 꿇었고, 그 틈에 여자의 검이 적의 목을 꿰뚫었다.

피를 뿜으며 쓰러지는 이민족을 지나 여자가 그대로 몸을 날렸다. 여자가 있던 위치에 날아드는 채찍, 몸을 날려 채찍을 피한 그녀가 단숨에 거리를 좁혀 공격해 오는 적의 복부를 찔렀다.

"컥!"

외마디 비명과 함께 두 명의 적이 쓰러졌다. 빠른 시간, 주변을 둘러본 여자는 품에 넣어 놓았던 단검을 꺼내 던졌다. 바람을 가르는 소리와 함께 날아든 단검이 주단국 무사를 노리던 이민족의 머리를 꿰뚫었다.

이민족에 의해 죽을 뻔했던 무사가 단검이 날아든 방향을 쳐다봤다. 어느새 여자는 장소를 옮겨 검을 휘두르고 있었다. 무사는 적을 해치우며 여자가 있는 곳으로 몸을 움직였다. 다섯 명의 이민족을 제거한 여자가 짧은 틈을 타 숨을 고르고 있는 때, 남자가 다가와 여자의 어깨를 두드렸다.

"이수, 고마워."

남자의 말에 여자, 아니 이수는 고개를 끄덕였다. 그러고는 이민족 병사에게 밀리고 있는 곳을 향해 빠르게 몸을 이동했다.

주단에서 다섯 손가락 안에 드는 무사단 중 하나인 청풍단.

그리고 그 안에 소속되어 있는 무사, 이수.

그것이 하우월이었던 여자가 팔 년이라는 세월 동안 만들어 낸 삶이었다.

*　　*　　*

사막은 살이 타들어 갈 정도로 뜨거운 낮에 비해 밤은 뼈를 시리게 할 정도로 추웠다. 그렇기에 사막에서의 모든 행동은 밤에 이루어졌다. 스무 명 정도로 이루어진 현재의 무리도 해가 진 조금 전부터 목적지를 향해 움직이고 있었다.

두세 겹 에워싼 무리들 사이로 한 남자가 들고 있는 부채를 연신 부쳐 댔다. 남청색의 부채와 똑같은 색의 비단옷을 입고 있는 남자는 부드러운 선을 가진 미남자였다. 눈에 들어오는 새하얀 피부, 붓으로 그린 것 같은 입술과 또렷한 이목구비는 수려하고 매력적이었다.

남자는 짜증이 난 표정으로 연신 부채를 부쳐 댔다. 밤이라 덥지 않은데도 부채를 부치는 것을 보니 아무래도 남자의 오래된 버릇인 듯했다.

"생각하면 할수록 너도 참 독한 놈이다. 이 더운 사막에 온 것도 모자라서 이제는 상황을 해결하러 온 신임 대장군 지위를 속이고 무사들 사이로 들어가시겠다? 독한 놈. 아니, 징그러운 놈."

남자의 말에 눈앞의 다른 사내가 쓰게 미소 지었다.

앞의 남자가 수려한 미남이라고 한다면 다른 사내는 정반대였다.

입고 있는 옷은 앞의 미남자 못지않은 고급 천으로 만들어진 도복이었다. 그 위에 가벼운 갑옷을 걸친 남자는 부드러운 분위기인 앞의 남자와는 다르게 거칠고 위압적이었다.

꼿꼿이 편 허리, 햇볕에 그을린 피부, 머리를 길러 위로 올려 묶는 주단의 남자들과는 다르게 짧게 자른 머리카락, 조용한 분위기였지만 다가가기에는 어려운 고요가 느껴졌다. 미남자라는 호칭보다는 고고한 늑대라는 단어가 더 어울리는 사내였다.

계속되는 남자의 짜증에 사내의 인상이 찌푸려졌다.

"그러게 내가 오지 말라고 하지 않았나. 도대체 왜 따라와서 짜증이야. 이럴 거면 돌아가. 청원."

미남자, 아니 청원은 사내의 그 말에 못 이기겠다는 듯 고개를 저었다. 자신의 벗은 아부를 하는 다른 사람과는 달리 담백하고 솔직했지만, 그만큼 아주 직선적이었다. 사막의 전쟁터까지 친구를 직접 따라오는 벗이 또 어디에 있는가? 그런 벗에게 고맙다는 말 대신 툴툴댈 거면 돌아가라니, 박정하다 못해 자비조차 없었다.

"이봐. 비월. 오랜만에 만나는 벗이 이 고난을 함께 겪어 주겠다는데 어찌 그리 잔인하게 말하는가? 이 벗은 너무 슬퍼 눈물이 앞을 가리는구나."

최고의 실력을 가진 광대가 이곳에 있는 듯, 청원의 절망하는 연기는 어색한 부분이 없을 정도로 최고였다. 그를 모르는 사람이라면 당장에라도 미안하다며 사과를 했을 것이다. 하지만 비월은 그런 청원에게 속아 주기에는 너무 오랜 시간을 알고 지냈다.

"새로운 약혼을 피하기 위해서가 아니고?"

"거기까지. 자네, 선은 넘지 마."

청원의 항복에 비월이 낮게 웃었다. 그의 웃음에 청원이 졌다는 듯 흔들고 있던 부채를 품 안에 넣었다. 잠시 쉬어 가자는 청원의 제안에 같이 온 시종들이 빠르게 자리를 마련하였다.

가운데에 모닥불이 피워지고, 기지개를 쭉 켠 청원의 옆으로 술병과 잔이 담겨 있는 쟁반이 놓였다. 비월의 잔으로 떨어지는 술 소리가 부드럽게 들려왔다.

"자네는 아버지에게서 드디어 독립하는 건가?"

청원의 질문에 비월의 눈빛이 날카로워지며 잔을 쥐고 있는 손에 힘이 들어갔다.

하우를 멸문시킨 지 팔 년이 지났다. 악귀라는 소리를 들으며 멸문시킨 하우에서 힘을 키워 토대를 만들어 냈다. 그리고 드디어 아버지인 서진형과 마주할 수 있는 권력을 가지게 되었다. 증오해 마지않는 자신의 아버지. 어머니를 죽게 만든 가장 큰 원흉이었다.

견디기 힘들 정도로 춥고 괴로웠던 순간, 복수라는 단어 하나에 미쳐서 살아왔다. 이제 진짜 얼마 남지 않았다. 조금만 더 참으면 원하는 것을 얻을 수 있다.

"이번 일만 해결이 되면 모든 게 끝나는 거야."

"소서의 시작인가? 킥킥. 자네 아버지의 눈이 발랑 뒤집히는 모습을 볼 수 있겠군."

청원의 농담에 비월은 쓰게 미소를 지었다. 비월이 따라 주는 술을 받으며 청원이 생각났다는 듯 물음을 던졌다.

"그럼 너 대신 장군 역할을 해 줄 사람은 누구인가?"

"주원 님께서 해 주시기로 하셨다. 관직에서 나오신 지 얼마 되지도 않았고, 부탁을 드렸더니 재미있겠다며 흔쾌히 허락하시더군. 내일쯤 합류하실 거야."

"전직 대장군이 현직 대장군 역할을 한다고? 재미있을 만도 하겠네. 그나저나 왜 무사로 잠입하겠다는 건지 물어나 보자. 난 네 장단에 무조건 맞춰 줄 생각은 없거든."

일주일이면 끝날 것으로 예상했던 전쟁, 하지만 생각보다 전쟁은 길어졌다.

전쟁이 길어지면 길어질수록 나라의 재정은 궁핍해진다. 더군다나 현재 주단의 내부에서는 세 개의 대가문이 치열하게 권력싸움을 하는 상황이었다. 의미 없는 전쟁에 오랜 시간과 돈을 투자할 여유가 없었다. 더군다나 작은 전쟁에 소모되는 물자의 양치고 너무 규모가 컸다. 분명히 이 전쟁에는 내막이 있었다.

"하아, 귀찮은 문제는 해결해야 되고, 그러자니 그놈의 편 때문에 자기 사람들은 함부로 못 보내고, 결과적으로 힘이 있으면서 아직 중립이고 가문의 독립을 원하는 널 보낸다? 나쁘지 않네."

"……."

"네가 무사로 위장해서 들어가는 이유는 전쟁을 질질 끌면서 물자를 빼돌리고 있는 범인이 누구인지 알고 싶어서인 것이고?"

"오래는 안 걸릴 거다. 상황이 파악되는 대로 복귀해야지."

"당연하지. 자네가 늦어지면 내가 심심해지거든. 난 내 직위대로 대장군 직속 보좌관으로 갈 거야. 난 무사들 사이에서 먼지 묻히기 싫거든."

마지막까지 장난스러운 그의 말에 비월이 고개를 저었다. 잔을 서로 부딪치며 둘은 조용히 대화를 이어 나갔다.

*   *   *

전투가 끝난 다음 날 아침, 쉬고 있는 무사들을 장군이 급하게 소집하였다. 격한 전쟁의 여파로 피곤해 있던 무사들은 갑작스러운 소집에 짜증을 냈다.

"돈이나 주고 부려 먹지. 제대로 주지도 않으면서 오라 가라야!"

"닥쳐. 그 돈이라도 제대로 받고 싶으면 빨리 가란 말이다!"

신경질을 부리는 무사에게 병사가 엄포를 놓았다. 병사의 엄포에 화가 난 무사가 다시 소리를 높이려는 찰나, 십여 명의 무리가 그들이 있는 곳으로 걸어왔다. 그들의 모습에 주변의 분위기가 조용해졌다.

그 무리의 가장 가운데에 있는 이는 사십 대 중후반의 체격이 좋은 중년 남자였다. 뺨에 만들어진 칼자국과 들고 있는 대검이 위압적이었다. 중년 남자를 중심으로 걷고 있는 이들 또한 상당한 실력인 듯 그들의 등장에 모두의 시선이 이들에게 향했다.

중년 남자의 오른쪽에는 검은 무복을 입은 이수가 서 있었다.

가늘고 날카로운 콧수염을 어루만지며 중년 남자, 아니 청풍단의 단주인 여청풍이 병사를 쳐다봤다.

"어디로 가면 되오?"

"아, 아, 막사 입구에 천막을 세, 세워 놓았소. 아니, 놓았습니다. 가, 가시지요."

"거, 돈 받는 사람들끼리 무슨. 아무튼 고맙소. 가자."

떨고 있는 병사의 어깨를 툭툭 치며 청풍이 고개를 돌리고, 그 옆으로 이수와 십여 명의 사내가 걸음을 옮겼다.

괜찮다는 청풍의 만류에도 병사들은 알아서 무사들이 집합하는 장소까지 안내하였다.

그 모습에 여청풍이 옆에 있는 이수에게 속삭였다.

"병사들에게 우리 같은 무사가 안내를 받다니 웃긴 일이 아니냐?"

여청풍의 말에 이수는 고개를 숙였다.

"저들이 하지 못한 걸 아버지께서 하신 게 아닙니까?"

"뭐, 나야 돈만 받으면 되니까 말이지. 그나저나 너 지난번에 왔던 무사 놈 청혼을 거절했다며? 왜 그랬냐? 실력도 괜찮고, 인물도 그 정도면 나쁘지 않고, 마냥 청춘일 줄 아는 게냐?"

그러자 주변에 있던 청풍단원들의 입에서 픗 하는 웃음소리가 흘러나왔다. 언제나 분위기가 심각해지면 나오는 구박. 하지만 그 구박은 걱정일 뿐 악의가 없기에 이수 또한 평소처럼 미소를 지으며 입을 열었다.

"솔직히 팔이 너무 짧더군요. 안기면 폭삭하니 잘 품어 줘야 할 텐데 팔을 둘렀을 때 양손이 닿을 것 같지 않더군요."

"푸하하핫. 너답다. 진짜 너다운 답이다."

능청스런 이수의 답에 여청풍과 주변의 단원들이 웃음을 터트렸다. 그들의 반응에 이수 또한 미소를 지었다.

걸인에서 이리저리 돌고 돌아 무사로 자리를 잡았다. 아무것도 몰랐던 귀족 아가씨는 세월이 흘러 세상이 변한 만큼 완벽히 달라져 있었다.

"이번에 돈만 받아 내면 이딴 전쟁 당장 튀어 버린다. 원 불쌍해서 도와준 거긴 하지만 해도 해도 너무하는구나."

"받을 수는 있는 거요? 솔직히 아무리 뒤져도 여기 나올 게 없소. 도대체 아버지는 왜 여기에 있는 거요?"

여청풍의 뒤에 서 있던 무사 하나가 불만을 터트렸다. 무사의 불만에 여청풍은 콧수염을 살살 정리하며 퉁명스레 입을 열었다.

"나올 줄 알았다. 버티고 있으면 나올 줄 알고 계속 있었다. 되었냐?"

여청풍의 불만에 이수의 반대쪽에 서 있던 려현이 어깨까지 내려오는 단발머리를 벅벅 긁으며 말했다.

"아무튼 아버지는 수가 없었으면 진작 망했을 거요. 나는 도저히 돈 찾아올 방법이 생각이 안 나는데, 수는 생각해 놓은 방법이라도 있는 거냐?"

려현은 이수보다 네 살 위인 무사였다. 하우월이 이수로서 살아가는 데 가장 큰 도움을 준 사람이었다. 월은, 아니 이수는 려현을 친오라버니같이 대했다. 특히 그는 다른 무사들과는 달리 그녀를 수라 불렀다.

"우선은 새로 온 장군을 만나 봐야 알 거 같아요."

"하아, 사고는 아버지가 치고, 수습은 자식이 하는구나. 잘하는 짓이오."

"너희들. 아버지라고 존칭은 꼬박꼬박 쓰면서 하는 짓은 완전 패륜이다? 그러지 마라. 내 총명한 딸이 다 받아 낼 거라니까. 그렇지 딸내미야."

청풍의 말에 이수는 난감한 미소를 지었다. 그녀의 난감한 미소를 본 려현이 청풍의 앞으로 나오면서 짧게 말했다.

"딸내미는 무슨…… 처음에는 식모로 썼으면서."

"얏! 너!"

"청풍단 출석했습니다. 자자, 표시하시지요."

여청풍의 호령에 쪼르르 도망 나온 려현이 천막 앞에 대기하고 있는 병사를 향해 말하였다. 려현의 행동에 못 말린다는 듯 고개를 저은 여청풍이 옆에서 미소를 짓고 있는 이수를 보며 말했다.

"돈은 적당히 신경 써라. 어차피 못 받으면 다른 곳으로 가면 되는 거니까."

여청풍의 말에 이수가 고개를 저었다. 살인을 하는 대가로 돈을 받아 살아가는 이들이었지만, 이수에게 있어서는 세상에서 가장 믿을 수 있는 사람들이었다. 또한 가족과 벗을 잃었던 그녀에게 청풍단은 그 모든 것이 되어 주었다.

아무것도 하지 못한 채 모든 것을 잃었던 과거와 지금은 달랐다. 귀족으로서 하우월은 무능했지만 무사로서 이수는 아니었다. 월을 대신해 죽은 이수는 약하고 여렸지만, 월이 대신하고 있는 이수는 강인하고 자존심이 강했다. 그게 월이 이수에게 하는 최소한의 보답이었다.

"최소한 싸워 준 만큼은 돈을 받아 내야죠. 이번에 새로운 장군과 결판을 내겠습니다."

이수의 말에 여청풍은 무리하지 말라는 듯 그녀의 어깨를 두드렸다. 맨 앞에 서 있으라는 병사의 제안을 거절한 청풍이 적당한 지점에 자리를 잡았다.

그리고 그들에게서 조금 떨어진 곳에 무사로 변한 비월이 서 있었다.

*　　*　　*

무사 일은 그로서도 처음 해 보는 일이었다. 부정당했을망정 어찌 되었든 그는 어렸을 때부터 가문의 후계자로만 자라왔다.

그렇기에 지금의 일탈 아닌 일탈은 그에게는 색다른 경험이었다.

주원이 취임사를 하는 동안 비월은 전반적인 분위기를 살폈다. 아직 각이 잡혀 있는 병사나 관리와 비교하면 무사들은 엉망이었다.

눈살을 찌푸리며 주변을 보고 있는 그 때 비월의 눈에 여인의 모습이 들어왔다.

처음에는 호리호리한 사내로 보였다. 귀밑에 닿는 짧은 머리도 신기했지만, 회색 머리카락을 가지고 있는 사람은 처음이었다. 그렇지만 몸의 체형이나 나오는 목소리는 확연히 여인의 그것이었다.

사내들 사이에 홀로 있음에도 여인은 당당했다. 이상한 것은 비월의 눈에도 여인에게서 나오는 자신감이 당연한 것처럼 느껴진다는 것이었다.

"어이. 너도 신입인가?"

여인을 쳐다보고 있던 비월이 옆에서 꾹 찌르는 손짓에 고개를 돌렸다. 때가 꼬질꼬질 낀 무사 하나가 그의 옆에 와 있었다. 실력은 보잘것없었지만 입은 가벼워 보였다. 원하는 정보를 얻으려면 이들 안에 최대한 들어가야 하는 비월에게 눈앞의 무사는 괜찮은 상대였다.

"이곳에 들어온 지 얼마 안 되었습니다. 그래서 그런지 정신이 하나도 없군요."

"어라? 고급스러운 말투네? 몰락 귀족이야?"

팔을 치며 무사가 깔깔 웃음을 터트렸다. 주변에 아랑곳하지 않고 터트리는 웃음이 불편했지만 찡그리는 대신 비월은 미소를 지었다.

"몰락 귀족의 자제였습니다. 말투만으로 신입인 줄 아신 겁니까?"

최대한 몸을 낮추며 비월이 무사에게 말을 걸었다. 그의 태도가 마음에 든 듯 한껏 허리를 펴며 무사가 턱으로 비월이 시선을 두었던 여인을 가리켰다.

"회색여우를 신기하다는 표정으로 보고 있었잖아. 자네뿐만이 아니라고. 대부분 처음 온 놈들은 부임해 온 장군보다 저 여자를 먼저 보고 있거든."

"확실히 전쟁에 여자가 있다니 신기하기는 합니다."

비월의 솔직한 말에 무사는 이해한다는 듯 고개를 끄덕였다. 그녀를 보고 있던 무사가 비월에게 손을 내밀었다.

"우리 통성명이나 하고 이야기를 하자고. 난 표영이네. 자네는 이름이 뭔가?"

표영의 물음에 자신의 이름을 말하려고 했던 비월은 잠시 고민하는 듯하더니 입을 열었다.

"비랑이라고 합니다."

비랑은 그가 무인으로 이름을 날리기 시작할 때부터 벗들이 지어 준 별명이었다.

"비랑이라, 나쁘지 않구먼."

"잘 부탁드립니다. 자세히 알려 주셨으면 합니다. 초보에서 빨리 벗어나고 싶거든요."

"자네는 초보라 소속이 없겠지만, 대부분의 무사는 자기 소속이 있다네. 그중 수현, 검, 창녕, 여선, 청풍은 아주 유명하지. 이곳에 무사들이 버티고 있는 이유는 청풍 때문이라네. 큰 무사단 옆이라면 돈도 안 떼어먹히고 살 확률도 높거든. 보다시피 단주 여청풍 옆에 있는 회색여우도 청풍단 소속이라네. 반반하게 생겼어도 실력 하나는 끝내주지. 경험이 있는 놈들은 그녀를 여자라고 무시하지 않아."

표영의 설명을 들어 가며 비월이 여인을 쳐다봤다. 청풍단이라는 이름은 예전에도 몇 번 들어 봤다. 하지만 그 안에 여자 무사가 있을 것이라고는 생각지 않았다. 거친 무사들 사이에서 인정을 받은 여자라니 이번 일과는 별개로 관심이 생겼다.

어느새 주원의 말이 끝나고 그가 단상에서 내려오자 사람들이 빠르게 흩어졌다. 주원의 옆에 있던 청원이 비월과 시선을 마주치자 한쪽 눈을 찡긋했다. 청원의 장난에 비월은 고개를 돌려 외면했다.

그리고 그 순간, 회색여우라 불리는 여인이 비월의 옆으로 걸어왔다. 짧은 순간 둘의 시선이 공중에서 만났다.

회색이라 생각했던 머리카락은 실은 흑발 속에 백발이 섞여 있는 것이었다.

유난히 까만 눈동자가 한동안 비월을 쳐다보았다. 호기심일까? 알 수 없었다. 처음 만났음에도 비월은 그녀를 어디선가 본 것 같은 기분이 들었다. 하지만 그럴 리가 없다. 이토록 강렬한 느낌을 주는 여자를 그가 잊을 리 없었다.

"어라? 단원들과 같이 가는 것이 아니었나?"

옆에 있던 표영이 넉살 좋게 말을 걸었다. 그의 말에 이수가 고개를 저었다.

"길게 끌어 봤자 좋은 일이 아니잖아요. 아버지께서 허락하셨으니 이번에 온 대장군과 이야기를 해 보려고요."

아버지라는 말에 비월의 고개가 갸웃했다. 그의 반응에 표영이 작게 말했다.

"원래 청풍단주는 아버지로 불린다네. 단원들은 주로 아들 아니면 딸이라고 부르고 말이지. 아! 여기는 비랑일세. 초보 무사지. 여기는……."

"이수입니다. 표영 아저씨는 절 회색여우로만 알고 계시잖아요."

"아하하. 어쩌겠는가? 이름보다는 그쪽이 훨씬 기억하기 좋은걸."

그녀의 목소리는 작지만 또렷했다. 무사라서 그런 것일까? 그가 알고 있던 보통 여자와 그녀는 확연히 달랐다. 문제는 그 점이 어색하기는커녕 매력적으로까지 느껴진다는 것이었다.

"비랑입니다. 잘 부탁합니다."

비월의 인사에 이수가 고개를 끄덕였다. 간단한 대화가 끝나고 이수가 자리를 피했다.

같이 온 청풍단원들과 같이 갈 것이라는 예상과는 다르게 그녀가 간 곳은 대장군인 주원의 막사였다. 밖에 있는 병사와 대화를 한 후 그녀가 막사 안으로 들어갔다.

주원과 할 이야기가 무엇이라는 것인가? 어쩌면 비월의 기대와는 다르게 별다른 것이 아닐 수 있었다. 잠깐 지나가듯 본 여자임에도 시간과 상황이 괜찮았다면 좀 더 대화하고 싶었다.

그 때 서둘러 이동하라는 병사의 고함이 울렸다. 아쉬웠지만 다음을 기약하며 비월이 자리를 이동했다.

*　　　*　　　*

저녁이 되자 햇볕을 피해 막사에 있던 비월이 밖으로 나왔다. 첫날인 만큼 새로운 환경에 적응하기란 쉽지 않았다. 더군다나 귀족의 때라는 게 있기는 한지 주변 무사들 또한 은근히 비월을 따돌리고 있었다.

다행이라면 그들과 상관없이 말을 걸어 주는 표영 덕분에 그나마 악의적인 분위기가 누그러졌다는 것이었다. 그가 소개해 주는 무사들과 대화를 나누며 비월은 주변 분위기를 살폈다.

확실히 이곳에는 문제점이 많았다. 무사를 제어해야 할 병사들이 도리어 휘둘리고 있었다. 더군다나 지휘관이라고 있는 이들은 아랫 사람들에게 아무런 관심도 없었다. 이런 상황이니 전투에서 이길 리가 없었다.

설상가상으로 비월과 함께 온 무사들은 한눈에 봐도 그 정도가 심했다.

비월의 시선을 따라간 표영이 고개를 저었다.

"저런 놈들이 무사랍시고 오다니…… 뭐 어느 전쟁에나 저런 놈들이 꼭 한 무리는 있어. 실력도 없는 주제에 콩고물만 떨어지길 기다리고 있는 것들 말이야."

"그리 보기 좋은 모습은 아니군요."

"이 바닥이 더러운 것도 있으니까. 어차피 한 번은 부딪칠 테니까 참아 봐. 본때를 보여 주고 나면 대부분 도망가거나 정신을 차리거든."

표영의 말이 이해가 안 된 비월이 그에게 다시 물으려 할 때였다.

"이야. 예쁘장한 사내인 줄 알았더니 계집이잖아. 잘빠졌는데?"

역시 질적으로 안 좋아 보이더니만 결국 시비가 붙었다. 분란의 원인인 사람을 본 비월의 눈이 좁아졌다. 낄낄거리며 음담패설을 늘어놓는 무리들의 시선 끝에 이수와 단발머리의 무사가 서 있었다.

아무리 문제가 있는 전쟁터라지만 있을 수 없는 상황이었다. 더군다나 이수를 향해 쏟아지는 말은 사내가 듣고 있기에도 민망했다. 불쾌감에 인상이 찌푸려졌다. 비월이 몸을 일으키려는 찰나 표영이 그를 잡았다.

"지켜보게나. 재미있어질 거야."

어느새 이수와 단발머리 무사의 주변을 그들이 둘러쌌다.

그들의 소리에 이수가 길게 한숨을 내쉬었다. 이번에는 잘 지나가나 했더니만 결국 올 게 와 버렸다. 여자로서 전쟁터에서 살아가는 일은 쉬운 게 아니었다. 약하면 밟힌다. 전쟁터에서든 과거의 가문에서든 악착같이 살아남으며 배운 사실이었다.

"려현 오라버니, 잠시 비켜 주세요."

이수가 귀찮다는 듯 려현에게 말하자 무리에게서 바로 반응이 나왔다.

"사이가 좋은데? 재미 좋나 봐. 큭큭큭. 같이 즐기자고."

그들의 반응을 무시하며 이수가 려현에게 무기를 던져 달라고 부탁했다. 그러자 려현이 가까이에 있는 봉을 꺼내 그녀에게 던졌다. 려현에게 봉을 받은 이수가 두어 번 돌렸다.

봉이 마음에 들었는지 만족한 이수가 무리를 향해 자세를 잡았다.

봉을 잡은 이수의 자세는 아주 깔끔했다. 비교할 것은 아니었지만 현재 비월이 키우고 있는 창병과 견줄 만했다.

"도와줘야 되는 거 아닙니까?"

"도와줘? 하하하핫."

표영이 크게 웃음을 터트렸다. 한참을 웃은 그가 비월을 보며 장난스럽게 말했다.

"자네나 내가 도와주지 않아도 알아서 잘할 여자일세. 그리고 대부분 문제가 심한 놈들을 휘어잡은 게 바로 그녀야."

"뭐가 어떻게 돌아가는지 모르겠습니다."

비월의 말에 표영이 고개를 끄덕였다.

"하긴 나도 처음에 여우를 만났을 때는 아무것도 몰랐지. 좋네.

내 아는 선에서 알려 주지. 그러니까 자꾸 일어나지 말고 자리에 앉게. 구경은 앉아서 하는 거야.”

느긋한 표영의 말에 답답해하는 비월이 다시 물으려는 순간, 이수가 움직였다.

이수의 앞에 있던 무사가 그녀를 향해 달려들었다. 나무로 된 봉과 철검을 보았을 때 예상할 수 있는 결과는 뻔했다. 그 때 무기가 부딪치는 대신 둔탁한 음이 무사에게서 들려왔다.

“악!”

비명을 지르며 몸을 숙이는 무사를 놓칠세라 이수가 봉으로 등을 후려갈겼다. 순식간에 여덟 대를 맞은 무사는 꿍음과 함께 바닥에 곤두박질쳤다.

눈 깜빡할 사이에 일어난 일에 당황한 무사들을 이수가 공격했다.

가벼운 몸과 반동을 이용한 찌르기, 쓸데없는 움직임을 최대한 절제한 신속의 공격이었다. 상당한 실력이라고 했지만 저 정도일 거라고는 예상조차 하지 못했다.

비월의 표정을 보고 있던 표영이 말을 시작했다.

“자네도 알다시피 전쟁에 오는 여자들은 두 분류야. 귀하신 귀족 여인이 자신의 약혼자라는 나부랭이를 보러 오는 희귀한 경우고, 또 다른 하나는 매춘과 밀매지. 더럽고 위험하지만 돈은 괜찮거든. 여자 무사는 보기 드문 존재이기도 하지만 실력은 별로인 경우가 많지. 그래서 실제로 무사로 인정해 주는 경우도 드물어.”

“……”

“하지만 회색여우는 달라. 전쟁이라는 걸 겪어 본 놈들은 그녀를 무시하기는커녕 친해지려고 하지. 그건 보수적인 이 바닥에서 아주 괜찮은 실력을 가지고 있다는 거야."

또 한 명의 무사가 바닥에 곤두박질쳤다. 이수를 희롱하던 무사들의 안색이 굳어졌다. 개중에는 그 자리에서 빠져나가기 위해 무리에서 이탈하는 자들까지 있었다.

"회색여우는 시비를 거는 놈들과 싸워 가며 실력을 키웠다고 하지. 그리고 다시는 시비를 걸 생각조차 못 들게 할 정도로 만드는 걸로 유명하네. 단순히 혼나는 수준이 아닌 죽지만 않을 정도로 팬다고 생각하면 된다네."

"처음부터 어느 정도의 실력이 있었다는 것입니까?"

비월의 질문에 표영이 고개를 저었다.

"자세한 건 모르네. 사연이 없는 무사는 없지 않은가?"

표영의 말에 비월은 고개를 돌렸다. 어느새 상황은 거의 다 정리되어 있었다. 어떻게든 이 상황에서 벗어나려는 무사들과는 다르게 이수는 숨조차 평온했다. 바닥에 뻗어 있는 무사들은 일어날 생각조차 하지 못했다. 봉으로 후려치면서 뼈를 부러뜨린 듯했다.

전쟁터에 있는 단 한 명의 여자 무사. 더군다나 거친 무사들 사이에서 인정을 받고 있는 여자였다. 조용하고 부드럽다고만 생각했는데 올곧은 자존심까지 가지고 있었다. 비월은 고개를 숙여 자신의 손을 쳐다봤다. 알 수 없는 전율에 손이 떨렸다.

비월은 이수에 대한 평가를 정정했다. 눈앞의 여자는 분명 단순히 돈만 받고 움직이는 이가 아닐 것이다. 분명히 그 이상의 것을 해낼 역량이 있었다. 이번 일의 해답이 그녀에게 있을지도 모른다는 생각이 들었다.

하지만 지금의 전율은 어색했다. 빨리 해답을 찾을지도 모른다는 기쁨에 떨리는 것 같지 않았다. 시선을 뗄 수가 없다. 무사로서의 이수가 아닌 한 명의 사람으로서 그녀를 알고 싶었다.

마지막 무사까지 완전히 쓰러뜨린 이수는 지겹다는 표정으로 들고 있던 봉을 바닥에 내려놓았다. 그리고 어느새 곁에 다가온 려현과 대화를 하며 멈췄던 길을 다시 걸어갔다.

점점 사라지는 그녀의 뒷모습을 보고 있던 비월이 몸을 돌렸다. 어차피 조만간 청원과 만날 것이었다. 섣부른 접근은 금물이었다. 조금씩 차근차근 준비하다 보면 기회는 분명히 올 것이다. 그리고 그때, 그녀와 다시 만나게 될 것이다.

*   *   *

언제나 눈을 감고 뜬다.

하우에서 기다리고 있는 이수와 가족들.

그들의 온몸에서 흐르는 피.

살아 달라는 부탁.

화사하게 짓고 있는 미소.

그들이 짓는 미소가 흉기가 되어 이수의 목을, 그리고 심장을 공격했다.

"헉."

이수가 땀을 흘린 채 벌떡 자리에서 일어났다. 여전히 여운이 남아 있는 듯 작은 몸이 사시나무처럼 떨렸다.

"어째서……."

진정되지 않는 심장을 다스리며 이수는 흔들리는 눈으로 밖을 보았다.

아직은 어두운 시간, 해가 뜨려면 시간이 지나야 했다.

눈에서 흘러나오는 눈물을 손으로 닦아 냈다. 눈물이 흥건히 묻어 있는 손이 심장을 움켜쥐었다.

"살아 있어."

떨리고 있는 주먹을 단단히 쥐며 이수가 길게 숨을 내쉬었다.

"나는 살아 있어."

주문처럼 흘러나오는 말이 이수의 심장을 강하게 압박했다. 괜찮아지는 듯하더니 다시 꿈이 스쳐 지나갔다.

생각하고 싶지 않은 과거가 떠오르다 사라졌다.

월, 아니 이수는 살아남았고 그들은 죽었다.

시신조차 제대로 거두지 못한 이들. 바로 가족과 벗이었다.

목숨이 왔다 갔다 하는 전쟁터 안에서 이수를 악착같이 붙잡고 있는 건 죽은 이들의 그림자였다.

"한 번이라도……."

모든 이들이 곤히 잠자고 있는 새벽, 이수의 낮은 목소리가 막사에 공허하게 울렸다.

백발로 변해 버린 머리카락이 검은색으로 돌아오기까지, 부드럽고 매끄럽던 손이 단단하게 변할 때까지, 예의범절과 어조를 중요시했던 그녀가 가장 빠르게 사람을 죽이고 철저히 돈을 챙기는 무사로 변하는 데까지 팔 년이 걸렸다.

시간이 지날수록, 삶의 방식이 변할수록 안에 있는 상처는 더욱 아프게 그녀를 쑤셨다.

"단 한 번이라도 당신들의 체온을 느낄 수만 있다면, 그렇게만 된다면……."

말은 끝까지 잇지 못했다.

눈에서 나온 눈물이 볼을 타고 목으로 흘러내렸다. 초점 없는 눈동자가 정면을 향해 고정되었다.

한동안 움직이지 않던 그녀가 밖에서 느껴지는 인기척에 눈물을 닦고 자리에서 일어났다. 전쟁터에 어울리지 않는 느릿느릿한 걸음, 아니 느릿하기보다는 쓰러질까 불안한 걸음걸이였다.

그녀가 알고 있는 단 한 사람의 걸음. 그 사람은 이 시간에 나오면 안 되는 이였다.

서둘러 준비를 마친 그녀가 밖으로 나갔다.

*　　*　　*

사흘이 지나고, 평소보다 일찍 일어난 비월은 정보를 교환하기 위해 청원과 만나기로 한 막사에서 기다리고 있었다. 실질적으로 정보를 교환하겠다는 것이었지만 안타깝게도 비월이 얻은 정보는 별로 없었다.

"빨리 왔네?"

새벽임에도 청원의 모습은 깔끔하고 화려했다. 먼지와 모래가 날리는 전쟁터가 아니라 수도에서 열리는 귀족연회에 참여해야 할 것 같은 모습이었다.

평소에도 외모에 신경을 쓰는 청원이었지만 전쟁터에서까지 그러지 않을 거라는 생각을 하고 있었던 비월로서는 솔직히 어이가 없었다.

"어디 나갔다 온 건가?"

"아니. 이 새벽에 어디를 간다는 건가? 오늘 아침의 시작은 불행하게도 고운 여인이 아닌 자네라네. 덕분에 준비하느라 시간이 덜 걸렸지."

비월은 청원의 말에 고개를 설레설레 저었다. 그런 비월을 보며 청원이 속으로 웃음을 삼켰다.

눈앞의 담백한 친구는 부와 힘을 가지고도 이해가 안 될 정도로 자신에게 관심이 없었다. 비월이 원하는 건 아버지에게서의 독립, 그리고 스스로 만들어 놓은 것을 지킬 만한 힘과 권력뿐이었다.

이제는 한고비만 넘기면 끝날 일임에도 비월은 앞만 보며 달리는 말같이 조급해했다.

"조급한 내 벗. 자네 소원대로 빠르게 시작해 보자고. 내가 먼저 할까? 자네가 할까?"

이번만큼은 청원의 말이 마음에 들었다. 들키지 않고 복귀하려면 이야기는 빨리 끝내야 했다.

고개를 끄덕인 비월이 먼저 입을 열었다.

"전에 있었던 장군은 전쟁을 서둘러 끝낼 목적으로 무사들에게 계약했던 금액의 두 배를 준다고 약속했나 보더군. 그런데 실질적으로 두 배는커녕, 그전에 계약했던 금액도 제대로 주지 않았다고 한다."

"에엥? 말이 안 되지 않은가. 그전의 금액은 꼬박꼬박 나갔어. 무엇보다도 그 금액을 지급한 건 자네라고."

"그때 확실히 돈을 이곳으로 보냈다. 아무튼, 밀린 걸 계산하면

석 달 정도 금액이 비더군. 그 이외에는 아무것도 못 알아냈다. 너는?"

비월의 말에 청원이 자신의 턱을 살살 어루만졌다.

"실은 이쪽도 문제가 있긴 해. 비월 자네 청풍단에 대해 들어 봤는가?"

예상하지 못했던 단어에 놀란 비월이 고개를 끄덕였다. 그의 긍정에 청원이 말을 계속하였다.

"사흘 전, 주원 님에게 청풍단의 이수라는 여자가 찾아왔었다."

그녀다. 비월은 사흘 내내 자신의 신경을 건드리던 이수를 떠올렸다.

전투가 없을 때조차 기척을 거의 느낄 수 없는 여자였다. 사내들의 세상인 전쟁터에서 그녀는 확실하게 자신의 자리를 지키고 있었다. 지금의 일과는 연관이 없는 것 같으면서도 어느 순간 비월도 모르는 사이에 이수의 이름이 나오고 있었다.

그녀는 무언가를 알고 있는 것일까? 아니면 그녀가 연관되어 있는 것인가?

"벌써 아는 것인가?"

청원의 물음에 비월이 고개를 저었다.

"자세히는 모르네. 하지만 주원 님의 막사로 들어가는 그녀를 봤었지. 만났나?"

"아니, 나는 못 봤고 주원 님하고만 만났네. 어쨌든 그녀가 주원 님께 의외의 이야기를 했다더군."

"무슨 이야기였는가?"

"밀린 무사단의 계약금과 약속된 추가 금액의 지급이었다. 우리

83

는 서류상으로 지급이 끝났다고 했더니 다시 확인해 보라고 하더군. 그 일이 해결되지 않는다면 이제부터 일어나는 모든 전투에는 참여하지 않는다고 했다더군. 무사치고 당돌하지 않은가?"

말을 끝내며 청원이 어깨를 으쓱했다. 그의 이야기를 듣고 있던 비월이 턱을 손으로 쓸었다.

"약속한 계약금을 떼먹을 생각은 없지만, 그렇다고 무사단이 하나 빠진다고 일이 심각해지지는 않을 것 같은데?"

"나도 생각했는데, 이곳에 온 지 얼마 안 된 우리와는 다르게 주둔해 있던 장군들과 병사들은 크게 동요하더군. 그래서 알아봤더니 완전 주객전도였네. 주단의 군대에 무사가 의존하는 게 아니라 그 반대였어. 주도권을 청풍단이 휘어잡고 있었던 거지."

청원의 말에 비월의 눈이 가늘어졌다. 그런 일이 진짜 가능한 것일까? 귀족인 관리들이 순순하게 평민 계급인 무사단에 의존하는 일이 쉽게 일어날 리 없었다.

비월의 표정에 청원은 말을 계속했다.

"전쟁이 길어지면서 담당도 자주 바뀌었나 봐. 그러면서 전쟁과는 별 상관 없는 문관이 와서 장군이라며 따르라고 했다니 말 다한 거지. 주원 님 전에 죽었다는 장군도 알아보니 지방의 하급 문관이었어. 전쟁터가 이 지경이니 이길 리가 있었겠는가? 며칠 전에 일어난 전투도 청풍단이 적을 막아 주는 사이에 간신히 도망간 것이라고 하더군. 상황이 좋지 않아."

말도 안 되게 돌아가는 상황에 비월이 거칠게 머리를 긁었다. 금방 해결될 것이라고는 생각하지 않았지만 답은커녕 물음만 계속 나오고 있는 상황이 답답했다. 이 상황에서 청풍단이 빠진다는 건 결국 다른 무사들도 빠진다는 걸 의미했다.

원인을 밝히는 것도 중요했지만 병사들과 무사들을 진정시키는 게 우선이었다.

비월의 말에 청원이 맞다는 듯 고개를 끄덕였다.

"주원 님도 같은 생각이었네. 그쪽을 잠재우는 것은 우리가 할 테니 자네는 빨리 알아보는 게 좋겠어. 중간에 누가 꿀꺽했는지는 모르겠지만 그쪽을 잡아야 일이 해결될 것 같으니까 말이야."

"알았다. 그러면 다음에 만나는 건 일주일 뒤로 하지. 그때까지 최대한 알아보……."

말을 하던 비월이 밖에서 느껴지는 기운에 멈췄다. 청원도 느낀 듯 막사의 입구로 몸을 옮겼다. 허리에 차고 있던 단검에 손을 댄채 비월이 막사 밖으로 조심히 나왔다. 만약 둘의 대화를 들은 사람이 있다면 살려 둘 수 없었다. 하물며 이민족에서 심어 놓은 첩자라면 반드시 없애야 했다.

새벽이라 어두웠지만 멀리 보이는 모습은 남자였다. 쓰러질 듯 위태롭게 걷는 걸음과 툭 치면 무너질 정도로 가는 체구는 첩자라기보다는 환자라는 게 맞았다. 길게 숨을 내쉬며 비월이 단검을 다시 넣었다.

자신과 똑같은 반응을 하던 청원을 되돌려 보낸 후 비월은 기척을 숨긴 채 그를 따라갔다.

별다른 의도는 없었다. 그저 저대로 그냥 두었다가 쓰러지지 않을까 걱정이 되었을 뿐이었다.

몇 걸음 걷지도 않았는데 무엇을 느꼈는지 휘청휘청 걸어가던 남자가 고개를 돌렸다.

신체학적인 남자, 그뿐이었다. 숨이 막힐 듯 고운 선. 그리고 붉은 입술. 고혹적인 외모를 가지고 있었지만 남자로서의 매력은 아니었다.

이질적인, 확실하게 말할 수 없는 이중적인 느낌이 느껴졌다.

쌀쌀한 날씨이건만 남자는 얇은 홑옷 이외에는 아무것도 걸치지 않고 있었다.

"괜찮소?"

비월의 말에 남자는 알 듯 모를 듯 한 미묘한 미소를 지으며 고개를 숙였다. 그 태도가 여인의 행동과 너무나도 흡사하여 비월은 고개를 갸웃했다.

"달이 아직 남아 있는지요?"

목소리 또한 사내라기보다는 여인과 비슷했다. 상대하면 할수록 기분이 이상했지만 겉으로 티를 내진 않았다. 고개를 들어 하늘을 쳐다보았다. 서쪽 끝에 희미한 초승달이 떠 있었다.

"서쪽에 아직 떠 있소. 아주 희미하지만 말이오."

말을 듣고 있던 남자가 비월에게 다가왔다.

'아······.'

남자를 보고 있던 비월은 이제 알겠다는 듯 숨을 삼켰다. 눈앞의 남자는 맹인이었다. 눈을 감은 채 비월에게 다가온 남자가 그의 앞에 고개를 숙였다.

"감사합니다."

서쪽이 어디라고 알려 주지도 않았건만, 남자는 방향을 알고 있는 양 걷기 시작했다. 그 모습을 한동안 보고 있던 비월이 결국 고개를 저었다.

불편한 기분에 가까이 가고 싶지는 않았지만 한눈에 봐도 위태로워 보였다. 그런 사람을 이런 날씨에 내버려 두고 가자니 마음이 편하지 않았다. 비월은 남자의 팔을 잡으며 어색하게 말했다.

"달이 보이는 자리까지 안내해 주겠소."

비월의 호의에 고개를 저으려던 남자는 무슨 연유에서인지 한동안 말없이 그에게 허공에 떠도는 시선을 갖다 대었다. 눈이 보이지 않아 시선을 맞추지는 못하였으나 비월은 남자가 자신을 바라보는 것 같은 기분을 느꼈다..

하지만 그것도 잠시, 고개를 끄덕인 남자가 나지막이 말했다.

"부탁드립니다."

남자는 안고 가도 될 정도로 무게감이 느껴지지 않았다. 마음 같아서는 업고서 저 앞에 보이는 장소까지 단숨에 데려다 주고 싶었지만 부탁하지도 않은 일을 멋대로 할 수는 없었다.

"앞도 안 보이면서 왜 달을 보려 하는 거요?"

비월의 물음에 남자는 힘겹게 미소를 지었다. 느리지만 차근차근 걸음을 옮기며 남자는 입을 열었다.

"눈이 보이지 않아도 보고 싶은 게 있지요. 만질 수는 있어도 다가갈 수는 없는 게 있는 것처럼 말입니다. 아마 왜 이 시간에 나왔냐며 무섭게 화를 내겠지만 걱정이 되는 것을 어찌하겠습니까? 세상에서 가장 귀한 이에게 내가 해 줄 수 있는 일이 이런 것밖에 없으니 어쩔 수 없지요."

아리송한 그의 이야기에 비월이 고개를 갸우뚱하는 사이 어느덧 앉아도 될 만한 자리에 도착했다.

"다 왔소. 바로 위에 달이 있소."

"감사합니다."

고개를 숙인 남자는 비월의 부축에서 빠져나왔다.

'이만 막사로 돌아갈까?'

하지만 발이 떨어지지 않았다. 저렇게 있다가 픽 쓰러지지 않을까 불안했다. 무엇보다도 하늘을 향해 고개를 든 남자의 모습이 신비로워 발길이 떨어지지 않았다.

새벽의 찬바람이 남자와 비월을 향해 스치고 지나갔다.

길게 숨을 마신 남자의 입에서 작은 노랫소리가 들려왔다.

조용하고 짧은 노랫소리였지만 처절할 정도로 애처롭고 온몸이 떨릴 정도로 아름다운 음색이었다. 그 어떤 화려한 악기도, 화음을 넣어 주는 가희도 지금의 노래와는 비교할 수 없었다. 마치 생을 태우듯 애처롭게 나오는 노래에 비월은 온몸이 속박된 것처럼 움직일 수 없었다.

마지막에 인사하듯 허리를 숙이고 있던 남자가 천천히 고개를 들었다. 그리고 시선을 돌려 비월을 쳐다봤다.

남자는 비월을 향해 무어라 짧게 말했다.

"지금 날 보며 뭐라 하시지 않았소?"

그의 물음에 남자가 미소와 함께 다시 입을 열었다. 하지만 그의 작은 목소리는 뒤에서 들려오는 여자의 목소리에 묻혀 버렸다.

"오라버니?"

놀란 비월이 고개를 돌렸다. 남자와 비월의 시선 끝에는 하얀 김을 뿜고 있는 이수가 서 있었다.

*　　　*　　　*

정면에서 눈이 마주친 것이 두 번째였다. 혹시 청원과 자신을 본 것일까? 아니다. 서둘러 뛰어온 것을 보면 막 도착한 것이 분명했다. 지금 상황을 무엇이라 설명해야 할까? 비월은 그녀를 보며 고민했다. 그냥 편하게 부축을 해 준 것이라 하면 될 것이다. 하지만 막상 이수의 앞에 서니 생각한 말이 나오지 않았다.

고민하고 있는 비월과는 다르게 이수는 바로 움직였다.

비월을 보고 있던 시선이 그의 너머로 옮겨 갔다. 역시나 불안한 기척은 이수가 잘 아는 그 사람의 것이었다. 이수는 서둘러 가지고 온 두꺼운 장옷을 펼치고는 비월을 지나쳐 달려갔다.

"성연 오라버니, 왜 나와 계세요?"

이수의 목소리에 파리한 남자, 아니 성연이 위에 가 있던 시선을 내렸다.

"달이 곱게 피었습니다. 이수."

성연은 이수가 보이는 것처럼 그녀를 향해 초점 없는 시선을 맞추었다.

한편 성연의 모습을 보고 있는 비월이 고개를 갸웃했다. 이수가 오면서부터 성연은 무언가 달라져 있었다. 조금 전까지는 아무리 날씨가 추워도 몸을 떨지는 않았었다. 하지만 지금, 웃고 있는 눈과는 달리 입은 작게 떨고 있었다. 이수는 그가 추워서 떨고 있는 것으로 생각하는 것 같았지만 옆에 있었던 비월에게는 다르게 느껴졌다.

비월이 성연을 어떻게 보고 있는지도 모른 채, 이수는 장옷을 펼쳐 성연의 어깨에 올려 주었다. 장옷 안으로 바람이 들어가지 않도록 단단히 여며 주며 그녀가 말했다.

"달이 피었다 한들 사막의 새벽은 춥습니다. 몸에 안 좋아요."

걱정이 묻어 나오는 이수의 말에 성연은 미안한 표정으로 고개를 끄덕였다. 그의 답을 들었음에도 이수의 표정은 좀처럼 나아지지 않았다.

이수이면서 월이라는 것을 알고 있는 유일한 사람, 하늘 아래 그녀가 가장 믿을 수 있는 사람이었다. 몸이 좋지 않아 추운 날씨엔 밖에 돌아다니면 안 되는 사람이었건만 아무래도 무언가를 느낀 듯했다.

이수를 보며 웃고 있던 성연은 비월을 향해 고개를 돌렸다. 그러자 그제야 이수 또한 비월과 시선을 마주쳤다.

요즘 얼굴을 자주 마주치고 있는 초보 무사였다. 이름은 기억하지 못했지만 그가 성연을 여기까지 데리고 왔다는 사실에 화가 치밀었다. 한눈에 봐도 병세가 심한 환자였다. 막사로 되돌아가라고 해야 하는 것이 도리 아닌가.

화가 난 이수가 비월을 싸늘하게 쳐다봤다. 그녀에게서 느껴지는 적의와 분노에 비월은 난감한 표정을 지었다. 그녀가 왜 화가 났는지는 알고 있었다. 억울했지만 완벽히 결백한 것도 아니기에 비월이 먼저 이수에게 사과의 의미로 고개를 숙였다.

둘의 기척을 느끼고 있던 성연이 이수를 말렸다.

"그는 잘못이 없어요, 이수. 달이 보고 싶어 그에게 안내를 부탁했어요. 그의 탓이 아닙니다."

성연의 말에 이수의 표정이 조금은 누그러졌다. 이수의 팔을 잡으며 그가 말을 이었다.

"미안해요. 내가 잘못했어요. 다시는 새벽에 나오지 않겠습니다. 그러니 화 푸세요. 나 때문에 저 사람까지 당혹스럽게 만들고 싶지 않아요."

성연의 말에 이수는 비월을 향해 고개를 돌렸다. 확실히 고집을 피울 때의 성연은 아무도 막지 못했다. 하물며 성연을 처음 보는 저 사내가 말릴 수 있을 리 없다. 추운 날씨에 얇은 옷을 입고 있는 성연을 본 터라 아무래도 성급하게 생각하고 행동한 것 같았다.

"오해했습니다. 죄송합니다."

날카로운 적의가 사라진 그녀는 진심을 담아 곧바로 비월에게 사과했다. 그녀의 빠른 사과에 비월이 의외라는 표정을 지었다.

평민이기 때문일까? 아니면 사내들 틈에서 활동하는 무사이기 때문일까? 쓸데없는 자존심에 사과를 안 하려 질질 끄는 다른 여인네들과는 달리 그녀는 바로 머리를 숙였다. 이수라는 여인는 만나면 만날수록 새롭게 느껴졌다.

이수의 사과를 받은 비월이 머리를 긁적였다. 마침 회색여우라 불리는 그녀와 안면을 익힐 수 있는 절호의 기회였다.

하지만…… 그 때문이 아니더라도 그녀에게서는 알 수 없는 끌림이 느껴졌다. 지금까지 그 어떤 여인에게서도 느껴 보지 못했던 떨림이 만나면 만날수록 강해졌다. 공적인 기회가 아니더라도 사적으로 그녀에게 가까워지고 싶었다.

소서의 가주, 서비월이라면 절대로 먼저 하지 않았을 말이 결국 그의 입에서 나왔다.

"막사로 돌아가실 거라면 부축해 드리겠습니다."

"이수, 그렇게 해요. 오늘은 많은 일이 있을 것이니 이수는 힘을 아끼는 게 좋아요."

성연의 말에 거절하려던 이수는 결국 고개를 끄덕였다. 비월에게 성연을 맡긴 그녀는 비월의 반대편으로 몸을 옮겼다.

"이름을 다시 물어봐도 되겠습니까?"

이수의 물음에 비월은 그녀의 눈을 바라보았다.

보면 볼수록 끌려들어 가는 느낌.

"비랑입니다."

비월의 말에 이수가 고개를 끄덕였다. 스치듯 듣고 지워 버렸던 과거와는 다르게 이수는 그의 이름을 머릿속에 새겼다. 성연을 막사에 데려다 줄 때까지 둘은 아무 말도 하지 않았다.

다만 비월의 부축을 받고 있던 성연의 안색이 유난히 어두울 뿐이었다.

비월과 이수의 분위기를 느끼고 있던 성연이 한숨과 함께 눈을 감았다.

그가 알고 있는 한, 아직 둘은 만나면 안 되는 사이였다.

성연은 자신의 막사에 도착한 후, 자리에 누우며 굳게 눈을 감았다.

비월을 처음 만나고, 그가 이수와 인사를 하는 동안 빠르게 뛰는 심장을 잠재우느라 그는 아무 생각도 하지 못했다.

태연한 척, 최대한 그와 이수가 어긋나게 하기 위해 일부러 장소를 옮겼고, 비월의 발을 붙잡아 놓았었다.

적어도 앞서서 본 미래로는 그렇게 하면 둘은 만나지 않았을 것이다.

그런데 본 미래와는 다른 현재가 진행되고 있었다.

차가워진 몸에 이수가 이불을 덮어 주자 성연은 잠이 든 것처럼 편안히 눈을 감았다.

하지만 이불 속 그의 두 손은 굳게 주먹을 쥐고 있었다.

*　　*　　*

쇠가 박힌 몽둥이가 눈앞으로 빠르게 다가왔다.

고개를 숙여 무기를 피한 비월이 적의 팔을 베었다. 그리고 고통에 무기를 내리는 적의 틈으로 주저 없이 검을 꿰뚫었다. 비월은 숨을 내쉬며 얼굴에 묻은 피를 닦아 냈다.

쇠밧줄로 달려드는 적을 밀쳐 내며 비월은 검을 휘둘렀다. 평소에 쓰던 검이 아닌 지급받은 검이라 그런지 밧줄은 쉽게 잘리지 않았다. 도리어 뱀이 나무를 타듯 쇠밧줄이 비월의 검을 휘감았다.

힘의 대치가 둘 사이에 이루어졌다. 여기서 검을 빼앗기면 죽는다는 소리와 마찬가지였다. 그렇다고 한도 끝도 없이 이런 상황이 계속되는 것 또한 위험했다. 이를 악물며 검을 잡고 있는 비월의 옆에서 새로운 적이 대검을 들어 올리고 있었다.

양손으로 쥐고 있던 검을 한 손으로 바꿔 쥐며 허리에 차고 있던 단검에 손을 가져갔다. 힘의 대치에서는 무너지겠지만 이 상황을 빠져나갈 유일한 방법이었다. 손을 떼려는 순간, 대검을 들고 있던 이민족의 등에서 살이 베이는 소리와 함께 피가 뿜어졌다.

그 뒤로 얼굴 곳곳에 피가 묻어 있는 이수가 비월과 대치하고 있는 쇠밧줄을 비스듬히 잘라 냈다.

단번에 잘리지 않던 쇠밧줄이 부드럽게 잘렸다. 줄이 끊어지자

때를 놓치지 않고 비월이 정면의 적을 벤 후 몸을 돌려 이수의 뒤를 치려는 적을 향해 단검을 던졌다.

이수의 고개가 돌아가기도 전에 적이 비명을 지르며 쓰러졌다. 그 모습을 확인하는 대신 비월이 이수에게 다가가며 짧게 말했다.

"고맙소."

잔금을 치러 주기 전까지는 전투에 참여하지 않겠다는 선언은 한 청풍단, 하지만 이번 전투는 그들로서도 어쩔 수 없는 참여였다. 이른 아침, 아침 식사를 기다리고 있던 곳을 적이 급습했기 때문이었다. 상대적으로 이곳의 지리에 익숙한 이민족과는 달리 더위에 약한 주단국의 약점을 노린 역습이었다.

제대로 대처할 틈도 없이 당황하고 있는 병사들과 무사들 사이에 보호막이 된 건 청풍단이었다.

그의 말에 이수는 고개를 끄덕이고는 옆으로 달려드는 적을 향해 검을 휘둘렀다. 그 모습을 비월이 눈으로 좇았다.

계속된 전투 때문에 상기된 얼굴이었지만 실력은 비월도 인정할 정도로 수준급이었다.

혼란 속의 고요.

전장 속에서 그녀가 휘두르는 검은 빠르고 강하면서도 침착하고 정확했다.

거칠고 사람을 무시하기로 유명한 무사들 사이에서 그녀의 입지가 남다른 이유가 보이는 순간이었다. 하지만 그뿐이 아니었다. 전란 속에서 검을 휘두르는 그 모습은 화려한 치장을 한 여인보다도 아름다웠다. 사내들조차 치를 떠는 전쟁터에서 정면으로 마주하고 맞서는 모습이 소름이 끼치도록 매력적이었다.

반짝반짝 빛나 보인다. 다른 이에게서는 보지 못했던 빛이 이수에게서는 강렬하게 느껴졌다.

비월이 무슨 생각을 하는지 알 리 없는 이수는 달려드는 적을 제압하며 말했다.

"비긴 겁니다. 그리고 적의 밧줄은 비스듬히 쳐야 단번에 잘립니다."

말을 끝낸 이수는 다른 곳을 향해 움직였다. 끊임없이 달려드는 적을 베어 넘기면서도 그녀는 적들과 싸우고 있는 비월을 곁눈질로 보았다. 성연과의 일이 있었던 후, 몇 번을 만나 봤지만 무사라고 하기에는 느낌이 달랐다. 초보라 그런 것이라 표영이 말했지만 이수의 감은 그것이 아니라고 말하고 있었다.

무언가 숨기고 있는 느낌이었지만 이수는 당장 티를 내지 않았다.

지금 전투는 답을 기다리고 있는 이수에게는 기회였다. 이번 일을 기점으로 돈을 받아 낼 수 있는 약점을 찾아낼 것이다.

"모두 공격! 단 한 명도 살려 두지 마라!"

치열한 전투 속에서 들려오는 소리에 무사들의 고개가 돌아갔다. 어느새 군사를 이끌고 온 주원이 일사불란하게 명령을 내리고 있었다. 가까이 다가온 비월이 주원과 시선을 맞추었다. 그의 옆에 있는 청원과도 시선을 주고받은 비월은 무사들과 같이 움직였다.

상황이 조금씩 불리하게 진행이 되자 이민족이 후퇴하였다. 살아남은 병사들과 무사들은 환호를 질렀다. 얼굴에 묻은 땀과 피를 닦아 내며 비월이 미소를 짓자 그의 등을 치며 표영이 살았다는 듯 웃음을 터트렸다. 그의 웃음에 비월 또한 고개를 끄덕였다.

상황이 정리되자 주원은 청풍단원과 함께 있는 여청풍을 향해 걸어갔다. 그의 등장에 여청풍이 단원을 물리고 몸을 숙였다.

"그대의 무사단이 시간을 벌어 줘서 지킬 수 있었다. 고맙다."

"저희야 살기 위해 무기를 휘둘렀을 뿐입니다. 천한 것을 이토록 세워 주시다니 감사하옵니다."

여청풍이 몸을 숙이자 주변의 무사들도 같이 행동했다. 그들에게 고개를 들라 말한 주원이 뒤에 있는 병사들에게 말했다.

"나와 함께 온 병사들은 주변을 수습한다. 선봉에 섰던 무사들은 상처를 치료한 후, 쉬어라. 그리고 여청풍, 잠시 그대와 대화를 하고 싶다."

"앞서십시오. 따라가겠습니다."

주원이 걸어가고 그 뒤를 여청풍이 따랐다. 제각각 움직이는 무사들 사이에서 비월이 옆에 있는 표영에게 팔을 들어 올렸다.

"이것 좀 치료하고 오겠습니다."

"아이고, 어쩌다 그리 다쳤는가? 어서 갔다 오게."

마지막 적을 상대할 때 일부러 맞아 준 상처였다.

적이 침입을 하거나 선제공격을 가했을 때도 완벽한 승리를 거둔 일은 한 번도 없었다. 어느 정도 싸우고 나면 이민족들은 기회를 봐서 후퇴했다. 아무리 승세가 그쪽으로 기울여져 있어도 끝까지 결판을 보는 일이 없었다. 이 일의 진상을 파악하기 위해선 추측했었던 것들을 실제로 확인할 필요가 있었다.

무사들 사이에서 빠져나온 비월은 여분의 천으로 상처를 동여맸다. 전투 후의 혼란을 이용해 그가 이동한 곳은 군사물품을 모아 놓

은 막사였다. 그곳에도 이민족이 쳐들어왔었는지 군데군데 연기가
피어오르고 있었다.

"피해 상황은 어떠한가?"

막사로 오는 책임자의 모습에 비월이 몸을 숨겼다. 숨을 죽인 채
비월은 들려오는 소리에 귀를 기울였다.

"세 막사에 있던 식량과 서쪽 막사에 있던 무기와 갑주를 빼앗겼
습니다."

"이런 빌어먹을. 그건 무사단에 지급할 물품이었지 않나!"

"며칠 내로 나가야 할 물품이었습니다. 아무래도 다른 곳에서 충
당을 해 놓아야 하지 않을까요?"

"말이 되는 소리를 해! 만약 자신들 앞으로 배정되어 있는 물품이
무사단에 지급되면 자네를 포함한 모두가 죽어. 귀족들이 그런 걸
용서하겠는가! 차라리 무사단 물품이 빠져나가는 게 나아."

"하지만 이번 금액을 주지 않으면 주둔해 있던 무사단의 대부분
이 철수한다고 했습니다. 그 안에는 청풍단도 있지 않습니까?"

막사 책임자와 관리자의 대화에 비월은 눈썹을 모았다. 아무래도
몇 번의 전투에서 느껴왔던 질문의 답이 나온 듯했다.

완벽한 승리를 쟁취하지 못한 이유는 바로 약탈 때문이었다.

전투가 일어날 때마다 어떻게 알았는지 이민족들은 식량이나 무
기를 약탈했다. 청원을 통해 알아본 정보로는 몰래 물품 막사를 옮
겨도 사전에 알고 있다는 듯 움직였다고 했다.

전부는 아니었지만 일정량의 물품을 공격하여 빼앗았다. 심지어
선제공격을 통해 가져온 물품조차 다시 빼앗긴 일도 있었다.

분명히 내부 첩자가 있다. 누군가에 의해 정보가 빠져나가고 있

었다.

그때 둘의 이야기가 다시 진행되었다.

"무사단의 물품으로 부족분을 채운 게 한두 번이 아닙니다. 더군다나 이번 장군님은 그걸 허락하실 분은 아닌 것 같았습니다."

"골치 아프군. 어디서 조달을 해야 한단 말인가."

그 뒤로 이어진 이야기는 푸념일 뿐 정보가 없었다. 둘에게서 떨어진 비월이 생각을 정리했다.

언제나 물품을 강탈당하고 있으면서도, 지금까지 왔었던 장군들은 자신들의 몫만 유지되면 그만이라는 생각으로 묵인한 듯했다. 그렇기에 자신의 안위만 생각한 물품 책임자는 약탈당한 식량을 무사단의 물품에서 충당해 온 것이었다.

자신의 몫이 없음에도 움직여 준 이 무사단이 아니었다면 이 전쟁은 애초에 졌을 것이다.

'내통자가 누구인가⋯⋯.'

생각을 정리하고 있는 즈음, 희미한 기척에 비월이 몸을 숨겼다. 빠르게 움직이는 기를 따라가자 회색 머리카락이 그의 시야에 들어왔다.

'이수?'

조용하고 날렵한 움직임, 언제나 최소한의 기척만을 내며 다니던 그녀가 지금은 더욱 희미하게 느껴졌다.

이수는 가벼운 마음으로 뒤쫓을 상대가 아니었다. 비월은 잠복을 위해 절제해 왔던 힘을 풀고는 최대한 기척을 숨기며 그녀를 따라갔다.

그녀가 도착한 곳은 비월이 처음에 갔던 막사였다. 여전히 불평

불만을 터트리는 관리자와 책임자를 무심한 눈으로 보고 있던 이수는 품에서 종이와 목탄을 꺼내 무언가를 표시하였다.

빠르게 표시를 마친 그녀는 품에 물건을 넣으며 몸을 일으켰다. 긴장한 탓에 땀이 볼을 타고 목 아래로 흘러 내려갔다. 불평하던 관리자와 책임자가 사라지고, 주변을 둘러본 이수가 다른 곳으로 이동했다.

'계속 따라가야 하나?'

자칫 방심하면 비월이 잠복하고 있는 걸 들킬 수 있었다. 더군다나 자신처럼 문제를 찾아내려는 것이 아니라 돈을 받고 첩자 노릇을 하는 것일 수도…….

'아니, 그건 아니야.'

그녀에 대해 아는 건 없었다. 하지만 몇 번이 되지 않는 만남에서 비월은 그녀가 숨기는 것이 있다는 생각은 들지 않았다. 사람은 원하는 것을 얻기 위해 필요 이상의 과장과 친절함을 보인다.

하지만 이수에게서는 그 어떤 것도 느끼지 못했다. 적어도 비월이 수도 없이 보아 온 여자들과는 다르게 느껴졌다. 숨기기보다는 마주하여 이겨 낼 여자, 비월이 본 이수는 그러했다.

이민족에게 털렸다고 하는 무기 막사 앞에서 멈춘 이수는 품에서 무엇을 꺼내 막사에서 떨어진 곳에 던졌다.

짤랑, 하는 소리와 함께 병사와 비월의 시선이 소리가 난 쪽으로 돌아갔다.

'돈?'

이수가 던진 건 화폐로 사용되는 은화였다.

몇 개의 동전이 마치 '날 잡아가쇼' 라고 외치듯 막사에서 얼마 되지 않은 곳에 떨어졌다. 그 모습에 병사 중 하나가 동전을 향해 걸어갔다.

"여기 웬 동전이 떨어져 있는 건가?"

동전 앞으로 다가간 병사의 말에 다른 병사가 주변을 둘러봤다. 병사의 움직임에 따라 이수는 조심스레 막사와 막사 사이로 몸을 숨겼다.

"아무것도 없는데?"

"동전은 떨어져 있는데 말이야. 뭐 어떠냐. 돈 벌려고 이 고생도 하는 건데."

병사가 은화를 줍기 시작하자 옆에 다가온 병사가 비명을 질렀다.

"이봐, 미쳤어? 확인부터 해야지."

병사의 외침에 동전을 줍고 있던 병사가 피식 웃으며 손을 빠르게 움직였다.

"눈이 있으면 둘러봐 봐. 뭐가 보이나. 안 주울 거면 비켜!"

"이봐. 그러지 말고 같이 나눠 가지자고!"

번쩍거리는 돈에 결국 마음을 빼앗긴 병사들이 동전을 줍기 시작했다. 그리고 그 순간, 비어 있는 막사로 이수가 들어갔다.

'어떻게 다시 나올 생각이지?'

막사로 따라 들어갈 수 없었던 비월이 고개를 갸웃하기도 전에 이수가 밖으로 나왔다.

순식간이라고밖에 표현할 수 없는 시간, 몸을 숨긴 그녀가 품에 넣어 놓았던 종이를 꺼내 무언가를 다시 적었다. 그러고는 종이를 품에 넣은 그녀가 일을 다 끝냈는지 청풍단원들이 있는 곳으로 사라졌다.

이곳에서 할 일은 모두 끝났다. 이수가 완전히 사라진 것을 확인한 비월 또한 빠르게 자리를 떠났다.

잠시 후, 비월이 있던 자리에 이수가 되돌아왔다. 그가 몸을 숨기고 있었던 자리에 손을 갖다 댔다. 확실히 그가 있었던 곳의 흙은 따뜻했다.

스치듯 보았던 사내였다. 처음에 그를 보았을 때는 이유도 모른 채 심장이 서늘했다. 하지만 두 번, 세 번 만나면 만날수록 느낌은 더욱 복잡해졌다. 사내로서 관심이냐고 묻는다면 그건 아니었다. 다만 초보 무사라고 하기엔 행동이 이상했다.

스스로 계속 초보라고 말하고 있었지만 그는 어설프게 검을 잡고 휘두르는 이가 아니었다. 숨기려 하지만 분명 비월은 상당한 실력을 가지고 있었다.

단순히 실력이 좋아서 의심하는 게 아니었다.

가문이 몰락하여 무사로 들어온 사람이라고 하기에는 그는 욕심이 없었다.

돈이 안 나오는 전쟁이라는 소리에 불만을 터트리며 떠난다고 했던 무사들, 그들 사이에서 섞여 들어온 비랑은 한 번도 그런 불만을 내비치지 않았다. 몰락 귀족이라면 누구보다도 돈이 부족할 터였다. 실제로 피부로 와 닿는 빈곤은 몰락한 귀족을 점점 궁지로 내몰았다.

언제나 이수가 따뜻하게 타 주었던 차 한 잔, 아무것도 모르던 시절 알게 된 그 차의 가격에 얼마나 절망하였던가! 월이었을 때 아무렇지도 않게 입고 써 왔던 모든 게 이수가 되자 절대로 누릴 수 없는 것이 되었다.

그 사실을 받아들이게 될 때까지 느꼈던 절망감, 그리고 다시 찾고 싶다는 절박함이 이수를 미치게 했었다. 그리고 그 모든 걸 포기하기까지는 일 년이라는 시간이 걸렸다.

하지만 그에게는 그런 절박함이 느껴지지 않았다.

비월이 숨어 있었던 장소에서 빠져나오며 이수는 성연의 말을 회상하였다.

'이수, 한 가지만 약속해 줄래요?'

아침 인사를 하러 들어온 그녀에게 성연은 떠는 손으로 볼을 어루만지며 말했다.

'새벽에 만난 분과는 가까이 안 하시는 게 좋겠어요.'

성연은 이수가, 아니 월이 열여섯에 만난 점쟁이였다. 귀족이었던 그녀와 점쟁이였던 성연이 다시 만난 건, 그 참사가 있은 지 육 개월이 지난 뒤였다. 상급 귀족이었던 그녀가 모든 것을 잃고 밑바닥까지 내려갔을 무렵, 죽기 아니면 살기라는 식으로 달려든 청풍단 무리에서 성연을 만났다. 그때 이후로 그는 이수가 가장 믿는 사람이자 그녀를 튼튼하게 보호해 주는 울타리 같은 존재였다.

천기를 읽을 수 있는 점쟁이인 그가 만나지 말라는 소리는 그녀에게 도움이 될 사람은 아니라는 것이었다.

하지만 지금은 돈을 받아 내는 게 최우선이었다. 어떤 방법을 쓰든지 간에 한 번은 승부를 걸어야 했다.

분명히 비랑은 무사가 아니다. 예측일 뿐이었지만 그는 몰래 파견된 감사거나 신임 장군의 수하일 확률이 높았다. 최악의 경우 이민족의 첩자일 수도 있었다.

어차피 정보만 모은다고 돈이 나오는 것이 아니었다.

아무래도 그와 한 번은 만나야 할 것 같았다.

*　　*　　*

결국 무사들의 급료는 제대로 지급이 되지 않았다. 이미 생겨 있던 구멍은 상상외로 커서 바로 수습이 되지 않았다.

비월은 수도로 추가 지원이 필요하다는 글을 보냈고, 주원에게는 얻은 정보와 함께 앞으로 해야 할 일을 청원을 통해 전했다. 쉽지는 않았지만 먼저 장군들에게 할당되어 있던 일정 부분을 빼내 무사단 쪽으로 돌릴 수 있었다.

하지만 지급된 돈은 받아야 할 돈의 사분지 일밖에 안 되는 금액이었다. 이에 불만을 품고 떠나도 뭐라고 말할 수 없었다. 다행히 무사단의 핵심이라 할 수 있는 청풍단이 남아 준 덕분에 상황은 빠르게 수습되었다.

"비랑, 상처는 괜찮은가?"

여러 번의 전투 덕분에 무사들과도 제법 친해진 비월이었지만 언제나 그를 먼저 챙겨 주는 사람은 표영이었다. 식사 시간, 없는 자리를 마련해 준 그에게 비월이 고맙다는 의미로 고개를 숙였다.

그의 인사에 표영은 크게 웃음을 터트렸다.

"뭘 이런 걸 가지고 자네는, 하하하."

"비랑 녀석이 챙겨 주니 좋소?"

표영의 웃음에 반대편에 있던 무사가 장난치듯 그를 향해 물었다. 그의 물음에 표영이 식탁을 탁 치며 말했다.

"당연하지! 네놈들은 내가 그렇게 자리 잡게 해 줬는데 뭐 해 준 거라도 있어?"

"표영, 너무 띄우지 마십시오. 시선은 충분히 받고 있습니다."

음식을 받고 자리에 앉으며 비월이 말했다. 아닌 게 아니라 때아닌 호통에 모두의 시선이 둘을 향해 모여 있었다. 무사들의 시선이 부담스러운지 비월이 자리에 앉아 배급받은 음식을 입에 넣었다. 딱딱한 떡 세 개와 묽은 국 한 사발, 그리고 소금 간이 된 주먹밥 한 개였다.

그야말로 배를 채우기 위해 받은 것이었지만 지금까지 비월이 받아 온 식단 중 최악이었다. 역시나 주먹밥을 물고 있는 무사들 중 하나에게서 불만이 터져 나왔다.

"더럽고 치사해서 이딴 전쟁터 진작 떠나는 건데."

"그런데 왜 안 떠나?"

다른 무사가 우걱우걱 떡을 씹으며 물었다. 그의 물음에 불만을 터트렸던 무사가 후루룩 국을 들이켰다.

"떠나려고 짐 싸 놓으니 돈을 주잖아. 쳇. 다 줘 버렸으면 떠나기라도 했을 건데 움직이기 애매할 정도로 줘 놓으니 움직이기도 아깝게 되어 버렸잖아."

"하긴 현재 상황이 짜증이 나기는 하지. 에이, 이 죽일 놈의 전쟁 빨리 끝나기를 빌어야지. 비랑, 너는 벌기는 벌었냐?"

"저야 이제 시작이라 몇 푼 못 받았습니다. 더군다나 전 돈을 달라 할 상황이 아니지 않습니까."

"그래도 너 실력 하나는 그만이던데. 검 좀 잡아 봤어?"

"집이 망하기 전까지 얼렁뚱땅 배워 놓은 건데 대충 해 먹고 있습니다. 적어도 밥은 먹고 다니지 않습니까?"

비월의 말에 다른 무사들이 킥킥댔다. 그렇게 한동안 실없게 떠들고 있을 즈음, 표영이 비월의 옆구리를 팔꿈치로 툭툭 치며 물었다.

"성연하고 마주쳤다며? 몸은 괜찮던가?"

성연?

처음 들어 보는 이름에 비월이 고개를 갸웃했다. 그의 반응에 표영은 고개를 끄덕이며 다시 물었다.

"여우의 오라버니 말일세. 며칠 전에 자네랑 여우와 같이 있었다고 한 걸 들어서 말이야."

"아……. 예. 짧게 만난 터라 잊고 있었습니다. 잘은 모르겠지만 분위기만큼은 다른 사람과는 다르더군요."

비월의 말에 식사를 끝낸 표영이 고개를 끄덕였다. 턱을 어루만지며 표영이 비월에게 말했다.

"특이할 수밖에 없지. 원래는 점쟁이거든. 그것도 무지 용한 점쟁이."

점쟁이라니? 전혀 생각하지 못했던 단어가 나오자 식사하던 비월의 손이 멈추었다. 그저 몸이 약한 사내라고 생각만 했었다.

목이 말랐는지 자리에 있던 물을 마시며 표영이 말을 계속했다.

"당장 쓰러질 것같이 보여도 천기를 읽는 점쟁이야. 스쳐 지나가기만 해도 그 사람의 전부를 볼 정도였지. 예전에는 고관 귀족들에게도 불려 나가기도 했는데, 여우를 만난 뒤로는 전혀 미래를 보지 않는다네. 그래서 몸이 붕괴되고 있는 중이라 하더군. 그래도 신녀들도 거의 쓰지 못하는 치료술은 쓸 수 있는 수준이라네."

표영의 말에 비월이 고개를 끄덕였다.

주단에서 신을 받을 수 있는 여자는 신녀로서 최고의 대우를 받았지만, 남자는 점쟁이로서 천대를 받았다. 치료술을 쓰는 점쟁이는 희귀했지만 결국은 사내일 뿐이었다. 더군다나 신을 거부하는 점쟁이라면 육체적인, 정신적인 고통 때문에 제정신을 유지하기 어려웠다.

하지만 어제 본 성연은 위태롭기는 했지만 정신만큼은 또렷했다. 점쟁이와 같이 있는 이수라…… 호기심이 조금씩 커졌다.

입에 든 것을 씹어 넘기며 비월이 말했다.

"치료술을 쓸 수 있는 점쟁이라니 뭔가 어울리지 않는 것 같습니다만."

비월의 말에 표영이 살짝 옆구리를 찔렀다.

"이봐, 조심하라고. 다른 건 몰라도 여우는 성연을 보고 뭐라 하는 걸 아주 싫어해. 지난번에 성연을 보며 남창이라니 뭐라니 했던 무사 놈은 팔이 잘려 나갔어. 더군다나 여기에 있는 놈 중에는 그 사람 덕분에 모가지를 아직도 매달고 있는 사람이 꽤 되거든."

표영의 말에 비월은 떡을 입에 넣으며 고개를 끄덕였다.

"이런 전쟁터에 오면 안 되는 몸이지만 성연은 여우를 자신의 혈육처럼 아껴. 그래서 그녀를 위해서만 천기를 보다 보니 몸이 붕괴되는 중이라 하더군. 뭐, 그걸 알기에 여우도 끔찍이 그를 위하고 있는 것이지만."

표영과 같이 있으면 많은 정보가 들어왔다. 처음에는 단순히 말하기 좋은 사람이라 생각했건만 이 사람에게서 들어오는 정보는 믿을 수 있었다. 그만큼 표영은 오랫동안 여러 전쟁터를 누빈 잔뼈가 굵은 무사였다.

그 때 비월의 눈에 식당으로 들어오는 이수와 청풍단 사람들의 모습이 띄었다. 관심이 있기 때문일까? 아니면 남자들만 있는 무사들 사이의 유일한 여자이기 때문일까? 어디에 있건 그녀의 모습은 한눈에 들어왔다.

려현과 함께 들어오는 이수와 비월의 눈이 마주쳤다.

어떻게 해야 할까? 인사를 하기에는 아직 어색한 사이였다. 하지만 모른 척 넘어가고 싶지도 않았다. 그녀는 어찌 생각할지 모르지만 비월은 이수를 그저 스쳐 지나가는 사람 정도로 생각하고 싶지 않았다.

고민하는 비월을 향해 이수가 먼저 고개를 숙였다. 그녀의 인사에 비월 또한 답하였다. 그의 인사에 이수가 미소를 지으며 려현과 함께 걸어갔다.

곁눈질로 그 모습을 보고 있던 표영은 미소를 지으며 말했다.

"여우와 이야기는 해 봤나?"

표영의 물음에 비월이 고개를 저었다.

"이름이 이수라는 것 외에는 대화가 없었습니다. 아직 그럴 만한 일도 없었고요."

"의외네? 여기에 오는 젊은 놈들은 한 번쯤은 시비를 걸거나 접근을 하거든. 저 정도 생겼으면 곱겠다, 성격도 뒤끝 없이 깔끔해서 이야기할 맛이 나게 하는 아가씨거든."

"다른 여자들과는 다른 것 같더군요."

"이야기해 볼래?"

표영의 갑작스러운 물음에 비월이 고개를 갸웃했다. 그와 동시에 표영은 이수를 향해 팔을 쭉 들어 올렸다.

"이보게. 식사 같이하지 않겠는가?"

표영의 쩌렁쩌렁한 울림에 식사하던 모두의 시선이 둘을 향해 다시 쏠렸다. 갑작스러운 상황에 비월이 표영을 잡는 순간, 이수의 목소리가 들렸다.

"자리 하나 옆에 마련해 주시죠. 아니, 둘이요."

곁에 있던 려현이 이수의 옆구리를 꾹 찌르며 미소를 지었다. 하지만 시선은 비월에게 제대로 꽂혀 있었다. 표영이 마련해 준 자리에 앉자 이수는 려현에게 비월을 소개했다.

"성연 오라버니가 만났다는 사람이에요. 이름이 비랑이라 했습니다. 맞죠?"

"비랑입니다. 이곳에 온 지 며칠 안 되었습니다."

악수를 청하는 비월의 손을 잡고 흔들며 려현 또한 입을 열었다.

"려현이오. 우리 귀여운 수의 주변을 정리해 주는 오라비지."

"오라버니!"

떡을 먹으려던 이수가 려현의 말에 얼굴을 찡그렸다.

이수의 차분한 모습만 봐 왔던 비월로서는 지금의 분위기가 새롭게 느껴졌다. 같은 무사단의 친한 오라버니인 듯 그를 대하는 이수의 표정은 훨씬 편해 보였다. 그녀의 핀잔에 려현은 회색 머리카락을 헝클어트리며 웃었다.

머리카락을 정리하는 이수를 보고 있던 려현이 표영을 보며 말했다.

"진짜 아저씨는 발이 넓긴 아주 넓군요. 새 인맥 구축 중입니까?"

"난 언제나 넓은 발을 자랑한다네."

"그냥 넓은 발인가요? 의미심장한 발이죠."

려현이 고개를 돌려 비월을 쳐다봤다. 속을 헤집는 그의 표정에 비월은 눈을 좁혔다.

"물어보고 싶은 게 있으시면 직접 하시죠."

"고급스러운 말투에 똑바른 자세라, 몰락 귀족인가? 수가 처음 청풍단에 왔을 때와 똑같구나."

진심인지 가식인지 알 수 없는 모호한 말투였다.

눈썹을 찡그리는 비월과는 달리 배급받은 음식을 꼭꼭 씹어 넘기며 이수가 태연하게 말했다.

"저야 청풍단에는 무사가 아니라 식모로 왔었죠. 그리고 전 시종일을 해서 그럴 뿐, 귀하신 귀족님은 아니라니까요. 그리고 오라버니, 그 말투는 처음 보는 사람한테는 하지 마요. 싸움 나니까."

이수의 말에 비월은 고개를 돌려 그녀를 쳐다봤다. 처음부터 무사가 아니었다는 건가? 아니, 무엇보다도 무사들의 뒤치다꺼리를 하는 식모라는 과거를 태연스럽게 말하는 그녀가 비월은 신기했다. 얌전해 보이다가도 어느 순간 그녀 특유의 당당함이 보였다. 활발한 려현과 같이 있기 때문이었을까? 지금까지 보았던 그녀와는 분위기가 달랐다.

이수의 힐난에 려현은 시비를 걸던 표정을 풀었다.

"싸움은 하라고 있는 거란다, 수야. 그리고 우리 아저씨는 언제나 실력자를 정확히 찾아내시잖아. 백발백중이니 궁금할 수밖에. 그나저나 표영 아저씨, 이번에 떠날 줄 알았더니 그대로 계시네요."

"그야 자네들이 안 떠났으니까 돈을 떼먹힐 일은 없을 거로 생각한 거지. 그 질문은 도리어 내가 하고 싶구먼. 돈을 주지 않으면 나간다 하지 않았어? 웬일로 그냥 있는 게야? 원래는 약점을 잡고서 의뢰금을 받아 내려고 했던 거 아니었어?"

생각지도 못했던 곳에서 핵심이 나왔다. 비월은 식사를 하는 척하며 이야기에 집중했다.

그런 비월의 모습을 이수가 곁눈질했다. 분명히 그는 무언가를 찾고 있었다. 그렇다면 이쪽에서 먼저 미끼를 던지는 것도 나쁘지 않았다.

표영의 질문에 이수가 입을 열었다.

"행정이 이상해진 건지 이 나라가 정신을 차리려고 하는 건지 이번에 온 장군은 생각보다 깨끗하더라고요. 아버지와도 이야기가 잘 통한 거 같고요."

"그래? 그러면 언제 돈을 전부 준대?"

표영도 받지 못한 돈이 있어서 그런지 눈을 동그랗게 뜬 채 이수의 말에 집중했다. 표영뿐만이 아니었다. 순식간에 조용해진 식당에서 이수가 떡을 꼭꼭 씹으며 느긋이 입을 열었다.

"글쎄요. 단번에 주지는 못하겠죠. 여기 사정이라는 게 그다지 좋은 편이 아니니까요. 자기들끼리 먹어 치우기도 바쁜 마당에 얼마나 끌어다 주겠느냐마는 그래도 조만간 받을 수 있지 않을까요?"

남자가 씹기에도 뻑뻑한 떡을 이수는 별 위화감 없이 씹어 삼켰다. 식사를 거의 다 끝낸 비월은 물로 목을 축이며 지난번 전투 후의 그녀를 떠올렸다. 전의 행동이 약점을 잡기 위한 것이라면 분명 이수는 무언가를 알고 있을 것이다. 하지만 직접 물어볼 수는 없는 노릇이었다.

"저러다가 우리 수 얼굴 다 타겠구나. 뭘 흘끔흘끔 쳐다보는가? 관심이 있으면 제대로 고백해 보시게나."

갑자기 들려오는 려현의 말에 비월의 시선이 이수에게서 그에게로 옮겨 갔다. 비월과 비슷한 또래로 보였다. 무엇을 느낀 것인지 려현이라는 사내는 자신에게 이유 없는 도발을 하고 있었다.

시비를 거는 그에게 말을 하려는 찰나, 려현의 단발머리 끝이 이수에 의해 쭉 당겨졌다. 그녀의 행동에 자연스레 려현의 고개가 옆으로 돌아갔다.

"악! 수야. 너!"

"아침부터 자꾸 애먼 사람한테 시비 걸기예요? 난 빨리 밥 먹고 아버지와 이야기하러 가야 해요."

이수가 머리카락을 풀자 려현이 억울하다는 표정으로 그녀를 보았다.

"왜? 아버지가 오래?"

사막의 바람에 섞인 모래가 묻은 떡의 표면을 손가락으로 털어 낸 이수가 태연스레 입에 넣었다. 그러고는 곁눈질로 비월을 보았다.

그가 무언가를 숨기고 있는 사내라면 이수가 보여 준 미끼에 반응할 것이다.

"아니요. 아무래도 이번에 우리가 받은 금액이 너무 부족해서요. 이쪽 입에 들어가는 게 얼마인데 그걸로 어떻게 버텨요. 이번에 온 장군과 대화를 해야 할 거 같은데 그러려면 아버지께 허락받아야죠."

굳이 귀를 기울여 듣지 않아도 무사들의 침이 꼴깍꼴깍 넘어가는 소리가 들렸다. 그걸 알면서도 이수는 일부러 시간을 끌었다. 결국 그녀의 답을 기다리다 못한 표영이 입을 열었다.

"거 숨넘어가게 하는군. 약점이라도 잡은 건가?"

표영의 말에 식사를 끝낸 이수가 씩 미소를 지으며 자리에서 일어났다.

"약점이라고 할 만한 것은 없고요. 그냥 같은 막사에서 귀족님네 물건은 잘 지켜지는데 왜 무사 쪽만 자꾸 털리고 있는지 신기해서요. 물어봤을 때 찔리는 게 있으시면 전병값이라도 좀 쳐주시겠죠."

말을 끝낸 이수는 비월을 쳐다보았다. 역시나 굳은 표정으로 그가 이수를 쳐다보고 있었다. 이제 미끼는 던져졌다. 그가 어떻게 반응을 할지만 보면 되는 것이었다.

그녀가 나간 지 얼마 되지 않아 비월 또한 식당 밖으로 걸어 나왔다. 표영에게 말하는 것으로 보였지만 시선은 비월을 향해 있었다.

눈치를 챈 것일까? 아니, 어쩌면 그냥 찔러 보는 것일 수 있었다. 하지만 그러기에는 방금 전의 일은 위험이 컸다. 아무리 그녀가 실력이 뛰어나도 아까의 발언은 물건을 빼돌리고 있는 첩자에게 표적이 될 만한 발언이었다.

그냥 넘어가 버리기에는 이수가 보여 준 패는 비월에게 매력적이었다.

"장군님."

생각하며 걷고 있는 비월의 옆으로 병사가 다가왔다. 평소 청원과 연락을 주고받는 데 다리를 놓고 있는 이였기에 비월이 가던 걸음을 멈추었다. 주변의 기척을 빠르게 살핀 비월이 병사에게 말했다.

"무슨 일이냐?"

비랑이 가지고 있던 어벙하고 어수룩해 보이던 모습은 순식간에 사라졌다. 속마음을 헤집는 것같이 날카로운 시선이 병사에게 향했다. 그의 기세에 놀란 병사가 고개를 숙이며 쪽지를 내밀었다.

곱게 접혀 있던 쪽지를 펴자 누가 보냈는지 확연히 알 수 있는 단정한 글씨가 적혀 있었다.

고개를 끄덕인 비월이 낮은 목소리로 병사에게 말했다.

"며칠 전, 전투에서 털렸던 무기 막사 주변을 새벽에 비워라. 절대 그 주변에 다른 이가 있으면 안 된다."

"네."

병사가 사라지자 비월이 주변을 둘러보며 서둘러 자리를 벗어났다.

어차피 잠복이라고 했어도 금방 걸릴 것이라 예상했었다. 솔직히 답을 알고 있는 이가 비월의 존재를 알아차릴 수 있도록 행동했었다. 돈을 받고 일하는 무사라면 절대로 하지 않을 태도, 바로 돈에 대한 무관심이었다. 초보 무사이기에 돈보다는 경험이 더 중요하다고 말하며 포장을 했지만 그 부분에서 누군가의 시선을 끌었다.

하지만 이수, 그녀가 가장 먼저 비월에 대해 눈치를 챌 것이라고는 예상하지 못했다.

사내들의 전유물인 무사 사이에서 두각을 나타낼 정도로 능력이 있는 여자라는 것은 알았지만, 설마 청원과 연락을 주고받는 병사의 존재까지 파악할 정도로 유능할 줄은 몰랐다.

그가 생각했던 것보다도 훨씬 더 괜찮은 여인이었다. 여인으로서의 매력은 모르지만 적어도 일을 처리하고 움직이는 능력은 비월이데리고 있는 행정관들보다도 뛰어났다.

이수가 보내 왔던 쪽지를 태우며 비월이 입꼬리를 살짝 올렸다.

왠지 모를 설렘이 그를 떨리게 했다. 문제에 접근했다는 쾌감인가? 아니면 관심을 두기 시작한 여인과 독대를 한다는 설렘일까?

그 어떤 것이라도 상관없다. 오랜만에 누군가를 기다리는 초조함을 느꼈다. 나쁘지 않았다. 미소와 함께 비월은 지금의 기분을 느긋하게 만끽하였다.

三章
스물여덟의 비랑

옆에 있던 이수는 성연에게 약이 든 잔을 내밀었다. 눈이 보이지 않건만 그는 별 어려움 없이 이수가 내미는 잔을 받아 들었다.

"몸은 어떠세요?"

성연과 이수밖에 없기 때문이었을까? 무사들과 어울렸을 때와는 다른 말투로 이수가 조심스레 물었다. 쓴 약을 단숨에 삼킨 그는 이수가 내민 천으로 입을 닦으며 미소 지었다.

"언제나 상태는 똑같은데 매번 비싼 약만 가져오는군요. 이수."

"약값이 많이 나올까 봐 걱정되세요? 성연도 알다시피 난 아가씨들과 친하잖아요. 싸게 받고 있어요."

"어차피 약으로 해결될 병은 아니잖아요. 무리하지 마요."

성연의 미소에 이수가 고개를 끄덕였다. 모든 걸 다 포기했을 때, 아니 어쩌면 그녀의 삶조차 그녀를 배신했을 때 만나게 된 게 성연이었다.

그녀의 혼인을 예견했고, 그리고 자신의 몸을 희생해 가며 그녀에게 미래를 알려 준 그였다. 이렇게 다시 만날 수 있을 거라 생각하지 못한 그가 이수에게 말했다.

그녀를 찾아왔다고.

모든 것을 알고 있었다는 성연에게 왜 말을 해 주지 않았느냐는 절규는 하지 않았다.

단 한 번의 천기누설. 대가는 그에게 또한 잔인했다.

신의 의지를 거부한 점쟁이.

무너져 가는 몸을 보며 그는 분노하기보다는 받아들였다. 그렇게 시작된 인연이 팔 년이나 되었다.

그는 이제 이수에게 있어 마음으로 이어진 오라버니요, 아버지요, 그리고 공감하는 벗이었다.

무리하지 말라는 성연을 보고 있던 이수는 그의 무릎에 있던 담요를 허리까지 올려 줬다. 주변을 정리한 이수가 몸을 일으켰다.

"쉬세요."

"월."

낮게 말하는 그녀의 본명에 이수는, 아니 월은 걸음을 멈추었다. 잔을 들고 나가려던 그녀가 성연의 옆에 앉았다.

살이 거의 없는 성연의 마른 손이 월의 머리를 쓰다듬었다.

"미안해요."

성연의 말에 월이 소리 없이 웃었다.

"뭐가 미안해요?"

그녀에게 도움이 되고 싶어 찾아갔던 성연이었다. 하지만 지금의 그는 그녀에게 도움이 되기보다는 반대로 이수의 도움을 받고 있었다. 하고 싶은 말은 많지만 월 앞에서 성연은 말을 아꼈다. 성연의 말이 흉기가 되어 월의 상처를 건들지도 모르는 일이었다.

불러 놓고 말이 없는 성연을 보고 있던 월, 아니 이수가 먼저 움직였다. 앉아 있는 성연을 눕힌 이수는 이불을 펼쳐 성연의 위에 덮었다.

"미안하면 약 잘 먹고, 잠도 제때 자구요. 그리고 나 위한답시고 몸 상하는 짓은 절대 하지 마세요. 오라버니가 나에게 해 줄 수 있는 최선은 동생인 내 옆에 오래오래 같이 있어 주는 거예요."

담담히 말하는 이수를 보고 있던 성연이 결국 속에 있던 말을 꺼냈다.

"이번 전쟁이 끝나면 무사는 그만두면 안 될까요?"

바람이 들어올까 막사를 정리하고 있던 이수의 행동이 멈추었다. 하지만 그것도 잠시, 고개를 저으며 이수가 입을 열려 했다. 그러자 그녀를 막으며 성연이 다시 말을 이었다.

"청풍의 말처럼 혼인하라는 게 아니에요. 다만 무사는 위험하니까요. 그리고 난 이제 이수가 정착하는 걸 보고 싶어요."

언제나 위험하다며 무사로서 은퇴를 권하던 성연이었지만 평소와는 확실히 어조가 달랐다. 성연의 말에 이수가 그를 쳐다봤다.

무엇이 있는 건가?

하지만 아직은 무사를 접고 싶지 않았다. 물론 나이가 들고 전투에서 우위가 아닌, 밀리는 순간이 오면 접어야 했지만 지금은 아니었다. 무엇보다도 아직 마음을 못 잡았다.

"이번 전쟁이 끝나면 생각해 볼게요. 조심할게요, 오라버니. 약속해요."

막사 정리를 끝낸 이수는 성연의 옆에 놓아두었던 검을 허리에 찼다. 이제 슬슬 시간이 되었다. 그를 만나러 가야 했다.

"저 자러 갈게요. 오라버니도 쉬세요."

이수의 말에 성연이 고개를 끄덕였다. 이수가 나가고, 누워 있던 성연이 몸을 일으켰다.

백발이었던 머리카락이 원래의 색을 찾아가고 있다는 이야기를 들었다. 작은 변화 중 하나였지만 어찌 되었든 느리게나마 마음의 상처가 치료되어 가고 있다는 것이었다.

이런 때, 그의 등장은 성연의 입장에서는 달갑지 않았다.

이리의 그림자가 자꾸 달에 겹쳐 오고 있었다.

막아야 했다.

지금의 비월은 이수에게 있어서는 독을 품은 늑대일 뿐이었다. 늑대의 이빨에 귀한 달이 무너지는 모습을 볼 수 없었다.

이수가 앉아 있었던 자리를 보며 성연이 굳게 주먹을 쥐었다.

*   *   *

약속했던 막사로 걸어가며 이수는 차가운 밤공기를 힘껏 들이마셨다. 성연이 했던 이야기는 우선 마음 한곳에 접어놓았다. 지금 필요한 것은 은퇴가 아니라 밀린 돈을 받아 내는 것이었다. 그 이후의 일은 그때 생각하면 되었다.

우연히 눈을 마주친 병사들과 인사를 한 이수는 품에 넣어 놓았던 주머니를 열었다. 심심할 때마다 먹는 육포를 꺼내 입에 넣으며 막사로 걸음을 옮겼다.

밑져야 본전이라는 생각으로 던진 미끼였다. 그런데 미끼가 제대로 먹혔다. 약속했던 막사로 갈수록 항상 보이던 병사들의 모습이 보이지 않았다.

일이 잘 풀려 다행이라는 생각을 하면서도 한편으로는 마음이 불안했다. 아니, 불안하기보다는 떨린다는 것이 더 정확했다.

그를 보는 것이 떨린다? 처음 인상은 서글서글하고 어수룩해 보였지만 전투 사이사이 보이는 눈빛이 강렬한 사내였다. 사람의 속을 헤집는 시선이 뇌리에서 떠나지 않았다.

그런 시선을 가지고 있는 사내에게서 과연 원하는 것을 얻어 낼 수 있을까? 아니, 어쩌면 그 눈빛에 삼켜 모든 것을 잃을 수 있었다. 이유는 알 수 없었지만 왠지 모르게 원하는 걸 얻더라도 많은 걸 잃을지도 모른다는 생각이 자꾸 머리를 채웠다.

머리가 복잡한 채로 걷다 보니 어느새 약속한 막사 앞에 도착했다.

확실히 막사의 주변에는 아무런 기척이 느껴지지 않았다. 느껴지는 기척이라고는 그녀가 예상하고 있는 단 한 명뿐, 비월이었다.

씹고 있던 육포를 삼키며 이수는 찬바람을 들이마셨다. 그러고는 막사의 천을 걷었다. 몸을 떨리게 하는 시선을 가진 비월이 막사 안에 서 있었다. 어수룩한 비랑의 모습은 그 어디에도 없었다.

온몸을 휘감는 위압감, 그리고 그 안에서 느껴지는 강인함. 예상은 했지만, 생각보다도 강한 기세에 이수가 숨을 삼켰다.

"그게 당신의 진짜 모습이군요."

이수의 말에 비월이 물끄러미 그녀를 보았다.

사막의 찬바람에 이수의 볼이 빨개져 있었다. 주변에 병사가 없다는 것을 알면서도 그녀는 여전히 조심스러웠다. 려현과 함께 있었을 때의 활발한 모습 대신 지금의 그녀는 신중하고 조심스러웠다. 비월의 기세에 몸을 움츠렸어도 주눅은 들지 않았다.

보면 볼수록 마음에 들었다. 무사로서도, 사람으로서도, 이수는 비월의 마음을 흔들었다.

그녀를 보고 있던 비월이 자세를 바꿔 준비한 자리에 앉았다.

"다양한 모습은 나보다 당신이 더 많이 가지고 있는 거 같은데?"

달라진 어투에 이수는 가지고 있던 생각 하나를 정리했다.

그는 어설프게 파견된 관리가 아니다. 지금까지 왔었던 관리들과 똑같았다면 장난같이 보낸 쪽지에 이렇게 반응할 리가 없었다. 이수가 예상했었던 직위, 그 이상의 존재일 것이다.

비월의 말에 이수가 자신의 말투를 고쳤다.

"주단에서 먹고살려면 많은 게 필요합니다. 특히 여자가 무사로서 살아남기 위해서는 말이지요. 귀족 나리."

귀족 나리라는 말에 비월의 눈썹이 모였다. 분명 평민이 귀족에게 하는 어조였지만, 그녀의 태도만큼은 귀족에게 반감을 품는 이들의 그것이었다.

이수의 태도에 비월이 몸을 세웠다. 신분상 우위에 있는 건 맞지만 단순히 그런 것으로 대접받고 싶지 않았다.

"귀족은 맞지만 그런 식으로 취급받고 싶지는 않다. 그리고 귀족 나리의 대우를 그대에게 받고 싶었다면 무사들 사이로 들어가지도 않았고, 장난같이 나오라는 소리에 반응하지도 않았다. 불쾌하다."

단도직입적인 그의 말에 이수는 눈을 동그랗게 떴다. 이윽고 이수가 입을 가린 채 웃음을 지었다. 짧은 웃음 뒤, 이수가 비월을 향해 몸을 숙였다.

"무례를 용서하십시오. 솔직히 말씀드리자면 지금까지 온 쓸데없는 이들과 마찬가지라면 정보를 교환할 필요도 없다고 생각했습니다."

"나 말고 문제에 접근한 이가 있었다는 건가?"

그의 물음에 이수는 미소를 지었다. 비월은 그녀의 미소에 자신의 눈이 틀리지 않았음을 인정했다. 하지만 그걸 겉으로 내색하지는 않았다.

"원하는 게 무엇인가? 그것부터 시작하지. 단 원하는 정보를 확실히 얻었을 때에 한해서다."

무사로서의 비랑과 지금의 그는 분위기가 확연히 달랐다. 그 무엇보다도 느껴지는 힘의 크기가 달랐다. 상대를 압도하는 기운, 전투 경험을 쌓은 그녀조차 손이 떨릴 정도였다.

몇 년 전의 그녀라면 버티질 못하고 모아 놓았던 정보를 이야기했을 것이었다. 하지만 지금의 그녀는 달랐다. 압도할지언정 당하지는 않았다.

"나……."

나리라는 말을 하려는 이수를 비월이 막았다. 불쾌한 듯 인상을 찌푸린 그가 자르듯 말했다.

"나리라는 호칭은 거슬린다. 그냥 비랑이라 불러라."

비월의 말에 이수는 놀란 표정으로 그를 쳐다봤다. 고위 귀족으로 느껴졌지만 의외로 그녀가 생각한 것보다 훨씬 깨어 있는 귀족인 듯했다.

그렇다면 대화는 훨씬 빨랐다.

"그럼 정정해서 말하겠습니다. 제가 비랑께 요구하는 것은 두 가지입니다. 받아야 할 은 백오십 냥 이외에 앞으로 치러질 전투에는 청풍단에 계약한 금액의 삼 할을 더 쳐 주세요. 또한 그렇게 지불을 해 준다는 각서를 비랑과 현재 부임하신 대장군님께서 하나씩 써 주십시오."

삼 할이라는 말에 비월의 눈썹이 움직였다. 현 상황에서 추가 자금이 어렵다는 사실을 알면서도 이수는 그걸 요구하고 있었다.

핵심을 안다는 것인가? 아니면 아직 이곳의 사정을 모르는 장군 하나를 등쳐 먹을 속셈인가? 아무리 중요한 정보라도 삼 할은 너무 컸다.

팔짱을 낀 비월이 고개를 저었다.

"일 할, 그 이상은 어렵다."

"이 할, 어떠십니까?"

한두 번 해 본 솜씨가 아닌 듯 이수가 미소까지 지어 가며 손가락 두 개를 비월에게 보였다. 단순히 깔끔한 성격으로만 봤는데 이제 보니 셈도 장난이 아니었다.

하지만 정보는 정보이고, 돈은 돈이었다. 더군다나 미수금이 은 백오십 냥이라니, 눈이 돌아가다 못해 머리가 지끈거리는 액수였다.

그만큼의 정보가 오기를 기대하며 비월이 마지막으로 말했다.

"일 할 오 푼. 그 중간에서 합의를 보지."

비월의 소리에 이수가 미소를 지으며 고개를 끄덕였다. 주변을 다시 둘러본 이수는 품에서 종이를 꺼내 비월에게 내밀었다.

종이에는 없어진 물품과 막사의 위치, 막사 내에 들어 있었던 물품의 목록, 그리고 담당의 이름이 들어 있었다.

"비랑께서 무슨 위치에 있으신지, 얼마나 정보를 가졌는지는 모르겠지만 제가 가진 정보와는 다를 거라 생각됩니다."

이수의 말에 비월은 아무 말도 하지 않았다. 확실히 삼 할을 달라고 할 정보가 종이 안에 들어가 있었다.

없어진 물품은 매번 달랐다. 무기나 식량은 기본이고 어떨 때는 약초나 돈이었다. 하지만 공식적인 문서나 외관으로 찾은 정보와는 다르게 그녀가 모은 자료에는 핵심이 들어 있었다.

은화가 백 냥이 있는 창고에 도둑이 들었다고 한다면 그 도둑은 반드시 백 냥 전부를 훔칠 것이다. 그게 기본이었다. 하지만 이수의 정보 속 도둑은 마치 누구의 것이라는 걸 알고 있다는 듯 그 양만 약탈하였다.

그리고 그건 확인했던 대로 무사들의 물품이었다. 그리고 무엇보다도 왜 서류상으로 오류를 발견할 수 없었는지 알 수 있는 부분이 적혀 있었다.

물품 담당자는 여러 가지 이유로 수시로 바뀌었지만 물품을 기록하여 보고하는 담당은 단 한 번도 바뀌지 않았다. 워낙 하위 직급이라 신경도 안 쓰고 있었던 곳이 실제로는 가장 큰 구멍이었다.

뚫어질 듯 종이를 보고 있는 비월에게 이수가 육포가 담긴 주머니를 내밀었다.

"어차피 한참을 이야기해야 할 텐데 드시겠습니까? 입에 맞으실지 모르겠지만."

마지막에 비아냥대는 소리는 무시해 가며 비월은 이수가 내민 주머니에서 육포를 꺼내 씹었다. 비월이 다시 이수에게 종이를 내밀었다.

"이게 전부가 아닐 텐데."

그의 말에 이수는 옴질옴질 육포를 씹어 대며 말했다.

"비랑께선 아니시겠지만 잘나신 귀족님들에게 전쟁은 합리적인 방법으로 수입을 올릴 수 있는 최고의 수단이죠. 그리고 관리님들에게 무사들의 물품은 줘도 그만, 안 줘도 그만인 것입니다. 물론 이번 전쟁 같은 경우는 완전히 다른 시도이지만요. 대신 조건이 몇 개 필요합니다. 무엇인지 아시겠습니까?"

말의 의도를 깨달은 비월은 쓴 입맛을 다셨다.

그리고 이수에 대한 생각을 완전히 바꾸었다. 자신의 사람으로서 이수가 격하게 탐이 났다.

얼마나 조사한 것인지는 모르겠지만, 아마 이곳에 있는 사람 중 그녀는 가장 핵심에 있을 것이다.

"이민족의 도움. 그리고 발각되어도 무마시킬 수 있는 귀족의 입김이 필요하겠지. 고위 귀족이 연관되어 있겠군."

"비랑은 이야기하기가 한결 편하네요. 사실대로 말씀드리자면 이번 전쟁에서 오래오래 살고 계시는 분들은 전부 가능성이 있지요. 제가 접선했던 대부분은 이미 땅속에서 썩고 계시니까요."

이수가 왜 자신을 보며 비아냥대는지 알 수 있었다. 전쟁까지 이용하여 이득을 얻으려 하다니, 썩은 걸 떠나 나라에 대한 개념이 없었다. 아무리 살인이라 해도 계약한 것에 대해 칼같이 지키는 게 무사의 기본이었다.

그런 무사들이 보았을 때 이런 귀족의 행태는 웃기다 못해 어이가 없었다.

"이 정도 사안이면 대장군과도 이야기가 가능했을 것이다. 물론 만나기가 어려웠겠지만 그대 정도면 못 했을 거라 생각지 않는다. 그런데 왜 안 했지?"

비월의 물음에 이수는 받아 든 종이를 물끄러미 바라봤다. 품에 서류를 넣으며 이수가 물었다.

"제가 왜 그 많은 접선이 죽었는데도 도박을 하듯 당신에게 접근했을까요?"

"……."

"당신은 날 죽이러 온 사람일 수도 있고, 지금의 예상처럼 나에게 정보를 얻어 문제를 해결하러 온 사람일 수도 있겠죠. 어찌 되었든 저의 목적은 우리 무사단이 받지 못했던 돈을 받아 내는 것이고, 이렇게 마련한 자리를 절대 다른 사람에게 들키지 않아야 하는 것도 있고요."

"그런데?"

"대장군과 이런 이야기를 비공식적으로 할 수가 없어요. 들키게 된다면 죽는 건 제가 될 테니까요. 제거해야 할 대상이 귀족이라면 상대는 최소한의 고민은 하겠지만, 저 같은 무사는 촌각의 고민거리도 되지 않는답니다. 그리고 저의 죽음은 곧바로 무사단에 영향을 미치게 되겠죠. 저 혼자만 알고 있는 사실이 그들 또한 알고 있다는 누명이 될 수도 있으니까요. 무려 몇 개월이나 아무 일도 없다는 듯 이루어진 일입니다. 전 제 도박으로 다른 사람에게 피해를 가게 할 수는 없습니다."

기분이었을까? 청풍단을 이야기하는 이수의 눈은 무섭도록 단호했다. 이번 일에 무사단이 연관되면 가만있지 않겠다는 시선, 직접 말하진 않았지만 비월에게 정보를 주는 것과 동시에 이수는 비월이 건들면 안 되는 선을 같이 이야기하고 있었다.

이수의 말에 비월이 턱을 손으로 어루만졌다.

"네가 원하는 그 선, 절대 넘지 않겠다. 하지만 그러려면 그대 도움이 필요하다. 그대 말마따나 난 이 문제는 되도록 빨리 해결하고 싶다. 물론 이 전쟁 또한 그 문제 안에 포함된다."

이번에는 확실한 사람을 만났다.

이수는 속으로 만족하며 비월에 시선을 맞추었다.

이 사람이라면 문제를 해결할 것이다. 지금까지 만났던 관리들과는 느낌이 달랐다. 이 사람이 직접 나선다면 얼마든지 도움을 줄 생각이었다.

고개를 끄덕이며 이수가 말했다.

"말씀하시지요."

"난 당분간은 무사로 지낼 것이다. 그대 말마따나 확실한 증거 없이는 뿌리를 뽑을 수 없지. 수도에서 영향력을 발휘하고 있는 귀족은 내 선에서 막아 내겠다. 대신 그대는 누가 범인인지 확실히 밝혀내라."

이수가 고개를 숙이자 앉아 있던 비월이 몸을 일으켰다.

이야기가 끝났다고 판단했는지 이수는 자리에서 일어나 막사 밖으로 나가려 했다. 그런 그녀를 비월이 잡았다.

"그런데 그대는 내가 누구인지 몰라도 되는 건가?"

자신의 신분도, 이름도 모르는 상황에서 잘해 보자며 고개를 끄덕인 이수가 신기하면서도 이해가 안 되었다. 꼬치꼬치 캐묻는 건 좋아하지는 않았지만 신분을 숨겨 온 이상 어느 정도는 밝혀야 한다고 생각했다.

그의 물음에 이수는 고개를 갸웃했다.

"일부러 이야기를 안 하신 거 아닙니까?"

"물어보지 않았잖은가?"

비월의 말에 이수가 멍한 표정을 짓더니 웃음을 터트렸다. 왠지 실없는 짓을 한 거 같아 비월 또한 웃으며 고개를 저었다.

그렇게 한참을 웃던 이수가 표정을 수습하며 말했다.

"비랑이라 부르라 하셨고, 그 정도면 충분합니다. 설마 제가 이름을 모른다는 이유로 뒤통수를 치지는 않으시겠죠?"

원하는 결과가 나왔다고 생각한 것일까? 이수의 어조는 초반과 비교하면 많이 밝아져 있었다. 그녀의 물음에 비월이 고개를 저었다.

비월의 답에 이수는 막사 밖을 나가며 말했다.

"그 정도면 됩니다. 앞으로 잘 부탁드립니다."

"나야말로 잘 부탁한다."

비월의 대답에 이수가 씩 웃으며 막사 밖으로 나갔다.

이수가 떠나자 비월은 한동안 생각을 정리하였다. 아무래도 본가에 놔두고 온 보좌관 첸을 이곳으로 불러와야 할 것 같았다.

앞으로의 일에 대한 처리를 생각하던 비월이 자신도 모르게 웃음을 터트렸다.

키우고 있는 사병 중에서도 저 정도의 능력을 발휘하는 사람은 첸 이외에는 없었다. 청원은 별것에 다 난리라고 했지만 그에게는 사람만큼, 가치가 느껴질 때 흥분이 되는 존재도 없었다.

무엇보다도 이수라는 여자만큼 자신의 마음을 흔드는 사람은 없었다. 비월은 이수를 떠올리며 자신의 판단이 맞음을 인정했다. 이수는 문인으로서보다 무인으로서 더 뛰어났다.

무엇보다도 귀족인 비월의 앞에서도 당당히 원하는 것을 말하고 그것을 쟁취하였다.

비월에게 필요한 여자였다. 다른 이가 채 가기 전에 당장 수를 써야 했다. 여인으로서 이수는 모르지만 한 명의 사람으로서 그녀는 충분히 가치가 있었다. 그렇다면 그 가치를 취해야 할 사람은 비월, 자신이었다.

이야기를 나눈 지 사흘 후, 조건대로 주원과 여청풍, 그리고 비월이 모여 있는 곳에서 약속했던 밀약이 진행되었다.

* * *

청풍은 앞에 앉아 있는 성연을 바라보았다. 모든 것을 받아 줄 듯 은은히 감도는 미소가 자애롭다. 청풍은 이곳에 있는 대부분 무사들이 성연의 이런 미소에 의지하는 것을 알고 있었다.

하지만 저 미소가 목숨을 바꿔 가며 짓고 있는 것이라는 걸 아는 사람은 극소수였다.

신을 받기 전의 성연은 주변에서도 알아주는 미남자였고, 청풍에게는 죽은 친동생을 잊게 할 정도로 귀했던 의동생이었다. 비록 귀족의 서출이었고, 그를 시기하는 두 명의 무식한 이복형제가 있었지만 그 모든 것을 무시할 정도로 그는 아주 뛰어났다.

적어도 제멋대로인 신이 그에게 찾아오기 전까지…… 그는 누구보다도 빛났다.

그리고 그만큼 빠르게 그는 부서져 갔다.

시원시원하게 잘생겼던 얼굴은 여자만큼이나 곱상하게 변했고, 호탕하던 목소리도 성을 알 수 없게 가늘어졌다. 그의 뛰어났던 능력과 지혜는 저주 같았던 운명에 아무런 도움이 되지 않았다.

아무것도 남지 않게 되자 성연은 자신을 죽였다. 무덤까지 만들고 떠난 그를 청풍은 잡을 수 없었다.

그리고 몇 년 후, 다시는 볼 수 없을 것이라 여겼던 동생은 부탁이 있다며 홀연히 나타났다.

순식간에 모든 것이 변해 버린 동생은 담담히 자신을 만나러 오게 된 이야기를 시작했다.

모든 것을 포기했을 때에 만났던 그녀.

처음으로 받아 본 따뜻하고 순수한 호의. 해서는 안 되는 천기의 누설.

무너지기 시작한 신체. 그리고 다시 시작되는 인연.

그것을 위해 청풍에게 온 것이라 했다.

자신의 모습에 절망하는 청풍을 향해 성연은 환한 미소로 고개를 저었다.

그녀에게서 빛을 보았노라고, 그 빛이 너무 고와 자신의 선택을 후회하지 않는다 했다.

그런 그에게 청풍은 걱정스럽게 반문하였다.

네가 말한 그 여자가 대귀족의 딸이고, 미래를 알고 있으면서도 말하지 않은 것을 알면 분명히 증오하고 분노할 것이라 했다. 그게 귀족이라는 족속이라 말했다.

'분노를 받아들여야 하는 것이 제 업이라면 받아들여야지요.'

그렇게 말하는 성연에게 청풍은 아무 말도 할 수 없었다.

"형님의 안색이 안 좋습니다."

들려오는 성연의 말에 청풍이 작게 한숨을 내쉬었다.

꺼질 듯 위태로운 목소리.

그 망할 신이 아니었다면 너는 다른 그 누구보다도 높이 날아오를 수 있었을 텐데!

"이수 덕분에 일이 해결되었다."

품에 넣어 놓았던 종이를 꺼낸 청풍이 그것을 성연에게 내밀었다. 종이를 만져 보는 것만으로도 성연은 그게 무엇인지 단번에 눈치챘다.

"다행이네요. 밀린 돈을 받게 되었네요."

"정말 그것뿐이냐?"

그가 보았다는 단 하나의 빛, 그 하나만을 위해 성연은 자신의 삶을 불태웠다.

청풍의 날카로운 말에 성연이 고개를 숙였다. 그의 행동에 청풍이 눈을 좁혔다.

"아무래도 저의 옆에 있는 신이 화가 무척 많이 났나 봅니다. 나중에 일어나야 하는 일이 지금 일어나는군요."

하얀 성연의 피부가 유난히 파리했다. 부서질 듯 얇은 손가락이 힘껏 주먹을 쥐었다.

"어떻게 했으면 좋겠니? 네가 하자는 대로 하마."

"하하. 형님. 바꿀 수 있는 거라면 일은 일어나지도 않아요."

"그럼 사실대로 말하자."

"안 돼요."

지금까지 처연한 미소를 짓고 있던 성연이 굳은 얼굴로 청풍의 말을 단번에 잘랐다.

"형님, 안 됩니다. 내 귀한 달 아가씨가…… 내 하나밖에 없는 빛이 무너집니다!"

"그렇다고 이대로 놔둘 수는 없다. 문서를 만든 이후로 서비월과 같이 있는 시간이 늘었어. 회색여우와 초보 무사가 눈이 맞았다는 소문이 파다하다. 네가 그렇게 아끼는 달 아가씨는 나에게도 딸이다! 그 아이는 하우월이기도 했지만 이수이기도 하단 말이다."

"……."

"하우가 망한 뒤에 그 자리에 소서를 만든 게 서비월이다. 서가의 부자가 반목하여 동쪽의 대서, 서쪽의 소서로 나누어져 있다는 건 삼척동자도 다 아는 사실이야!"

무사들의 뒤치다꺼리를 하며 살고 있었던 이수, 아니 하우월을 보게 된 건 성연이 온 지 얼마 지나지 않은 뒤였다.

월을 보고 싶다는 성연의 말에 청풍은 어쩔 수 없이 그녀를 데리고 왔었다. 하지만 가문의 미래를 알고 있음에도 말하지 않은 점쟁이를 귀족 계집이 곱게 볼 리가 없었다.

무너져 가는 성연을 보며 쓸데없는 소리라도 지껄이면 죽여 버리리라.

파리한 안색으로 앉아 있는 성연의 앞에 그녀를 던져 놓으며 청풍이 마음속으로 한 맹세였다.

하지만 사실을 듣고 난 후에도 월은 성연을 향해 분노를 터트리지도, 울분을 쏟아 내지도 않았다. 상처투성이인 몸을 일으켜 성연에게 다가간 월은 그의 앞에서 무릎을 꿇고 고개를 숙였다.

'미안합니다. 그러니 당신은 다른 사람들처럼 죽지 마세요.'

죄를 고백하듯 울먹이는 월을 성연이 말없이 껴안았다. 그때부터 시작된 인연이었다. 성연은 월에게 모든 것을 주었고, 월은 성연을 부모처럼, 때로는 친오라버니처럼 따랐다.

과거를 회상하던 청풍이 길게 한숨을 내쉬었다. 정말로 이 상황을 어찌해야 한다는 말인가!

"성연아, 말하자. 일이 더 커지기 전에 이수부터 지키자. 서비월이 알기 전에 움직이면 될 것이다."

"형님. 아직은 안 됩니다. 조금만 시간을 주세요. 제가 말할 테니 형님께서 그러시면 안 됩니다. 제발……."

힘들게 말하던 성연이 거친 기침과 함께 피를 토해 냈다. 놀란 청풍이 서둘러 성연을 붙잡았다. 이수를 돌보는 만큼이나 자신을 돌보면 좋으련만, 답답할 정도로 미련한 성연의 행동에 청풍이 인상을 찡그렸다.

"너에게 이수가 귀한 동생인 것처럼, 나에게도 그 아이는 누구보다도 귀한 딸이다. 험하게 거두어 거칠게 가르쳤지만 지금은 누구보다도 똑똑한 아이가 아니냐. 네가 그렇게 원한다면 기다리마. 네가 말할 때까지 아무 말도 하지 않으마."

성연을 자리에 눕힌 청풍이 도망치듯 막사 밖으로 나왔다. 시원한 바람이 불어왔지만 청풍은 답답한지 연신 숨을 내쉬었다. 아무리 생각해도 답이 떠오르지 않았다.

성연의 부탁으로 월을 거두기는 했지만 청풍은 그녀를 그대로 방치하였다. 어차피 귀족 아가씨. 성연의 마음만 편하다면 그뿐이었다. 무사들의 희롱의 대상이 되든지, 폭력의 대상이 되든지 그건 그 귀족 아가씨의 몫일 뿐이었다.

그랬던 여자아이가 어느새 무사단에서도 반짝반짝 빛나고 있었다.

"이수야, 난 너에게 어떻게 해야 하는 것이냐."

힘겹게 주둔지로 걸어가던 청풍이 품에 넣어 놓았던 종이를 꺼냈다. 이수가 비랑, 아니 비월에게서 얻어 낸 성과였다.

웃으면서 받아 든 문서에 적혀 있는 총책임자의 이름. 그걸 보는 순간 청풍의 심장이 쿵 울렸다. 왜 하필 서비월인가! 그 많은 귀족 중 하필이면 이수의 가문을 멸문시켰다는 사람이 이곳으로 오게 되었단 말인가.

하얗게 질린 청풍이 몇 번이고 확인했지만 책임자의 이름은 바뀌지 않았다. 청풍의 달라진 기색에 이수가 문서를 보려 했지만 나중에 보여 주겠다는 말로 적당히 넘겼다.

하지만 숨긴다고 바뀔 사실이 아니었다. 더군다나 비월과 이수가 눈이 맞았다는 이야기까지 돌고 있으니 어떡해야 할지 막막했다. 그저 쓸데없는 걱정이기를, 지난번 무사처럼 잠깐 스쳐 가고, 사라져 가는 인연이기를 진심으로 바랐다.

집무실로 되돌아가는 청풍의 발걸음이 그 어느 때보다도 무거웠다.

＊　　　＊　　　＊

느리긴 했지만 주단의 전장 분위기는 예전보다 많이 나아지고 있었다. 더 이상 시간을 지체할 수 없다고 판단한 주원은 대치하고 있는 이민족의 부대에 선제공격을 시작했다. 내부의 첩자를 찾아낼 수 없다면 정보를 교환하기 전에 공격을 해 버리면 된다는 계산에 서였다.

사흘간의 치열한 전투, 밀고 당기는 혈전의 끝에 승리의 여신은 주단의 손을 들어 주었다.

얼굴에 묻은 땀과 피를 토시로 닦아 내며 비월이 감았던 눈을 떴다.

매캐한 연기와 지독한 악취가 주변에 진동했다. 몇 번의 기침을 한 비월이 주변을 둘러보았다. 주변을 훑는 그의 눈에 이민족 시체 옆에 쪼그려 앉아 있는 이수가 보였다. 별다른 표정의 변화 없이 시체를 보는 그녀의 모습에 비월은 자신도 모르게 실소를 터트렸다.

지금까지 보아 온 여자들이라면 저런 상황에서 비명을 지르거나 기절을 했을 것이다. 물론 이수는 그런 여자들과는 다를 수밖에 없었다. 하지만 한편으로는 저렇게 되기까지 얼마나 힘들었을지 눈에 선했다.

"무엇을 보고 있는 건가?"

비월의 물음에 이수가 고개를 들었다.

울고 있었던 건가? 담담하게 보고 있는 줄 알았건만 올려다보는 이수의 눈에는 눈물이 그렁그렁 매달려 있었다.

비월의 시선에 이수는 눈을 문지르며 자리에서 일어났다.

"연기가…… 참 맵네요."

전쟁터의 연기는 매웠지만 이수가 서 있는 곳은 바람이 불고 있어 눈이 충혈될 정도로 맵다고는 할 수 없었다. 하지만 비월은 더는 물어보지 않았다.

대신 비월은 이수가 보고 있는 시신을 쳐다봤다.

얇지만 날카로운 검상을 입고 죽은 것을 보니 이수가 그렇게 만든 것이 분명했다.

"아는 사람인가?"

"그랬다면 죽이지 않았겠죠. 다만 이 사람이 가지고 있던 활이 참 신기해서요."

이수가 가리키는 활은 보좌관인 첸이 가지고 다니는 활과 똑같은 종류였다. 주단의 동쪽에 사는 맥(驀)족이 단번에 먹이의 숨통을 끊기 위해 만든 활이었다. 하지만 워낙 위력이 강하고, 입고 있는 갑옷을 뚫을 정도의 파괴력을 가지고 있어 사람들은 '바람을 죽인다.'라는 의미로 풍사궁이라 불렀다.

"주단 동쪽의 맥족이 사용하는 풍사궁이라고 하는 거다. 가죽갑옷 정도는 가볍게 뚫을 수 있지. 처음 보는 건가?"

주변에는 둘밖에 없었기에 비월은 평소 말투로 이수를 대하고 있었다. 비랑은 비월과는 다르게 어리바리하고 서글서글한 성격이어야 했기에 그는 꽤 심한 압박감을 받고 있었다. 그러던 중 이수가 자신의 존재를 알게 되자 비월은 편히 본래의 모습으로 그녀를 대할 수 있었다.

더군다나 청원이 몇 번이나 지적했던 차갑고 딱딱한 말투를 이수는 별 대수롭지 않게 생각했다. 그 덕분에 비월은 그녀와 있을 때만큼은 한결 편해진 상태로 있을 수 있었다.

"전 주로 남쪽 전장에서만 지내 왔습니다. 동쪽은 산림이 우거져서 그런지 전쟁이 별로 없더라고요."

활을 집어 든 이수가 그대로 시위를 잡아당겼다. 활은 처음 써 보는지 시위를 붙잡는 그녀의 행동이 어색했다.

"화살 대신 창을 화살처럼 쓰기도 하지. 여자가 쓰기에는 무겁고 위험해."

낑낑거리고 있는 이수의 자세를 고쳐 주며 비월이 말했다. 비월의 지시에 따라 활을 잡고 있던 이수가 시위를 내려놓으며 고개를 저었다.

"후우. 힘드네요. 확실히 남자 이외에는 쓰질 못하겠어요."

"활까지 쏘려 하는 건가?"

비월의 말에 그녀는 그와 시선을 맞추었다.

대화를 하다 보면 그녀는 어느 순간 말없이 그와 시선을 맞추었다. 특이한 버릇이었지만 싫지는 않았다. 아니, 언제부터인지 그런 시선으로 그녀가 다른 사람을 쳐다보고 있으면 왠지 모르게 기분도 좋지 않았다.

이수에게 흔들리고 있는 건가? 아니, 그건 아니었다.

다만 전쟁에서 남자들과 일했던 것과 다르게 여자기에, 그것도 그가 보아 온 다른 여자들과 다르기에, 그렇게 느껴질 뿐이라 생각했다.

한동안 비월과 시선을 마주친 이수는 들고 있던 활을 내려놓았다.

"사용할 수만 있다면 좋겠네요. 시간만 허락된다면 단번에 죽일 수 있겠어요."

느낌이 미묘했다. 감정 없이 말하던 이수의 목소리가 떨렸다.

"무슨 일이 있는 건가?"

"아니요. 그냥 과거가 생각나서…… 좋지는 않네요."

"처음 봤다고 하지 않았나?"

비월의 물음에 한동안 뜸을 들이고 있던 이수가 길게 한숨을 내쉬었다.

"어렸을 때 한 번이요. 스치듯 본 것이라 확실하지는 않지만 그래도 무섭긴 무섭네요."

무섭다는 말에 비월이 그녀 몰래 미소를 지었다. 표정은 전혀 그렇지 않은데 나오는 말은 언제나 비월의 예상과는 달랐다.

"무섭다면서 왜 계속 들고 있지?"

"구하기가 어려운 물건이잖아요. 그냥 버리기에는 아까워서요."

일 때문에 만나는 사이임에도 비월은 인정했다.

그녀와의 대화는 즐거웠다. 비록 다른 동료와는 다르게 그가 귀족임을 알고 있었다. 하지만 말만 조심할 뿐, 그녀는 그를 귀족이 아닌 같은 일을 하는 동료로 대했다. 그렇기에 비월 또한 다른 방향으로 문제를 생각해 볼 수 있었다.

풍사궁은 사막에서는 물론 수도에서도 쉽게 구할 수 있는 무기가 아니었다. 더군다나 주단에서 지급된 무기에는 풍사궁은 없었다.

남쪽 사막지대의 이민족이 동쪽의 맥족이 쓰고 있는 활을 쓰고 있다?

"아무래도 다른 쪽으로 지원을 받는 데가 있나 보네요."

그녀의 말에 비월의 인상이 급속도로 나빠졌다. 피곤한지 검지로 눈가를 문지르며 비월이 말했다.

"대충은, 하지만 아니었으면 하는 사람이 연상되는군."

비월의 말을 듣고 있던 이수의 고개가 옆으로 돌아갔다. 갑작스러운 그녀의 행동에 비월이 말을 멈추고 그녀를 보았다. 이수의 시선 끝에는 둘을 가리키며 킬킬대고 있는 무사 몇이 있었다. 그들의 행동에 이수의 표정이 무서워졌다.

정색하는 이수의 모습은 옆에 있는 비월조차 서늘한 기분이 들 정도로 살벌했다. 그런 그녀의 시선을 직접 받았으니 그들이 그 자리에 계속 있기는 어려웠다. 주뼛대며 서둘러 자리를 떠나는 것이 보였다.

그들을 보고 있던 이수는 자신이 잡고 있는 활을 보며 작은 목소리로 말했다.

"비랑, 죄송합니다."

이수의 사과에 비월이 '음?' 소리와 함께 고개를 갸웃댔다. 영문을 몰라 하는 그의 시선에 이수가 다시 말했다.

"쓸데없는 구설에 오르셨잖아요."

"아, 그대와 사귄다는 이야기 말인가?"

"원래의 직위로 돌아가시면 줄어들 겁니다. 그때까지만……."

"난 괜찮다고 생각하는데 그대는 기분이 나쁜가?"

전혀 생각하지 못했던 대답에 이수의 고개가 돌아갔다. 이 귀족이 지금 자신을 상대로 농담하고 있는 것인가? 그건 아니었다. 비랑과 농담이라는 단어는 어울리지 않았다. 이수가 아는 그의 머릿속은 전쟁의 종결로만 가득 차 있었다.

당황해하는 이수를 보고 있던 비월이 시선을 다른 쪽으로 옮기며 말했다.

"사귄다는 소문이 돌면 정보를 교환하는 데도 괜찮고, 사람들의 눈을 속이기가 편해."

"하긴 그렇군요."

"그리고 나로서도 그대와의 대화는 재미있어. 막혔던 부분이 쉽게 풀리거든. 내가 보아 왔던 여자 중에 그대만큼 나와 대화가 맞는 여자는 없었다."

비월의 말에 이수의 눈이 커졌다. 연이은 공격에 정신을 차릴 수 없다. 관심이 없다고 하기에는 그가 지금 한 말은 오해의 소지가 다분했다. 그렇다고 관심이 있다는 뜻으로 생각하기에도 무리가 있었다.

복잡한 시선으로 이수가 비월을 바라봤다. 그의 말투는 처음 느꼈을 때는 공격적이고 차가웠지만 대신 직접적이었다. 흔들림 없이 쳐다보고 있는 비월의 눈을 보고 있던 이수가 고개를 저어 복잡한 생각을 접었다.

그저 자신과 함께 일하는 것이 편하다는 뜻일 것이다. 단지 그뿐일 것이다.

그렇기에 이수 또한 비랑이 편했다. 일만 생각하고 있는 사내라면 그 이상의 선은 넘지 않을 테니 말이었다.

"그럼 저도 이 기회를 나름 이용해야겠네요. 활을 다루실 줄 아는 것 같은데, 이참에 저 좀 가르쳐 주세요."

생각지 못한 제안에 비월이 놀란 표정으로 그녀를 쳐다봤다. 진심으로 활을 배울 생각인 듯 그녀의 표정은 진지했다. 재미있는 제

안에 비월의 입가에 즐거운 미소가 걸렸다.

"나한테 활을 배우려면 그 활로는 어림도 없어. 소궁부터 구해 와. 그러면 알려 주지."

흔쾌한 비월의 승낙에 이수의 입가에 환한 미소가 생겼다. 보일 듯 말 듯 지어 보이던 작은 미소와는 완전히 달랐다. 상기된 볼에 올라간 입꼬리가 매혹적이었다. 그 어느 여인에게서 보지 못했던 아름다움이 비월의 심장을 찔렀다.

"며칠 뒤에 아가씨들이 올 예정이니 그때 사면 됩니다. 그럼 잘 부탁드립니다. 비랑?"

"난 이만 가 보겠다. 그럼 그때 만나자."

찔린 심장에서 느껴지는 생소한 고통이 가라앉지 않았다. 화끈한 얼굴에 똑바로 이수의 시선을 마주할 수 없었다. 처음으로 느껴 보는 혼란에 아무것도 보이지 않았다.

도망치듯 비월이 서둘러 자리에서 떠났다. 그 모습에 이수가 이상하다는 듯 고개를 갸웃했다. 하지만 다시 물어보기에는 그의 모습은 이미 사라진 후였다.

혼자 남자 이수는 복잡한 시선으로 손에 든 활을 보았다. 활은 처음이었지만 이민족이 들고 있던 화살은 꿈에서도 수천 번은 나왔을 정도로 또렷한 것이었다.

찢어지는 공기의 소리, 비명조차 지르지 못한 채 쓰러진 동생.

자신도 모르게 월이 주먹을 쥐었다.

심장이 아프다. 하지만 무력했을 때의 월도, 그리고 강해진 후의 이수도 죽은 사람들을 위해서는 아무것도 할 수 없었다.

소서의 서비월.

복수를 꿈꾸기에는 그는 너무 멀고 거대한 존재가 되어 있었다. 조만간 다른 가문들의 동의를 얻어 하우 이후로 공백이 된 대가문의 지위에 오를 것이라는 소문이 돌았다.

복수를 이루자며 하우로 돌아갔지만, 포기와 함께 사막으로 되돌아왔다. 그를 죽일 기회는 없어진 지 오래였다.

머리를 헤집는 생각에 이수는 고개를 저었다. 이번 전쟁이 끝나면 한동안 쉬어야겠다는 생각을 하며 그녀가 활과 화살을 챙겼다. 별 대수롭지 않게 주운 그것들이 어떤 역할을 하게 될지 전혀 생각하지 못한 채 이수는 여청풍을 향해 걸어갔다.

*　　　*　　　*

코를 찌르는 매운 연기에 청원이 얼굴을 찌푸렸다. 비월과는 다르게 그는 수도에서 파견 나가는 것을 좋아하지 않았다. 특히 더럽고 위험한 전쟁터는 그와 전혀 맞지 않았다.

비월의 잔소리에도 청원이 따라 나온 것은 독립을 목전에 둔 친구를 보기 위해서라고 했지만, 사실 비월의 말대로 일 년에 두세 번은 어김없이 들려오는 혼담을 피하기 위해서였다.

도대체가 청원의 아버지, 즉 소가주는 혼인이 싫다는 청원에 그렇게나 부인을 못 만들어 줘 난리인지 이해가 되지 않았다. 이번에는 지난번 이가의 막내 여식과의 혼담이었다.

이걸 어찌 피할까 고민을 하던 와중에 들려온 비월의 일 이야기에 청원은 뒤도 생각지 않고 따라온 것이었다. 하지만 역시나 볼 건 없고 놀 것은 더더욱 없었다.

심심해하며 주변을 둘러보는 와중에 새로운 것이 청원의 눈에 띄었다.

여자라면 애초에 관심이 없는 비월이 주둔지에 있는 여무사와 사귀고 있다는 소문이었다. 그녀가 누구인지 궁금해서 이리저리 알아본 지 며칠, 드디어 둘의 모습을 보게 되었다.

"흐으음. 내가 생각했던 그림이 아닌데⋯⋯."

활과 화살을 보며 대화를 불사르는 저 모습이 어떻게 사귀고 있다는 것인가? 가까이 가면 눈을 부릅뜰 비월 때문에 함부로 다가가지는 않았지만 척 보면 딱이었다.

"그나저나⋯⋯."

말을 길게 끈 청원이 고개를 갸웃했다. 분명히 처음으로 본 여자였지만 느낌이 이상했다. 안개처럼 흐릿한 기억 속에 떠오르는 흔적은 없었지만 왠지 모르게 익숙했다.

"분명히 어디서 본 것 같단 말이야."

하지만 아무리 떠올리려 해도 떠오르지가 않았다. 한동안 고민을 하던 청원이 고개를 저었다.

"뭐 지나가다 만난 걸 수도 있겠지."

연이은 긴장된 상황에 피로가 누적된 듯했다. 어디선가 본 여인이라면 분명히 기억에 있었을 것이다. 어쩌면 그저 스쳐 지나가던 인연 중 하나였을 수도 있었다. 아무리 생각해도 떠오르는 게 없자 청원이 몸을 돌려 집무실로 돌아가려 했다.

그 순간, 비월이 떠난 자리, 고개를 숙인 여인이 주먹을 꼭 쥐는 모습이 보였다.

'비월에게 물어봐야겠군.'

며칠 후에 그와 만나기로 했다. 궁금한 게 있다면 그에게 들으면 될 터, 청원은 걸음을 옮기며 이수에 대한 호기심을 기억에서 지웠다.

*　　*　　*

"우아아아."

무사들의 환호성이 주둔지에 울려 퍼졌다. 그들의 환호성에 답하듯 머리에 두꺼운 두건을 쓰고 있던 열다섯 명의 인영이 두건을 벗어던지며 까르르 웃음을 터트렸다.

무장을 한 두 명의 남자를 제외한 모두가 여자였다. 전쟁터의 주둔지들을 돌아다니면서 밀매로 들여온 물건들을 파는 무리들. 이들을 무사들은 소칭 '아가씨'라 불렀다.

전투를 지휘하는 장군들이나 관리들에게 이들의 존재는 천하고 법을 어기는 존재들이었지만 무사들에게 있어서 이들의 존재는 특별했다. 승기를 잡고 있는 주둔지에만 방문하는 존재들, 몇 달 만에 오는 이들의 등장은 이민족에게 있었던 주도권이 주단으로 오고 있다는 소리였다.

춤과 소리를 지르며 아가씨들이 자연스럽게 무사들 사이로 물 흐르듯 들어갔다. 요염하고 자극적인 그녀들의 춤에 보고 있던 무사들의 환호가 크게 울렸다.

생소한 분위기에 비월이 옆에 서 있는 이수를 쳐다봤다.

다른 사람들처럼 소리를 지르고 있지는 않았지만 이수 역시 그녀들이 반가운 듯 미소와 함께 손을 크게 흔들었다.

"그렇게 즐겁나?"

비월의 물음에 고개를 돌린 이수가 씩 미소를 지었다.

마치 개구쟁이가 재미난 장난감을 얻은 것 같은 미소가 비월의 눈을 즐겁게 했다. 별일이 아님에도 즐거워하는 모습에 그도 모르게 미소가 생겼다. 그날부터 이수가 여인으로서 느껴졌다. 다르게 보기 시작하자 모든 것이 새롭게 느껴졌다.

복수를 최우선으로 생각하던 마음속에서, 아직은 다른 곳에 시선을 둘 때가 아니라며 외면했던 심장 속에서 처음으로 사람이, 그것도 여자가 반짝반짝 빛났다.

지금은 때가 아니라며 접으려 해도 한 번 들어온 빛은 사그라지지 않았다.

"삭막한 전쟁터에서 가장 빛나는 꽃이 아닙니까."

"밀수와 매춘을 하는 이들이 아닌가?"

비월의 물음에 이수가 주변을 둘러봤다. 아가씨들에게 정신이 팔려 있었기에 그들의 대화를 깊이 듣는 이들은 없었다.

"높으신 분들 입장에서는 그렇겠지만요. 어찌 되었든 저들의 등장은 우리에게 승기가 돌아왔다는 거 아닌가요? 그 소리는 결국 밀린 돈을 받을 수도 있는 거고요."

"……."

"더군다나 아가씨들은 구해 달라는 물건은 확실하게 구해 주죠. 거칠고 제멋대로인 무사들에게 필요한 것을 가져다 주는 사람은 저들밖에 없어요. 무사와 아가씨는 떼려야 뗄 수 없는 사이예요."

다른 각도에서 나오는 말에 비월이 신기한 듯 고개를 끄덕였다. 그가 전쟁의 책임자로 있을 때는 철저히 아가씨들의 진입을 막았었다. 물론 그렇기에 생기는 잡음도 많았지만 귀족인 그가 봤을 때 아가씨는 주둔지의 사기를 흐리는 존재들이라 여겼기 때문이었다.

하지만 이수의 말을 들어 보니 새로운 시선으로 그들을 보게 되었다.

신분이 다르기 때문일까? 살았던 환경이 다르기 때문일까?

이수와 함께할수록 새로운 세상이 보였다. 어느 정도 세상을 알고 있다며 자부하고 있었건만 그녀와 함께 있다 보면 자신이 우물 안의 개구리로 느껴졌다.

"시끄러운 걸 싫어할 줄 알았는데 그건 또 아닌 것 같군."

"소궁도 그렇고. 이번에 꼭 사야 할 게 있었거든요. 더군다나 시끄럽기보다는 활기차고 즐겁잖아요. 아가씨들은 무사들에게 있어서는 꽃과 같은 존재예요."

미소를 거두지 않은 채 말하는 이수가 이상할 정도로 다르게 느껴졌다. 실제로 이수는 평소와 다르지 않았다. 다만 바뀐 것은 비월 뿐이었다.

"꽃이 꽃을 찾는단 말인가?"

무의식적으로 속마음을 말한 비월이 놀라 입을 다물었다.

무심코 그녀를 꽃이라 해 버렸다.

당혹스러우면서도 온몸이 떨렸다. 여인에게 직접 말해 보기는 처음이었다.

여자를 원한다면 자신의 어머니처럼 가련하고 여린 사람이 좋다고 생각했다. 하지만 이수는 비월의 생각과는 전혀 달랐다. 이수는 그의 어머니처럼 진실을 위해 목을 매기보다는 검을 들고 투쟁할 타입이었다.

문제는 그럼에도 끌렸다.

놀란 이수의 눈이 비월에게서 떨어지지 않았다. 그 시선을 비월이 있는 그대로. 받아들였다. 시간이 멈춘 것같이 오랜 시간 서로의 시선이 마주했다.

아가씨들의 웃음소리도, 무사들의 환호도 들리지 않았다. 오로지 비월의 눈에는 이수만이, 이수의 눈에는 비월만이 보일 뿐이었다.

아무래도 지독한 무언가가 눈에 썬 듯했다. 그 어느 여자도 들어오지 않던 비월의 눈에 이수만이 보이기 시작했다. 일 때문이라는 것을 알면서도 그녀가 옆에 없으면 허전했다. 말을 터트린 후 흘러가는 시간이 비월에게는 한없이 길게 느껴졌다.

끝나지 않을 것 같은 정적을 깬 건 이수였다.

"저들은 꽃이 되지만 전 될 수가 없어요."

"왜 그렇지? 그대 또한 나비가 아니라 꽃이 아닌가?"

비월의 말에 이수는 한동안 말을 하지 못했다. 전과 달리 지금은 비월의 말뜻을 한순간 알아차렸다.

그렇기에 안 되었다. 여느 때처럼 선을 그어야 했다. 같은 미래를 보자며 다가왔던 무사들과 똑같이 그에게도 다가오지 말라고 말할 때가 와 버렸다.

그것은 허무하게 짧은 인생을 살고 간 이수에게 월이 할 수 있는 속죄 중 하나였다.

비월을 보며 이수가 처연하게 웃었다.

"죄를 지은 이가 어찌 누군가의 꽃이 된단 말입니까?"

이수에게서 나온 말에 비월이 숨을 삼켰다.

진심이다.

이수의 입에서 나오려는 말은 지금까지 비월이 듣지 못했던 그녀의 상처였다.

"누군가의 삶 대신으로 사는 죄인은 그 어느 것도 될 수 없습니다. 적어도 전 그렇게 알고 살아왔습니다."

"……."

그녀의 말에 비월의 입가가 굳었다.

자신의 일은 거의 말하지 않는 이수. 그랬던 그녀가 본인의 아픈 기억 중 하나를 비월에게 보이고 있었다.

"비랑은 귀한 분이시니 사소한 관심으로 사람을 흔들 분이 아니라는 걸 알고 있습니다. 저는…… 남들은 쉽게 받을 수 없는 아주 귀한 걸 받고 살아났습니다. 그렇기에 전 누구보다도 최선을 다해서 살 겁니다. 그게 제가 살아가는 동안 할 수 있는 최소한의 속죄라고 생각합니다. 살아생전 그 누구도 마음에 품지 않을 것입니다."

시끄러운 주변 소리에 묻힌 채 이수가 미소를 지었다. 이수는 지금 자신이 짓고 있는 미소가 얼마나 슬퍼 보이는지, 그리고 얼마나 아름다워 보이는지 알고 있을까?

다가오지 말라며 밀어내고 있는 것임에도 가까이 가고 싶었다.

"누구보다도 최선을 다해 살아가는 것이 속죄라면, 누구를 마음에 담는 일 또한 그 안에 들어가는 게 아닌가?"

이수의 상처가 무엇인지는 모른다. 하지만 그녀의 말속에서, 그리고 행동에서 비월은 자신과 비슷한 감정을 읽었다.

자신의 어머니가 목을 맸을 때의 절망감.

죄인이라며 하는 이수의 말 안에 그 절망감이 진하게 느껴졌다.

"그 귀한 걸 억지로 떠안았던 그날, 아무것도 하지 못한 채 떠나는 이들을 보며 결심했지요. 최선을 다해 살겠지만 즐기며 살지는 않을 것입니다."

이수의 말에 비월이 고개를 저으며 입을 열려 했다. 그런 그의 말을 이수가 먼저 잘랐다.

한 걸음 뒤로 물러난 이수는 그를 향해 고개를 숙였다.

"이제 조금만 적을 압박하면 비랑께서 원하는 걸 얻으시게 될 겁니다. 그 후에는 지금의 관심도, 궁금증도 아무 의미가 없는 것이 될 것입니다. 부탁드리겠습니다. 지금 보여 드린 그 선, 그걸 넘지 말아 주세요."

말을 끝낸 이수는 도망치듯 사라졌다. 이수가 사라진 자리를 보며 비월이 굳게 주먹을 쥐었다. 남의 상처를 함부로 헤집을 권리는 없었다. 그렇기에 이수의 부탁은 당연했다.

하지만 이수가 저렇게 아파하는 건 처음 보았다. 관심을 끊어 달라는 부탁을 했지만 이미 마음 안에 자리 잡은 여인이었다.

비월은 초조해지려는 마음을 간신히 달랬다. 얼마든지 기다릴 수 있었다. 마음의 상처가 무엇이든 간에 가장 간절히 원하는 존재였다. 시간도 충분했다. 함께 문제를 해결해 가다 보면 언젠가는 알게 되리라.

이수가 사라진 이곳에는 더 이상 볼일이 없었다. 시끄러운 무리들 사이를 그가 빠져나갔다.

*　　　*　　　*

전쟁이 없을 때의 사막의 저녁은 휴식의 시간이었다. 모두가 잠이 든 깊은 저녁, 몇몇의 인영이 주변을 연신 살피며 준비되어 있는 장소에 들어왔다.

주단의 막사와 멀리 떨어진 외진 곳, 다섯 명의 사람이 얼굴에 쓰고 있던 두건을 벗었다.

"다 온 건가?"

두건을 쓴 인영 중 북쪽에 있는 인영이 물었다. 그의 물음에 다른 인영이 짜증을 냈다.

"어차피 안 오면 죽은 목숨이야. 시간 없어. 빨리 시작하자."

그의 재촉에 북쪽의 인영이 가지고 있던 종이를 꺼내 들었다. 그를 시작으로 다른 인영들 또한 똑같은 종이를 꺼냈다.

"주인님이 목표로 했던 양에 얼마나 도달했나?"

"이번에 온 장군만 멍청이였다면 진작에 다 끝났어. 분명 가문만 좋은 애송이라고 하지 않았나? 이번 장군이 온 뒤로 물건은커녕 정체가 드러날까 움직이지도 못했다고."

짜증스럽게 말하던 인영이 종이를 내팽개쳤다. 몇 달 동안 착실하게 이루어졌던 계획이 막바지에 이르러 예상치 못한 문제에 봉착하고 말았다.

이쪽이 발각될 우려가 생기면 전투를 빌미로 모두 제거해 왔었다. 하지만 이번에는 그것도 쉽지 않았다.

어떻게 손을 쓴 것인지 자신들이 몰래 보낸 급보가 수도에 있는 주인에게로 전해지기도 전에 사라졌다. 더군다나 주원이라는 대장군은 절대로 바뀌지 않았던 그들의 위치를 강제적으로 바꿔 버렸다.

순조롭게 진행이 되던 일이 주원이 온 후로 전부 막혀 버린 것이다.

"주인님에게 표면적으로 보내 줘야 할 물품을 계산하면 삼분지 이 정도밖에 못 모았다는 것이다. 이대로라면 주인님께 우리가 문책을 당하게 돼. 더군다나 우리의 존재가 노출되면 문책의 정도가 아니라 죽을 수도 있다."

서쪽에 앉아 있던 인영의 말에 나머지에게서 긴 한숨이 새어 나왔다. 전쟁 물품을 빼돌린 죄는 아무리 콩가루 나라라고 해도 반역에 해당할 정도로 중죄였다. 이 일이 들키게 되는 순간, 그들은 죽은 목숨이나 마찬가지였다.

맨 처음 모두를 소집했던 북쪽 인영이 턱을 어루만지며 말했다.

"우리가 지금 이 상황에서 생각해야 될 건 두 가지다. 하나는 우리가 하고 있는 일을 누군가가 세부적으로 알고 있다는 것. 그리고 나머지는 그 누군가가 지금의 장군과 접촉하고 있다는 것이다."

"설마 말이야……. 웃기는 가설이지만 말이야."

이때껏 아무 말도 안 하고 있던 인영 하나가 눈썹을 찡그리며 말했다.

"분명히 주인님께 받은 정보로는 가문만 좋은 애송이가 온다고 했지. 하지만 온 건 애송이가 아니라 나이가 지긋한 중년의 장군이었어. 그리고 오자마자 우리의 움직임을 단번에 알고 행동을 하기 시작했다. 고작 이곳에 온 지 한 달 조금 넘었는데 말이야."

"……."

"설마 하는 생각이지만 지금 있는 장군이 진짜가 아니라면?"

인영의 말에 다른 인영이 말도 안 된다며 웃음을 터트렸다. 하지만 북쪽에 있던 인영이 그를 말리며 계속해 보라는 시선을 보냈다.

"혹시 진짜 장군이 조사를 하는 게 아닐까? 다른 곳에서 말이야.

예를 들면 물품을 담당하고 있는 곳이나 우리 일에 연관이 되어 있는 곳에서 말이지."

의외로 말이 되는 소리에 다들 말없이 고개를 끄덕였다. 하지만 표면적인 의견만 나오고 구체적인 해결법이 나오지 않자 결국 모두의 입이 다물어졌다. 긴 정적이 끝나고 북쪽에 서 있던 인영이 조금 전에 의견을 낸 인영을 쳐다봤다.

"며칠 내로 널 이곳에서 빼내 주겠다. 네가 직접 주인님께 보고해라. 그리고 이번 가설을 세운 너. 너의 말을 믿어 보자."

말을 정리하듯 고개를 흔든 그가 눈을 감은 채 물었다.

"이번에 우리가 가져온 물품 중 가장 많은 양을 차지하고 있는 게 어디였지?"

"음. 대부분 무사 것이었지. 아!"

자리에 앉아 있던 인영이 벌떡 일어났다.

"그 이름이 뭐더라? 그 청풍단 소속 여무사 말이야. 뭐였지?"

"누구를 말하는 건가?"

북쪽에 앉아 있는 인영의 물음에 일어난 인영이 머리를 쥐어뜯었다.

"기다려 봐. 생각하고 있다고. 아악. 그 무사 중에 계집애 하나 있잖아. 항상 돈 받으러 올 때마다 오는 그 계집애 말이야."

"회색여우 말하는 거냐?"

"맞아! 그 계집이 뭔가 아는 발언을 했었다. 그때는 실없는 소리라며 무시했는데 아니야. 분명히 뭔가 알고 있어!"

새롭게 나오는 말에 서로가 상대를 쳐다봤다. 눈을 감은 채 생각을 정리한 북쪽 인영이 자리에서 일어났다.

"사람을 모아라. 아무래도 빠르게 수습하는 게 주인님을 위해서나 우리를 위해서나 좋을 거 같다."

알겠다며 고개를 끄덕이는 이들을 향해 북쪽 인영이 말을 이었다.

"죽지만 않으면 된다. 무슨 수를 써서라도 그 계집을 데리고 와. 일이 어떻게 돌아가는지는 계집에게서 들으면 되겠지. 서둘러."

그의 말에 모두가 고개를 끄덕였다.

* * *

"자! 자네가 원하던 거야. 이곳에 들어오질 못해서 한참을 가지고 있었어. 그래도 좋은 물건이야."

삼십 대 중반의 여자가 붉은 보자기에 싸여 있는 물건을 이수에게 건넸다. 그 물건을 보자 긴장해 있던 이수의 입가에 비로소 만족스러운 미소가 생겼다.

보자기 안에는 마른 잎사귀와 나무뿌리 세 묶음이 들어 있었다. 마른 잎사귀를 떼어 내 손으로 잘게 가루를 만든 이수가 향을 맡았다.

"상당히 좋은 물건이네요."

"그렇지? 그거 구하느라 엄청나게 고생했다고, 그러니 후하게 쳐줘야 해."

웃으며 사근사근하게 하는 말에 이수가 고개를 끄덕이며 파란 천 주머니를 여자에게 건넸다. 짤랑짤랑, 주머니에서 들리는 돈 소리에 여자의 입이 함지박만 하게 벌어졌다.

그에 비해 주변에 있는 여자들의 입가가 씰룩거렸다.

"쳇. 저 여편네 한몫 제대로 잡았네. 어쩐지 다른 물품은 집어치우고 저것만 가져가려고 눈에 불을 켜더라니."

"다음번에는 내가 제대로 된 신초를 구해다 줄 테니 그때는 나와 거래하자고!"

"이 여편네가! 어디서 내 손님을 채 가려고 해. 어디 한번 그러기만 해 봐! 머리카락을 다 뽑아 버릴 테다."

아가씨들이라고 불리는 밀매상인들끼리의 대화에 이수는 무안한 듯 머리를 긁적였다. 험하게 바뀌는 그들의 대화를 넘기며 이수가 손에 든 신초를 조심스럽게 포장하였다.

신초는 신녀들이 신을 받기 전, 체력을 보충하기 위해 마신다는 차의 주재료였다. 신력을 거부해 몸이 무너지고 있는 성연에게는 별 효과가 없었지만 그래도 다른 약초들보다는 나았기에 이수가 벌고 있는 돈의 상당량을 쥐 가며 구하는 물건이었다.

주머니를 한 손에 든 채, 이수가 거래했던 여자의 어깨를 톡톡 쳤다.

"지금 구했으면 하는 물건이 있는데 가능할까요?"

이수의 물음에 아가씨들의 시선이 그녀에게 모두 쏠렸다. 물건을 자주 사지는 않았지만 원하는 물건을 구해다 주면 값을 후하게 쳐주는 게 이수였다. 더군다나 그녀는 깔끔한 성격이었기에 물건을 받고 나중에 돈을 주는 일도, 돈이 없다며 거래금을 떼어먹지도 않았다.

이수 본인은 잘 몰랐지만 경험이 많은 아가씨 사이에서는 그녀와 거래를 트기 위해 머리카락을 붙잡고 싸우는 일도 비일비재했다.

이수의 요구에 물건을 두둑이 가지고 있는 여자들이 눈에 광채를 품었다. 그녀들의 시선이 부담스러운지 이수가 귀밑머리를 만지며 시선을 돌렸다.

"비싼 물건은 아닌……데요."

"뭔데? 내가 확실히 구해 줄게. 내가 언제 구해 준다고 하고 안 해 준 적 있던가!"

"나는 여기서 바로 줄 수 있어. 나한테 말해 봐."

"이 여편네가 자꾸 이러기야. 당장 안 사라져!"

자칫하면 싸움이 날 분위기에 이수는 당황하며 입을 열었다.

"싸우지 마세요. 그냥 소궁하고 화살만 있으면 된다고요."

"저리 비켜! 이 여편네야. 내 손님 앞만 아니었으면 네년은 벌써 죽었어!"

신초를 주었던 여자에게 물건이 있는지 의기양양한 표정과 함께 주변의 여자들을 거칠게 밀어냈다. 그러고도 안심이 안 되었는지 여자가 이수를 다른 쪽으로 데려갔다. 어영부영 자리를 옮긴 이수가 고개를 저었다.

"누가 보면 밀매가 아니라 장사라고 하겠어요."

이수의 말에 여자가 낄낄 웃으며 등에 있던 짐을 내려놓았다.

"오랜만에 와서 그런지 여기는 제재를 안 해서 더 그래. 더군다나 이민족 놈들은 구해 달라는 건 많은데 돈을 잘 안 줬거든. 이건 어때?"

어린아이 팔뚝만 한 소궁을 이수에게 건네었다. 처음 잡아 보는 활이라 어색했지만 그녀는 최대한 꼼꼼히 살펴봤다.

활을 조심히 보던 여자가 말을 이었다.

"서쪽 너머 부족이 쓰는 물건이야. 거기 동물들은 행동이 빨라 큰 활로는 속도를 못 따라가거든. 위력은 작지만 처음 써 보는 사람들이 좋아하는 물건이야."

"그래요?"

"주단에서도 활을 배울 때 이놈을 많이 써. 정 확신이 안 들면 한 번 써 보고 다음에 올 때 돈을 쳐 주게. 다른 사람이면 몰라도 자네는 확실하니까."

활을 보고 있던 이수는 비랑이 알려 준 대로 어설프게 활시위를 당겼다.

작다고 얕보았건만 시위는 생각보다 잘 당겨지지 않았다. 역시 배우려면 시간이 걸릴 듯했다.

품에서 은화 몇 개를 꺼낸 이수가 그녀에게 내밀었다.

"한번 써 볼게요. 이 정도면 될까요?"

돈을 세어 보던 여자가 함지박하게 웃으며 고개를 끄덕였다.

"되다 뿐인가 충분하네. 아니, 기다려 봐."

말을 마친 여자가 짐을 뒤졌다. 잠시 후, 물건이 가득 들은 작은 주머니를 이수에게 내밀었다.

"아무리 이익을 추구하는 아가씨라도 이번 건은 생각보다 이득이 컸어. 그래서 주는 거야. 서방에서 들어온 환인데 그 우리나라 신녀 같은 사람들이 만든 것이라나 봐. 진통 효과가 좋구먼. 한번 오라비한테 먹여 봐."

여자의 말에 이수는 주머니를 열었다. 아기 손톱만 한 환이 주머니 가득 들어 있었다. 아가씨들조차 서방을 가는 것을 꺼렸기에 서방 물품은 부르는 게 값이었다.

"너무 비싼 거예요. 받을 수 없어요."

"에이그! 그러니까 못 팔고서 가지고 있는 물건이란 말이야. 그리고 나도 하나 가지고 있어. 효과가 진짜 괜찮아. 분명히 오라비한테도 잘 들을 거라고."

효과가 뛰어나다는 말에 이수의 표정이 흔들렸다. 신초를 많이 넣은 차로 보충을 하고 있었지만 고통까지 완화시키지는 못했다. 좋은 약을 쓰고 싶었지만 이런 곳에서 구할 수 있는 물건 또한 한정되어 있었다. 그렇기에 여자가 내민 환은 유혹적이었다.

"그렇게 미안하면 앞으로 나와 거래를 오랫동안 유지하자고. 자잘한 물품은 괜찮지만 큰 건은 나랑 하기. 어때?"

여자의 제안에 이수가 품에 주머니를 넣으며 고개를 끄덕였다.

"감사합니다. 잘 쓸게요."

환하게 미소 짓는 이수를 보고 있던 여자가 웃으며 짐을 정리했다. 서둘러 짐을 정리하던 여자의 눈에 생각지도 못했던 물품이 들어왔다. 전쟁터에서 팔 수 있는 물건은 아니었지만 왠지 생각지도 못했던 호기심이 여자를 자극했다.

환과 신초를 받고 좋아하는 이수를 보고 있던 여자가 그 물건을 든 채 음흉한 미소를 지으며 그녀를 쳐다봤다.

"진짜 고마우면 나 소원 하나만 들어주게. 갑자기 보고 싶어져서 말이야."

여자가 들고 있는 물건에 이수는 웃던 표정 그대로 굳어졌다. 조심스레 거절하려는 찰나 여자의 손이 더 빨랐다.

여자의 손에 들려 있던 물건이 이수를 향해 날아왔다.

*　　　*　　　*

애인한테 가려냐는 표영의 농담에 웃음으로 넘기며 비월이 막사로 나왔다. 겉으로는 달라진 것이 없어 보였다. 여전히 일과 관련된 것은 이수와 대화를 했고, 무사들과도 괜찮은 관계를 유지하고 있었다.

그날 이후로 이수는 비월과 철저하게 선을 그었다. 일 이외의 모든 대화는 사전에 차단되었다. 이수가 그렇게 나오자 비월 또한 결국 일 이외의 다른 것에 관심을 두지 않으려 했다. 하지만 그런 그의 결심이 무색하게도, 어느새 이수를 찾고 있었다.

아직 그는 여인을 마음에 담을 수 있는 상황이 아니었다. 그 사실을 알고 있으면서도 한번 시작한 감정은 좀처럼 비월을 놔주지 않았다.

어린아이의 맹목적인 욕심 같은 것이라 해도 상관없었다. 가지고 싶었다. 오롯이 자신의 여인으로 만들고 싶었다.

머리가 복잡한 비월이 이수에 대해 골똘히 생각하며 걸어갈 때, 저쪽에서 무사들과 아가씨의 환호 소리가 들려왔다. 단순히 장난으로 지르는 소리가 아니었기에 비월의 시선 또한 소리가 들려오는 쪽으로 돌아갔다.

그리고 비월은 그 자세 그대로 굳어 버렸다.

귀밑에 단정히 정리되어 있던 머리카락이 허리까지 길게 내려왔다. 평소에 보는 회색이 아니라 진한 흑발이 물결치듯 흘러내렸다.

누가 봐도 이수의 어깨를 덮고 있는 저 진한 흑발은 이수의 것이 아니라는 걸 알 수 있었다.

그럼에도 시선을 거둘 수 없었다. 가짜 머리카락임에도 어색하지 않았다. 아니 어색한 것이 아니었다.

고요한 물속에 커다란 돌이 떨어진 것같이 파문이 일었다.

여자는 머리카락 하나만으로 저렇게 달라 보일 수 있단 말인가? 내심 지금의 머리카락이 가짜가 아니라 진짜였으면 참 고울 것 같다는 생각이 들었다.

비월은 자신도 모르게 고개를 옆으로 돌렸다. 하지만 곧, 원래대로 돌아온 시선이 이수를 말없이 바라보았다. 이수가 마음을 열 때까지 기다릴 수 있을 것이라 생각한 비월은 그것이 자신만의 착각이었다는 것을 깨닫고 스스로를 비웃었다. 복수를 위해서 십 년을 기다려 왔던 비월이었다. 하지만 지금만큼은 더 이상 참고 싶지 않았다.

어울린다며 박수를 치는 아가씨들과 가발을 벗으려는 그녀에게 벗지 말라며 소리를 지르는 무사들의 목소리가 메아리쳤다. 목까지 빨개진 이수는 가발을 벗기 위해 허둥댔지만 그것은 단단히 고정되어 있는 듯 쉽게 떨어지지 않았다.

비월은 이수의 저 고운 모습을 다른 이들에게 더 이상 보여 주고 싶지 않았다. 이수를 보며 심장이 떨리는 사람은 자신 하나면 충분했다.

비월은 이수를 향해 성큼성큼 걸어갔다. 소리를 지르던 무사들도, 예쁘다며 외치던 아가씨들도 갑작스러운 비월의 등장에 아무 말도 하지 않았다.

가발을 떼려는 이수의 앞에 선 비월이 손에 들고 있던 은화를 꺼내 옆에 있는 아가씨를 쳐다보며 물었다.

"저거 자네 것인가?"

"네? 아? 네에."

"이거면 충분할 것이다."

고개를 끄덕이는 아가씨를 향해 은화를 던진 비월이 이수의 팔목을 잡았다. 그의 반응에 당황한 이수가 그를 말리려는 찰나, 그녀의 팔을 비월이 끌어당겼다.

"저기, 비, 비랑?"

"가자."

"저기, 아……."

비월은 굳은 표정으로 이수를 끌고 사라졌다. 둘이 완전히 사라질 때까지 정적 속에 있던 무사들과 아가씨들이 길게 숨을 내쉬었다. 전투 중이 아니었음에도 비월의 기백에 눌려 숨조차 제대로 쉴 수 없었다.

"죽는 줄 알았네."

긴 숨을 내쉬며 무사 하나가 목을 어루만졌다. 이수를 끌고 사라진 비월은 그들이 평소에 알던 어리바리한 그와는 완전히 달랐다. 검을 휘두르지 않았음에도 목이 베인 것같이 서늘했다. 실제 베어진 것이 아님에도 마치 보이지 않는 칼에 난도질당한 기분이었다.

무사의 말에 다른 사람들도 무의식적으로 고개를 끄덕였다. 하지만 그 이상 입을 여는 사람은 없었다.

흥겨웠던 분위기가 순식간에 끝난 후, 아가씨들과 무사들이 쭈뼛쭈뼛 사라졌다.

그리고 같은 시각, 주둔지에서 벗어난 곳까지 이수를 데리고 간 비월이 말없이 그녀를 노려보고 있었다.

*　　*　　*

최근에 이렇게 당황한 적이 있었던가? 이수는 고개를 저었다.

살기나 전투력이 전혀 느껴지지 않는 아가씨에게 불시에 기습을 당해 버렸다. 전쟁터에서 가발이라니, 이수는 자신도 모르게 심장이 덜컥 내려앉았다.

금방 떼어 낼 수 있을 것으로 생각했건만, 당황스럽고 급해서 그런지 손이 자꾸 미끄러졌다. 결국 이수는 비월 앞에서 가발을 벗는 대신 엉망이 된 머리를 정리하며 말했다.

"이게 무슨 짓인지 모르겠네요. 비랑?"

당황스러운 나머지 주변을 못 보고 있던 이수의 눈에 조금씩 상황이 보이기 시작했다.

평소에는 차갑고 사늘했던 그가 활활 불타고 있었다.

자신이 무슨 실수를 했던가? 아니, 지금 상황에서 피해자는 비월이 아니라 이수였다. 지금의 상황을 여청풍이 봤으면 당장이라도 비월이랑 잘해 보라며 등을 떠밀었을 것이다.

앞에서 활활 타오르는 분노에 피부가 따끔따끔했지만 이수는 내색하지 않았다.

"무슨 짓입니까?"

"무슨 짓이라니? 내가 다 묻고 싶군."

앞에 서 있던 비월이 무섭게 이수를 노려봤다. 냉정하게 봤다면 그녀에게 화를 낼 일은 없었다. 하지만 지금은 냉정히 생각할 수 있는 이성이라는 게 없었다.

무작정 노려보는 그의 시선도, 갑자기 변한 차가운 말투도 싫었다.

"무엇에 그렇게 화가 나신 겁니까? 전 모르겠습니다."

"일을 도와주겠다는 사람이 아가씨와 무사 사이에서 구경거리가 되고 있으니 문제였다. 그렇게 시선을 끌어 무엇을 해결해 주겠다고 하는 건가."

"구경거리가 되고 싶어 된 게 아니라는 건 비랑이 더 잘 알지 않습니까. 그리고 왜 그 자리에서 절 끌고 오신 것입니까? 그 때문에 일이 더 커진 것이 아닙니까?"

이수의 눈이 날카롭게 변했다. 그가 무슨 생각으로 자신에게 이런 폭언을 하고 있는지 이해할 수 없었다. 물론 자신이 잘했다는 것은 아니었다. 하지만 그와 자신은 아무런 관계도 아니었다. 그의 고백 아닌 고백을 그녀는 분명히 거절했다.

그의 독단적인 감정에 멋대로 싸구려 취급을 당하고 싶지는 않았다.

비월과 이수의 주변에 숨 막히는 분위기가 만들어졌다. 이수의 도발적인 시선에 비월이 먼저 말을 꺼냈다.

"뛰어난 무사라는 자가 무도 제대로 모르는 밀매꾼의 행동에 당하는 것도 웃기고, 사내들이 좋다고 지르는 소리에 제대로 된 대응도 못 하니, 결국은 그대도 여자니 그 나름대로 대우받고 싶다는 것……."

차갑게 말을 잇던 비월이 본능에 따라 옆에서 날아오는 검집을 손으로 막았다. 손에서 오는 고통이 상당했으나 안에서 끓어오르는 분노 때문에 아무것도 느끼지 못하였다.

화가 잔뜩 난 이수를 보고 있던 비월의 입가가 굳었다.

지금 자신은 말도 안 되는 억지를 부리고 있었다.

비월 또한 알고 있었다. 그녀에 대한 감정은 그 혼자만의 것이라는 걸 알면서도 억제할 수 없었다. 기다리겠다는 마음 따위 사라진 지 오래였다. 다른 사내가 그녀를 보고 곱다며 웃음을 터트리는 모습에 꼭지가 돌아 버렸다.

무모하고 제멋대로라는 것도, 그리고 비월 자신이 잘못했다는 것도 알고 있었다.

차라리 자신에게 왜 이렇게 대하느냐며 울거나 도망가 버렸다면 억지를 부렸으니 미안하다고 했을 것이다. 그저 그녀가 사내들 앞에서 그런 모습을 보여 주는 게 싫었노라고, 그들이 너를 보며 곱다며 말하는 것이 싫었다며 솔직하게 말했을 것이다.

하지만 비월이 아는 이수는 그렇게 행동할 여자가 아니었다.

"선을 자꾸 넘는 건 당신이 아닌가."

얼음보다도 차가운 말이 그녀에게서 나왔다. 눈물을 흘리는 대신 차가운 한기가 이수의 눈을 가득 채웠다.

그를 받아들일 수 없다면 잘라야 한다. 젖은 이수의 눈가가 단호해졌다.

그에게 흔들리는 마음 따위 절대로 들키고 싶지 않았다. 비월에게 향하는 마음은 월의 것이다. 하지만 지금의 그녀는 이수였다.

"선을 넘지 말라고 했다면 내가 무사들 앞에서 웃고 떠들든 이 모양 이 꼴로 놀림거리가 되든 상관하지 말았어야지."

"그 선이 아니더라도 지금 넌 내 여자로 되어 있다. 세상의 어느 사내가 자신의 여자가 그 꼴을 당하고 있는데 가만히 있어야 한다

162

는 건가? 속일 생각이라면 그대 또한 제대로 해야 되는 게 아닌가?"

"그렇다고 진짜로 하면 안 되는 거잖아. 귀족 나리."

이수의 입에서 나온 단어에 비월의 몸이 굳었다. 하지 말라고 말한 뒤로 절대로 하지 않았던 말이 이수의 입에서 나왔다. 사그라졌던 화가 단숨에 다시 솟구쳤다.

하지만 이번에는 그녀가 빨랐다. 검을 내려놓은 이수가 무표정한 얼굴로 그에게 말했다.

"사내들과는 다르게 전쟁터에서 값싸게 즐기고, 버려지는 존재가 여자 무사야. 귀족 나리. 무사로 검을 잡는 여자들은 밖에 있는 적들보다 안에 있는 놈들에게 더 징글징글하게 당할 때가 있단 말이야."

"……."

"싸구려 취급 안 받으려고 최선을 다해 살고 있다고 했어. 당신의 일을 도와주는 대신 난 내 걸 받겠다고 했지. 그건 동등한 거래였고 반드시 지켜 주겠어. 하지만 날 이런 식으로 취급하지 마. 난 당신 장난감이 아니야."

이수로서의 이성보다도 월로서의 감정이 자꾸 앞선다. 싸구려 취급하는 비월의 말에 화가 나면서도 선을 넘어 자신을 봐 달라며 다가오는 그에게 떨린다. 이 사람을 받아들이고 싶은 감정이 점점 커졌다.

치열한 감정의 충돌 때문인지 몸에 힘이 하나도 없었다. 머리를 손으로 붙잡고 있는 그녀가 몸을 비틀댔다. 이수의 모습에 놀란 비월이 그녀에게 달려왔다.

하지만 이수가 손을 들어 그를 저지하였다.

접근금지. 자신의 주변에 얼씬도 하지 말라는 말 없는 경고였다.

이대로 그와 있다가는 지키고자 했던 모든 것이 무너져 버릴 것 같았다. 어떻게 짊어지고 온 과거인가! 그를 향한 순간의 충동으로, 평생을 후회할 선택은 하고 싶지 않았다.

힘겹게 걸어가는 이수의 뒤로 비월이 주저하며 입을 열었다.

"난 당신을 싸구려 취급하지 않았어. 그런 여자로 생각한 적도 없어."

그의 말을 무시하며 이수가 걸음을 옮겼다. 더 이상 듣고 싶지 않았다. 그를 받아들일 수 없다. 그렇다면 스쳐 지나가듯 가 버린 다른 사내들처럼 그냥 그 또한 그렇게 가 버렸으면 하는 바람뿐이었다.

그가 먼저 포기하면 된다. 그럼 월의 감정 따위 완전히 사라질 것이다.

"당신이 자꾸 신경이 쓰여. 아주 미쳐 버릴 정도로 당신만 보여."

힘겹게 걸어가던 걸음이 멈추었다. 진정하고 있던 심장이 미친 듯 요동쳤다. 죽은 아버지가 지나가고, 천후가 지나가고, 이수가 스쳐 지나갔다. 행복하면 안 된다. 최선을 다해 살아가되 이런 감정 따위 자신의 것이 되어서는 안 되는 것이었다.

이수가 고개를 돌려 뒤에 있는 비월을 보았다.

비월의 분위기가 달라져 있었다. 분노에 찼던 조금 전과는 다르게 그의 눈동자가, 낮게 내쉬는 숨에 떨림이 섞여 있었다.

"내 감정 감추고 싶지 않아. 이수라는 여자와 함께 있고 싶어."

더 이상 그녀의 일로 주저하지 싶지 않았다. 이제 겨우 느끼기 시작한 감정이라도 모든 생각을 잠식시킬 종류의 것이라면 거부할 생각 따위 없었다.

그저 같이 있고 싶었다. 앞으로 자신이 누려야 할 것들을, 그리고 자신이 겪어야 할 모든 것을 같은 공간, 시간 안에서 함께하고 싶었다.

"......."

폭풍과도 같은 그의 고백에 남아 있던 힘까지 완전히 빠져 버렸다. 비월의 말에 반박해야 되는데 입이 떨어지지 않았다. 지금까지 단단히 잠가 놓았던 마음이 그를 찾았다.

행복하면 안 된다. 그런데 그와 함께 행복해지고 싶다.

힘이 빠져 휘청거리는 이수를 비월이 부축했다. 그의 손에서 느껴지는 열기가 뜨거워 이수는 자신도 모르게 그를 밀어냈다. 하지만 밀리는 대신 비월이 더 세게 잡아당겨 이수를 자신의 품에 안았다.

사막의 열기보다도 품 안의 사내의 체온이 더 강렬했다.

빠져나오려 해도 틈을 주지 않았다. 비월에게서 풍기는 향에 정신이 아늑해졌다. 결국 밀어내는 대신 이수는 그의 허리에 팔을 감았다. 그리고 단단한 그의 어깨에 얼굴을 묻었다.

머리로는 안 된다는 걸 알면서도 심장은 그를 찾았다. 절대로 무너지지 않을 것이라 믿었던 결심이 이 사람과 있으면 어느새 사라져 버렸다.

밀어내던 이수가 말없이 품 안에 있자 비월은 짧게 숨을 내쉬었다. 그녀의 성격상 그를 단번에 받아들이지는 않을 것이라는 걸 알고 있었다. 하지만 그녀 또한 마음이 있다는 것만 알면 되었다.

달칵.

들리는 소리와 함께 머리가 한결 가벼워지자 이수가 고개를 들었다. 머리를 옥죄던 가발이 비월의 손에 들려 있었다.

가벼워진 머리에 이수는 편한 숨을 내쉬었다. 하지만 그것과는 다르게 코앞에서 느껴지는 비월의 체향에 이수는 쉽사리 고개를 들지 못했다. 허리를 감았던 팔을 빼고 비월을 천천히 밀어냈다. 조금 전과는 달리 비월은 쉽사리 이수를 풀어 줬다.

"이 가발처럼 당신을 옥죌 생각도, 그렇다고 귀족인 내가 좋으니 너는 내게 안기라, 날 따르라, 억지로 끌고 갈 생각도 없어."

"난 당신 마음 못 받아들여요."

"알아. 그때 그렇게 말했으니까. 알고 있어."

입술을 깨물며 힘겹게 말하는 이수에게 비월이 안심하라는 듯이 천천히 말했다. 하지만 말과는 다르게 비월의 속은 바짝바짝 탔다. 누군가에게, 그것도 여자에게 속마음을 전부 드러내 보이기는 처음이었다. 부끄럽다기보다는 절실했다.

"기다릴게. 너는 원하지 않으면 받아들이지 않아도 돼. 아까도 말했지만 강요하지 않을 거야. 다만⋯⋯."

"⋯⋯."

"나에게 조그마한 연정도 품지 않았다면 흔들리지 마."

비월의 말에 이수의 눈이 크게 떠졌다. 숨조차 제대로 내쉴 수 없었다. 괜찮다고 하면서도 비월의 말 한 마디, 한 마디가 마음을 들쑤셨다.

움직이지 못하는 이수를 보고 있던 비월이 손을 들어 헝클어져 있는 그녀의 머리를 천천히 정리해 주었다. 머리카락 사이로 스치는 손가락에 이수가 당황한 표정으로 고개를 숙였다. 마음을 받아들일 수는 없다고는 했지만 그가 싫지 않았다. 그에게서 나오는 향이, 스치는 손가락이 하나하나 이수의 마음속으로 스며들었다.

살얼음판이었던 분위기가 달라졌다. 고개를 숙인 채 움직이지 않는 이수를 배려하며 비월이 먼저 움직였다.

하지만 그녀에게서 벗어나기 직전, 비월이 고개를 숙여 그녀의 귀에 말했다.

"그런데 당신 흔들리잖아."

심장이 내려앉았다. 비월에게서 낮게 나오는 말이 족쇄처럼 그녀를 휘감았다. 그의 앞에서 감춰 왔던 감정이 문이 열리듯 단숨에 이수를 삼켜 버렸다.

비월의 기척이 완전히 사라질 때까지 이수는 절대 그를 보지 않았다.

오랜 시간이 지난 후, 이수는 몸을 굽혀 비월이 버린 가발을 집어 들었다.

누군가의 머리카락으로 만들었을 그것, 머리를 풍성하게 만들고 싶어 하는 여귀족이 많이 사는 사치품 중 하나였다. 별것도 아닌 물건 하나 때문에 흐트러진 마음이 좀처럼 가라앉지 않았다.

마치 주문에 걸린 사람처럼 가발을 든 채 말없이 그 자리에 서 있었다.

四章
이성보다 시선이
먼저 가는 곳에

비월에게 줄 문서를 만들어 놓은 이수가 양손으로 눈을 문질렀
다. 굳은 몸을 풀 겸, 그녀는 막사 밖으로 나왔다. 머리끝에 매달려
있던 태양이 어느새 땅끝에 닿을 정도로 내려와 있었다. 쌀쌀해진
바람에 이수가 팔을 문질렀다.

언제나 보던 배경이면서도 다가오는 느낌은 훨씬 복잡했다.

마음을 받아 주지 않으면 대부분의 사내는 그녀에게 매달리거나
떠나갔다. 비월 또한 그런 사내들처럼 가 버릴 것으로 생각했다. 그
는 자존심 높은 귀족이니까, 사막에 있는 여무사 따위 호기심으로
다가온 것이라 믿었다.

그는 그날 이후로 지켜보기만 할 뿐, 아무것도 하지 않았다. 그럼
에도 비월은 이수에 관심이 있다는 것을 숨기지 않았다. 거짓된 감
정은 하나도 없는, 직선적이고 솔직한 관심이 오롯이 이수에게만

향했다.

일부러 인적이 없는 곳으로 걸어가며 이수는 차가운 바람을 한껏 들이마셨다.

"왜 여기에 있지?"

익숙하지만 마주치고 싶지 않았던 목소리가 옆에서 들렸다. 숨이 멈추고 손이 떨렸다.

고개를 돌리자 어느새 옆에 다가온 비월이 이수를 보고 있었다. 날이 추운데도 얇게 입고 나온 이수의 모습이 마음에 들지 않았는지 비월의 입가가 굳었다.

그를 본 이수는 자신도 모르게 옆으로 고개를 돌리며 되물었다.

"당신은 왜 여기에 계십니까?"

"아, 답답해서…… 라고 말하고 싶지만 약속이 있어서 나왔다. 내 질문에는 대답해 주지 않을 셈인가?"

그의 채근에 이수가 답답해서 나왔다는 말을 작게 말했다. 불편해하는 이수를 보고 있던 비월은 입고 있던 장옷을 벗어 그녀에게 덮었다. 괜찮다는 외침을 한 귀로 흘려 가며 비월이 장옷의 끈을 묶었다.

화끈거리는 얼굴을 들 수가 없다. 전쟁터에서도 침착했던 심장은 그와 가까이 있으면 제멋대로 떨렸다. 비월을 받아들일 수 없다는 것을 알면서도 그가 주는 시선이 싫지 않았다. 가지면 안 된다는 걸 알면서도 욕심을 부리는 어린아이와 다르지 않았다.

그는 지금까지 자신에게 다가왔던 사람들과 느낌이 너무 달랐다.

"고개 숙이지 마."

비월의 말에 이수가 눈을 동그랗게 떴다.

"난 당신의 당당한 모습이 좋아. 지금이라도 내가 마음에 안 들면 거절해. 그건 내가 감당할 문제지, 당신이 신경 쓸 게 아니야. 하지만 고개를 숙이거나 피하지는 마. 그런 모습은 보고 싶지 않아."

"당신이 싫다거나…… 그런 건 아닙니다. 하지만……."

다시 고개를 돌리려는 이수를 비월이 막았다. 차가워진 뺨에 비월의 따뜻한 손이 닿았다. 눈을 마주칠수록 피가 거꾸로 도는 것 같아 어지러웠다. 남아 있는 이성이 위험하다는 신호를 보냈지만 그와 반대로 감정은 악마처럼 그의 마음을 받아들이라고 속삭였다.

이수의 복잡한 표정을 보고 있던 비월이 그녀의 뺨에서 손을 떼며 한 걸음 물러났다. 뺨을 감싸던 그의 체온이 빠르게 사라져 갔다. 사라져 가는 흔적만큼이나 이수의 마음이 허해졌다.

"막사로 돌아가. 추워진다."

"장옷은 다시 가져가세요. 그렇게 계시면 몸 상합니다."

"어차피 이제 만날 녀석에게서 얻으면 된다. 추운 건 익숙해. 그리고……."

멀리서 비월을 부르는 소리가 들려왔다. 주원의 보좌관이라는 사람이 멀리서 비월을 향해 손을 흔들었다. 그에게 고개를 끄덕인 비월이 이수에게 미처 다 하지 못한 말을 나지막이 속삭인 후 사내에게로 걸어갔다.

그의 체취로 가득한 장옷을 움켜잡은 이수가 깊게 숨을 내쉬었다. 안 된다고 생각하면서도 비월이 사라질 때까지 이수의 눈은 그를 좇았다. 마지막 속삭임에서 진실한 그의 마음이 느껴지자 거부하고 있는 마음이 자꾸 약해져 갔다.

"사랑해."

거부하고 있던 시간이 멈추었다. 꽁꽁 숨겨 왔던 마음이 천천히 제 모습을 드러냈다.

*　　　*　　　*

시간은 흐르고 이제는 회색여우와 초보 무사가 사귄다는 소문이 사실로 변해 갔다. 더군다나 그 소문이 사실이라는 것을 증명하듯 둘은 하루에도 두세 번씩 만나서 이야기하거나 함께 움직였다. 모두의 관심을 받고 있음에도 상관이 없다는 듯 이수는 평소와 같았다.

성연의 약을 들고 가던 이수는 정면에 오는 비월의 모습에 걸음을 멈추었다. 잠잠했던 이수의 심장이 제멋대로 떨렸다.

최대한 고개를 숙이며 지나치려는 이수를 비월이 붙잡았다.

"자네가 건넨 적들의 명단은 받았어. 하지만 경장군 유서전과 북전은 초반부터 이곳에 있었던 사람들이 아니지 않은가? 그런데 어떻게 찾아낸 거지?"

심란해하는 그녀를 배려하기 위함인지 비월은 되도록 일과 관련된 질문만 하였다. 약을 들고 있던 이수가 주변을 둘러봤다. 다행히 그들에게 관심이 있는 사람은 없어 보였다.

"두 장군이 오고 나서부터 일은 본격적으로 시작되었습니다. 최근에 병기 막사를 옮기셨지요?"

이수의 물음에 비월이 눈썹을 모았다. 이수에게도 말하지 않은 채 청원과 몰래 처리한 일이었다. 그것도 믿을 수 있는 사람들로만 추려 밤사이에 조심스럽게 옮겼던 것이다.

어찌 그걸 알고 있단 말인가?

그의 표정을 외면한 이수가 고개를 숙여 들고 있는 약을 보았다.

"위치를 바꿀 때 저와 다른 곳에서 지켜보고 있었던 이는 유 장군의 사람이었습니다. 위치를 확인한 후, 그 사람은 유 장군과 북 장군의 처소를 번갈아 다녀갔지요. 잠시 후, 북 장군의 사람이 주둔지 밖으로 나갔습니다. 그 사람을 비랑이 어떻게 처리했는지는 보고하지 않아도 되지요?"

옆에서 본 사람처럼 말하고 있는 이수를 비월이 놀란 표정으로 쳐다봤다. 하지만 그가 그렇게 보든지 말든지 이수는 약이 있는 쟁반을 굳게 잡았다.

그와 있으면 속마음이 들킬 것 같아 두려웠다. 그의 마음을 받아들일 자신이 없다면 흔들리는 마음 또한 철저히 가려야 했다. 그에게 선을 넘지 말아 달라고 했던 말은 이수, 자신도 지켜야 하는 것이었다.

"오라버니에게 약을 드려야 합니다. 며칠 전에 유 장군 쪽에서 보낸 인사는 제가 처리했습니다. 그렇게 아시고 이상한 부분은 그냥 넘기시⋯⋯."

"미안하다."

갑자기 나오는 사과에 이수가 자리에서 멈췄다. 이수를 보고 있던 비월의 시선이 피하듯 옆으로 옮겨졌다. 현재 진행되는 일과 그녀의 마음을 받는 생각에만 급급한 나머지 제일 먼저 해야 했을 사과를 그냥 넘겨 버리고 말았다.

준비되어 있지 않은 그녀에게 제 감정에 못 이겨 폭언했던 과거가 머릿속에서 계속 맴돌았다. 진작 그녀에게 했어야 하는 말이었건만, 단 한 번도 누군가에게 해 본 적이 없었기에 지금까지 시간을 끌게 된 것이었다.

"전에 폭언을 한 건 미안하다. 내가 당신에게 마음이 있다는 건 사실이었지만 초반에 한 말은 본심이 아니었어."

그날 이후로 잊고 있었다. 하지만 비월은 잊지 못한 것 같았다. 단단히 묶어 놓았던 마음의 빗장이 그의 말과 함께 풀어졌다. 고개를 숙였던 이수의 입가에 작은 미소가 생겨났다. 하지만 그것도 잠시, 표정을 원래대로 되돌린 이수는 그를 지나치며 입을 열었다.

"귀족의 사과는 처음 받아 봤습니다. 나쁘지 않네요. 가 보겠습니다."

빠르게 피하는 이수의 모습을 비월이 끝까지 보았다. 사귀고 있다, 깊은 사이다, 라는 말까지 나오고 있었지만 실제는 달랐다. 이수는 비월에게 흔들리고 있음에도 자신을 단단히 잡고 있었다. 과거에 있었다는 상처가 무엇이든 간에 그것이 그를 향하는 마음을 철저히 막았다.

이제 적들의 명단은 거의 완성되어 가고 있었다. 첸과 준비해 놓았던 병력이 도착하는 즉시 바로 정리할 생각이었다.

하지만 그 전에 이수의 닫힌 마음을 열고 싶었다. 혹시라도 이수가 그를 거절할지도 모른다는 불안과 초조함이 극에 달했지만 비월은 참고 또 참았다. 이수에게 자신이 그녀와 함께할 수 있는 사람이라는 믿음을 주고 싶었다.

사막의 거친 바람에 헝클어진 머리카락을 정리하며 비월은 이수가 들어간 막사를 오랫동안 바라봤다.

이수는 가져온 약을 잔에 담아 성연에 건넸다.

"다른 일을 하느라 조금 식었어요. 드세요."

약을 받은 성연이 천천히 마셨다. 며칠 내내 심한 발작에 피를 토하는 일까지 겪은 성연은 한눈에 봐도 위태로웠다. 그나마 정신을 차릴 수 있었던 것은 이수가 얻어 온 환 덕분이었다. 그게 아니었다면 죽었을지도 모른다는 의원의 말이 있었다.

갈라지고 터진 입술에 따뜻한 차가 들어가자 비로소 성연이 편안한 숨을 내쉬었다.

"이젠 괜찮아요. 이수."

괜찮다고 말하는 목소리조차 고통 때문에 참고 참아 갈라져 있었다. 성연의 말에 말을 꺼내려던 이수가 입을 다문 채 고개를 저었다. 대신 성연의 옆으로 다가온 이수는 그의 무릎에 머리를 기대고 누웠다.

그녀의 행동에 성연이 말없이 이수의 머리카락을 천천히 어루만졌다. 이수가 유일하게 무릎을 베고 눕는 사람은 성연뿐이었다. 눈을 감고 누워 있는 그녀에게서 이리의 기운이 강하게 느껴졌다. 아무래도 더는 시간을 끌기는 어려웠다. 상처가 커지기 전에 사실을 말하고 이리를 피하게 하는 것이 성연이 할 수 있는 최선이었다.

"아버지가 오라버니를 베고 눕는 대신 자신의 무릎을 베고 누우라 하셨어요."

"청풍 형님이 내 유일한 즐거움까지 가져가려고 하는군요. 하지 마요."

"억지로 무릎에 누웠는데 근육이 너무 많아서 목이 아프더라고요. 눕자마자 바로 일어났어요."

이수의 말에 성연이 웃음을 터트렸다. 성연이 머리카락을 어루만지자 피곤한지 이수가 하품을 하였다. 이리가 누구인지 말하려던 성연은 평소의 그녀와는 다른 분위기에 주저하였다.

눈앞의 작은 아이는 유일하게 자신에게만 진짜 모습을 보여 줬다.

하늘 아래 가장 귀한 딸, 그리고 목숨보다도 소중한 여동생.

세상 모든 꽃보다도 고운 나 혼자만의 여인.

"많이 힘든가요?"

성연의 물음에 고개를 저으려던 이수가 잠시 후, 고개를 끄덕였다. 하지만 그게 전부였다. 성연의 작은 아이는 혹여나 몸이 약한 오라버니가 걱정이라도 할까 아무 말도 하지 않았다.

"성연 오라버니한테서는 내 친오라버니와 같은 향이 나요. 그래서 기대면 안 된다고 생각하면서도 기대게 돼요."

"기대도 돼요. 이수는 내 동생이니까."

흐트러져 있는 이수의 기운에 성연은 이리에 관한 이야기를 꺼내려는 것을 접었다. 다른 무사들이 같이 떠나자며 매달렸을 때도 칼같이 거절하던 이수가 흔들리고 있었다.

성연의 무릎을 베고 있던 이수가 그대로 눈을 감았다. 정적이 한참 동안 이어졌지만, 결국 먼저 말을 꺼낸 건 이수였다.

"전 그 귀족이 그렇게 하면 포기할 거라 생각했어요."

"……."

"귀족들은 감정을 참거나 숨기는 사람들이 아니잖아요. 그에게 제멋대로 행동하다 보면 건방진 계집이라면서 해코지라도 할 줄 알았어요. 그럼 그걸 빌미로 그 사람에게서 도망치려고 했는데…….”

“…….”

“무슨 남자가 나무처럼 그리 곧은지 이해가 안 돼요.”

이수의 말을 대답 없이 듣고 있던 성연이 그녀의 머리카락을 어루만졌다.

“비랑, 그 사람이 신경 쓰이나요?”

성연의 물음에 이수가 감고 있던 눈을 떴다. 성연의 향을 들이마신 이수가 그의 무릎에 얼굴을 묻었다.

“처음에는 무섭더라고요. 나중에는 자존심 강한 귀족일 뿐이었고, 그 후에는 대화가 잘 통하는 사람이었어요. 그리고 지금은……잘 모르겠어요. 신경이 자꾸 쓰이는데 마음을 받아들이기도 불안해요. 도대체 왜 이러는지 모르겠어요.”

그 사람이 당신의 원수니까요.

당신의 아버지를 죽이고, 하나밖에 없는 동생을 죽이고, 당신의 친구를 죽였고, 당신의 이름을 죽인 장본인이니까요. 당신이 하우월이 아니라 이수로 살아가게 한 사람이니까요. 평생 곱고 귀하게 살 당신을 피 속에서, 전쟁 속에서 살게 한 원수이니까요.

당신은 그를 보지는 못했지만 그의 목소리를 들었고, 그는 당신의 소리를 듣지는 못했지만 당신을 보았으니까요. 그렇기에 자꾸 끌리고 관심이 가는 거예요.

달에게 이리의 그림자는 재앙이기도 했지만 희망이니까요.

성연은 복잡한 듯 이수를 향했던 눈을 질끈 감았다.

자신이 말하기로 했다. 주저할 수 없었다.

"이수. 그 사람은…… 비랑이라는 사람은 말이에요. 그 사람은……."

"성연 형님!"

갑자기 들어오는 무사들의 모습에 이수가 빠르게 몸을 일으켰다. 어느새 이수의 손에는 뽑은 검이 들려 있었다. 하지만 부상자를 지지하는 무사의 모습을 보자 그녀는 검을 내려놓고 무사의 어깨에 기대고 있는 왼쪽의 무사를 부축하였다.

그녀의 행동에 오른쪽에 있던 무사가 고맙다는 말을 빠르게 했다.

"지금 형님 몸이 엉망인 건 알지만 부탁하겠소. 동생 놈이 주둔지를 멋대로 나가더니만 이민족 놈들에게 당했소. 치료술을 조금이라도."

이수와 무사에게 몸을 지탱하고 있던 이는 여러 곳을 베인 듯 피를 콸콸 쏟아 내고 있었다.

이대로라면 그는 얼마 못 가 죽을 상황, 그렇기에 데리고 온 것이었다.

하지만 성연도 지금 치료술을 쓸 체력이 아니었다. 이수의 어두운 표정에 동생을 데리고 왔던 무사가 둘을 향해 몸을 숙였다.

"동생 상태는 나도 알고 있네. 하지만 의원이 가망이 없다고 했어. 형님. 한 번만, 한 번만 살려 주십시오. 이 은혜 죽어서라도 안 잊겠습니다!"

"하, 하지만!"

"이수. 괜찮아요."

말리려는 이수를 성연이 막았다. 이미 결심한 성연의 표정에 이수가 고개를 숙였다. 이수의 말이라면 모든 걸 받아 주는 성연이어

177

도 고집을 부릴 때의 그는 그 누구도 당할 수 없었다.

다친 무사의 앞에 선 성연이 작게 노래를 부르며 상처가 있는 자리에 손을 갖다 댔다. 밝은 흰색의 빛과 함께 무사의 상처가 조금씩 아물었다.

성연의 치료술은 어지간한 신녀들보다도 뛰어났지만 그만큼 몸에 무리가 갔다. 위험했던 상처가 사라져 갈수록 성연의 안색이 나빠졌다.

위험한 고비를 넘기자 비틀거리며 성연이 말했다.

"내가 할 수 있는 건 이 정도예요. 의원에게 데리고 가면 자잘한 상처는 치료해 줄 겁니다."

"고맙소. 형님! 이 은혜는 죽어도 안 잊겠소! 내 꼭 갚겠소이다!"

인사를 마친 무사가 동생을 데리고 밖으로 나갔다. 둘이 나가자 기다렸다는 듯 이수가 성연을 자리에 눕혔다. 능숙한 솜씨로 수건에 물을 적신 이수는 성연의 얼굴을 꼼꼼히 닦았다.

"이수의 친오라버니는 나와 다르게 아주 강할 텐데……. 난 이수에게 폐만 끼치는 오라버니군요."

성연의 말에 이수가 고개를 저었다.

"나한테는 오라버니가 가장 중요해요. 오라버니가 없었으면 이수도, 월도 없었을 테죠. 지금 내 옆에 없는 실종된 오라버니보다 바로 옆에서 날 걱정해 주는 성연 오라버니가 훨씬 귀해요. 그러니까 나랑 오래오래 같이 있어요. 오라버니가 싫다 해도 난 오라버니 옆에 있을 거니까요."

이수가 주변을 정리하고 막사 밖으로 나갈 때까지 성연은 아무 말도 할 수 없었다.

결국 비랑이 서비월이라는 말은 할 수 없었다. 빨리 말하는 것이 최선이라는 것을 알면서도 입이 떨어지지 않았다. 다른 사람이 아니라 성연에게서 사실을 아는 것이 그나마 나았다.

한편으로는 이수가 모르는 편이 훨씬 낫지 않겠느냐는 생각이 자꾸 들고 있었다.

누워 있던 성연이 자리에서 벌떡 일어났다.

지금 자신이 품고 있는 생각은 자신의 것인가? 아니면 그에게 자꾸 다가오려는 신의 의지인가?

막사 안에 남아 있는 이수의 기운을 느끼며 성연이 눈을 감았다. 여청풍에게 말하겠다고 한 그다음 날부터 성연은 새롭게 느껴지는 기운에 주저하고 있었다.

"다음에는 꼭 말할게요. 그러니까 그때까지 아무것도 모르고 있어요. 그냥 이수로, 그대로 있어야만 합니다."

하지만 성연이 이수에게 말할 수 있을까? 무심코 드는 생각에 성연이 몸을 흠칫했다.

그리고 그 순간, 성연의 뇌리에 짧은 목소리가 들려왔다.

「그 아이는 너에게서 그 사실을 알게 되지 않을 거야.」

날카롭게 지나가는 기운에 성연이 정면을 쳐다봤다. 새롭게 느껴지는 기운이 무엇인지 깨달은 그가 마음을 먹은 듯 자리에 앉아 눈을 감았다.

접신.

신을 거부한 이상 절대로 하고 싶지 않았지만 느껴지는 기운이 심상치 않았다. 마음을 다잡은 성연이 눈은 감은 채 숨을 길게 내쉬었다.

고요한 방 안에 성연의 몸에서 하얀빛이 생기기 시작하였다.

*   *   *

무사로 있으면서 비월은 표면적으로 행동하지 않았다. 무사들 사이의 일은 이수를 시켰고, 권력이 필요한 일이었다면 청원에게 요청했다.

이유는 간단했다. 완전한 명단이 완성되기 전까지 적들의 눈에 띄면 안 되기 때문이었다. 명단이 완성되어 갈수록 연관자들 사이에서 비월에게 익숙한 이름이 떠올랐다.

서진형, 비월의 아버지이자 동쪽에 있는 대서의 가주였다. 지독할 정도로 질긴 악연, 부자라는 허울 속에 잘 가려져 있는 끊어 내고 싶은 인연이었다.

돈이라면 무엇이든지 할 인간이 결국 이번 전쟁에도 손을 써 놓았다.

동쪽에서만 구할 수 있는 풍사궁, 그리고 경장군 유서전.

경장군은 전쟁에 보내지는 장군 중 가장 아래의 위치였다. 전쟁이 일어날 때는 나가서 싸웠지만 평소에는 상관의 일을 보조하거나 아니면 군사물품을 관리했다. 서진형과 관련된 일이라면 청원이나 이수에게 맡길 수 없었다. 결국 비월이 스스로 나섰다.

유서전의 처소로 다가가자 병사들이 길을 막았다. 그들의 엄포를 무시하며 비월이 그 자리에서 주변을 둘러봤다.

경장군 주제에 주둔지에서 떨어져 있는 막사를 이용하고 있었다. 더군다나 하나의 막사를 배정받는 원래의 원칙과는 다르게 뒤쪽에 커다란 막사가 하나 더 놓여 있었다.

"이 자식아! 무사 주제에 여기가 어딘 줄 알고! 당장…… 컥."

어차피 막사를 지키고 있는 병사는 둘밖에 없었다. 비월은 자신의 앞을 막은 병사의 복부를 그대로 쳐올렸다. 짧은 비명을 지르며 병사가 쓰러지자 반대 방향에 있던 병사가 허리에 있는 검에 손을 갖다 댔다. 물 흐르듯 자리를 옮긴 비월이 병사의 손을 내려쳤다.

뼈가 부서지는 소리와 함께 비명을 지르는 병사의 입을 비월이 틀어막았다. 그 상태 그대로 비월이 병사의 머리를 바닥에 찍었다. 기절한 병사를 질질 끌며 비월이 막사 안으로 들어갔다.

배를 드러낸 채 쿨쿨 자고 있던 유서전이 시끄러운 소리에 고개를 들어 안에 들어온 비월을 쳐다봤다.

잠에 취해 있는 멍한 눈이 초점을 찾자, 비월이 씩 미소를 지었다.

짐승의 미소. 지금까지 멍하니 방관자였던 비월의 모습은 그 어디에도 없었다.

그를 알아본 유서전이 비명을 지르며 몸을 일으켰다. 아니, 일으키려 하였다.

끌고 온 병사를 바닥에 내동댕이친 비월이 미리 뽑아 놓았던 단검을 그의 목에 갖다 댔다. 남자의 위로 올라탄 비월은 손을 뻗어 그의 혀를 잡았다. 동시에 남자의 얼굴 바로 옆에 단검을 꽂아 넣었다.

"커어억."

살이 통통하게 오른 남자는 비명조차 내지 못한 채 숨만 컥컥 들이마셨다.

그를 보고 있던 비월이 나지막이 남자의 이름을 불렀다.

"전서유. 아니, 유서전 경장군님이라 해야 하는 건가?"

"커억, 도, 도, 도."

혀를 붙잡힌 터라 아무 말도 못 하고 있던 유서전, 아니 전서유는 비월이 잡고 있던 혀를 놓아주자 콜록거렸다. 그 상태 그대로 비월이 무릎으로 전서유의 배를 찍었다.

"컥컥. 도려, 도련님. 숨이, 다 말씀드리겠…… 컥."

벌벌 떨고 있는 전서유를 보고 있던 비월이 그의 몸 위에서 내려왔다. 비월이 앞에 서자 구르듯 침대에서 내려온 그가 납작 몸을 숙였다.

전서유가 내려온 침대에 비월이 다리를 꼰 채 앉았다. 자세는 편했지만 몸을 숙이고 있는 전서유를 보고 있는 표정만큼은 싸늘했다.

"내가 물을까? 아니면 네가 알아서 이야기를 해 주겠느냐?"

"제가 어찌 도련님을 속이겠습니까? 다 말씀드리겠습니다. 주인님이 보내셨습니다. 도련님이 어떻게 움직이시는지 보고하라 하였습죠. 그런데 아무리 찾아도 도련님의 모습이 보이지 않는 겁니다. 이미 와 계신 줄 알았다면 이 전서유, 도련님 곁에 당장에라도 달려갔을 것입니다!"

"서유."

비월이 손에 들고 있던 단검을 서유 앞에 던졌다. 그 뜻이 무엇인지 아는 서유가 끼익 비명을 질렀다.

"가주님의 명이셨습니다. 다른 건 다 넘겨주되 무기는 동쪽의 서가로 가져오라 하셨습니다. 물론 전부 가져가지는 못했습니다. 아무래도 이번에는 저쪽에서 주도적으로 끌어오는 일을 했으니까요. 저는 그저 시키는 대로만……."

"잠깐만. 그쪽? 무슨 소리지? 아버지가 주도한 일이 아닌가?"

"그럴 리가요. 당연히 저희 쪽만이 아니라…… 컥."

그 때 커다란 활이 말을 하던 전서유의 몸을 꿰뚫었다. 놀란 비월이 그를 부축하러 가려 하자 수많은 화살이 막사 안으로 날아들었다.

검을 빼 든 비월이 날아오는 화살을 베어 냈다. 침대를 세워 최대한 몸을 숙였다. 안에 있는 병사와 전서유를 구하려 했지만 이미 날아온 화살에 의해 숨이 끊어진 뒤였다.

화살을 베어 가며 비월이 막사 밖으로 몸을 굴렸다. 비월의 모습에 활을 쏘던 사람들이 검을 꺼내 들었다. 달려드는 사람들을 베어 내며 비월이 이를 물었다.

"네놈들은 누구냐?"

대검을 들고 달려드는 적을 방패 삼아 피한 비월이 물었다. 그의 물음을 시작으로 잠시 동안의 소강상태가 유지되었다. 순식간에 일어난 일에 적 또한 대열을 갖추려는 듯 비월을 보며 소리쳤다.

"너야말로 누구지? 그 계집이 아니었나?"

이리저리 움직이는 남자들 사이에서 신경질적인 목소리가 들려왔다.

계집이라니?

생각지 못했던 단어와 함께 한 명의 잔영이 스쳐 지나갔다. 이수였다.

이곳에서 그들이 노린 건 바로 그녀였다.

비월이 말이 없자 말을 하던 이가 낄낄 웃으며 말했다.

"하긴 네놈 또한 무언가 알고 있으니 온 거겠지. 미안하지만 같이 가 줘야겠다."

대열을 갖춘 적들이 비월에게 다시 달려들었다. 그들의 공격을 받아 내며 비월이 검을 휘둘렀다. 그리고 지금까지 숨기느라 참고 있었던 힘을 전부 꺼냈다.

찰나라고 할 시간에 데리고 온 병사들이 죽어 나가자 명령을 내렸던 남자가 입술을 깨물었다.

처음부터 무사 계집을 꾀어내기 위한 함정이었다. 그런데 생각지도 못한 사내놈이 상황을 악화시키고 있었다. 상황을 무마시키기에는 벌여 놓은 판이 컸다. 더군다나 검을 휘두르고 있는 사내놈, 이놈 또한 보통 실력이 아니었다.

'혹시 새로 왔다는 장군인가?'

벼가 베어지듯 푹푹 쓰러지는 병사들은 상관이 없다는 듯 남자가 머리를 굴렸다.

'아니야. 장군으로 추정되는 놈은 아직 막사에 있어. 분명 소청원이 장군일 거란 말이지.'

피칠갑을 한 채 검을 휘두르는 비월의 모습은 보는 것만으로도 소름이 끼쳤다. 더군다나 그가 쓰고 있는 검술은 일격필살, 검을 맞닿는 것과 동시에 목이 떨어졌다.

계집 하나만 데리고 오면 될 거라는 생각에 복면조차 하지 않은 상태였기에 무슨 일이 있더라도 반드시 죽여야 했다.

악착같이 달려드는 적을 보고 있던 비월이 몸을 뒤로 뺐다. 날이 빠져 버린 검을 버린 비월은 앞에 떨어져 있는 적의 검을 집어 들었다.

"너희가 찾는 게 그녀라면 더더욱 살려 보낼 수 없어."

몸은 지쳤지만 단 한 명도 살려 보낼 생각이 없었다. 그들이 노리는 게 이수라면, 그리고 그녀 대신 비월이 걸린 것이라면 이참에 확실히 보여 주는 것도 나쁘지 않았다.

검을 바로 잡은 비월이 다시 적을 향해 검을 휘둘렀다.

*   *   *

주둔지에서 청풍단의 물품을 확인하고 있는 이수의 옆에 려현이 달려왔다.

"수야, 들었니? 적이 이상하게 나타났단다. 우리 구경하러 가자!"

"네?"

멍한 이수의 팔을 잡은 려현이 성큼성큼 걸음을 옮겼다.

"경장군 막사에 들이닥쳤다는데 누가 그랬는지 전부 죽었다더구나. 이쪽 병사들도, 적들도 모두 말이다. 아무튼 장소를 막고 있다는데 구경하러 가 보자."

"경……장군이요?"

"유 머시기라고 하는데 가 보자. 이 오라비가 많이 궁금하다."

눈까지 빛내며 려현이 이수를 끌었다. 아침에 이야기했던 장군이 죽었다는 소리에 이수의 미간이 좁아졌다. 사건이 일어난 장소에 가까워질수록 웅성거리는 소리가 들려왔다. 려현의 말마따나 대기

185

하고 있는 병사들이 현장을 가린 채, 모여든 사람들을 쫓아내고 있었다.

병사들 너머로 보이는 막사의 모습은 엉망이었다. 이리저리 잘려 있는 시체와 뿜어 나온 피가 지옥을 연상하듯 모래 위에 어지럽게 널려 있었다. 막사와 땅에 꽂혀 있는 화살들, 그 너머로 유서전으로 보이는 시체 위에 하얀 천이 덮여 있었다.

"여기서는 잘 안 보이네."

원하는 만큼 보이지 않는지 려현이 인상을 찌푸렸다. 그의 말에 이수가 고개를 끄덕였다. 이대로는 아무것도 알 수 없었다. 좀 더 가까이 갔으면 했지만 엄명을 받은 듯 한 치의 틈도 보이지 않았다.

"수야. 저쪽이 잘 보이는 것 같다. 가자."

이수의 대답을 듣기도 전에 려현이 움직였고, 그를 따라가기 위해 이수가 고개를 돌렸을 때였다.

막사의 구석에서 고개를 숙이고 있는 그가 눈에 들어왔다.

평소와는 다른 행동. 온몸에 묻어 있는 피.

심장이 덜컥 내려앉았다.

"오라버니. 먼저 가요. 전 뭘를 두고 와서 그거 가지러 갔다 올게요."

"응? 무엇을, 수야!"

말을 한 려현을 보지도 않은 채 이수가 달려갔다. 무엇이 그렇게 급한지 정신없이 달려가는 이수를 보고 있던 려현이 결국 고개를 저으며 가려던 방향으로 걸음을 옮겼다.

비월의 앞에 선 이수가 떨리는 표정으로 그의 앞에 앉았다. 비월의 상처인지, 아니면 적의 피가 묻은 것인지는 몰라도, 숙이고 있는 턱밑에서 한 방울씩 피가 떨어지고 있었다.

불길한 마음을 애써 감추며 이수가 조심스럽게 그의 뺨에 손을 갖다 대었다. 뺨에서 흐르는 피가 이수의 손을 타고 흘러내렸다. 정신을 잃은 것인지 비월은 아무 반응도 없었다.

공포가 온몸을 휘감아 온다. 각인처럼 박혀 있는 과거의 잔재가 그의 모습과 겹쳐 보였다. 눈에 띄는 큰 상처는 없었다. 그런데 왜 깨어나지를 않는 것인가.

머릿속이 하얗게 변해 간다. 숨조차 제대로 쉬기 힘들었다. 이대로 그의 체온이 식어 버리는 것이 아닐까? 그건 싫다.

"비랑, 비랑!"

비월의 뺨을 어루만지던 손이 바들바들 떨렸다. 막무가내로 비월의 옷을 잡고 흔들었다.

"일어나요, 비랑. 정신 차리라고요!"

하얗게 질린 이수는 있는 힘껏 그를 흔들었다. 감춰 놓았던 감정이 막무가내로 흘러나왔다. 왈칵 터지려는 눈물을 억지로 참았다.

다행히 그녀의 노력이 효과가 있었는지 감고 있었던 비월의 눈이 가늘게 떠졌다. 반응하는 그를 보며 이수가 자리에 주저앉았다.

"괜찮아요?"

"이수, 당신이군."

손수건을 꺼내 얼굴에 묻어 있는 피를 닦아 주며 이수가 안도의 숨을 내쉬었다. 말없이 자신을 보는 비월의 뺨을 어루만지고 있던 그녀가 손을 떼며 말했다.

"기다려요. 사람을 불러올……."

일어나려는 이수를 비월이 잡아당겼다. 휘청거리며 몸이 흔들린 이수가 단숨에 그의 품에 안겼다. 비월의 품에서 나는 피 냄새도, 그의 몸에서 묻어나는 피도 이성을 유지하는 데 아무런 도움이 되지 않았다.

속 안에 잠재되어 있는 불덩어리가 한꺼번에 터지듯 비월에게 안겨 있는 온몸이 순식간에 타 버리는 것 같았다. 이럴 상황이 아니라며 밀어내야 하건만 못된 주술에라도 걸린 듯 움직이지 않았다. 아니 움직이고 싶지 않았다.

"이제 살 거 같군."

속삭이듯 나지막하게 말하는 그의 목소리조차 달콤하게 느껴졌다. 굳게 잠가 왔던 마음이 위험하다는 경고를 보내고 있었다.

빠져나와야 한다.

다른 무사들과 이 사람은 다르다.

품에 안겨 있는 손으로 비월을 밀어내며 이수가 말했다.

"저쪽에 시선이 몰려 있을 때 이동해야 해요. 움직일 수 있겠어요?"

그녀의 물음에 비월은 괜찮다며 고개를 끄덕이려 했다. 하지만 이내 고개를 저었다.

"당신 말이 맞아. 그런데 못 움직이겠군. 손 하나 까닥 못 하겠어."

비월의 말에 이수의 표정이 어두워졌다. 그에 반해 비월은 자꾸 밖으로 나오려는 미소를 애써 감췄다. 걱정하는 이수에게는 미안했지만 지금은 그녀와 더 가까이 있고 싶었다.

자신을 밀어내기는 했지만 분명히 눈가에 맺혀 있는 눈물을 봤다. 하얗게 질린 표정이, 차가운 손이, 떨고 있는 몸이 순수하게 비월, 자신만을 보며 걱정하는 모습이었다.

굳게 닫혀 있던 마음의 빗장이 조금씩 열리는 것이 느껴졌다.

웅성대던 사람들의 목소리가 점점 작아졌다. 관심이 사라졌는지 움직이는 이들의 모습이 드문드문 생겨났다. 그 모습을 보고 있던 비월이 상체를 들었다.

"아무래도 피해야겠군. 도와줘."

몸을 일으키려는 비월을 이수가 부축했다. 도와 달라고 했지만 그녀에게 부담을 주고 싶지 않았다. 최소한의 부축을 받으며 비월이 천천히 걸음을 옮겼다.

"여기서 조금만 가면 제 막사입니다. 걷는 건 괜찮나요?"

가까이에서 나는 이수의 향은 청량했다. 아파 죽겠다며 엄살 부리는 듯 굴었지만 실제로 비월은 다친 곳이 꽤 되었다. 자잘하게 베이거나 긁힌 상처가 아렸지만 기분만큼은 좋았다. 복잡한 머리를 시원하게 해 주는 향기에 취하며 차근차근 이수의 옆모습을 비월이 살폈다.

귀 뒤로 넘겨 있던 이수의 머리카락이 그를 부축하느라 아래로 내려왔다. 회색에 짧은 머리카락. 풍부하고 긴 흑발을 최고의 아름다움으로 여기는 주단 미인의 기준에는 먼 이수의 머리카락이었다. 그럼에도 비월에게는 그 누구보다도 아름다운 모습이었다.

어느새 막사에 도착한 이수가 비월을 자리에 앉혔다.

"기다려요. 약을 어디에다 두었는데……."

그녀의 성격답게 막사는 깔끔했다. 막사를 채우고 있는 것은 잘 관리되어 있는 무구들과 서책 몇 권, 그리고 성연의 약이 담겨 있는 병이었다.

"찾았다. 자, 우선은 이걸로 닦아요."

약상자와 옆에 접어 놓은 수건을 꺼내 비월에게 내밀었다. 비월이 얼굴에 묻은 피를 닦아 내는 동안, 이수가 그의 상처를 치료하기 위해 약을 꺼내었다.

"내가 할 수 있어. 대신 갈아입을 옷을 구해 줘."

"괜찮겠어요? 잠시만 기다려요. 옷이라면 당신 체격에 맞는 게 있을 거예요."

이수의 말에 비월의 눈썹이 꿈틀 움직였다. 여자인 이수에게 남자 옷이 있다니 이건 또 무슨 의미인가? 설마 자신 말고도 이곳에 들어온 사내가 있는 것인가? 비월의 분위기가 순식간에 싸늘해졌다.

비월의 냉랭한 표정에 이수가 고개를 설레설레 저었다.

"무사단 사람들은 옷보다 술에 돈을 더 잘 쓰죠. 그러고 나면 정작 옷이 필요할 때 난리가 나고요. 예비로 가지고 다녀야 해요. 이해하셨죠?"

옷을 꺼내 비월의 앞에 내려놓은 이수가 자신의 옷을 한 벌 꺼내었다. 비월을 부축하느라 그녀의 옷에도 피가 묻어 있었다.

"심하지는 않다고 하니 옷 갈아입고 상처 치료해요. 나도 옷 갈아입을 겸 흔적을 지우고 올게요."

비월의 대답을 듣기도 전에 이수가 나가 버리고, 비월이 입고 있던 옷을 벗었다. 옷을 벗자 잘 단련된 몸 이곳저곳이 베여 갈라진 상처에서 피가 흘러내렸다.

혼자서 상처를 치료하는 일에 능숙한 듯 비월은 척척 자신의 상처를 치료했다. 하지만 연이은 전투로 인한 피곤 때문인지 심하게 다친 오른팔의 상처를 감싸는 손이 자꾸 미끄러졌다. 마침 그 때, 옷을 갈아입은 이수가 막사 안으로 들어왔다.

갑자기 들어온 이수의 모습에 비월의 눈 끝이 살짝 떨렸다.

반면 비월이 상의를 벗고 있음에도 이수는 상관이 없다는 듯 담담히 행동했다. 어색함은커녕 이수의 시선은 비월의 몸이 아니라 심하게 다친 팔의 상처에 가 있었다.

치료할 준비를 마친 그녀가 비월의 옆에 앉았다.

"가만히 있어요."

물에 적신 수건으로 팔 주변의 피를 닦아 냈다. 익숙한 듯 상처 주변을 치료하는 그녀의 손길은 야무졌다.

상자에서 약을 꺼내 상처에 발랐다. 그렇게 많은 사람과 싸웠다는 사람치고 상처가 너무 적었다. 그에 비해 몸에 생겨 있는 흉터는 많았다.

귀족임에도 비월의 삶은 그다지 평온해 보이지 않았다.

"이번에는 비랑 이야기를 해 봐요."

이수의 말에 비월이 무슨 소리냐는 듯 눈을 좁혔다. 하지만 비월의 시선에 하고 싶은 말을 못 하는 이수가 아니었다.

"매번 제 이야기만 들었잖아요. 이번에는 당신 이야기를 해 보라고요."

"뭘…… 말하라는 거지?"

이수는 비월의 상처에 여러 겹 천을 댄 후 다른 천으로 단단히 묶으면 말했다.

"그냥 어떻게 살아왔기에 이삼십 명이랑 싸워도 이것밖에 안 다

치는지, 형제는 몇 명인지 왜 여기까지 와서 고생인지 뭐 그런 거
있잖아요."

이수의 말에 비월이 피식 웃음을 터트렸다. 자신의 팔을 치료하
는 이수를 멍하니 보고 있던 비월은 곧 소재를 정했는지 입을 열었
다.

"배다른 동생이 하나 있어. 하지만 그 아이나 아버지와 왕래는 없
지. 사이가 최악이거든. 믿을 만한 식구가 있었다면 자네 말마따나
이곳에 와서 개고생을 하고 있지는 않겠지. 어머니는 어렸을 적에
돌아가셨어."

비월의 이야기를 들으며 이수가 팔의 치료를 마무리했다. 자리를
옮긴 이수는 비월이 엉성하게 발라 놓은 약을 닦아 내고 새로 치료
하기 시작했다.

"어머니는 무척 조용한 분이셨어. 하지만 아버지와의 관계는 좋
지 않았지. 안 좋은 일로 목숨을 잃으시기 전까지 아버지는 의심하
고, 어머니는 해명하기 바빴어. 그때 도피 겸 배우기 시작한 게 검
이었다. 검술 실력이 늘기 시작한 건 아버지라는 작자가 어머니에
게 하던 의심을 나에게 돌리고 나서부터였지. 밖으로 나돌아 다녔
거든. 덕분에 많은 사람을 상대로 검을 휘두르는 건 익숙해."

이수의 손이 움직일 때마다 비월의 상처가 깔끔하게 치료가 되었
다. 여인에게 상처를 치료받는 건 처음이었다. 생각보다 느낌이 나
쁘지 않았다. 아니, 오히려 지금의 상황이 오랫동안 지속되었으면
했다. 더군다나 이수는 좋지 않은 과거를 듣고 있음에도 호들갑스
럽지 않았다.

그의 과거를 알고 있는 다른 여인들은 언제나 비월에게 힘들었겠

다며 자신에게 기대라는 둥, 원하지 않는 호의를 베풀려고 했었다.

"귀족이면 다들 곱게 자라는 줄 알았더니 그것도 아니네요."

"그대가 모시던 아가씨는 귀하게 자랐었나 보군."

비월의 말에 이수의 손이 멈추었다. 바쁘게 움직이던 손이 멈추자 비월이 고개를 뒤로 돌렸다. 그러자 그의 시선에 멈추었던 손이 다시 움직였다.

"바보였어요. 따뜻한 햇볕 아래의 바보."

"바보?"

"자기가 얼마나 많은 걸 받았는지도 모르고, 얼마나 많은 사람의 보호 속에서 살고 있었는지 몰랐던 바보. 그래서 전부 잃었죠. 모두 죽었어요. 시신조차 제대로 수습하지 못했죠."

매달려 있었던 머리. 형체를 알아볼 수 없는 얼굴. 죽은 이의 이름으로 살아가고 있는 이수.

하우월에 대한 평가를 이수는 그렇게 내렸다.

"멸문이군."

"다 되었어요. 잠깐만. 팔 움직이지 말아요. 도와줄게요."

비월의 뒤로 걸어간 이수는 접혀 있는 비월의 상의를 펼쳤다. 그러고는 상의를 입을 수 있도록 도와준 후 비월의 앞으로 돌아와 옷의 매듭을 묶었다. 지금까지 혼자 해 왔던 일을 다른 사람이, 그것도 여자가 도와주고 있는 것이 어색하면서도 설레었다. 아니, 어쩌면 그것을 해 주는 여인이 이수였기에 그런 기분이 드는 걸지도 몰랐다.

나름 괜찮은 기분이었다. 그렇기에 더 욕심을 부리고 싶었다.

엉망이 된 자리를 깨끗하게 치워 준 이수가 피 묻은 옷을 들었다.

쉬고 있으라는 말과 함께 나가려는 이수를 비월이 붙잡으며 새 자리에 앉혔다. 그러고는 비월이 그녀의 무릎에 얼굴을 기댔다.

"이봐요. 비랑……."

"어차피 나가 봤자 피 냄새밖에 없지 않은가. 잠시만 빌리자."

"사람 무릎이 물건으로 보이나요? 더군다나 밖의 상황도 봐야 한다고요."

이수의 항변에 그녀의 무릎을 옆으로 베고 있던 비월이 몸을 돌렸다.

"어차피 저쪽의 일을 직접 당한 내가 있지 않은가? 조금만 쉬면 돼. 쉬고 나서 이야기하자. 힘들다."

무언가를 말하려고 한 이수가 비월의 힘들다는 말에 입을 다물었다.

단단히 경계를 해도 그와 있으면 자꾸 마음이 허물어졌다. 다른 무사들에게는 다가오지 말라며 확실하게 그었던 선도 비월에게만큼은 날카롭게 하지 못했다.

신분도 다르고 사는 세계도 다르다. 하지만 아무 상관없다며 달려드는 비월의 모습은 항상 조심하고 피하는 이수의 마음을 끊임없이 흔들었다.

"당신이 귀족이라는 건 알고 있나요?"

단잠에 빠져 대답을 할 수 없다는 걸 알면서도 이수가 물었다. 그러면서 조심스럽게 헝클어져 있는 비월의 머리카락을 어루만지자 손가락에 걸려 있던 그의 머리카락이 부드럽게 빠져나갔다.

무엇이 마음에 들지 않는지 비월은 눈썹을 살짝 찡그린 채 자고 있었다. 그 모습을 보고 있던 이수는 머리카락을 만지던 손가락으로 찡그린 미간을 펴 주었다.

한결 나아진 표정에 이수가 미소를 지었다.

"지금이 훨씬 보기가 좋네요."

"……그런가?"

갑자기 들려온 목소리에 이수가 손으로 입을 막았다.

깨어 있었던 것인가? 아니, 그렇다고 하기에는 들려오는 목소리에 잠이 듬뿍 묻어 있었다. 비월의 얼굴을 어루만지고 있던 손을 빼려는 찰나 비월이 움켜잡았다.

갑작스러운 행동에 이수는 짧은 비명을 질렀다. 깊게 잠자고 있다고 생각했건만, 도대체 언제부터 깨어 있었던 것일까? 지금까지 했던 행동을 비월이 모두 알고 있었다는 사실에 이수의 얼굴이 빨갛게 달아올랐다. 창피한 생각에 비월에게 잡힌 손을 빼내려 했지만 그는 요지부동이었다.

"당신이 좋아."

이수의 반응이 다르다는 걸 느꼈는지 눈을 감고 있는 비월이 나지막이 말했다. 그의 말이 사슬이 되어 이수의 모든 것을 감았다.

누워 있던 비월이 이수의 손을 놓아주며 몸을 일으켰다.

"난 당신이 좋아."

주문처럼 연달아 날아오는 비월의 고백에 이수가 그의 눈을 쳐다봤다. 다가오지 말라고 해야 되는데, 그렇게 말해야 되는데 입이 떨어지지 않았다. 기다린다는 말만 하던 비월이 이수에게서 무언가를 느꼈는지 말없이 그녀를 바라보았다.

치열하게 만나는 시선의 끝에서 결국 그녀가 먼저 고개를 돌렸다.

"나는 아직 모르겠어요."

지금 이수가 할 수 있는 최선의 말이었다. 안 된다는 말을 했어야 하건만 말이 나오지 않았다. 마음이 있어도 받아 주지 않는다. 그럼에도 곁에 있고 싶다.

비겁한 행동이었지만 그녀에게는 최선의 행동이었다.

그녀의 대답에 비월이 피식 웃음을 터트렸다. 알고 있었다는 표정으로 이수를 보고 있던 비월이 다치지 않은 손으로 그녀의 뺨을 어루만졌다.

"억지로 대답하려 하지 않아도 돼. 기다린다니까."

눈물이 눈에 왈칵 차올랐다. 그에게서 느껴지는 온기가 굳어 있던 마음을 녹였다. 말을 마친 비월은 다시 이수의 무릎에 누었다. 미안하다는 말이 목 끝까지 솟아올랐지만 차마 하지 못했다.

잠이 든 듯 고른 숨소리가 들려왔지만 조금 전같이 다가갈 수 없었다. 쿵쾅거리며 뛰는 심장 소리가 커 그가 깨지 않을까 불안했다. 단단히 대비를 하고 마주해도 어느 순간 정신을 차리고 나면 비월을 멍하니 바라보고만 있었다.

그와 있으면 아픈 과거를 떠올리기보다는, 그와 같이 있는 자신만을 생각하게 되었다. 그게 불안하게 느껴지면서도 새롭게 다가왔다. 그와 함께 있으면 이수가 아니라 하우월로 되돌아간 느낌이었다.

'나도 당신이 좋아.'

밖으로 나올 수 없는 고백이 이수의 입안에 머물렀다. 그에게 말할 수 있다면 얼마나 좋을까? 하지만 아직 그럴 준비도, 자신도 없었다. 이러지도 저러지도 못하는 이수에게 괜찮다며 기다리겠다는 말을 하는 비월. 하지만 지금의 그녀가 해 줄 수 있는 것이라고는 그가 짊어지고 있는 짐을 조금이나마 같이 짊어져 주는 것뿐, 그리고 이렇게 힘들어할 때마다 옆에 있어 주는 것이 전부일 것이다.

뺨을 어루만지고 있던 이수가 비월의 손을 잡았다.

"이렇게밖에 못 해 줘서 미안해요."

그처럼 간단하고 명확하게 선택을 하면 좋으련만, 아무 답도 내지 못하는 자신에게 울컥 화가 치밀었다. 긴 한숨을 내쉬며 이수가 깊게 잠들어 있는 비월을 바라보았다.

* * *

조용한 새벽, 청원이 단장을 끝냈다. 굳이 꾸미지 않아도 청원은 어머니의 외모를 닮아 수도에서도 유명한 미남자였다. 하지만 청원은 자신의 치장에 소홀하지 않았다.

먹고 먹히는 귀족의 사회에서 살아남기 위해서는 비월처럼 넘볼 수 없는 무력이 있거나, 청원처럼 호감을 사 원하는 걸 얻어 낼 수 있어야 했다.

막사 밖을 나가자 차가운 바람이 몸을 시리게 했다.

"하하하."

몸을 사리며 나가는 청원의 귀에 웃음소리가 들려왔다. 주변을 의식한 듯 크지 않았으나 들려오는 소리에 즐거움이 묻어 나왔다. 믿기는 어려웠지만 그가 잘 아는 목소리였다.

"비월?"

믿을 수 없는 표정으로 청원이 웃음소리가 들리는 쪽으로 걸어갔다.

그리고 잠시 후, 눈앞에 보이는 장면에 청원이 눈을 비비고 다시
비볐다.

꿈을 꾸고 있는 것인가? 아니, 꿈이 아니었다.

아무도 없는 새벽, 어스름하게 밀려오는 아침에 비월과 이수가
같이 있었다.

활을 가르치는 듯 비월이 이수의 자세를 잡아 줬다. 자세가 잡히
자 심각한 표정으로 이수가 천천히 활시위를 놓았다. 하지만 그녀
의 분위기와는 다르게 화살은 전혀 다른 방향으로 날아갔다.

"아하하하."

"웃지 말아요."

얼굴이 빨개진 이수가 비월을 향해 날카롭게 말했다. 하지만 그
러거나 말거나 비월은 몸까지 돌리며 웃음을 터트렸다.

저렇게까지 즐겁게 웃는 비월의 모습은 열두 살 이후로 처음 보
는 것이었다. 청원이 보아 온 비월은 피곤하다며 눈썹을 찡그리거
나 시끄럽다고 말을 돌리는, 한마디로 재미없고 무뚝뚝한 인물이었
다. 그런데 지금, 그런 놈이 진심으로 즐겁다며 웃고 있었다.

청원이 보는지도 모르고, 웃음을 그친 비월이 이수의 어깨를 손
가락으로 가리켰다.

"표적을 보는 것까지는 좋아. 대신 어깨에 힘을 빼야지."

비월의 말에 이수가 고개를 갸웃했다. 정말로 모르겠다는 표정,
그 표정조차 귀여워 비월은 은근히 이수를 약 올리고 있었다.

"팔의 각도를 맞추느라 어깨에 힘이 자꾸 들어가잖아. 어깨에 힘
을 먼저 빼 봐. 각도는 내가 맞춰 줄게."

청원이 아는 한 비월의 이상형은 어머니같이 가녀리고 우아한 작

은 새와 같은 여인이었다. 하물며 그의 어머니와 같은 사람이 아니라면, 적어도 독립하려는 가문에 이득이 되는 여자를 만날 것이라 생각했었다.

그랬던 비월이 평소에 생각했던 어느 조건에도 맞지 않는 평민 무사와 한눈에 척 봐도 알 정도로 가깝게 있었다.

시위를 당긴 이수가 진지한 표정으로 표적을 노려봤다.

그러고는 조심스럽게 팔 힘을 뺐다. 문제는 이번에는 팔심뿐만이 아니라 손의 힘까지 빼 버렸다는 것이었다. 주인의 의지와는 상관없이 다른 방향으로 휭 날아가는 화살, 비월이 고개를 돌려 입을 막았다.

"웃지 말아요."

"크큭, 풉. 큭!"

뚱한 표정으로 이수가 말하고 있어도 비월은 이미 허리까지 굽힌 채 웃음을 참고 있었다. 청원은 아무리 보고 또 봐도 지금의 비월이 적응이 되지 않았다. 자신도 모르는 새에 환해진 벗이 낯설면서도 보기 좋았다.

웃음을 참고 있는 비월이 얄미운지 이수가 주먹으로 그의 팔을 쿡 찔렀다. 그걸 시작으로 봇물이 터지듯 비월이 웃음을 터트렸다.

"아무래도 당신과 활은 안 친한 거 같다. 단검은 잘만 던지던데 활은 왜 요 모양인 거지?"

"선생이 못 가르쳐서 그래요."

"하아?"

뚱한 표정의 이수가 활을 옆에 내려놓으며 적당한 곳에 주저앉았다. 이수의 말에 비월이 고개를 갸웃했다.

전혀 모르겠다는 비월의 표정에 이수의 눈이 가늘어졌다.

"제대로 알려 주지도 않잖아요! 실수하면 웃기만 하고! 더군다나 은근히 약 올리고 있잖아요!"

이수의 반박에 비월이 미소를 지었다. 처음에는 별생각 없이 가르치기 시작한 활이었다. 하지만 지금은 생각이 바뀌었다.

배울 때의 이수는 열정적이었다. 하나라도 놓칠세라 집중하는 모습에 비월 또한 진지하게 가르치려 했다. 하지만 실수할 때마다 분해하는 표정이 귀여웠다.

이수의 말이 맞았다. 중요한 걸 가르치고는 있었지만 실수하는 모습이 아른거려 은근슬쩍 약 올리고 있었다.

"그럼 남에게 지식을 배우는 건데 한 번에 배울 수 있을 거라 생각한 건가? 더군다나 난 다쳤다고."

"그렇지만 너무 두루뭉술하게 가르치고 있잖아요."

"바로 다 알려 달라고? 그렇게 해서 배울 수 있으면 왜 가르치겠어? 사람은 얻는 게 있어야 가르치는 열정을 가지게 돼."

분해하는 이수를 보며 비월이 입꼬리를 올렸다. 그가 빠져든 이수라는 여자는 현실에 안주하기보다는 무언가를 갈구하는 사람에 속했다.

알아 갈수록 빛이 나는 여자였다. 아무 혜택도 받을 수 없는 전쟁터 속에 숨어 있던 보석과 같은 존재였다. 비록 과거로 인해 마음이 굳게 닫혀 있었지만 그래도 최근에는 조금씩 그에게 다가오고 있었다.

여전히 화가 풀리지 않았는지 이수는 비월을 쳐다보지도 않았다. 화가 난 그녀에게는 미안했지만 그 모습이 귀여워 다시 놀리고 싶었다. 하지만 그때 툴툴대던 이수가 어느 한 곳을 바뀐 표정으로 노려봤다. 그녀의 시선에 비월 또한 고개를 돌렸다.

둘의 시선에 청원이 눈을 찡그리며 숙였던 몸을 일으켰다. 이대로 계속 숨어 있다가는 이수라는 여자가 들고 있는 단검에 목이 날아갈 판이었다.

청원이 스스로 나서려던 찰나 비월이 먼저 입을 열었다.

"내 친구다. 아무래도 날 보러 온 모양이야."

비월의 말에 경계하던 이수가 잡고 있던 단검에서 손을 뗐다. 하지만 원하지 않는 장면을 들켜서 그런지 그녀의 표정은 좋지 않았다.

"정리할게요. 친구분과 대화하세요."

"한 가지 물어봐도 될까? 저 바보가 오기 전에 말이야."

몸을 완전히 돌렸던 이수가 비월을 향해 고개를 돌렸다. 자리에 앉아 있던 비월이 화살이 마구잡이로 꽂혀 있는 곳으로 걸어가며 물었다.

"저 녀석 헤실거려도 실력은 괜찮거든. 특히 기척을 숨기는 건 나보다 뛰어나. 그런데 어떻게 안 거지?"

비월의 물음에 대답하려다 말고 이수가 미소를 지었다. 갑자기 드는 불길한 생각에 비월이 선수를 치려는 찰나 이수가 활을 들어 보였다.

짧은 시간에 이어진 빠른 시선 교환, 결국 손을 든 건 비월이었다.

"알았어. 제대로 가르칠게."

역시 셈 하나는 장난이 아니었다. 그녀의 거래에 결국 비월이 고개를 끄덕였다.

"제 두 번째 스승님은 암살자였거든요. 귀찮다고 많이 가르치시는 않았지만 기척을 이용하는 법은 엄격하게 가르치셨어요. 제가 다른 건 몰라도 그건 비랑보다 훨씬 뛰어날 거예요."

활을 제대로 가르쳐 준다는 대답이 기뻤는지 이수의 목소리가 올라가 있었다. 반짝반짝 생기가 도는 얼굴이 환한 미소에 더욱 반짝반짝 빛났다. 그 모습을 보고 있던 비월이 청원을 향해 눈을 흘겼다. 그만 아니었다면 이 모습을 더 길게 볼 수 있었을 것이다.

화살을 모두 정리한 이수는 청원에게 인사를 한 후 총총 사라졌다. 그녀가 사라지자 청원이 느릿느릿 비월에게 다가왔다.

그를 보고 있던 비월이 옷에 묻어 있던 먼지를 털어 내며 말했다.

"자리를 옮기자."

원래대로 변한 비월의 목소리에 청원이 눈썹을 모았다.

"어라? 원래대로 돌아왔네. 아까 내 눈에 보였던 그 사람은 누구인 거냐?"

장난스러운 청원의 말에 비월이 대답 없이 몸을 돌렸다. 주변을 둘러보는 그의 눈에 적당한 장소가 보였다. 턱으로 그쪽을 가리킨 비월이 거침없이 막사 안으로 걸어 들어갔다.

"내가 조사하라고 한 것은 했나?"

막사 안으로 들어가자마자 비월의 말투는 원래대로 차갑고 서늘하게 돌아왔다. 그 모습에 청원이 고개를 저었다. 역시 좀 전에 본건 꿈인 게 분명했다. 그리고 지금의 모습이 비월의 본모습이었다.

솔직한 속마음은 일보다도 조금 전의 일을 물어보고 싶었다. 하지만 청원은 그렇게 하지 않았다. 비월이 일에 대한 걸 말할 때, 다른 걸 물어봤자 대답을 들을 수 없다는 건, 오랜 친구인 그가 더 잘 알고 있었다.

"대부분 잔챙이들은 모두 혐의가 드러났어. 핵심인물들만 이제 밝혀지면 좋을 텐데 말이야."

"아버지는? 역시 연관이 되어 있지?"

"아, 거짓말은 할 수 없겠더라. 무기 쪽으로 관련이 있어. 이미 증거도 확보했다."

"흐음."

비월은 긴 한숨과 함께 입을 가렸다. 언제나 아니다 싶은 일에는 자신의 아버지라는 사람이 끼어 있었다. 차라리 죄를 저지를 생각이었다면 증거라도 남기지 말든지, 이득이 되는 일에는 악착같이 끼는 주제에 증거는 산같이 남겨 놓았다.

몸에 있는 피를 골라서 버릴 수 있다면 아버지의 피만큼 그대로 버렸으면 하는 비월이었다.

"그리고 한 명이 더 나오는데 말이야. 너무 확실한 인물이라……의외라고 해야 할지 아니면 모함인지 모르겠단 말이야."

"누군데?"

"주선풍. 돈 하나는 엄청나게 많으신 가주가 흐릿하게 흔적을 남겼다."

청원이 내미는 종이를 받아 든 비월이 그것을 빠르게 넘겼다.

하우, 서, 소, 주.

주단에서 알아주던 네 개의 가문이었다. 그중 하우는 팔 년 전에 멸문되었고, 현재 서는 대서와 소서로 분열 중이었다. 그리고 현재 청원이 있는 소가 가장 큰 영향력을 행사하고 있는 가운데, 최근 두각을 나타내고 있는 가문이 주였다.

주가의 가주인 선풍은 귀족 출신이 아니라 상인 출신이었다. 돈에 대한 남다른 감각과 시대를 읽는 눈은 그에게 엄청난 부를 안겨 주었고, 그 부가 그를 귀족의 지위에 오를 수 있게 해 주었다.

그리고 비월과는 하우의 일로 관계를 맺었던 곳이기도 했다.

"의외군."

비월의 말에 청원이 고개를 끄덕였다.

"맞아. 네가 그 여자 무사와 어울리다니 진짜 의외는 의외야."

서류를 보고 있던 비월이 무슨 소리냐는 표정으로 청원을 올려다봤다. 자신은 전할 걸 다 전했다는 얼굴로 청원이 물었다.

"그 여우와 만나고 있다니, 그거 연기 아니었어? 그런데 왜 내 눈에는 진짜로 보이지?"

"진짜니까."

"응? 뭐라고?"

청원의 되물음에 비월이 눈썹을 찡그렸다. 한 번을 거쳐야 될 상황이었지만 아직 제대로 시작하지 않은 상태에서 말하고 싶지 않았다. 닫혀 있는 문을 톡톡 두드리며 열어 달라고 애쓰고 있는 상황이었다. 다가오지 말라며 거부하던 이수도 천천히 그를 향해 움직이는 게 보이고 있었다. 그런데 청원 때문에 엉망으로 만들고 싶지 않았다.

"아직 나 혼자만이야. 괜히 접근해서 도망가게 하지 마."

"허~ 허! 그 서비월이! 차갑다 못해 냉정한 늑대라는 비랑이 연애라니. 더군다나 외사랑이라고? 이야. 내가 여기 오기는 잘 왔구나. 이런 모습도 다 보고 말이야."

"아직 시작도 못 했어. 더군다나 아직 내 이름도 몰라. 괜히 알려 주고 싶지 않아. 그러니까!"

"알았어! 아무 말도 안 하마. 그런데 말이야. 그 여자, 혹시 귀족이었다가 무사가 된 경우냐?"

이건 또 무슨 소리인가? 청원의 뜬금없는 물음에 비월이 고개를 저었다.

"아니, 그녀는 예전에는 귀족의 시종이었다고 하더군. 속해 있던 가문이 멸문하자 이리저리 떠돌다 무사가 되었다고 했다. 그런데 왜지?"

"이상하네. 분명히 어디서 봤는데."

청원의 말에 비월이 그럴 리가 없다는 표정으로 들고 있는 종이를 접어 품에 넣었다.

비월의 시원찮은 반응에 청원이 고개를 갸웃거리며 말을 이었다.

"아니, 분명히 어디서 봤단 말일세. 지난번에는 단순히 기분이라고 생각했는데 오늘 보니 확신이 든단 말이야."

"그럴 리가 없어. 그녀는 귀족 여인이라고 하기에는 확실히 달라. 무사라 그런지 몰라도 생각하는 것도 귀족과는 다르다."

"잘못 본 건가?"

청원의 말을 외면하며 비월이 막사 밖으로 시선을 돌렸다. 멀리서 들려오는 시위 소리에 입가에 미소가 생겼다. 자신과 헤어졌어도 그녀의 성격상 그대로 쉬러 갔을 리가 없었다.

이민족의 침입이 적어진 지금, 전체적으로 분위기가 많이 느슨해졌다. 그 덕분에 비월이 본격적으로 내부 문제에 간섭할 수 있게 되었지만 한편으로는 큰일이 터지기 직전의 상황이라는 소리였다.

앞으로의 일이 커질수록 무사인 이수도 위험해진다. 물론 이수는 뛰어난 무사이고 그만큼 실력 또한 있었다. 하지만 잘못해서 그녀가 다치는 일 따위 생기게 하고 싶지 않았다.

"주가 나섰다면 이곳에 온 호북장군과 호서장군도 관련이 있다는 이야기겠군."

"하지만 말이야 호서장군은……."

"내가 보낸 사람이지. 많은 돈을 뇌물로 주고 말이지. 그럼 결국 하나가 남네. 대장군 다음으로 영향이 큰 이인자 말이야."

"호북장군. 임추성이라던가?"

청원의 말을 조용히 듣고 있던 비월이 입술을 물었다. 검지로 톡톡 무릎을 두드리고 있던 비월이 청원을 보았다.

"주원 님에게 발이 빠른 사람이 있던가?"

"당연히 있지. 왜? 뭐가 필요한데?"

청원을 보고 있던 비월이 품에서 다른 서류를 꺼내 그에게 건넸다.

주변에 다가오는 사내의 기, 려현이라는 자 때문인지 활시위의 당겨지는 소리가 흐트러지는 것을 느꼈다.

성연은 이수에게 친오라버니와 같은 존재였지만 려현은 오라버니와 사내의 중간에 있었다. 비월의 신경이 청원에게서 이수에게로 옮겨 갔다.

"최대한 빨리 알아봐 달라고 해. 적이 움직이기 전에 이쪽에서 움직여야 한다. 이만 끝내자. 그리고!"

비월이 말을 하지 않고 노려보자 청원이 그를 쳐다봤다.

"절대! 무슨 일이 있어도 이수에게 접근하지 마."

전해져 오는 비월의 기운이 사나워 청원은 자신도 모르게 고개를 끄덕였다. 청원에게서 원하는 답을 듣자 비월이 서둘러 밖으로 나갔다. 그가 나가자마자 청원은 손에 들고 있던 종이를 품에 넣었다.

"임추성의 얼굴이라니……. 이놈은 도대체 무슨 생각인 거냐?"

비월이 요구한 건 임추성을 포함한 몇 명의 초상화였다. 아무튼 부탁한 일이니 청원 또한 서둘러 움직여야 했다.

막사를 나가려는 찰나, 뇌리를 스치는 이수의 모습에 청원의 걸음이 멈추었다.

비월에게 여자, 그것도 평민에, 무사인 여자가 생기다니 수도에 사는 여러 귀족이 알면 기함할 만한 일이었다. 비월과의 정략혼인을 준비하고 있는 주선풍, 그리고 대귀족이라는 신분을 유지하는 걸 최고의 자랑으로 여기고 있는 비월의 아버지 서진형.

무모하다고 해야 할지, 아니면 그답게 강하다고 해야 할지 청원은 자신의 기준에서 비월을 어떻게 평가를 해야 할지 감을 잡을 수 없었다.

"그나저나 나도 답이 안 나오네. 분명히 어디서 봤는데 말이야."

그림자처럼 떠도는 이수의 잔영. 친구가 처음으로 관심을 가지는 여자라서 그런 건가? 아니 그렇다고 하기에는 조금씩 느껴지는 기운이 확실히 달랐다.

목에 걸린 생선 가시처럼 사라지지 않는 기운.

"친구 녀석아. 미안한 일이지만 말이다. 나도 알아봐야겠다."

지워지지 않는 기운. 잊어버려도 다시 보면 떠오르는 생각.

청원은 확신했다.

분명히 그녀를 한 번은 만난 적이 있었다. 어떻게든지 말이다.

    *   *   *

친구와의 대화가 빨리 끝났는지 비월이 다시 찾아와 활을 가르쳐
주기 시작했다. 꺼낸 말은 지키는 비월답게 새벽과는 다른 진지한
모습으로 그녀의 활을 봐주었고, 결국 이수는 얼마 지나지 않아 처
음으로 과녁을 맞혔다.

박수를 치며 좋아하던 이수는 그녀 못지않게 기뻐하는 비월의 모
습을 보자마자 황급히 고개를 돌렸다.

그와 함께하는 시간이 길어져 간다. 부담스러웠던 처음과는 달리
어느 순간부터 그 시간을 설레며 기다렸다. 비월과 거리를 두어야
한다고 여겼던 마음이 점점 타협으로 바뀌어 갔다.

그저 좋아한다는 말 하나였을 뿐인데도 그때 이후로 담담히 그를
보는 게 힘들었다. 아닌 척하며 외면을 해도 정신을 차려 보면 멍하
니 그를 바라보고 있었다.

비월과 헤어지고 막사로 돌아온 이수가 자리에 누웠다. 눈을 감
고 연거푸 숨을 내쉬어도 한 번 움직이기 시작한 심장은 그녀의 제
어에서 벗어난 지 오래였다.

팔로 눈을 가린 이수는 작게 중얼거렸다.

"도대체 왜 그러니……. 왜 자꾸 흔들리는 거야."

인연이라는 것일까? 아니면 오랜 시간 살얼음판 같은 전쟁터에서
살아오느라 약해진 것일까? 사막의 열기만큼이나 거침이 없는 성격
을 가지고 있는 비월임에도 그가 이수에게 다가오는 방법만큼은 그

렇지 않았다.

기다리겠다고 한 비월은 이수에게 관심을 가지고 있다는 것을 절대 숨기지 않았다. 오늘 같은 경우에도 최대한 접촉을 절제하면서도 시선만큼은 절대 그녀에게서 떨어지지 않았다.

차갑고 냉정한 분위기와는 다르게 비월이 보내는 시선은 부드럽고 안심이 되었다. 험한 세상 아래 가장 귀하게 여겨 주는 시선, 비월이라면 스쳐 지나가는 바람이라도 함께하고 싶었다.

누워 있던 이수는 답답한지 거칠게 몸을 일으켰다. 그 때, 이수의 품에서 빠져나온 작은 주머니가 바닥에 떨어졌다.

"아······."

놀란 이수는 서둘러 떨어진 주머니를 들었다. 한동안 말없이 주머니를 보고 있던 이수가 조심스럽게 안에 있는 물건을 꺼냈다. 주머니에서 꺼낸 하얀 비단을 펼치자 작은 끈으로 묶여 있는 머리카락이 나왔다.

이수의 눈에서 떨어진 눈물이 머리카락 옆의 비단을 적셨다. 격해지는 숨을 손으로 막았다.

그날 이후로 유일하게 이수, 아니 월에게 남아 있는 물건이었다.

복수를 포기한 대신 평생 그녀가 짊어지고 가야 하는 죄, 그 죄를 알고 있음에도 흔들리는 자신이 한심했다. 그리고 미치도록 불쌍했다.

그때의 그 일이 일어나지 않았다면, 월은 소가의 맏아들과 혼인을 했을 것이고, 가족을 그리워했을망정 자신의 위치에서 최선을 다했을 것이다. 전쟁터에서 살아남는 방법을 생각하기보다는 어서 아이를 낳아 가문의 대를 이어야 한다는 생각을 하며 살아갔을 것이다.

나이가 꼭 찬 천후가 자신의 짝을 찾아 가문을 잇는 모습을 보며 자랑스러워했을 것이고, 이수의 반려를 만들어 주며 즐거워했을 것이고, 나이가 들어가는 하우천을 보며 안타까워했을 것이다.

절망과 저주 속에서의 한 달, 그 이후에 보게 된 가족과 벗의 머리.

하우에서 도망치며 느꼈던 절망이 죽은 그들에 비하면 사치라는 걸 깨달았을 때 월은 이수가 되었다. 하우월이었던 모든 것을 내려 놓으며 그녀는 최선을 다해 이수의 삶을 살았다.

친분을 가지되 누군가를 사랑하지 않았다. 동료로서 유대감을 가지되 심장에 아무도 들이지 않았다.

누군가를 사랑한다는 건 이수가 하는 게 아니라 하우월이 하는 것이니까.

그는 이수라는 사람을 사랑하겠지만 그를 사랑하는 건 월이니까.

이수로 사는 것에 단 한 번의 후회도 없었다. 하지만 천후의 머리카락을 볼 때마다 느꼈다.

나는…… 월은 죽지 않았어. 그런데 난 어디에 있는 거지? 나는 왜 내 이름으로 살아가지 못하지? 나도 월로서 살고 싶었어. 복수는 포기했지만 내 삶까지 포기하고 싶지 않았어!

보이지 않는 검이 심장을 베어 간다. 온몸을 지배하는 고통에 입술을 깨문 월이 천후의 머리카락을 주머니에 넣었다. 마음을 다스리려는 의도로 꺼낸 물건이 도리어 더 심란하게 만들었다.

주머니를 잡은 채 월의 시선이 허공을 맴돌았다.

"내 이름은 이수야."

하우월은 죽었다.

"이수는 누군가를 사랑하면 안 돼."

그렇게 되면 이수는 없어질 것이다. 긴장을 푸는 순간 이수의 자리에는 월이 다시 들어갈 것이다. 그렇게 되면 이수의 죽음은 아무것도 아닌 게 되어 버린다.

목숨으로 이름을 준 이수였다. 하우월은 그녀를 절대로 잊으면 안 되었다.

'난 당신을 그런 싸구려 취급하지 않았어. 그런 여자로 생각한 적도 없다.'

'당신이 자꾸 신경이 쓰여. 아주 미쳐 버릴 정도로.'

'난 당신이 좋아.'

마음 한구석에서 들리는 음성에 월이 다시 입술을 깨물었다. 피가 배어 나오도록 물었지만 아픔은 느껴지지 않았다.

'기다린다니까.'

그가 웃었다. 그가 웃으면 이수가 아니라 월로 돌아온 것 같았다. 마음 한편의 불안감이 그녀를 감싸기도 했지만 그 정도는 아무것도 아니라는 듯 시선이, 마음이, 그녀의 모든 것이 그를 향해 흘러갔다.

"나는……."

깨물고 있는 입술에서 한 줄기 피가 흘러내렸다. 하지만 눈을 감은 월은 미동도 하지 않았다.

"나는 월이야."

이수가 된 이후로 한 번도 말하지 않았던 이름이 입에서 흘러나왔다. 조심스럽게 꺼낸 이름 하나가 월의 머리에 징소리처럼 울려 퍼졌다.

만약 이 자리에 비월이 있었다면 그녀에게 어찌하라 했을까? 월로서 살아가라 했을까? 이수를 지키라고 했을까?

마음속에 굳건히 잠가 놓았던 자물쇠가 흔들흔들 움직였다.

"월은 그 사람을 좋아해."

흔들리기 시작한 자물쇠가 격하게 요동쳤다. 처음으로 꺼낸 말이 밀물처럼, 아니 폭풍처럼 월이 잠가 놓은 족쇄를 흔들었다.

아무런 대답이 들려오지 않는 막사 안에서 팔 년 만에 이수는 월로 되돌아왔다.

"그 사람 옆에 있고 싶어."

부서진 자물쇠가 마음속에서 사라져 갔다.

五章

사막의 모래에

비가 내린다

"어라? 수야. 너 입술 깨물었니?"

여청풍의 지시로 청풍단원이 모여 있는 가운데 려현이 이수의 어깨를 툭 쳤다. 그의 대답에 이수는 입술을 손가락으로 쓸며 멋쩍게 웃었다.

"별거 아니에요. 물건을 정리하다가 뭣도 모르고 깨물었네요."

"저런. 조심해야지."

비월에게 시비를 걸던 모습과는 다르게 려현이 인상을 찌푸리며 입술을 살폈다. 질끈 깨문 듯 옅은 딱지까지 앉아 있는 것이 생각보다 심해 보였다.

"약은 발랐어?"

"아니요. 발라도 자꾸 먹어서요. 괜찮아지겠죠."

고개를 저으며 이수가 미소 지었다. 한동안 말이 없던 려현이 이수의 옆에 서서 작은 목소리로 물었다.

"혹시 그 귀족 놈이 널 괴롭히는 거냐? 못살게 구는 게야?"

려현의 물음에 눈이 동그래진 그녀가 절레절레 고개를 저었다.

"아니에요. 오라버니. 그 사람은 아니에요."

"너 무서운 일이나 힘든 일이 있으면 입술을 깨무는 버릇이 있잖아. 최근에 그런 일이 없었는데 무슨 일이냐?"

"……."

정곡을 찌르는 려현의 말에 이수는 당황한 듯 몸을 움츠렸다. 이수의 반응에 려현이 고개를 저었다.

"널 봐 온 지도 육 년, 아니 칠 년이 다 되어 간다. 내가 알면 안되는 일인 거냐? 그게 아니라면 한번 말해 봐라. 그래도 내가 네 오라버니잖나."

다정한 려현의 말에 이수의 눈이 빨개졌다. 이수가 무사로 이만큼 활동하게 된 것도 려현의 도움이 컸다.

하지만 이번만큼은 그렇게 할 수 없었다. 그에게 말하기에는 비월과 시작된 일도, 그리고 스스로의 마음도 정리하지 못했다.

"마음이 잘 안 잡혀서 그래요. 비랑이 힘들게 하는 건 아니에요."

"흐음."

이수의 말에 려현이 손으로 턱을 쓸었다. 청풍이 조금 후에 온다는 소리에 이곳저곳에서 불평이 쏟아져 나왔다. 자리에 눕거나 수다를 떠는 가운데 그들을 보고 있던 려현이 이수에게 물었다.

"이번엔 진심이구나?"

정곡을 찌르는 려현의 말에 이수가 놀란 표정으로 그를 보았다. 성연이나 려현이나 그녀가 믿고 따르는 사람들은 그녀에 대해 잘 알고 있었다. 빙빙 둘러 넘어가려 했건만, 말속에서 려현은 핵심을 읽었다.

"수에게 남자라니, 이 오라버니는 씁쓸하면서도 기쁘구나."

"아무, 아무것도 시작한 거 없어요. 아니에요! 그런 게……."

"뭐 어때서 그러는 거냐. 너는 누군가와 만날 나이이고 사귀면서 행복해도 될 나이야. 그놈을 죽이든지, 네 것으로 만들든지는 네가 선택해야 할 문제란 말이다."

려현은 언제나 이수의 오라버니로서 최선의 조언을 해 주었다. 오라버니로서 려현의 경계는 확실하여 이수는 성연만큼이나 많은 의지를 하였다. 주변에서는 려현이 이수를 여자로 아끼어 투자를 하고 있는 것이라 비아냥댔지만 그건 사실이 아니었다.

"그가 너에게 즐겨 보자는 생각으로 접근해 오는 놈팡이였다면 내가 말리지 않아도 네가 먼저 그만두었겠지. 그리고 네가 아니라 며 깔끔하게 부정을 못 하는 걸 보니, 그래도 놈이 괜찮기는 괜찮은 가 보구나?"

"오라버니 앞에서는 아무 말도 못 하겠어요."

얼굴이 빨개진 채 고개를 숙이고 있는 이수를 보며 려현이 웃음 을 터트렸다. 이수를 보고 있던 려현의 고개가 멀리서 느껴지는 살 기에 돌아갔다.

귀족이라고 하기에는 이리 같은 녀석, 즐기자는 의도로 여인에게 다가올 놈은 아니었다. 아니, 저런 사내는 하나밖에 몰라 도리어 이 수에게 제멋대로 억지나 부릴 것이었다.

한 번 빠지면 뒤도 안 돌아볼 녀석, 대신 무섭게 주변을 정리할 놈이었다.

사내로 봤을 때는 괜찮게 보였으나, 냉정하게 반짝반짝 빛나는 이수에게 붙여 주기에는 비랑은 많이 모자랐다.

'괘씸한 놈. 내 귀한 누이를……'

사내라면 바람처럼 흘려보내거나 무시하던 이수를 처음으로 멋대로 흔든 놈이었다. 하는 행동에 따라 달라지겠지만 이수를 위해서라면 조금은 좋게 봐주려 노력할 수 있었다.

"쓸데없는 고민하지 말고 한 번 정도는 마음 가는 대로 해 봐. 그거 의외로 나쁘지 않다."

청풍을 기다리는 게 지겨웠는지 려현이 기지개를 펴며 길게 하품을 하였다.

"네가 아버지 옆에서 돈이나 계산하고 물자나 관리해서 버릇이 된 거야. 지겹지 않아? 에라, 모르겠다 하고 저질러 보렴."

"하지만."

"네가 누구이든지, 무엇을 받았든지 결국은 네 삶이란다."

려현은 이수가 하우월인지는 몰랐다. 그저 표면적으로는 가문이 멸문되면서 죽은 것으로 되어 있었고, 친구에게서 받은 이름으로 살고 있다는 것밖에 알지 못했다. 전부를 이야기한 려현에 비해 저 정도밖에 이야기하지 못한 이수였지만 그는 신경 쓰지 않았다.

어찌해야 될지 가늠을 못 하는 이수를 보며 려현이 짓궂게 말했다.

"뭐 덮치라는 것도 아닌데 무슨 고민인 거냐? 어라? 너 덮칠 생각이었냐?"

"오라버니!"

이수의 날카로운 소리에 려현이 웃음을 터트렸다. 얼굴이 빨개진 이수를 보며 웃던 려현이 다가오는 비월을 흘낏 보았다.

역시 저돌적인 이리 녀석, 제 얼굴의 가면도 숨기지 않은 채 이쪽으로 오고 있었다.

"저 녀석 여기서 깽판 치기 전에 데리고 가. 덮치진 말고."

"그게 아니라니까요!"

"그게 아니면 잘 지내보든가? 자! 어서 저놈 좀 가라앉혀라. 저러다가 물겠다."

려현의 말에 이수가 그의 옆으로 고개를 빼꼼 올렸다. 려현이 한 말이 무슨 의미인지 단번에 눈치챈 그녀는 서둘러 비월을 향해 뛰어갔다. 휘파람을 불어 대는 청풍단원을 고함으로 막아 가며 려현이 이수를 쳐다봤다.

여청풍은 이수가 처음으로 저런 마음을 먹었다는 것에 어떻게 반응할까? 하지만 이제 시작되려는 걸 벌써 말하고 싶지는 않았다.

자신의 동생이 죽지 않고 저랬다면 지금처럼 기분이 미묘했을까? 려현은 오래전에 죽은 자신의 여동생을 떠올렸다. 천둥벌거숭이처럼 아무것도 모른 채 달려들던 꼬맹이가 어느새 다른 사람을 보며 어찌해야 할지 모르겠다며 고민하는 모습까지 보였다. 네 살 차이밖에 안 나는 동생이었지만 왠지 모르게 마음이 뿌듯했다.

'아버지한테는 당분간 말하지 말아야지.'

여청풍이 알면 기를 쓰고 그놈을 봐야겠다며 난리를 치겠지만 이건 려현만의 특권이었다. 저 이리 놈을 더 애태우게 할지, 좋다며 덮칠지는 알 수 없었지만 그 모습을 다른 사람에 의해 강제로 만들고 싶진 않았다.

뒤늦게 나타난 여청풍을 보자 생각을 하고 있던 려현이 자리에 앉았다. 궁금하기는 했지만 어차피 오면 알게 될 대답이었다. 느긋한 마음과 함께 려현이 이수를 기다렸다.

*   *   *

청원은 비월을 데리고 가는 이수의 모습을 말없이 쳐다봤다. 각인하듯 청원은 이수의 모습을 천천히 머릿속으로 그려 내려갔다.

청원은 다른 건 몰라도 그림에 뛰어난 재능이 있었다. 이수가 사라진 후, 준비해 놓은 붓과 종이에 기억해 놓은 모습을 그리기 시작했다. 빠르게 내려가는 붓에서 귀밑머리가 만들어지고 얇고 가는 얼굴선과 날렵한 몸매가 만들어졌다.

만족할 수준은 아니었으나 그림 안에 이수는 그럭저럭 비슷하였기에 청원은 들고 있던 붓을 내려놓았다. 보낼 문서와 함께 그림을 묶고 있는 청원 앞에 청색의 옷을 입은 자가 몸을 숙였다.

들어온 이를 쳐다보지도 않은 채 문서를 마무리한 청원이 몸을 일으켜 그것을 내밀었다.

"최대한 빠르게 처리해야 한다."

"네!"

"그리고 이건 아버지와 어머니 몰래 처리해야 할 일이고."

청원의 낮은말에 명을 받들고 있던 이가 고개를 들었다. 녹색 보자기에 이수의 그림을 넣은 청원이 숙였던 이에게 그걸 내밀었다.

"이걸 어멈에게 넘겨라. 어멈이라면 알 수 있을지도 모르지. 절대 걸리면 안 된다. 알겠느냐?"

몸을 숙이고 있던 이가 팔을 뻗어 청원이 내민 것을 받아 들었다.

집무실을 나간 이의 기척이 완전히 사라진 것을 확인한 청원이 자리에 앉았다.

처음에는 대화하면 알 수 있을 거라 생각했다. 가볍게 스쳐 지나갔던 여인 중 하나려니 하고 넘어가려는 순간 이수의 행동을 보게 되었다.

'귀족의 시종이었을 리가 없어.'

귀족 여인에게 관심이 없는 비월이었기에 넘어갈 수 있었지만 청원은 달랐다. 아무리 귀족 옆에서 보아 온 것이 있어 행동이 달라도 그건 한계가 있었다. 군데군데 보이는 행동에서 이수는 무의식적으로 귀족 여인과 비슷한 점이 많았다. 아무리 세월이 바뀌어도 몸에 익은 행동을 바꾸기는 쉽지 않았다.

"뭐, 일주일이면 충분히 알겠지."

그가 말하는 어멈은 오래전부터 그를 키워 온 유모이자 청원의 살림을 담당하고 있는 사람이었다. 밑져야 본전이었지만 유모의 비상한 기억력으로 볼 때 분명히 이수가 누구인지 알 수 있을 것이었다. 스스로가 말한 일주일 후가 어떻게 변할지는 알지 못한 채 그는 자기 일에 집중하기 시작했다.

* * *

꾹! 정말로 꾹 참아야 한다!

다짐하고 또 다짐하고 인내하고 인내한 비월이었다. 하지만 려현의 비릿한 미소를 보는 순간 결심은 사라지고 한 가지만이 남아 버렸다.

저기서 데리고 나와야 한다.

이수한테 무슨 소리를 듣든지 우선은 려현부터 떼어 내야 했다!

표영이 뭐라고 하든지, 둘을 보며 무사들이 무슨 이야기를 하는 지는 더 이상 신경 쓰고 싶지 않았다. 뒷일은 생각하지 않은 채 이 수에게 걸어가고 있자니, 도리어 이수 쪽에서 헐레벌떡 그에게 달 려왔다.

려현에 해를 끼칠까 저러는 것일까? 아니, 그렇다고 하기에는 이 상하게도 그녀의 얼굴이 상기되어 있었다. 왜인지 모를 기대와 함 께 혹시라도 자신의 행동에 화를 낼까 싶어 비월이 움찔했다. 그리 고 순간, 이수가 비월의 손을 잡고 끌었다.

어디를 가냐며 놀려 대는 청풍단원들을 려현이 잠재우는 소리가 들렸다. 동시에 기대가 확신으로 바뀌었다.

비월과 려현이 시선을 주고받았다. 대화는 없었지만 려현이 말하 고자 하는 의미는 전달이 되었다. 그를 이끄는 이수의 손을 비월이 힘 있게 잡았다. 그에 화답하듯 이수 또한 잡고 있는 비월의 손을 꼭 잡았다.

시간이 어떻게 흘렀는지 기억이 나지 않았다. 그녀가 비월을 데 리고 온 곳은 주둔지 옆에 있는 천지(泉地)였다.

비월은 느긋하게 그녀가 말을 꺼내길 기다렸다. 하지만 빨갛다 못해 뻘겋게 변한 이수를 보다 답답해 비월은 결국 먼저 입을 열었 다.

"무슨 일인데 이렇게 부른 건가?"

"네? 그게, 그게 말이에요."

터져 나오는 웃음을 비월이 참았다. 이런 상황에서 웃으면 안 된다. 그렇지만 알면 알수록 귀여웠다.

전투 중일 때는 눈 하나 깜짝 안 하고 적을 해치우던 그녀는 어디 가고 물음에 대한 대답 하나에 안절부절못하는 모습이라니……. 보면 볼수록 이수의 얼굴은 벌겋게 잘 익은 홍시와 같았다.

결국 기다리던 비월이 먼저 말을 꺼냈다.

"이제는 안 기다려도 되는 건가?"

"그게…… 아!"

주저하고 있던 이수가 비명을 질렀다. 가만히 서 있던 비월이 벌겋게 익은 이수를 그대로 품에 안았다. 벌겋던 이수의 얼굴이 그대로 터질 듯 붉어졌다.

충동적으로 품에 안은 건 그때와 같았지만 느껴지는 기분은 비교할 수 없었다.

머리를 시원하게 해 주는 청량한 향에 비월은 이수를 안고 있는 팔에 힘을 주었다. 품에 쏙 안긴 이수의 심장이 팔딱팔딱 뛰는 게 느껴졌다. 누군가를 품는다는 게 이런 느낌이었구나. 양팔에서, 심장에서, 이수와 닿은 모든 피부에서 느껴지는 따뜻함이 비월의 마음을 가득 채웠다.

"나 이야기할 게 있어요."

조심스러운 이수의 말에 비월이 안고 있는 팔을 풀었다. 한 발자국 뒤로 물러난 이수가 고개를 들어 비월을 쳐다봤다. 여전히 얼굴을 빨갰지만 짓고 있는 미소는 아찔할 정도로 달콤했다.

한차례 바람이 쓸고 지나갔다. 바람에 이수의 짧은 머리카락이 흐트러졌다. 비월이 손을 들어 헝클어진 이수의 머리카락을 어루만졌다. 비월의 손길이 싫지 않은지 말없이 자신의 머리카락을 맡기고 있던 이수가 결심한 듯 입을 열었다.

"내 이름은 원래 이수가 아니에요."

"알고 있어."

예상치 못한 비월의 말에 이수의 눈이 동그랗게 변했다.

"예전에 선을 지켜 달라 하면서 귀한 것을 받았다고 하지 않았나? 거기에서 예상을 해 봤을 뿐이야. 혼자 있을 때 멋대로 한 생각이지만."

"……."

비월의 말에 이수는 긴장되는지 마른 입술을 혀로 쓸었다. 그녀로서는 쉽지 않은 고백일 것이었다. 하지만 자신에 대한 이야기를 한다는 건 비월에게 진심을 보여 주고 싶다는 뜻일 것이다. 절대로 다가오지 말라던 그녀가 자신의 마음을 비월에게 보여 주려 하고 있었다.

비월은 긴장하고 있는 이수를 앉기 좋은 바위에 앉혔다. 그리고 그 옆에 나란히 앉아 이수의 손을 잡았다.

"이수는…… 가장 친했던 벗의 이름이에요. 그 벗이 죽으면서 나한테 준 유일한 거예요. 그래서…… 그래서."

"듣고 있어. 천천히 이야기해도 돼."

긴장하는 이수를 달래 가며 비월이 나지막이 말했다. 비월의 말투, 그 어디에서도 평소에 느껴지던 차가운 기운은 없었다. 팔 년 전 하우에서 느꼈던 보드랍던 봄바람과 같은 느낌, 지금의 그에게 하우의 봄을 느꼈다. 비월의 말에 이수가 용기를 얻었다.

"난 이수로 살면서 절대 이수를 잊지 않을 거예요. 그래서 난 비랑에게 내 진짜 이름을 알려 주지 못해요. 그날 이후로 난 이수니까. 이해……해 줄 수 있……나요?"

말을 끝낸 이수가 걱정이 가득한 얼굴로 비월을 쳐다봤다. 이수는, 아니 월은 그렇게 자신의 마음에 대해 타협을 했다.

비월을 마음에 두고 있어도 월은 이수라는 이름을 절대 포기할 수 없었다. 이수라는 이름으로 평생을 살기로 맹세했다. 겉만 번지르르한 변명이라고 해도 지금의 결정은 월이 고민하고 내린 최선의 답이었다.

이수의 말을 듣고 있던 비월이 말없이 그녀를 바라보았다. 감정을 알 수 없는 그의 시선을 받아 내며 이수가 초조한 속마음을 애써 숨겼다.

그는 이해할 수 있을까? 자신이 좋다고 하면서도 진짜 이름은 말해 줄 수 없다는 여자를 받아들일 수 있을까? 가장 기본적인 이름을 숨기고 있는 그녀를 비월은 믿어 줄 수 있을까?

"한 가지만 물어봐도 될까?"

비월의 물음에 이수가 고개를 끄덕였다.

"나한테 마음을 고백한 건, 친구인 이수가 아닌 당신인 거지? 내 앞에서 날 보고 있는 이수 말이야."

말을 끝낸 비월이 미소를 지었다. 입술을 깨물고 있던 이수의 눈가가 촉촉해졌다. 긴장으로 인해 떨던 입술에 비로소 안심의 미소가 생겼다.

힘든 걸 받아 준 그가 고마워 이수는 힘껏 비월을 껴안았다.

갑작스러운 행동에 움찔하던 비월도 이윽고 그녀를 안고 있던 팔에 힘을 주었다.

회색의 머리카락에 얼굴을 묻은 비월이 그녀를 향해 말했다.

"그러면 된 거야. 내 품 안에 안겨 있는 당신이면 충분해."

비월의 답에 안도를 얻은 이수는 팔을 풀며 그에게 환한 미소를 지었다. 그녀의 미소에 비월 또한 자신이 지을 수 있는 가장 환한 표정으로 그녀를 쳐다봤다.

그렇게 꽤 오랜 시간 동안 둘은 서로 시선을 교환한 채 움직이지 않았다.

그리고 일주일 후, 청원이 수도로 보냈던 이가 주둔지로 되돌아왔다.

*   *   *

청원은 수하가 내민 결과를 먼저 펴 들었다. 그제야 비월이 왜 그들의 얼굴이 필요했는지 알게 되었다.

이곳에 주둔해 있는 이들과 적혀 있는 사람의 모습은 전혀 달랐다. 오는 중간에 바꿔치기가 된 거란 말인가? 아니, 이 사실을 비월은 어떻게 알게 된 것인가?

"아무튼 감 하나는 대단한 놈이라니까."

완벽이라고는 할 수 없지만 이제 큰 틀은 마련되었다. 비월이 자신의 사병들을 불렀다고 하니 그들이 오는 대로 청소해 버리면 그만이었다. 내부의 원흉이 사라지고 나면 남는 것은 이민족뿐, 지지부진하게 끌던 전쟁이 끝날 수 있다는 좋은 소식이었다.

비월에게도 보여 주기 위해 서류를 서랍에 넣어 놓은 청원이 옆에 따로 놓아두었던 홍색 주머니를 들었다. 녹색의 주머니를 보내면 어멈은 홍색의 주머니로 답했다. 그것이 청원이 어렸을 때부터 그의 유모와 재미삼아 해 왔던 서찰놀이였다.

별 대수롭지 않게 홍색 주머니에서 서찰을 꺼내 읽던 청원의 몸이 일순 굳었다.

고개를 숙이고 있던 수하가 조심스레 청원의 기색을 살폈다. 분위기가 달라졌다. 청원에게서 처음으로 느껴 보는 싸늘한 기운이었다.

서찰을 잠시 접었던 청원이 믿을 수 없다는 듯 고개를 위로 올렸다. 막사의 천장을 보고 있던 시선이 다시 손에 들고 있던 서찰로 향했다. 손이 떨리고 경직된 몸이 떨렸다.

"이 서찰이 어멈이 보낸 게 맞느냐?"

청원의 물음에 수하가 조심스레 입을 열었다.

"연신 이상하다 하시면서 여러 번 서류를 뒤척이셨습니다. 자세한 내용은 알지 못하오나 만약 도련님께서 물으시면 이리 대답하라 하셨습니다."

"무엇이냐?"

"분명히 그분이 맞다. 이리 말씀하셨습니다."

청원은 들고 있던 서찰을 천천히 내려놓았다. 그러고는 홍색 주머니에 있는 다른 한 장의 서찰을 열어 봤다.

청원의 눈이 감겼다. 깊은 한숨을 내쉰 후 눈을 떴다.

아무것도 생각나지 않았다.

왜 잊고 있었을까?

아니, 기억할 리가 없었다. 그녀는 죽었으니까. 아니 죽었다고 믿고 있었다.

"나가 보라. 그리고 비월에게는 아무것도 말하지 마라."

"네!"

짧은 대답과 함께 수하가 나가고 청원이 비틀대는 걸음으로 자리에 앉았다. 그의 손에는 주머니에서 나온 두 번째 서찰이 들려 있었다.

확실히 그림의 이수는 어렸다. 그리고 지금의 모습보다도 검고 풍성한 머리카락이 귀족 여인답게 올려져 있었다.

부드럽게 미소 짓는 곡선, 복사꽃 빛 뺨. 가는 얼굴선, 하얀 피부.

그림 안의 어린 그녀는 수줍게 미소 짓고 있었다. 앳된 모습이 유난히 고왔다.

청원은 왜 그제야 그녀가 자꾸 뇌리에 남았는지 기억해 냈다.

처음이었다.

자신의 아버지, 즉 소가의 가주가 처음으로 주선한 혼담 자리였다. 그리고 처음이었기에 너울을 가린 채 스치듯 만났었다.

'소가의 가주님께 인사를 드리러 온 하우의 여식입니다.'

너울에 가려 모습이 보이지 않았기에, 그때는 정말로 피하고 싶던 혼담이었기에 청원은 그녀를 외면했다. 적당한 핑계로 도망가려는 그를 보고 있던 그녀는 조용히 쓰고 있던 너울을 걷고 청원을 바라보았다.

말없이 시선을 마주치고 있는 그녀가 불편하여 헛기침과 함께 자리를 피하려 했다. 어차피 혼담 따위 되어 봐야 아는 것이었으니까. 더군다나 외간 사내와 시선을 마주하는 귀족 여자라니, 아무것도 몰랐던 청원은 그게 무척이나 불편했다.

서둘러 도망가려는 그에게 그녀는 미소와 함께 말했다.

'불편을 끼쳐 드려 죄송합니다. 하지만 밖이 추우니 겉옷은 입고 나가시지요. 소가의 가주님께는 도련님을 보았다는 말은 하지 않겠습니다.'

자신이 소청원이라는 말은 하지 않았었다. 그럼에도 그녀는 어떻게 알았는지 그리 말하며 너울로 얼굴을 가렸었다. 청원을 지나 소가의 가주, 즉 청원의 아버지에게 가려는 월을 보며 청원은 처음으로 그녀에게 물었다.

'이름이 무엇인지 물어도 되겠소?'

시종과 나가려던 여자가 걸음을 멈추고 몸을 돌렸다. 너울에 가려 시선을 보지는 못했지만 그는 그녀가 자신을 쳐다보고 있다 생각했었다.
잠깐의 정적 후, 그녀가 말했다.

'제 이름은…….'

"월, 하우월."
회상에서 빠져나온 청원이 월이 그려져 있는 그림에 시선을 옮겼다.
열여섯 살의 하우월.

그의 첫 반려자였다. 그리고 처음으로 잘라 낸 인연이었다.

그때는 결혼이 죽어도 싫었다. 그의 나이 스무 살. 혼인이라는 단어 아래 묶이기 싫었다. 더군다나 가문과 가문의 결혼이라니……. 무엇보다도 하우는 비월과도 원한이 있는 가문이었다. 비월이 고생하는 것을 보아 왔기에 하우에 대한 감정이 그렇게 좋지는 않았던 때였다. 월이라는 여자는 새롭게 보였지만 그저 그뿐이었다.

결혼을 피할 수만 있으면 좋겠다고 생각했던 그에게 서가와 주가에서 하우가 멸문이 될 수 있다는 이야기가 흘러나왔다. 그와 비슷한 때에 비월이 청원에게 도와 달라는 부탁을 했다.

하우를 제외한 세 개의 가문이 암묵적인 합의를 보았다. 그리고 혼례 날, 청원은 자신이 가야 할 곳에 비월을 보냈다.

어차피 귀족들 사이에 다 그렇고 그런 일, 여자에게는 안타까웠지만 멸문하려는 가문의 여자와는 상관을 안 하는 게 낫다고 생각했다. 나중에 하우의 벽에 매달려 있는 목을 보며 미안하다는 생각을 했었지만 그뿐이었다.

그런데 살아 있었다.

아닐 수 있었다. 그저 닮은 여자라 치부할 수 있었다. 그런데 이상하게 마음이 아팠다. 바뀐 모습이 달라져 있었기에? 아니면 그동안 고생했을 것이 생각나서? 아니면 월이라고 생각했었던 시신을 보며 느꼈던 감정 때문에?

한꺼번에 들어오는 생각에 청원은 정신을 차릴 수 없었다.

하우월의 모습이 담긴 그림을 접어 주머니에 넣은 청원이 어멈이 보낸 서찰을 꺼내 들었다.

─도련님께서 알아보라고 한 내용입니다. 우선은 그림 속 아가씨는 지금으로서는 팔 년 전에 혼담이 오고 간 하우가의 장녀와 가장 닮았습니다. 매회 혼담이 들어올 때마다 같이 온 초상화를 보관하고 있었는데 그중에서 가장 비슷한 분이 하우의 아가씨였습니다. 하지만 그분은 죽었으니 아마도 다른 분을 보신 것으로 생각됩니다.

그리고 이수라는 여자는 하우가의 장녀를 모시던 시종이라고 하더군요. 오래된 일인 데다가 평민이었기에 모습을 기억하는 사람은 없었습니다만, 소가에서 일하고 있는 하인 중 하우에 머물러 있던 이에게서 물으니 왼쪽 뺨에서 목까지 내려오는 긴 상처가 하나 있었다고 합니다. 그리고 하우가의 장녀가 유난히 이수라는 시종을 아꼈다고 했습니다. 그 이외에는 정보를 얻지 못했습니다.

문서를 다 읽은 청원이 그 또한 주머니에 넣은 채 자리에서 일어났다. 집무실을 나온 청원은 무사들이 모여 있는 곳을 걸어갔다. 그들이 모여 있는 곳 한편에 비월과 이수가 있었다.

이수가 드디어 마음을 받아 줬다는 말에 드물게 기뻐하던 비월의 얼굴이 스쳐 지나갔다. 그리고 영문도 모른 채 비월의 용기가 대단하다며 같이 축하해 주었던 자신의 모습 또한 떠올랐다.

요즘 이수에게 활을 가르치는 게 재미있다고 했었던가? 이수의 손에는 여지없이 소궁이 들려 있었다. 하지만 둘의 주제는 다른 이야기였는지 비월의 말에 귀를 기울이는 이수의 입가에 미소가 걸려 있었다.

월이 아닐 것이라는 소원이 이수의 미소와 함께 무너져 내렸다.

청원을 보며 지었던 미소와 똑같았다. 둘을 보고 있던 청원이 심장에 손을 갖다 댔다.

아프다. 생애 처음으로 느끼는 아픔이었다.

이수를 보고 있던 청원이 고개를 돌렸다. 흔들리는 눈동자에 초조한 빛이 어렸다. 다른 곳을 보고 있던 청원이 조심스럽게 다시 그녀를 향해 고개를 돌렸다.

비월과 이수가 서로의 손을 잡은 채 시선을 맞추었다. 활을 배우다가 다쳤는지 이수의 손가락에는 하얀 천이 돌돌 감겨 있었다.

이수의 손가락을 어루만지고 있던 비월이 다친 곳에 입술을 갖다 댔다. 작은 비명과 함께 부끄러운지 이수가 비월에게 잡혀 있는 손을 빼려 했다. 빨갛게 익은 이수를 보고 있는 비월은 그녀를 당겨 자신의 옆에 앉혔다.

처음 보는 벗의 부드러운 표정도 더 이상 청원의 심장을 울리지 못했다. 흔들리는 시선이 비월의 옆에 있는 이수에게 고정되었다.

마음 한구석에서는 아니라고 믿고 싶었다. 그저 어멈이 잘못 알고 있기를, 그리고 자신이 다른 사람이라고 착각하는 것이라 믿고 싶었다. 그 어느 때보다도 간절한 바람으로 청원이 이수의 왼쪽 뺨을 쳐다보았다.

'만약 당신과 다시 만나게 된다면 말이오. 그러니까…… 말이 안 되는 일이라는 것을 알고는 있지만 어찌 되었든 다시 만나게 된다면 그때는 내가 당신을 지켜 주겠소.'

그때 했던 말이 머리를 스쳐 갔다. 그저 마음이 편해지기 위해 멋대로 주절댔던 말이 이수가 월이라는 것을 확인하자마자 떠올랐다.

아니기를 바랐다. 아니, 아닐 리가 없었다.

눈앞의 여자는 월의 시종이라는 그 이수가 아니다.

청원이 저버린 정혼녀. 하우월이었다.

*　　　*　　　*

톡. 톡.

나무의 그늘에서 이수가 서류를 보고 있었다. 중요한 서류라 집중하려 했지만 손등에서 느껴지는 감각에 결국 고개를 돌렸다.

필요한 서류라며 꼼꼼히 보라고 해 놓고는 비월이 그녀의 왼손을 희롱하고 있었다.

"누가 보면 어쩌려고요. 그만해요."

주변을 둘러보던 이수가 조심스레 비월에게서 손을 뺐다. 하지만 얼마 가지 않아 도망친 손이 다시 비월에게 붙잡혔다. 도망가지 못하도록 손에 깍지를 끼운 비월이 이수의 손에 뺨을 갖다 댔다.

"누가 보면 어때서? 차라리 소문 좀 많이 내 달라고 해야겠어. 왜 당신 주변에 전보다 더 사내들이 꼬이는 거지?"

"그때나 지금이나 똑같아요. 그리고 일 때문에 오는 거예요. 알면서 자꾸 곤혹스럽게 만들 건가요?"

힐난하는 말투로 말하고 있었지만 이수의 눈매는 미소와 함께 곱게 휘어 있었다. 마음을 연 뒤로도 이수는 조심스럽지만 천천히 비월에게 다가왔다. 비월도 사내라 때로는 아쉬웠지만 그래도 그를 보며 짓는 미소를 마주할 때마다 배배 꼬였던 마음이 풀어졌다.

물음에도 대답이 없자 이수는 서류에서 시선을 떼고 비월을 보았다. 이수의 시선에 비월이 미소를 지었다. 만족할 수는 없었지만 참을 수 있었다.

이제는 손을 뻗으면 잡을 수 있고…….

"앗!"

팔을 끌어 품 안에 가둘 수도 있었다. 작은 비명과 함께 빠져나오려는 이수를 꼭 안았다. 언제나 머릿속을 시원하게 해 주는 이수만의 향을 들이마시고 열기가 느껴지는 뺨을 피부로 느꼈다.

떨어지라며 꼼질꼼질 반항을 하던 이수가 결국 팔을 들어 비월의 등을 쓸었다. 콩닥콩닥 뛰는 이수의 심장이 피부를 통해 비월에게 느껴졌다. 천 마디의 고백보다도 말없이 뛰는 심장 소리가 달콤했다. 누가 볼지도 모른다며 이수는 부끄러워했지만 비월은 이런 식으로 그녀의 심장 소리를 듣는 게 가장 설레었다.

"이렇게 있으니까 좋다."

비월의 말에 이수는 품 안에서 고개를 끄덕였다. 그래도 부끄러운지 품 안에 폭 안겨 있던 이수가 조심스럽게 그에게서 빠져나왔다.

시선조차 제대로 못 맞추는 이수의 턱을 감싸 부드럽게 고개를 들게 했다. 말없이 비월을 바라보는 이수의 눈은, 엉망이고 위험한 현실 속에서 안정이자 위안이 되었다.

웃을 수 있다. 이수와 함께라면 즐거웠다. 아무것도 정리되지 않은 상황에 그녀와 같이 있는 게 잘하는 일인지 의심이 들 때도 있었지만 그럼에도 비월은 무엇보다도 절실히 그녀를 원했다.

"그런데 진짜 몰라도 상관없어? 비랑은 내 이름이 아니라니까."

그의 물음에 이수가 고개를 저었다. 그는 이수의 이름이 가짜라는 것을 알면서도 넘어가 주었다. 그런 그에게 본명이 무엇이냐며 강요할 생각은 없었다.

고뇌하던 마음에 어설프게 답을 내면서까지 비랑의 곁에 있는 것을 선택했다. 선택에 대한 값은 달콤했다. 처음 시작하면서도 무섭게 빠져들었다. 그의 미소를 보면서 같이 웃을 수도 있었고 그의 품에 안기면서 따뜻하다는 것도 알 수 있었다.

귀한 사람. 고맙고 미안한 사람이었다.

"당신이 말하고 싶을 때 말해 주면 돼요."

"안 궁금해?"

비월의 물음에 이수가 웃으며 그의 어깨에 머리를 기댔다. 비월의 손을 끌어와 양손으로 감쌌다. 귀족임에도 비월의 손은 이수만큼이나 거칠었다. 그럼에도 이리 손을 마주하고 있으면 그의 마음이 전해지는 듯했다.

"지금 나에게 마음을 주고 있는 건 당신이잖아요. 그거면 충분해요."

이수에게 했었던 말이 자신에게 되돌아오자 비월이 놀란 표정으로 그녀를 보았다. 잠시 후, 웃음을 터트린 비월이 이수의 뺨에 짧게 입 맞췄다. 그의 행동에 굳은 이수가 뭐라 말하려는 순간 비월이 그녀의 말을 막았다.

"보내 줘야 되는데 그러기 싫다."

"늦었어요. 가 볼게요."

비월의 투정에 이수가 미안한 미소를 지었다. 청풍단의 일로 모이라는 쪽지를 받은 터였다. 이미 출발했어야 했지만 그와 같이 있느라 늦어 버렸다. 자리에서 일어난 이수가 그에게 가 보겠다는 말을 남기고는 약속한 장소로 자리를 떠났다.

이수가 완전히 사라지고 비월이 품에 넣어 놓았던 종이를 꺼내 펼쳤다.

어느 정도 명단은 완성이 되었다. 보좌관인 첸이 서가의 사병을 데리고 오는 대로 잡아들이면 끝날 것이다. 하지만 빠르게 진행이 되는 상황과는 다르게 기분은 찜찜했다.

모든 일의 원흉인 주선풍은 대가문의 주인답게 치밀하게 일을 진행시키고 있었다. 전쟁터로 와야 할 사람을 죽이고 자신의 사람들을 보낸다. 일이 잘못되면 보낸 사람들과 증거를 없애 버리면 그만이었다.

단순하지만 확실했다. 실제로 이것저것 증거가 나온 서진형에 비해 주선풍은 개입만 되었다는 것 이외에 아무것도 없었다.

'하나씩 처리하다 보면 해결이 되겠지. 하지만 빠르게 처리해야 돼. 꼬리를 감추려 할 테니까.'

이제는 전쟁만 끝난다고 될 일이 아니었다. 수도로 돌아갈 때는 이수가 반드시 옆에 있어야 했다. 마음을 열고 서로를 바라본 지 채 한 달이 되지 않았지만 밀물처럼 들어오는 감정은 점점 강해졌다. 손을 뻗어 잡을 수도 있고 팔을 벌리면 안을 수도 있었지만 비월은 자신에 대해 잘 알고 있었다.

단순히 스쳐 지나갈 여자였으면 이렇게 오래 기다리지 않았을 것이다. 기다린 만큼 더욱 철저하게 이수를 품 안에 가둘 것이다. 그러기 위해서라면 무엇이든지 할 자신이 있었다.

단원들이 모여 있는 곳으로 가던 이수는 다가오는 대장군 보좌관
의 모습에 허리를 숙였다.

이수를 보고 있던 보좌관, 아니 청원이 자리에 멈췄다.

그녀를 무사로 대한다면 청원은 그대로 지나가는 것이 맞았다.
하지만 청원의 눈에 보이는 여인은 이수가 아니라 월이었다.

"비랑은 저쪽에 계십니다."

이수의 말에 청원이 고개를 저었다. 비월을 찾으러 다닌 것이 아
니었다. 집무실을 가려는 와중 이수가 눈에 들어왔다. 그 이후에는
아무 생각도 없었다.

무슨 이야기를 해야 할까? 할 이야기는 많지만 꺼낼 수 있는 것
이 하나도 없었다. 무엇보다도 자신이 없었다. 지독하게 고생을 하
다 무사까지 되어 버린 여인에게 눈앞에 있는 보좌관이 당신의 정
혼자인 소청원이라는 말을 할 수 없었다.

"보좌관님?"

"아, 아니다. 비랑을 찾으러 온 게 아니다. 실은 자네를 한번 봤으
면 했다."

"네?"

놀라 하는 이수를 보며 청원이 치밀어 오르는 안쓰러운 마음을
억지로 눌렀다. 그저 월이 어떤 여자인지 알고 싶다는 호기심일 수
도 있었다. 아니, 한편으로는 연민일 가능성도 있었다.

"고맙다는 말을 하고 싶었다. 그대 덕분에 일이 수월하게 진행이
되고 있거든."

속마음과는 다른 말이 청원의 입에서 나왔다. 그의 말에 이수가 표정 없이 고개를 숙였다.

"해야 할 일을 했을 뿐입니다. 과분한 칭찬을 해 주시니 몸 둘 바를 모르겠습니다."

"내 이름은 소청원일세. 보좌관님이 아니라 이름으로 불러 주게."

몸을 숙이고 자신을 낮추는 이수를 보자 청원은 자신도 모르게 그녀에게 이름을 말했다. 별다른 의도에서 한 말은 아니었다. 그저 마지막으로 확인하고 싶었다.

솔직히 눈앞에 있는 여인이 정혼녀였던 월인지 알고 싶었다. 다른 사람에게서가 아니라 이수에게서 직접 사실을 알고 싶었다.

그리고…….

청원을 바라보는 이수의 표정에서 그는 소리 없이 탄식하였다.

그를 보는 이수의 눈가에 눈물이 가득 차올랐다. 눈물과 함께 나오는 빛이 청원을 찌를 것같이 날카로웠다.

그녀가 표출하고 있는 모든 감정을 청원은 모두 받아 내었다. 말을 하는 대신 그녀와 시선만을 맞추었다. 이수가 어떻게 반응하든지 받아들일 각오가 되어 있었다. 더군다나 내심 청원은 이수가 자신의 정체는 월이라며 말을 해 주기를 바랐다.

하우가 멸문이 된 다음에야 비월은 오랫동안 가지고 있었던 원한의 일부를 내려놓았다. 그런데 이제 와서 하우천의 딸이 살아 있다고 한다면, 그리고 그 딸이 지금 가장 귀하게 여기고 있는 이수라면 비월은 견디지 못할 것이다.

그리고 이수, 아니 월. 모든 걸 잃고 간신히 살아남은 그녀를 복수에 미쳐 있는 비월에게 보낼 수는 없었다.

힘들게 살고 있는 그녀에 대한 동정으로 이러는 것일까? 불쌍했기에 도와주고 싶은 마음이 그를 흔드는 것일 수 있었다.

'아니야.'

시신 앞에서 도피하듯이 한 맹세 때문이 아니었다. 반역으로 멸문이 되었기에 귀족으로서 복권을 해 줄 수는 없겠지만 그래도 할 수 있는 한 도와주고 싶었다. 지금 같은 삶은 귀족으로서, 여인으로서도 못할 짓이었다.

쏟아질 듯 차오르던 이수의 눈물이 떨리는 숨과 함께 눈꺼풀 사이로 숨었다. 폭풍처럼 쏟아 낼 분노를 터트리는 대신 이수가 고개를 숙였다.

"어찌 저 같은 것이 보좌관님의 이름을 함부로 부르겠습니까? 이만 가 보겠습니다."

도망가듯 이수가 청원의 옆을 스쳐 갔다. 이수를 잡기 위해 손을 뻗었지만 그보다도 빠르게 그녀가 걸어갔다. 아무것도 없는 손을 보고 있던 청원이 이수가 가는 방향을 물끄러미 보았다.

이수는 자신이 월이라는 것을 말하는 대신 참았다. 전혀 생각하지 못했던 반응에 말문이 막혀 버렸다.

무엇을 위해서? 왜?

지금 이수가 한 행동은 그로서는 이해가 되지 않았다. 정리되지 않는 생각에 머릿속은 엉망이었다. 이대로 끝날 대화가 아니었다. 아직 그는 그녀에게 해야 할 말이 있었다.

청원이 몸을 돌려 이수가 사라진 방향으로 달려갔다.

*　　　*　　　*

　타닥타닥, 걷던 걸음이 결국 멈추었다. 부들부들 떨리는 손에 억지로 힘을 주었다. 눈을 감고 몇 번이고 숨을 내쉬었다. 진정되지 않는 팔을 손으로 감쌌다.

　소청원이라는 이름을 듣는 순간 모든 것이 멈췄다. 그는 이수가 월이라는 것을 모르고 말했을 것이다. 하지만 그것은 간신히 아물고 있던 마음의 상처를 헤집는 말이었다.

　당장에 그의 멱살을 잡고 물어보고 싶었다. 왜 그랬냐며 당신이 무슨 짓을 저지른 것인지 알고는 있느냐며, 당신 때문에 내 모든 것이, 이수의 모든 것이 사라져 버렸다는 것을 아느냐며 소리치고 싶었다.

　하지만 그러기 직전 비월의 모습이 스쳐 갔다. 그가 청원을 보며 친구라고 했던 것이 떠올랐다. 월이라고 밝힐 수 없다. 소청원의 정혼녀였던 월이라는 여자가 자신이라고 한다면 비랑 또한 힘들어진다.

　과거의 짐은 이수가 평생을 짊어지고 살아야 할 것이었다. 그걸 그에게 보여 줄 수 없었다. 그가 힘들어하는 모습은 보고 싶지 않았다. 그렇기에 모든 걸 터트리는 대신 이수는 참아 냈다.

　연거푸 숨을 들이마시고 내쉬니 떨렸던 몸이 조금씩 안정이 되었다. 손을 들어 눈가에 맺혀 있는 눈물을 닦아 냈다. 헝클어진 머리카락을 정리하고 뺨을 손으로 두드렸다.

　모이기로 한 시간보다 늦어 버렸다. 한결 기분이 나아진 이수가 서둘러 장소를 향해 움직이려 했다. 그때 이수의 옆으로 단검이 날아들었다.

바닥에 굴러 단검을 피한 이수는 허리에 차고 있는 검에 손을 댔다. 그 순간 뒤에서 사내가 깍지를 낀 채 그녀를 껴안았다.

"누구냐!"

고개를 돌린 이수의 눈에 보인 것은 복면으로 얼굴을 가린 사내였다. 신고 있는 신발의 굽으로 안고 있는 사내의 발등을 힘껏 찍었다. 깍지의 힘이 풀어지자 팔꿈치로 사내의 복부를 찍었다.

"아악!"

비명과 함께 떨어진 사내를 밀쳐 내며 이수가 몸을 돌렸다. 모이기로 한 장소를 향해 시선을 돌린 그녀가 입술을 깨물었다.

아무도 없었다. 이수에게 보내온 쪽지는 함정이었다.

복면을 한 사내들의 공격을 피하며 이수가 주변을 둘러봤다. 어떻게든 여기서 빠져나가야 했다. 아슬아슬하게 들어오는 무기들을 피하던 그녀의 옆으로 미처 감지하지 못했던 기가 느껴졌다.

아차 하며 피하려 했지만 이미 팔이 잡힌 뒤였다.

도망 다니던 이수를 잡자마자 인영은 주저 없이 그녀의 얼굴에 주먹을 휘둘렀다. 바닥에 곤두박질친 이수가 쓰러지자마자 주변에 있던 복면의 사내들이 서둘러 그녀를 묶었다.

소리를 치려는 이수의 입에 억지로 약을 들이부었다. 반항하던 이수가 잠잠해지자 그녀를 제압한 인영이 쓰고 있던 복면을 벗었다.

호북장군, 임추성.

"서둘러라. 누가 오기 전에 처리해야 한다."

"네!"

사내 중 하나가 이수를 어깨에 둘러멨다. 사내들이 사라지자 자리에 서 있던 임추성이 주변을 천천히 둘러봤다.

느긋이 주변을 둘러보고 있던 임추성이 조금 전부터 느껴지던 기운을 향해 몸을 날렸다.

부채와 검이 만나고, 검을 들고 있는 임추성이 부채를 들고 있는 청원에게 말했다.

"그냥 조용히 넘어가 주셨으면 좋을 텐데요."

"그녀를 어디로 데려가는 거지? 알려 주면 조용히 지나가마."

부채와 검이 떨어졌다가 다시 만났다. 문인임에도 청원의 부채를 다루는 솜씨는 능수능란했다. 임추성의 검을 여러 번 막은 청원이 초조한 빛을 숨기며 그를 노려봤다.

"그 여자를 데리고 가 봤자 네놈들이 원하는 걸 얻을 수 없어. 차라리 다 밝혀라. 그럼 목숨만은 살려 주마."

청원의 말에 임추성이 들었던 검을 내렸다. 느긋해 보일 정도로 허리를 꼿꼿이 편 임추성이 청원에게 한 발자국 걸어왔다.

"내 목숨을 쥐고 있는 건 당신이 아니야. 그리고 데리고 간 계집이나 당신이나 현재 별 차이가 없다오."

"뭐?"

반문하던 청원은 목에서 느껴지는 감각에 놀란 표정으로 피부를 쓸었다. 청원의 손가락 사이로 가느다란 침이 빠져나왔다. 눈이 흐려지는 것도 잠시, 청원이 임추성의 앞에 쓰러졌다.

청원을 무심히 보고 있던 임추성이 가볍게 손을 들었다. 그러자 대기하고 있던 이들이 그의 옆으로 몸을 숙였다.

"소청원도 같이 끌고 가라. 계집은?"

"감옥에 데려다 놓았습니다."

"계집에게 가 있겠다. 여기 상황은 적당히 처리해라."

"네!"

부하들에게 지시를 한 임추성은 이수를 끌고 갔던 방향을 향해 빠르게 걸어갔다. 그가 완전히 사라지자 대기하고 있던 이들이 서둘러 주변을 정리하기 시작했다.

＊　　　＊　　　＊

청풍단의 일이 끝나는 대로 돌아올 것이라는 예상과는 달리 이수는 저녁이 되도록 그에게 돌아오지 않았다. 바빠서 만나지 못하는 것이라 생각을 하면서도 눈에 보이지 않으니 초조했다.

"비랑!"

이수를 찾으러 돌아다니는 비월의 뒤로 려현의 목소리가 들려왔다. 평소의 그라고 생각하기 어려울 정도로 불안한 목소리였다.

"무슨 일이십니까?"

단숨에 비월에게 달려온 려현이 그의 인사도 무시한 채 물었다.

"너, 수야 봤냐?"

애써 억눌러 왔던 불길함이 천천히 모습을 드러냈다.

"청풍단에서 모인다고 나간 뒤로 보지 못했습니다. 같이 계신 것이 아니었습니까?"

그럴 리가 없다는 려현의 표정에서 억지로 눌러 왔던 불길한 기운이 한꺼번에 몰려왔다.

"아버지는 우리를 소집하지 않았어. 모이다니 무슨 소리를 하는 거야?"

피가 차갑게 식어 간다. 눈앞이 하얗게 변해 간다.

웃으면서 헤어졌었다. 보내기 싫은 것을 할 수 없이 보냈다. 일이 끝나는 대로 오겠다며 보여 주었던 미소가 머릿속에 아른거린다. 고개를 흔들어 지배하고 있는 어두운 것을 모두 털어 냈다.

"지금이라도 움직여야겠다."

비랑은 사라졌다. 지금 눈앞에 있는 것은 대장군 비월, 주둔지의 책임자였다. 바뀐 분위기에 놀랐던 려현이 이윽고 고개를 끄덕였다. 단순히 사라진 게 아니라면 무사단의 힘으로는 찾기가 어려울 것이다. 려현이 여청풍에게 보고하겠다며 떠나고 난 뒤 비월은 청원을 찾아 주둔지를 헤맸다. 하지만 아무리 돌아다녀도 청원의 모습은 보이지 않았다.

참으려 했지만 자꾸 욕지기가 치밀어 올랐다. 힘들게 얻은 사람이 옆에 있었기에 자신도 모르게 잊고 있었다. 이수는 현재 주둔지에서 일어나고 있는 사건에 대해 가장 많은 것을 알고 있는 사람이었다. 더군다나 비월에게 정보를 주기 위해 자신을 노출하기까지 했었다. 유서전 때도 그들이 찾았던 사람은 비월이 아니라 이수였다.

'바보 같으니……'

무엇이 철저히 보호하고 지킨다는 말인가. 비월은 자신의 착각에 혀를 찼다. 자신도 모르게 쥔 주먹에 바짝 선 핏줄이 도드라졌다.

진정하려 했지만 치솟는 불안과 분노에 눈매가 매서워졌다. 멈춰 있던 걸음이 억지로 참는 감정에 비례하여 빨라졌다.

주원의 막사로 가기 직전 누군가가 비월의 옷깃을 세차게 붙잡았다. 격하게 몸을 돌린 비월의 시선에 하얗게 질린 성연이 있었다.

여전히 초점이 없는 눈. 하지만 무엇을 보고 있는 것인지 그의 얼굴은 창백했다. 신을 거부하기는 했어도 성연은 여전히 천기를 볼 수 있는 점쟁이었다.

피가 배어 나오도록 세게 붙잡고 있던 손이 부들부들 떨렸다. 손에서 느껴지는 성연의 불안감이 비월에게 고스란히 전해졌다.

"내 아가씨…… 내 아가씨가 안 보입니다. 같이 안 계셨습니까? 언제 보내신 것입니까?"

주변에 사람들이 있는 만큼 이곳에서는 비월이 아니라 비랑으로 있어야 했다. 하지만 지금은 그 어느 상황도 머리에 들어오지 않았다. 성연의 절규에 비월의 머리가 차갑게 식었다.

"낮에 헤어졌었다. 혹시 당신을 찾으러 간 게 아닌가? 함정에 안 걸렸을지도 모르는……."

"누이를 위한 제를 지내기 위해 며칠 떠나 있었습니다. 그걸 누이도 알고 있었고요. 그런데 이곳에 있어야 할 기운이 안 느껴집니다. 먼 곳에서 내 누이가 피를 흘리고 있단 말입니다."

아무것도 보이지 않는 눈에서 무엇이 보이고 있는 것인가? 성연은 마치 상황을 옆에서 보고 있는 것같이 말하고 있었다.

"무슨 소리를 하는 것인가?"

"내 아가씨와 당신의 벗이 같이 끌려갔습니다. 묶여 있는 내 아가씨 옆에 당신의 벗이 쓰러져 있단 말입니다!"

불안한 심장이 제멋대로 뛰었다. 비월이 떨고 있는 성연의 어깨를 붙잡았다.

피가 싸늘하게 식어 간다. 아니었으면 했던 상황이 현실로 다가

오자 비월의 눈앞이 깜깜해졌다.

비월의 반응을 아는지 모르는지, 먼 곳을 보고 있는 성연이 말했다.

"그 사람들에게 당신을 숨기느라 아무 말도 안 하고 있습니다. 도대체 당신이 무엇이기에…… 저렇게 고통스러워해야 한단 말입니까? 왜 당신의 친구는 아무것도 못 하고 있는 것입니까? 왜 내 아가씨만…… 왜? 왜!"

성연을 잡고 있던 비월이 주원의 막사를 향해 고개를 돌렸다. 저절로 숨이 거칠어졌다. 과거에 지키지 못했던 어머니의 잔재가 뇌리에 스쳤다.

눈앞에서 사라져 버리는 것은 하나로 충분했다.

구해야 한다. 성연의 말대로 이수와 청원이 납치된 것이라면 더 늦기 전에 움직여야 했다.

"당신이 천기를 볼 수 있는 점쟁이라면 이수가 어디에 있는지는 볼 수 있겠지?"

비월의 눈에 한기가 서렸다. 분노할수록 터트리는 대신 가라앉혔다. 이성을 잃고 난리를 부려 봤자 그녀를 구해 낼 수 없었다. 격한 숨을 내쉬며 비월이 머리를 굴렸다.

이수를 죽일 생각이었다면 주둔지 안에서 얼마든지 처리했을 것이다. 하지만 그들은 이수와 청원을 데리고 갔다. 아직 늦지 않았을 것이다.

"주둔지 입구에서 기다려라. 곧바로 움직이겠다."

말이 끝나자마자 달려가는 비월을 성연이 쳐다봤다. 달을 위협하는 것은 이리였다. 하지만 달 앞에 어둡게 가려진 그림자를 먹을 수 있는 것 또한 이리였다.

잠시 후, 비밀리에 꾸려진 무리가 주둔지 밖으로 빠르게 빠져나
갔다. 그들의 선두에는 성연을 태운 비월이 서 있었다.

＊　　＊　　＊

눈을 뜨자 보이는 모습은 희미한 불빛과 견고하게 만든 감옥이었
다.

머리를 붙잡고 일어난 청원이 처음 본 것은 감옥 너머에 팔이 묶
인 채 매달려 있는 이수였다.

입가와 머리에 흐르는 피가 바닥에 똑똑 흘러내렸다. 감은 눈 이
곳저곳에 생긴 상처가 눈살을 찌푸리게 했다. 매달려 있는 이수는
아무런 반응이 없었다.

놀란 청원이 몸을 일으켜 최대한 그녀에게 가까이 다가갔다. 그
의 기척에 감고 있던 이수의 눈이 떠졌다. 멍했던 눈에 천천히 초점
이 돌아오고 몇 차례 마른기침을 한 그녀가 힘겨운 목소리로 청원
에게 물었다.

"괜찮으십니까?"

"그건 내 쪽에서 물어봐야 할 것 같군. 괜찮은가?"

청원의 물음에 이수가 기침과 함께 힘없이 고개를 끄덕였다. 연
이어 맞은 듯 부어오른 뺨과 함께 입술이 터져 있었다.

숨을 고른 이수가 숙였던 고개를 들었다. 고문에 의한 상처가 고
통스러운지 이수는 얼굴을 찡그렸다. 그 모습에 청원이 굳게 주먹
을 쥐었다.

지켜 주겠다는 생각을 하자마자 이런 일이 일어났다. 아무것도 할 수 없는 현실이 답답했다.

"언제부터 매달려 있었던 것인가? 못된 것들. 어찌 여인을 이리 대할 수 있단 말인가."

청원의 말에 이수가 괜찮다는 미소를 보냈다. 희미한 빛을 빌어 청원은 이수를 천천히 바라보았다. 그림보다는 말라 있었지만 전체적인 이목구비는 그대로였다. 사람을 시켜 한 조사에 의하면 상당한 실력의 무사라 했다. 하지만 청원의 눈에 보이는 이수는 강한 무사라기보다는 그저 살기 위해 발악을 한 귀족 여인으로밖에 보이지 않았다.

말없이 자신을 쳐다보고 있는 청원이 부담스러웠는지 이수는 고개를 돌렸다.

"견딜 만합니다. 걱정하지 마세요."

묶여 있는 팔에 감각이 없다. 맞거나 베인 상처는 움직일 때마다 눈물이 나올 정도로 아팠다. 하지만 이건 이수, 스스로 선택한 것이었다.

이수를 납치한 사람들은 알고 있는 사실을 말하라 했다. 그녀가 입을 다물자 곧바로 구타가 시작되었다. 인정사정없이 날아오는 주먹은 끔찍하게 아팠지만 이를 악물고 참아 냈다. 납치한 사람들에게 필요한 정보를 말하는 순간 죽는 건 이수였다. 더군다나 순탄하게 진행되고 있는 일이 자신 때문에 망가지는 모습은 볼 수 없었다.

주인님이라는 사람에게 연락이 왔다는 소리에 고문을 하던 자들이 자리를 비웠다. 이야기를 하려면 지금이 기회였다.

"하나만 여쭙겠습니다. 보좌관님이 대장군이십니까?"

이수의 물음에 청원의 시선이 날카로워졌다. 주원이 이곳에 온 대장군이 아니라는 것은 소수만 아는 것이었다. 그런데 그걸 어떻게 알아차린 것일까? 고민을 하던 청원은 고개를 저었다.

'모르니까 데리고 온 것이겠지.'

대장군이 누구인지는 이수도 모르는 일이었다. 청원과 비월 때문에 애먼 이수가 고통을 당하였다. 굳어진 청원의 표정이 좀처럼 풀어지지 않았다.

"대장군은 이리의 이름을 가지고 있네."

이수의 눈이 커졌다. 그저 이름뿐인 귀족이라고는 생각하지 않았지만 비랑이 대장군이라는 생각은 전혀 하지 못했다. 젊은 비랑이 대장군이라는 것도 놀라는 일이었지만 그 정도 직위의 귀족이 천한 무사들 사이에 잠입을 했다는 것이 믿을 수 없었다.

'아니 비랑의 성격이라면 그러고도 남았겠지.'

귀족의 특권보다는 원하는 일에 자신을 쏟아붓는 사내. 이수가 아는 비랑은 그런 사람이었다. 정면을 보고 있던 이수의 시선이 청원을 향해 옮겨졌다.

"그 사람이라면 절대 알려 주면 안 되겠네요. 보좌관님. 길을 열어 드리겠습니다."

이수의 말에 청원이 이해가 안 된다는 말을 하려 했다. 하지만 그보다도 먼저 이수가 반동을 이용해 힘껏 몸을 움직였다. 묶여 있는 줄에 쓸려 난 상처에서 피가 흘렀지만 멈추지 않았다.

"그러지 말게! 그러다간!"

"조금만 더…… 조금만."

청원의 말을 무시한 이수는 몸의 반동을 이용하여 천장에 발을 디뎠다. 그러자 신발 속에 숨어 있던 얇은 비수가 모습을 드러냈다. 비수에 의해 줄이 끊어지고, 이수가 바닥에 떨어졌다. 고통에 표정은 엉망이었지만 그걸 신경 쓸 여유는 없었다.

손의 줄을 끊어 낸 이수는 청원이 갇혀 있는 감옥 문을 열기 위해 다가왔다.

그녀의 모습을 보고 있던 청원은 자신의 생각을 철회했다. 이수, 아니 하우월은 보호를 해 줘야 할 여리고 수줍은 여자가 아니었다. 같은 곳을 보며 함께 헤쳐 나갈 수 있는 여자, 보호를 받는 대신 스스로가 나서는 강한 여자였다.

이수의 모습에 심장이 떨렸다. 지켜 주고 싶은 감정, 그 이상의 무언가가 청원의 마음을 채웠다.

감옥 문이 열리고 청원이 밖으로 나왔다. 옷을 찢어 팔목의 상처를 감싼 이수가 청원에게 비수를 내밀었다.

"가지고 계십시오. 문이 열리는 대로 길을 뚫겠습니다. 어떻게든 막을 테니 지원을 요청하십시오."

생각지 못했던 말이 이수에게서 나왔다. 그녀의 말에 청원이 고개를 저었다.

"말이 되는 소리를 하게. 자네는 여인이고, 난 사내야. 자네가 빠져나가게."

안 된다는 청원을 이수가 물끄러미 쳐다봤다. 솔직히 그와 이렇게 단둘이서 있고 싶지 않았다. 아니, 이런 상황에서 청원과 같이 있는 것이 싫었다.

"귀족을 방패막이 삼아 살아 돌아왔다고 하면 잘도 제 목이 남아 있겠군요."

한기가 맺힌 눈이 시리도록 매서웠다. 곱게 미소를 지었던 그녀라고는 생각하지 못할 정도로 차가운 어조였다. 말문이 막혔지만 청원은 생각을 바꾸지 않았다.

저버리는 것은 과거에 한 번이면 충분했다.

"내 몸은 지켜 낼 수 있네. 더군다나 난 귀족이니 저들 또한 쉽게 죽이지 않을 것이야."

"한심한 사내 같으니."

이수의 말에 청원의 눈이 크게 떠졌다. 떠넘기듯 비수를 억지로 청원의 손에 쥐여 준 이수가 밧줄을 손에 감았다.

"한낱 무사가 위험하다며 소리를 지르면 참 잘도 믿겠느냐 말이오. 귀족은 감투인가? 아니면 시간이 없을 때 위세나 떨라고 만들어 놓은 신분이란 말인가!"

"저기 이, 이봐."

귀족이고 뭐고 한심하다는 표정으로 말을 쏟아 내는 모습에 청원은 어버버 입만 뻐끔거렸다. 하우월이었을 때도 다른 여인들과는 다르게 당당하다는 느낌을 받았었지만, 현재 이수의 모습은 당당하다 못해 직선적이었다.

"하찮은 무사를 살려 줄 생각이라면 길 열어 줄 테니 당장 꺼지라고!"

문이 열리고 들어오는 무사의 목을 향해 이수가 밧줄을 감았다. 쇠가 엮여 있는 이민족의 밧줄답게 닿자마자 피부가 찢어졌다.

비명조차 지르지 못한 채 병사의 숨이 끊어졌다.

"어서 가!"

달려오는 병사들을 보고 있던 이수가 청원에게 소리를 질렀다.

둘이 잡혀 있었던 곳은 자연적으로 만들어진 동굴인 듯 기척만 잘 찾으면 밖으로 빠져나갈 수 있었다.

물론 이수가 모든 병사를 막아 준다는 조건하에서 가능한 일이었지만…….

입구로 통하는 길을 보고 있던 청원이 이수를 다시 돌아보았다. 흔들리던 눈동자가 제자리를 찾자 청원이 이수의 팔목을 잡았다. 그리고 그대로 그녀를 끌고 달렸다.

"귀족이고 뭐고 불편해서 안 되겠다. 같이 나가자!"

"말이 되는 이야기를 해!"

날아오는 암기를 피하며 이수와 청원이 투덜거렸다. 끊임없이 공격해 오는 적을 처리하면서도 둘의 싸움은 끝나지 않았다.

"이런 일을 저지르지 않았으면 이미 주둔지로 갔을 수도 있었어!"

"그건 내가 마음이 안 편하다니까."

"지금 마음 따위를 따질 때입니까!"

엉망이 된 검을 버린 이수가 적의 검집에서 검을 빼었다. 청원 또한 새 검을 들었다.

이번에 도망가는 것이 실패하면 고문이 아니라 자백제가 동원될 것이다. 온몸이 고통으로 비명을 지르고 있었지만 이수는 쉴 새 없이 검을 휘둘렀다.

끊임없이 베고 또 베며 앞으로 달린 결과, 희미한 빛이 둘의 시야에 들어왔다. 이대로 밖으로 나가면 절반은 성공이었다.

적을 베어 넘기며 입구를 향해 나가던 청원이 뒤에서 느껴지는 기운에 고개를 돌렸다. 들고 있던 검을 버리고 청원이 이수를 품에 안았다.

"이게 무슨……!"

청원의 갑작스러운 행동에 입을 열려던 이수는 몸이 부웅 뜬 기분을 느꼈다. 아니, 실제로 청원과 이수의 몸이 허공에 떠올랐다. 이수의 어깨에 얼굴을 묻고 있던 청원이 피를 토했다. 큰 진동음과 함께 둘이 바닥에 쓰러졌다.

바닥에 곤두박질치자 주변에 몰려 있던 적들이 청원과 이수를 떼어 냈다. 병사들에 의해 끌려가는 이수의 눈에 단검이 박혀 있는 청원의 등이 보였다.

병사들에게 잡힌 채 이수가 억지로 몸을 일으켰다. 정면에 복면조차 하지 않은 임추성이 비틀린 표정으로 그녀를 보고 있었다.

이수를 보고 있던 임추성이 거침없이 주먹을 휘둘렀다.

"컥."

비명조차 지르기 어려웠다. 얼굴이고 몸이고 닥치는 대로 주먹을 휘둘렀다. 입에서 엄청난 양의 피가 뿜어져 나왔다. 입에서 흘러내린 핏덩이가 피로 홍건한 바닥에 툭 떨어졌다.

고개를 숙인 이수의 머리채를 잡고 들어 올린 임추성이 무미건조한 목소리로 말했다.

"대답할 시간을 준다고 했지. 도망가라 한 적은 없다."

정신을 차리려 애썼지만 쉽지 않았다. 아득해져 가는 정신에 이수가 눈을 감았다.

"그만……둬."

정신을 차린 청원이 양쪽 팔을 붙잡힌 채 말했다. 등의 상처 때문에 온몸이 쑤셨지만 그보다 아픈 것은 심장이었다. 지금도 상처투성이였다. 저렇게 맞았다가는 죽을 수 있었다.

"소가의 청원 님께서는 조용히 계시지요. 아무래도 당신은 건들기가 애매해서 말이지."

"그 여자한테서는 들을 게 없어. 무엇이 듣고 싶은 거지? 내가 알려 주겠다!"

청원의 말을 끝까지 들은 임추성이 미소를 지었다. 그러고는 손을 들어 이수의 뺨을 후려쳤다. 정신을 잃은 이수의 입에서 피와 침이 떨어졌다.

"하지 마!"

아무것도 생각나지 않았다. 초조하고 불안했다. 비월이 아끼는 여자라서, 팔 년 전에 버린 여인이라서가 아니었다. 사내가 최대한의 힘으로 후려치는 주먹에 엉망이 되어 가는 이수가 위태로워 보였다. 이대로 떠나갈까 무서웠다.

아무것도 할 수 없다. 아직 그녀에게 해야 할 말이, 해 줘야 할 일이 산더미같이 남아 있었다. 이수 이외에 어느 것도 청원에게는 중요하지 않았다.

"대장군은 서비월이다."

청원의 말에 임추성의 눈이 커졌다. 이수를 향해 들었던 팔이 아래로 내려갔다.

소청원이 왔을 때부터 그에 준하는 귀족이 대장군으로 왔을 것이라는 생각은 했었다. 하지만 서비월이라니. 임추성의 표정이 어두워졌다. 원래는 대장군의 존재를 아는 대로 제거할 생각이었다. 하지만 그가 대장군이라면 이야기는 달라진다.

굳어진 임추성을 보고 있던 청원이 암담한 어조로 말했다.

"그녀를 풀어 줘라. 그러면 나머지도 말하겠다."

살아 있는 것일까? 정신을 잃은 뒤로 미동조차 하지 않았다. 흔들리는 눈이 연신 이수를 좇았다. 청원을 보고 있던 임추성이 기절해 있는 이수에게로 고개를 돌렸다.

"당신에게는 더 이상 들을 게 없겠군요."

임추성의 말에 청원의 피가 싸늘하게 식었다. 당황한 표정으로 청원이 임추성을 노려봤다. 손에 무기가 있다면 그대로 죽여 버리겠다는 살기가 담긴 시선이었지만 임추성은 상관없다는 듯 이수를 데리고 있는 병사들에게 가 보라는 손짓을 하였다.

그의 명령에 병사들이 그녀를 끌고 사라졌다. 그 모습을 보고 있던 청원이 소리쳤다.

"여자는 보내 주면 말을 해 준다 하지 않았나!"

"이 계집이 관계가 있다면 서비월은 무사로 숨어 있다는 소리겠죠, 소청원 나리. 그 소리는 말입니다."

청원의 옆에 몸을 숙인 임추성이 그의 귀에 나지막이 말했다.

"당신보다는 저 계집에게서 들을 것이 많다는 소리겠지."

"아아악!"

임추성에게 달려드는 청원의 뒷목을 뒤에 서 있던 병사가 후려쳤다. 기절한 청원을 바닥에 내려놓은 병사들을 향해 임추성이 물었다.

"계집은?"

"환술사에게 데려갔습니다. 자백제를 사용하라는 지시도 해 놓았습니다."

"장군!"

고개를 끄덕이며 보고를 받고 있는 임추성의 뒤로 병사가 달려와 몸을 숙였다.

"주둔지에서 주원의 병사가 움직였다는 보고입니다."

소청원에, 정보를 가지고 있는 계집이 없어졌으니 서비월의 성격상 직접 움직였을 것이다. 최대한 사실을 알아내고 증거를 인멸해야 했다. 행여나 일이 잘못되어 버리면 주인에게도, 비월에게도 살아남지 못할 것이다.

"열다섯 명만 남고 나머지는 주둔지로 돌아가라. 그리고 밖에 대기시켜 놓은 병사들은 내가 데리고 가겠다."

임추성의 말에 모두 고개를 숙였다. 그들이 사라지고 얼마 지나지 않아 비월이 동굴로 진입했다.

*　　　*　　　*

"누이는 이곳에 없습니다."

참담한 성연의 말에 비월이 주먹을 쥐었다. 최대한 빠르게 이곳까지 달려왔다.

'네가 무능해서 그래.'

'이미 죽었을지도 몰라.'

불안감에 더해진 조롱에 비월이 주먹을 쥐었다. 잘못될 리가 없다. 아니, 잘못되면 안 된다. 수줍게 짓는 미소에 부끄러워하면서도 다가오는 이수의 모습이 눈에 선했다. 아직 그녀와 해 보지 못한 것이 많았다. 그런 그녀를 어머니처럼 아무것도 하지 못한 채 사라지게 할 수 없었다.

그 때 성연이 비월의 팔을 잡았다.

"아무 일도 없습니다."

속을 꿰뚫어 보는 성연의 말에 비월의 안에서 기어 나오던 불안감이 멈추었다. 복잡한 표정을 짓고 있는 비월을 향해 성연이 힘을 주어 말했다.

"당신이 있는 한, 불길한 일은 일어나지 않습니다."

성연의 말에 비월은 길게 숨을 내쉬었다. 불안한 생각 따위 할 때가 아니었다. 찾을 수 있다. 아니, 반드시 찾아낼 것이다.

마음을 다잡은 비월이 성연에게 물었다.

"이수가 어디로 갔는지 보이나?"

비월의 말에 성연이 바닥에 손바닥을 대었다. 손에서 나오는 빛이 바닥에 흡수되기 직전, 땅에서 나오는 검은 기운이 성연의 손바닥을 밀어냈다.

"환술사의 기운입니다. 강한 기운의 환술사라 모든 기척을 이 땅 안에 숨겨 놓았습니다. 찾을 수는 있으나 시간이 걸립니다."

힘을 써서 기척을 알아내려는 성연을 비월이 막았다. 환술사라면 신에게 버림받아 뒤틀린 자들이었다. 만약 이번 일에 그런 존재까지 끼어 있는 것이라면 성연의 힘은 그와 상대할 때 꼭 필요한 것이었다.

"청원 보좌관님을 찾았습니다."

동굴 안으로 들어갔던 병사의 보고에 비월이 달렸다. 곳곳에 널브러져 있는 시체와 피 웅덩이가 비월의 앞을 막았지만 그의 걸음에서는 조금의 주저도 느껴지지 않았다.

거침없이 가던 비월이 무엇을 보았는지 걸음을 멈추었다. 한동안 말없이 무언가를 보고 있던 비월은 몸을 숙여 보고 있던 것을 집어 올렸다.

누구의 것인지 알 수 있는 하얀색의 머리카락이 비월의 손가락에 잡혔다.

스치듯 보았다면 보이지 않았을 것이다. 하지만 누구보다도 간절히 찾고 있기 때문이었을까? 피와 시체로 엉망임에도 하얀 이수의 머리카락은 비월의 눈에 단숨에 들어왔다.

손에 잡고 있던 머리카락을 비월이 품에 넣었다.

병사들의 안내로 들어간 방에서는 청원이 부축을 받으며 일어나고 있었다.

"청원!"

비월의 외침에 청원이 게슴츠레 눈을 떴다. 하지만 개운치 않은지 머리를 흔들었다.

"이봐. 괜찮은가? 이보게! 청원!"

흔들대는 청원을 잡은 비월은 손에 느껴지는 비릿한 기운에 잡고 있던 손을 뗐다.

등에서 흘러내리는 흥건한 피, 더군다나 등에 박혀 있는 단검도 제거되지 않은 상태였다.

"비월, 왜…… 내가 여기에 있는가?"

청원의 말에 비월의 심장이 내려앉았다. 어떻게 된 것인가. 이수와 함께였던 청원이 어리둥절한 얼굴로 말했다. 유일하게 그녀가 어디로 갔는지 알 만한 사람이 그였건만 지금의 청원은 진짜 아무것도 모른다는 표정이었다.

다급한 마음에 비월이 그에게 말했다.

"자네, 이수와 같이 있었네. 그녀는 어디로 갔는가?"

"모르겠네. 아무것도 모르겠어. 여기는 어디인가?"

청원의 말에 비월의 표정이 어두워졌다. 이수와 같이 있던 청원이 아무것도 기억 못 하고 있었다. 이대로라면 아무것도 알 수 없다. 닿을 듯 가까이 왔음에도 이수에 대한 걸 하나도 알아내지 못했다.

불안해 미칠 것 같다. 최대한 담담한 척 무표정하게 있었지만 속에서는 불이 활활 타올랐다.

분노를 참고 있는 비월의 옆으로 성연이 다가왔다. 그 누구의 부축도 받지 않음에도 성연은 유유히 비월의 앞으로 걸어와 청원을 보았다.

"환술 중에는 일시적으로 기억을 막는 것도 있습니다. 소가의 도련님에게서 누이의 위치를 찾는 건 어려울 것입니다."

성연의 목소리가 어두워졌다. 하나밖에 없는 누이를 잃어버릴지도 모른다는 공포에 성연의 손이 떨렸다. 괜찮다, 다 잘될 것이라며 스스로 다잡고 있었지만 성연도 불안하기는 마찬가지였다.

아무리 외면했던 신에게 잘못했다며 월의 위치를 알려 달라 빌어도 어떤 대답도 들려오지 않았다. 이대로 놓칠 수 없었다. 성연에게 있어서 월은 세상에 유일한 빛이었다.

"내가 있는 한 불길한 일은 없을 것이라 했지?"

떨고 있는 성연의 옆에서 비월의 차가운 목소리가 들려왔다. 온몸에 돋는 소름에 성연이 비월을 향해 고개를 돌렸다.

불안은 분노가 되었다. 그 분노는 비월에게 있어서 냉정함의 원천이었다. 검은 쥔 채 비월이 포로를 잡아 놓은 곳으로 걸음을 옮겼다.

묶여 있는 네다섯 명의 사내. 참고 있던 비월의 인내가 그들을 보자마자 바닥을 드러냈다.

"어디냐?"

"모른…… 아악!"

고개를 젓는 사내의 어깨에 검이 박혔다. 박힌 검을 비월이 인정사정없이 비틀었다. 고통에 찬 비명과 함께 피가 뿜어져 나왔지만 그는 그대로였다.

"세 번은 없다. 어디냐?"

"모른다 했…… 아아악!"

어깨에 박혀 있던 검이 허벅지에 꽂혔다. 그리고 똑같이 비틀었다. 사내의 어깨와 허벅지에서 나오는 피가 비월의 얼굴에 튀었다. 하지만 그는 눈썹 하나 바뀌지 않았다.

서비월은 하우를 멸문시켰던 그때와 똑같은 얼굴을 하고 있었다.

비월의 모습에 청원이 고개를 설레설레 저었다. 저 상태의 비월은 누구도 막을 수 없다.

허벅지에서 검이 뽑히자 첫 번째 사내가 몸을 뒹굴었다. 뒹구는 사내를 발로 밟은 비월이 심장에 검을 꽂았다. 표정의 변화도 감정도 느껴지지 않았다.

비월의 걸음이 옆으로 옮겨졌다. 다가오는 비월을 보며 두 번째 사내가 몸을 떨었다.

사내는 서비월이 미치도록 무서웠다. 하지만 말하게 되면 여기서 살아남더라도 어차피 죽게 될 것이었다.

단호한 표정으로 비월을 바라보던 두 번째 사내의 몸이 굳었다.

둘을 보고 있던 병사들의 표정이 경악에 물들었다. 사내의 목을 베고 지나간 검에서 피가 뚝뚝 떨어졌다.

피를 품으며 두 번째 사내가 쓰러졌다. 비월이 걸음을 옆으로 옮겼다.

그 순간 세 번째에 있던 사내가 그대로 몸을 숙였다.

"동굴 옆에 천지가 하나 있습니다. 절벽 끝에 있는 것인데 거기에 환술사가 머물고 있는 집이 하나 있죠. 살려 주십시오. 다 말하겠습니다."

검을 든 채, 비월이 기다리고 있자 사내가 고개를 숙이며 빠르게 말하였다.

"자백제를 사용한다고 했습니다. 환술사의 자백제는 한 시진이 지나면 독으로 바뀌는 것으로 알고 있습니다. 끌려간 지 반 식경이 되었으니 독으로 바꾸려면 얼마 남지 않았습니다. 살려만 주시면 안내하겠습니다. 제발!"

얼마 남지 않았다는 말에 비월의 심장이 빠르게 뛰었다. 비월은 검을 휘둘러 사내의 몸을 묶고 있던 줄을 끊어 냈다. 줄이 끊어지자 사내가 넙죽 몸을 숙였다.

"제대로 안내하는 것이 좋을 것이다."

비월의 말에 사내가 연신 고개를 끄덕였다. 병사들에게 지시하고 있는 비월에게 청원이 다가왔다.

"움직일 수 있네. 나도 가겠네."

청원의 말에 비월이 고개를 저었다.

"아니, 자네는 여기 있어. 상처를 치료하고서 이곳을 수습하게."

청원이 반문하려는 것을 비월이 막았다. 청원의 상처도 심각했다. 주원의 병사들이 뒤따라오고 있었다. 고집을 부리는 청원에게 비월은 잘라 말했다.

청원을 설득한 비월이 출발하려는 찰나, 성연이 그에게 다가왔다. 오른손에 신력을 모은 성연이 비월의 이마에 그것을 갖다 대었다. 물이 천에 스며들 듯 손에 있던 신력이 비월에게로 흡수되었다.

"환술사의 사기를 막아 줄 것입니다."

성연의 말에 고개를 끄덕인 비월이 서둘러 말에 올랐다. 훈련받은 병사들이라 빠르게 움직이고 있음에도 비월의 눈에는 한없이 더디게 느껴졌다.

이수의 미소가 눈앞에 아른거린다. 품에 안으면 들리던 심장 소리가 미치도록 그리웠다.

다시 구하게 된다면 빙빙 돌려 머뭇거리지 않으리라.

고삐를 잡고 있는 손에 힘이 들어갔다.

* * *

머릿속이 빙빙 돌았다. 속이 울렁거려 이수는 속의 것을 토하고 싶었다. 하지만 먹은 것이 없으니 그마저도 되지 않았다. 머리가 무겁고 뜨거웠다.

끊임없이 무언가를 이야기하고 있는 것 같기는 한데 도대체 무엇을 말하고 있는지 알 수 없었다. 정신을 차리기 위해 이수가 고개를 흔들었다. 하지만 거친 힘에 의해 원래대로 돌아왔다. 어떻게든 움직이려 해도 손과 발은 이수의 말을 듣지 않았다.

"이게 전부인가?"

임추성의 말에 이수가 천천히 고개를 끄덕였다. 자백제의 효과는 예상외였다. 덕분에 눈앞에 있는 계집이 얼마나 무서운 존재였는지 임추성은 깨달았다.

치밀하게 계획했다 생각했건만, 눈앞의 무사 계집에 의해 허점이 드러났다.

이수의 자백을 받아 낸 임추성이 고개를 저었다.

"지독한 것."

급하게 문이 열리며 병사가 안으로 들어왔다. 몸을 숙인 채 보고를 하는 병사의 말을 듣던 임추성이 낮게 말했다.

"이곳으로 오고 있다?"

"피하셔야 합니다."

병사의 말에 임추성이 손으로 입을 가렸다. 어차피 이곳에서의 일은 끝났다. 눈앞의 계집도 더 이상 쓸모가 없었다. 소청원의 일이 걱정이긴 했지만 그건 주인님이 움직이면 해결될 문제였다.

"클클. 다 끝나셨습니까?"

가래 끓는 소리가 거슬렸다. 바닥까지 끌리는 검은 장옷으로 온 몸을 가린 이가 클클거리며 걸어왔다. 보는 것만으로도 불길하고 사악했다.

가까이 오는 환술사를 보는 둥 마는 둥 이수에게 시선을 옮긴 임추성이 말했다.

"자백제는 곧 독으로 바뀌겠지?"

"클클. 시간이 다 되었으니 클클클, 바뀌겠지요."

"네가 지난번에 요구했던 그 금액, 이번 일이 마무리되는 대로 내어 주마."

임추성의 말에 환술사가 킬킬 웃음을 터트렸다. 손에 들고 있는 지팡이로 환술사가 임추성 앞에 숫자를 써 내려갔다. 그를 고용했을 때 건넸던 금액의 네 배가 되는 액수였다.

"클클. 내 당신 몰래 그 동굴 안에 저주를 몇 개 심어 놓았었소. 그런데 클클, 벌써 여기까지 오고 있다는 건 괜찮은 실력의 신녀라도 있다는 것이겠지. 그런데 그 가격으로 되겠는가? 대장군을 죽여야 하는데 말이오."

환술사와 임추성의 시선이 허공에서 부딪쳤다. 그 와중에도 피해야 한다는 병사의 외침이 옆에서 울리고 있었다. 결국 품에서 돈을 꺼내 환술사에게 던졌다. 클클거리며 환술사가 돈을 챙기는 모습을 경멸하는 눈으로 보던 임추성이 나지막이 말했다.

"확실히 결판을 내야 할 것이오. 안 그러면 당신이 보는 건 내가 아니라 주인님이실 테니."

그의 말에 환술사가 고개를 끄덕였다. 임추성이 사라진 지 얼마 되지 않아 병장기 부딪치는 소리가 집 밖에서 울렸다. 동시에 이수의 입에서 검붉은 피가 한가득 쏟아져 나왔다.

"클클. 아프냐? 이번에는 제대로 킬킬, 약이 드는구나."

이수의 반응에 환술사가 웃음을 터트렸다. 하지만 이수의 귀에는 아무것도 들리지 않았다. 피를 쏟아 내고 몸을 비틀어도 온몸이 불에 타는 것 같았다. 입술을 깨물며 참으려 했지만 아무런 소용이 없었다.

"아아악!"

고개를 빼며 이수가 비명을 질렀다. 의자에 묶여 있는 줄을 끊어

낸 환술사가 이수를 자신의 앞으로 끌어냈다. 장옷 너머로 보이는 체격이 왜소해 보여도 환술사는 몸을 비트는 이수를 가볍게 자신의 앞에 세웠다.

"나는 천기를 못 읽지만 밖에 있는 늑대는 무섭구나. 멍청한 것들. 수만 많으면 될 거라고 생각하는 건가? 클클, 자! 제대로 서 있어라. 내 방패가 되어야지?"

날카로운 빛과 함께 문이 부서졌다. 난전 속에서 피를 뒤집어쓴 비월이 안으로 들어왔다. 환술사가 들고 있던 지팡이를 버리고 단검을 꺼내 이수의 목에 겨누었다.

"클클. 어서 오시게나. 이거 기다리다가 지쳐서 죽일 뻔했잖은가?"

환술사의 조롱을 비월은 무시했다. 눈이 뒤집힌 지 오래였다. 증거고 뭐고 군대가 오는 대로 모조리 쓸어버리리라. 하지만 그 전에 가장 소중한 것을 먼저 구해야 했다.

"조금만 참아. 구해 줄게."

이수가 들을 수 있도록 조금 큰 목소리로 비월이 말했다. 비월의 목소리에 이수의 고개가 올라갔다. 고통에 아무것도 보이지 않는지 눈동자가 허공을 맴돌았지만 힘겨운 미소와 함께 이수가 고개를 끄덕였다.

"클클. 혼자 보기 아까워서……."

환술사의 말이 끝나기도 전에 비월이 먼저 몸을 날렸다. 이수로 앞을 가린 환술사가 짧은 주문을 외웠다. 그의 목으로 향해 날아오던 비월의 검이 검붉은 막과 함께 막혔다.

공격이 막히자 환술사가 들고 있던 단검에 기를 실어 비월에게 던졌다. 빠르게 날아오는 기를 비월이 몸을 돌려 피했다. 환술사가 던진 기는 그와 같은 편인 병사에게 닿았고 비명 소리와 함께 병사의 살이 썩고 뼈가 녹아내렸다.

병사의 모습에 비월이 환술사를 노려봤다. 기를 피하는 것은 어렵지 않았으나 그와 가까이 있는 이수가 다칠 수 있었다. 살이 썩고 뼈가 녹아내릴 정도의 환술은 주변에도 영향을 미쳤다.

더 이상 지체할 시간이 없다. 비월은 자신의 검에 기를 주입하였다.

비월의 분위기가 바뀌자 환술사가 다시 주문을 외웠다. 기를 실은 비월의 검이 환술사의 막과 충돌하였다. 처음과는 다르게 두껍게 만들어진 막의 절반 정도가 장벽 안으로 들어갔다. 밀려오는 충격에 환술사가 뒷걸음을 쳤다. 그에 비해 비월은 검의 방향을 바꾸어 연이어 막을 쳐 댔다.

이상한 기분에 환술사가 비월을 노려봤다.

환술사가 충격을 받는 만큼, 비월 또한 충격과 함께 막 안에 들어 있는 저주를 받아야 했다. 그런데 충격은커녕 공격은 점점 더 강해졌다.

노려보던 환술사가 킬킬거리며 웃음을 터트렸다.

"신의 가호를 받았구나. 클클. 하지만 나만 영향을 받는 게 아닐 텐데? 클클."

환술사의 말에 비월이 이수를 바라보았다. 막을 쳐도 이상이 없는 것을 보면 성연이 해 준 것이 도움이 되고 있는 게 분명했다. 그에 비해 환술사의 앞에 있는 이수는 비월이 만드는 충격을 고스란히 받아 내고 있었다.

힘들어하는 그녀를 보고 있던 비월이 독하게 마음을 먹었다.

"아플 거야. 조금만 참아."

그의 말에 땀이 송골송골 맺혀 있는 이수가 고개를 끄덕였다. 이수의 답이 나오자마자 비월이 환술사를 향해 달려들었다. 쉴 틈 없이 밀려오는 공격에 환술사가 비명을 질렀다.

"계집을 죽일 생각이냐!"

이수를 겨누고 있던 단검을 던진 환술사가 방어막에 정신을 집중하였다. 하지만 이미 비월의 검이 환술사의 막을 꿰뚫은 뒤였다.

유리가 깨지는 소리와 함께 방어막이 산산이 부서졌다. 환술사의 어깨에 검을 꽂은 비월이 이수를 품 안으로 당겼다.

독으로 인해 이수의 온몸이 차가웠다. 가늘게 들려오는 숨소리가 끊어질 듯 불안했다. 스스로를 지탱할 힘조차 남지 않은 이수를 안은 비월이 환술사의 어깨에 꽂은 검을 그대로 아래로 베었다.

어깨에서부터 끝까지 베어진 검을 따라 피가 뿜어져 나왔다. 비명과 함께 환술사가 바닥에 쓰러졌다.

환술사를 물리친 비월이 이수를 바닥에 눕히자 초점이 없던 눈동자에 희미한 빛이 돌아왔다. 비월을 본 이수가 입을 열려 했다. 그러자 비월이 저지했다.

"그대로 있어. 가만히."

"당신…… 목소리가 들렸어."

"쉬이. 가만히 있어."

독을 빼기 위해 비월이 이수의 배에 손을 갖다 댔다. 손에서 나오는 기가 이수의 몸에 빠르게 흡수되었다. 이수를 살려야 했기에 주변에 신경을 쓸 정신이 남지 않았다. 그래서 죽은 줄만 알았던 환술사가 허공에 손을 들어 술을 쓰는 것도 보지 못했다.

"나는 클클. 죽지 않는…… 쿨럭. 그러니 죽어라."

손에서 뻗어 나오는 기가 모두가 있는 땅에 뻗어 내렸다. 쩍 하는 소리와 함께 땅이 갈라졌다.

무너지는 바닥을 보고 있던 비월이 기를 거두고는 이수를 껴안았다. 굉음과 함께 시작된 붕괴는 환술사를 집어삼키고 이수와 비월을 향해 밀려들어 왔다. 이수를 품에 안은 비월이 자신의 기를 온몸으로 방출했다.

붕괴되는 땅이 둘을 집어삼켰다.

六章
유예

비월과 이수가 떨어졌다는 절벽의 끝에서 청원이 주먹을 쥐었다.
임시방편으로 성연의 치료술을 받자마자 달려온 곳이었다. 여전히
어지러운 머리를 붙잡으며 청원이 아래를 내려다보았다. 까마득한
절벽에 안개까지 끼어 아무것도 보이지 않았다.

답답해하는 청원의 옆으로 주원이 다가왔다. 그의 모습에 청원이
허리를 숙이려 했다.

"다친 사람이 무리하지 말게. 그나저나 뭐 좀 찾았는가?"

"아래로 내려가기 힘든 상황입니다. 날씨가 제멋대로인 곳이라
당장은 접근하기 어렵다고 합니다. 그나마 다행인 건 이곳 지리에
밝은 사람이 밑에 호수가 있다고 하니 운이 좋기를 바랄 수밖에요."

담담히 말하고 있었지만 입안은 바싹바싹 탔다. 내려가 볼 수만
있었다면 청원이 스스로 내려가 확인했을 것이다.

비월은 가장 친한 벗, 이수는 이제부터라도 지켜 줘야 할 사람이었다.

청원의 어두운 표정에 주원이 말없이 그의 어깨를 두드렸다.

"날이 밝는 대로 수색대를 만들 걸세. 강한 이가 아닌가. 살아 있을 것일세."

주원의 위로에 청원이 힘겹게 고개를 끄덕였다. 주원의 손짓에 대기하고 있던 병사가 청원의 어깨에 두꺼운 장옷을 걸쳐 주었다.

머릿속에 있으면 안 되는 이물질이 들어간 기분. 이상하게도 온몸을 감싸 오는 불안감은 비월을 향한 것이 아니었다. 왜 자꾸 이수가 아른거리는지 청원 또한 알지 못했다.

주원의 말대로 비월은 강했다. 하지만 그녀는? 불길한 생각을 내쫓듯 청원이 고개를 저었다.

그런 청원을 보고 있던 주원이 따라오라는 손짓을 하였다. 그를 따라간 곳에는 허리를 깊게 숙이고 있는 성연이 보였다.

성연의 앞에 선 주원이 말했다.

"이번에 그대의 공이 컸다고 들었다. 듣자니 상당한 실력의 점쟁이라지?"

"못난 것의 어설픈 재주일 뿐이었습니다."

가늘고 얇은 목소리에 청원과 주원이 말없이 몸을 떨었다. 성연을 보고 있던 주원이 청원을 보며 느긋하게 말했다.

"난 솔직히 점쟁이들이 어설프게 지껄이는 소리는 믿지 않아. 하지만 이번만큼은 믿어 보기로 했다네."

"무슨 소리를 하시는 것입니까?"

주원의 말에 청원이 고개를 갸웃했다. 그 때 성연이 나지막이 말했다.

"수색대를 보내시면 일주일 안으로 서 장군님과 제 누이를 만날 수 있을 것이라 말씀드렸습니다."

"그리고 넌 그 사실에 네 목을 걸었지."

주원의 말에 청원이 성연을 놀란 표정으로 쳐다봤다. 목을 걸었다는 것도 충격이었지만 이수가 누이라는 말은 받아들일 수 없었다. 하우월의 오라버니가 점쟁이라니, 무엇보다도 귀족 여인이 천한 신분의 점쟁이와 가족 관계를 맺었다니 믿을 수 없었다.

성연을 지나가려는 주원에게 청원이 고개를 숙였다.

"이 점쟁이와 할 이야기가 있습니다. 오래 걸리지는 않을 것입니다."

주원이 고개를 끄덕이며 먼저 몸을 움직였다. 장소에 남은 것은 청원과 성연뿐이었다.

"이수의 오라버니라고?"

"그렇습니다."

"말이 안 된다. 그녀는……."

"달 아가씨이지요. 서쪽의 주인이셨던 분의 귀하신 따님이셨죠."

성연의 말에 청원의 몸이 그대로 굳었다. 마치 모든 것을 알고 있다는 표정으로 성연이 초점이 없는 눈을 청원에게 맞추었다.

"당신이 길을 열어 늑대에게 바스러져 간 월 아가씨입니다."

온몸의 피가 식었다. 짐작만 하던 정보가 누군가에 의해 사실이 되는 일은 생각보다도 충격적이었다. 눈 안에 뜨거운 것이 가득 차올랐다. 하지만 떨어뜨리는 대신 참았다.

청원을 보며 지었던 이수의 미소가 눈앞을 스쳐 지나간다. 여전히 아무 기억도 떠오르지 않았다. 그렇지만 분명히 무언가가 있었다. 감춰진 기억 안에 분명히 이수는 존재했다.

"너는 거절할 수 없다. 내 기억을 살려라."

"괜찮으시겠습니까?"

성연의 물음에 청원이 굳은 표정으로 그를 노려봤다. 그의 표정에 성연이 몸을 숙이며 말했다.

"이미 잘라 버리신 인연입니다. 다시 연결하려고 하셔도 안 되실 것입니다."

"무슨 소리를 지껄이고 있는지는 모르겠지만 난 알아야겠다. 살아 있는지 죽어 있는지는 모르겠으나 어찌 되었든 내 것이니 기억을 살려야겠다."

청원의 으름장에 성연이 고개를 저었다.

착하고 고운 달 아가씨. 어찌 된 운명인지 처절하게 버릴 때는 언제이고 이제 와서 다들 당신이 곱다며 다시 다가오는 것인지 모르겠습니다.

"몸을 먼저 추스르십시오. 기억은 그 뒤에 살려 드리겠습니다."

성연의 대답에 청원이 몸을 돌려 주원을 향해 따라갔다. 그의 모습을 보이지 않는 눈으로 바라보던 성연이 고개를 숙였다. 애초에 목숨 따위 걱정하지 않았다.

비월과 이수는 확실하게 살아 있었다. 환술사 또한 존재가 희미하게 남아 있었지만 너무나도 미약하여 걱정할 것은 아니었다.

움직이라는 병사에게 고개를 숙인 후, 주원이 준비해 준 말에 올랐다. 어차피 모든 일의 시작과 끝은 이수와 비월이 온 후에 시작될 것이었다. 그때를 성연 또한 대비해야 했다. 말에 몸을 실으며 성연이 눈을 감았다.

$$* \qquad * \qquad *$$

물 밖으로 나온 비월이 조심스러운 손길로 이수를 끌어냈다. 아래로 떨어지면서 기절한 이수는 비월이 이끄는 대로 힘없이 안겼다.

천운이었는지, 아니면 상황이 좋았던 것인지 둘이 떨어진 곳은 절벽 아래의 땅이 아니라 그 옆에 있는 작은 호수였다.

상황이 좋았다는 말을 하기에는 모순되는 일이었지만 지금은 그런 것을 생각할 겨를이 없었다. 쉴 만한 곳을 찾은 비월이 이수를 자리에 눕혔다.

속은 바짝바짝 타들어 감에도 최대한 냉정함을 유지했다. 활발히 움직이는 독 때문인지 정신을 잃은 이수의 몸은 얼음장처럼 차가웠다.

비월은 주저 없이 이수의 상의를 젖혔다. 평소에는 상의 안에 몸을 보호하는 가죽 갑옷을 입고 있었지만, 사로잡히면서 빼앗긴 듯 가슴을 가리는 속적삼 외에는 아무것도 없었다.

사내의 욕구를 흔드는 모습이라고 하기에는 이수의 상태가 좋지 않았다. 퍼렇게 든 멍과 고문으로 인해 생긴 상처들, 검게 혹은 벌겋게 생긴 상처에서 피가 흘러내렸다.

침착하게 기를 모은 비월이 다시 이수의 배에 손을 갖다 댔다. 얼음장처럼 차가운 피부가 비월의 손에 느껴졌다.

'환술사의 독은 몸에 흡수되는 게 아닙니다.'

비월의 머릿속에 그의 보좌관인 첸의 목소리가 들려왔다.

'살아 있는 생명체처럼 온몸을 이리저리 돌면서 공격을 하죠. 그렇기에 신녀들은 정화라는 이름으로 독을 치료합니다.'

가장 보호해야 할 심장을 자신의 기로 보호하며 비월이 환술사의 독을 한곳으로 조심스레 옮겼다.

'하지만 기를 다루실 수 있게 되면 신녀는 필요가 없습니다. 기로 독을 모아 뺄 수도 있으니까요. 그렇지만 그렇게 할 수 있는 이는 소수입니다. 어려운 일이지요.'

'해 보면 되는 거야.'
처음 해 보는 것이라 조급한 마음만큼 어려웠다. 이수의 몸 안에서 제멋대로 날뛰고 있는 독을 기로 잡아내도 세 번 중 한 번은 독을 놓쳤다.
"아악."
독을 놓치거나 조금이라도 잘못 움직이면 이수는 고통스럽게 몸을 비틀었다. 비월의 이마에 송골송골 땀이 맺혔다. 한동안 깊은 정적 속에 간신히 독을 어깨로 모았다. 살아 있는 것처럼 비월의 기에서 빠져나가려는 독이 꿈틀댔다.
품에서 단검을 꺼낸 비월이 이수의 어깨를 베었다.
어깨에서 오는 고통에 이수가 몸부림치자 비월이 남은 손으로 그녀의 몸을 붙잡았다.

"조금만 참아."

비월의 목소리가 들렸는지 찡그리고 있던 이수가 입술을 깨물며 고개를 끄덕였다. 베인 어깨를 타고 독이 나왔다. 한동안 흘러내리던 피와 독이 멈추자 비월이 이수를 누르고 있던 팔을 뗐다.

그녀의 표정이 천천히 나아지자 비로소 비월이 길게 숨을 내쉬었다. 안심할 정도는 아니었지만 급한 불은 껐다. 옷을 찢어 이수의 상처를 묶은 비월이 그녀의 뺨을 어루만졌다.

비월의 따뜻한 손의 감촉에 감겨 있던 이수의 눈썹이 파르르 떨렸다. 지친 눈을 뜬 이수가 비월을 보며 힘없이 웃었다.

"이제…… 괜찮아요."

"괜찮기는. 엉망이면서."

뺨에 붙어 있는 머리카락을 넘겨 주며 비월이 이수를 보았다. 품 안에 있으면서도 여전히 불안했다. 미치도록 초조했지만 비월은 담담한 모습을 보여 주려 애쓰고 있었다.

"체온을 유지할 만한 게 있는지 보고 올게. 조금만 기다려."

이수를 놔둔 채, 비월이 무너진 잔해를 향해 빠르게 걸어갔다. 어두운 탓인지 눈에 띄는 게 없었다. 더군다나 죽었을 거라 생각했던 환술사의 시체도 보이지 않았다.

'도망간 건가? 그 상처로?'

환술사의 옷은 엉망이 된 채 널브러져 있었지만 아무리 찾아도 시체는 보이지 않았다. 찜찜하기는 했지만 지금은 이수가 최우선이었다.

이것저것 필요한 것을 모은 비월이 이수에게로 다가갔다.

독에 의해 체온이 떨어진 데다가 물에 젖은 탓인지 체온이 더 떨어져 있었다. 능숙한 손놀림으로 가져온 나무에 불을 피웠다. 아버지에게 쫓겨날 때마다 했던 노숙이 이렇게 도움이 될 거라 생각지 못했었다.

젖은 옷은 체온을 유지하는 데 도움이 되지 않았다. 젖은 옷을 벗은 비월이 주워 온 옷으로 갈아입었다. 그런 후, 눈을 감고 있는 이수의 뺨을 톡톡 두드렸다.

추운지 몸을 떨고 있는 이수가 눈을 떴다.

"젖은 옷을 벗기고 새 옷을 입힐 거야."

연이어 험한 꼴을 당한 이수였다. 더 이상 놀라게 하고 싶지 않았다. 마음에 두고 있는 여인이었기에 이렇게 다가가고 싶지 않았다. 이런 상황이 아닌 다른 상황이었다면 얼마나 좋았을까? 까르르 웃음을 터트리며 생기가 넘치던 그녀가 그리웠다. 조심스럽게 이수의 옷을 벗긴 비월이 마른 옷으로 갈아입혔다.

"미안."

비월이 하고 있는 대로 몸을 맡기고 있던 이수가 작게 말했다. 끊어질 듯 여린 목소리에 비월이 쓰게 미소 지었다. 옷을 전부 갈아입힌 비월이 이수를 품 안에 안았다.

떨고 있는 몸을 쓰다듬고 어루만졌다. 얼음장 같은 손에 입김을 불어넣어 주고 창백한 이마에 입술을 맞추었다.

"나중에 전부 달라고 할 거야."

비월의 팔을 차가운 손으로 잡으며 이수는 그의 품에 얼굴을 묻었다. 그의 몸에서 나는 향을 맡고 비월의 체온을 느끼니 그제야 안정이 되었다.

괜찮은 척, 강한 척했지만 지독하게 무서웠다. 죽을지도 모른다는 공포 속에서 보이는 사람은 눈앞의 남자였다. 고개를 숙여 비월의 심장 소리를 들었다. 진정이 안 되던 몸이 서서히 안정을 찾아갔다. 비로소 살아 있다는 실감이 들었다.

숙였던 고개가 비월에 의해 들렸다. 품에 완전히 안겨 있는 이수를 어루만지며 비월이 이마에 입을 맞추었다. 감겨 있는 눈에도, 눈썹에도, 코에도, 입술에도 천천히 따뜻한 숨을 불어넣었다.

하얗게 질려 있던 얼굴에 생기가 천천히 돌아왔다. 목과 뺨을 어루만지는 비월의 손을 잡으며 이수가 작게 말했다.

"어디 가지 마요."

평소에는 작은 접촉에도 부끄러워하던 이수가 지금만큼은 스스로 비월의 품에 파고들었다. 그런 이수를 비월은 말없이 어루만졌다.

"당신은 나 혼자 두고 가면 안 돼요."

"어떻게 찾아왔는데 두고 갈 리가 없잖아. 걱정하지 마. 가라고 해도 옆에 붙어 있을 거야."

나지막이 들려오는 목소리에 안심이 되었다. 양팔로 이수를 꼭 안은 비월이 그녀의 귀에 말했다.

"같이 있을 테니까. 곁에 있을 테니까 자."

비월의 팔에 얼굴을 기댄 채 이수가 고개를 끄덕였다. 이수의 고른 숨소리를 들으며 비월이 긴 시간 말없이 그녀의 곁을 지켰다.

*   *   *

이수, 아니 월은 감고 있던 눈을 떴다. 새파란 하늘이 한가득 보였던 하우의 안채가 눈앞에 펼쳐졌다. 볼 수 없는 모습이 보이자 월이 눈을 비볐다. 하지만 달라지는 것은 아무것도 없었다.

'꿈이다.'

가득히 터져 나오려는 눈물을 억눌렀다.

사막의 모래와는 비교할 수 없는 부드러운 흙을 만지며 월이 숨을 길게 들이마셨다. 초목에서 흘러나오는 내음에 절로 미소가 지어졌다. 몸을 일으키며 하우를 둘러보던 월의 시선이 이수에게 가 닿았다.

"잘 지냈어?"

월의 물음에 이수가 고개를 끄덕였다. 죽은 이후로 꿈에서조차도 이수를 보지 못했다.

환한 미소를 짓고 있는 이수의 모습에 월의 눈가가 시렸다. 다시 보게 된다면 할 말이 많을 거라 생각했건만…… 아무런 말도 떠오르지 않았다.

죽었기 때문일까? 이수는 월을 보기만 할 뿐 다가오지 않았다.

그래도 아무런 상관이 없다. 너무나도 보고 싶던 벗이었다. 꿈이라 할지라도 지금의 순간이 깨지지 않기를 월은 간절히 빌었다.

시야를 가리는 눈물을 닦아 내며 월이 미소를 지었다.

"나도 잘 지냈어."

「거. 짓. 말.」

아무런 소리 없이 입만 움직이고 있음에도 월에게는 이수의 소리가 들렸다. 어느새 가까이 다가온 이수가 월의 뺨을 어루만졌다.

꿈이었기에, 아니 어쩌면 죽었기에 뺨에서는 어떤 것도 느낄 수 없었다. 그럼에도 월은 이수의 손이 참 따뜻하게 느껴졌다.

「이제는 행복해도 돼.」

월의 눈가에 가득 차 있던 눈물이 이수의 말을 시작으로 터지듯 흘러내렸다. 죽었음에도 끝까지 월을 신경 써 주는 이수가 고맙고 미안했다. 지금의 선택이 힘들지 않다. 아니, 이수 덕분에 그 사람을 만나게 되었다.

"행복해, 이수야."

누군가를 사랑할 자격 따위 없다고 생각하면서도 비월이 주는 온기가 미치도록 탐이 났다. 이러면 안 된다며 밀어내면서도 처음으로 행복해지고 싶다는 생각을 했다. 그리고 그 생각이 믿음이 되었다.

"정말로 행복해. 그러니까 잘 지내고 있는 거 맞아."

월의 말에 이수가 작게 웃음을 터트렸다. 또렷하게 보이던 이수의 모습이 희미해져 갔다.

헤어지고 싶지 않았다. 아직 하고 싶은 이야기가 많았다.

월의 마음과는 다르게, 이제는 흐릿한 잔상만 남은 이수가 월의 눈가를 손으로 쓸었다.

「이제 껍데기는 벗어 던져. 전부 받아들이면 원하는 걸 얻을 수 있을 거야.」

완전히 사라지기 직전, 이수가 월을 보며 환하게 미소 지었다. 죽기 직전에 지었던 아름다운 미소, 그때와 똑같은 미소가 이수의 입가에 머물렀다.

월 또한 이수를 향해 웃으려 했지만 쉽지 않았다. 웃어 주는 대신 월이 해 줄 수 있는 건 작별 인사뿐이었다.

"잘 가."

이수의 모습이 사라지고, 월이 아니, 이수가 눈을 떴다.

하얗게 내리쬐는 햇볕과 그사이를 가로막는 나무가 만들어 내는 그림자가 눈에 들어왔다. 똑바로 누워 있던 몸을 일으키자 온몸에서 느껴지는 고통에 정신이 아득해졌다. 천천히 몸 상태를 점검하며 어제의 일을 회상하였다.

'무사단에서도 이렇게 두들겨 맞은 적 없는데……'

죽지 않은 것이 용했다. 살아 있는 벌레가 몸을 긁어 대는 끔찍함, 생생히 느껴지는 환술의 공포, 두들겨 맞아 엉망인 몸, 그리고 미약하지만 따뜻하게 느껴지던 비랑의 기.

"아야."

부끄러운 기분에 몸을 일으키려던 이수가 몸의 고통에 비명을 질렀다. 이 와중에도 비랑이 생각나다니 자신도 모르게 화끈해진 얼굴을 손으로 가렸다.

하우월로 있었다면 절대로 하지 않았을 짓이었다. 아니 애초에 귀족 여인이 외간 남자의 품에서 잠드는 일 자체가 생길 수 없는 일이었다.

귀족의 모습을 완전히 버렸다는 것인가? 그렇다고 서운하다거나 슬프다는 것은 아니었다. 더 이상 귀족 신분은 그녀에게 필요 없었다.

무엇보다도 그런 것을 따져 가면서 비랑을 밀어내기에는 어제 안겼던 그의 품이 미치도록 따뜻했다. 여청풍에게 농담 삼아 이야기했었던 품에 꼭 안기는 사람, 그게 비랑이었다.

체형보다 큰 옷을 추스르며 이수가 자리에서 일어났다. 아무리 기다려도 그가 보이지 않았다. 불안한 기분에 이수가 몸을 떨었다. 아무도 없는 곳에서 혼자라니 그건 싫었다.

"왜 일어났어?"

멀리서 들려오는 비월의 목소리에 이수가 고개를 돌렸다. 긴장하고 있던 얼굴에 비로소 안도의 미소가 생겨났다. 여전히 걷는 게 힘들었지만 한 걸음씩 이수가 그에게 걸어왔다. 그 모습에 비월이 굳은 표정으로 걸음을 서둘렀다.

"아직 몸이 안 좋다니까. 왜 움직여?"

혼내는 비월을 보며 이수가 고개를 숙였다.

"당신이…… 안 보여서요."

부끄러운지 작은 목소리로 하는 그녀의 말에 비월의 입가에 미소가 생겼다.

평소라면 절대 안 할 모습이 평소보다 예뻤다. 그래도 팔을 벌려 품에 꼭 안아 버렸으면 좋겠건만! 그렇게 했다가는 이수의 웃음소리 대신 비명이 들릴 것이었다.

고통 아닌 고통을 웃음으로 넘기며 비월이 이수의 머리카락을 쓰다듬었다.

"맨날 옆에 붙어 있다고 싫어하더니만 진작 표현해 줬으면 얼마나 좋아? 아무것도 못 할 때 이러면 어쩌라고."

툴툴대는 비월을 보며 이수는 미안한 듯 눈썹을 모았다. 이수가 고개를 들어 천천히 비월을 보았다.

"다행이다. 크게 다친 데는 없네."

다행이라는 이수의 말에 비월의 몸이 굳었다. 말없이 이수를 보던 비월이 조심스럽게 팔을 들어 그녀를 품 안에 안았다.

"나는 너를 보며 다행이라고 말할 수 있을까?"

"비랑."

"당신이 어떻게 되는 줄 알았어. 쓰러져 있는 당신이나 나나 심장이 멈추는 줄 알았다고."

빠르게 뛰는 비월의 심장이 느껴졌다. 이수가 천천히 팔을 들어 비월을 껴안았다.

언제나 비월이 먼저 표현을 하고 이수가 받아 주던 상황이었다. 그 반대의 상황이 일어나자 비월이 길게 숨을 내쉬었다.

이제야 이수가 살아 있다는 실감이 났다. 심장을 뛰고 있음에도 안 일어날 것 같은 초조함, 죽은 사람처럼 하얗게 질려 있던 얼굴, 생각하기 싫었던 과거가 재현이 될까 내내 깨어 있었다.

이대로 계속 있고 싶었지만 맞닿아 있는 이수의 팔에 떨림이 느껴졌다. 품에서 빠져나온 이수가 방긋 웃었다. 고개를 들어 까마득한 절벽을 쳐다보았다.

"그런데 어떻게 할 거예요? 올라가야 하잖아요."

이수의 물음에 비월이 고개를 들어 위를 쳐다봤다. 까마득하다고는 할 수 없지만 올라가기에는 무리가 있는 절벽이 시선에 들어왔다.

"올라갈 수 있을까라는 기대를 해 봤는데 아무래도 어려울 것 같아. 돌아가야 할 것 같더군."

"돌아가요? 하지만 돌아가면……."

"뭐 며칠은 걸리겠지. 하지만 이것도 좋잖아?"

뭐가 신이 났는지 빙글빙글 웃고 있는 비월을 보며 고개를 갸웃했다.

다시 바뀌는 말투에 이수가 고개를 돌렸다. 무슨 연유에서인지 그는 즐거운 미소까지 짓고 있었다.

"며칠이라도 같이 있을 수 있게 되었잖아."

"이상한 생각하지 마요."

박정하다느니 야박하다느니 등등 온갖 불평불만을 쏟아 내고 있음에도 비월은 잡고 있는 이수의 손을 놓지 않았다.

"주둔지로 돌아가기만 해 봐. 임추성인지 가짜인지 뼈도 못 추리게 만들어 줄 테니까. 무슨 짓을 해 보려고 해도 몸을 엉망으로 만들어 놓았으니…… 지금 내가 얼마나 참고 있는지 모르지?"

비월의 투덜거림에 이수는 웃음을 터트렸다. 분위기가 가라앉은 게 마음에 들지 않아 멋대로 중얼댄 말인데 의외로 효과가 있었다. 웃고 있는 얼굴을 향해 있던 시선이 팔목으로 옮겨졌다. 가늘고 하얀 팔목이 쓸리고 까진 상처로 엉망이었다.

"가까운 마을이라도 들러서 치료부터 하자."

"응."

비월의 인도에 따라 이수가 걸음을 뗐다. 꼭 잡은 두 손이 마을에 들어갈 때까지 떨어지지 않았다.

*　　　*　　　*

운이 좋았는지 얼마 지나지 않아 둘은 마을에 도착했다. 규모도 큰 곳이고 인심도 나쁘지 않아 둘은 쉽게 마을 사람들의 도움을 받을 수 있었다.

상처를 치료하며 이수는 따라온 마을 아주머니와 이런저런 대화를 하고 있었다.

"아이고, 도적 떼를 만나 도망쳤다고? 하늘이 도왔구먼."

"반항해서 많이 맞기는 했지만 큰일은 없었어요. 그나마 다행이죠."

"하긴 독한 놈들이여. 여자라면 애, 어른을 안 가린단 말이지. 그 못된 놈들. 입술 좀 보게. 이리저리 터져서는…… 쯧쯧."

아주머니의 말에 이수는 손가락으로 입술을 쓸었다. 딱지가 가볍게 앉아 있기는 했지만 확실히 엉망이었다. 곁에서 느껴지는 시선에 이수가 고개를 돌렸다.

상처를 치료할 때마다 굳어 있던 비월의 표정이 이수의 입가에 머물러 있었다.

그의 탓이 아님에도 이수를 보고 있는 표정에 자책이 묻어 나왔다. 비월이 그런 표정을 짓는 것이 마음에 들지 않은 이수는 그를 보며 고개를 저었다.

"상처가 얼마나 지나야 아물겠습니까?"

"적어도 사흘은 푹 쉬어야 할 걸세. 그래도 다행이야. 밖이 상한 것에 비해 내상은 거의 회복된 듯하네. 누군지 모르겠지만 이곳에 오기 전에 손을 본 것 같군."

의원의 말에 이수가 답을 요구하듯 비월을 빤히 보았다. 하지만 그는 모르는 척 이수의 시선을 외면하며 의원을 보았다.

손에 묻은 약을 천으로 닦아 내며 의원이 느릿느릿하게 말했다.

"마침 방이 남아 있으니 상처가 나을 때까지는 쉬도록 하게. 그나저나 부부라고 했던가?"

"네?"

"네, 맞습니다."

이수가 반문하기 전에 비월이 선수를 쳤다. 황당해하는 표정을 넘기며 의원에게 비월이 몇 개의 은화를 내주었다.

"가지고 있는 게 적어 드릴 수 있는 게 이 정도밖에 없습니다. 치료비와 방값이라 생각해 주십시오. 잘 부탁드립니다."

흠흠 소리를 내며 의원이 냉큼 은화를 받았다. 같이 있던 아주머니에게도 몇 푼 쥐여 주자 화색을 띠며 필요한 물건을 챙겨 주겠다며 밖으로 나갔다.

방 안에 둘만이 남자 이수가 비월을 흘깃 째려봤다.

"내가 뭘?"

"부부라니! 혼인도 하지 않았는데 무슨 부부라는 거예요!"

"이런 데에서는 차라리 부부라고 하는 게 나아. 더군다나 다시 볼 사람들도 아니잖아."

남에게도 저러는 것인지, 아니면 자신에게만 이러는 것인지 단둘이 있을 때 그는 누구보다도 능글능글했다. 누가 눈앞에 있는 사내를 보며 그 어리바리한 비랑이라고 생각하겠는가? 결국 포기한 이수가 고개를 저었다.

몸이 낫기라도 하면 진짜 잡아먹힐지도 모르겠다는 생각에 이수가 엄포를 놓았다.

"딱 사흘만, 그때까지만 부부라고 할 거예요."

이수의 말에 비월이 싱긋 웃었다. 서 있던 비월이 이수의 앞에 몸을 숙였다. 비월에게서 등을 돌린 채 흥흥대고 있는 이수의 뺨에 비월의 입술이 닿은 것도 그때였다. 가볍게 닿았다가 사라진 느낌에 이수의 시선이 그에게 옮겨졌다.

놀란 그녀의 표정을 보며 비월이 말없이 그녀의 손을 잡았다.

"나 또한 정신없이 살아와서 여자는 몰라. 그때 봤던 내 벗이라면 잘 알고 있을 텐데, 난 그 녀석과는 완전히 반대거든."

그의 말에 이수는 고개를 저었다. 청원은 이제 그녀의 인생에서 아무것도 아니었지만 눈앞의 사내는 이수에게 있어서는 새로운 삶이자 따뜻함이었다.

이수가 유일하게 보고 있는 사람은 청원이 아니라 비월이었다. 그 사실을 그에게 알려 주고 싶었다.

"내가 마음에 품고 있는 건 당신이에요."

흔들림 없는 이수의 말에 그녀의 손에 자신의 얼굴을 묻었다. 청량한 향 대신 독한 약 냄새만이 가득했지만 아무런 상관이 없었다. 눈앞에 있는 여자는 보면 볼수록 반짝반짝 빛났다. 다른 무엇보다도 그녀는 자신의 감정을 숨기지 않았다. 당신만 날 보고 있는 게 아니라 나 또한 당신을 보고 있노라고 말하고 있었다.

저런 여자를 어찌 사랑하지 않을 수 있겠는가?

배경도, 신분도, 심지어 이름도 없이 사람과 사람으로 만나 솔직했다. 그렇기에 더 간절했다.

이수를 향해 비월의 얼굴이 가까이 다가왔다. 말없이 시선을 겹쳐지고, 잡고 있는 손에 힘이 들어갔다. 평소라면 도망갔을 이수가 그를 향해 고개를 숙였다.

입술과 입술이 짧게 만났다 떨어졌다. 떨어졌던 입술이 다시 만나고 닫혀 있던 이수의 입이 작게 벌어졌다. 인사를 하듯 천천히 들어오는 비월을 조심스럽게 맞이하던 이수는 역시나 어색한지 픗 웃음을 터트렸다.

"간지러워."

웃으며 이수가 고개를 빼자 비월 또한 웃음을 터트렸다. 순간은 짧았지만 첫 입맞춤이었기에 느껴지는 의미가 달랐다. 비월은 터지고 갈라진 이수의 입술을 부드럽게 어루만지며 말했다.

"천천히 하자. 이제 시작하는 거니까."

비월을 향해 이수는 미안한 듯 눈꼬리를 내렸다. 하지만 곧 결심한 듯 이수가 먼저 비월에게 입을 살짝 맞추었다. 그녀의 대답에 비월은 이수를 안아 주는 것으로 대신하였다.

조용한 방 안, 둘은 한동안 서로에게 떨어지지 않았다.

$$* \qquad * \qquad *$$

청원은 눈물을 흘리며 믿을 수 없다는 표정으로 몸을 숙인 성연을 쳐다봤다.

기억이 돌아왔다. 하지만 깔끔해진 기억만큼이나 상처 또한 커졌다. 한꺼번에 밀려오는 감정에 아무 생각도 나지 않았다.

한 가지 생각만이 간절했다. 그녀를 봐야 했다. 이수를, 아니 월을 봐야 했다. 만나서 무슨 이야기든지 해야 마음이 편할 것 같았다.

"이수는 비랑이 누구인지 모르겠군."

"귀족으로만 알고 있지요."

무릎을 꿇은 채 상체만 일으킨 성연이 말했다. 그의 말에 청원이 손으로 입을 막았다.

어찌 이렇게 꼬이고 또 꼬여 버린 것인가? 왜 하필 서비월과 하우월이 엮여 버렸단 말인가!

"왜 그대는 이렇게 될 때까지 아무것도 하지 않았지? 왜 이 꼴이 될 때까지 방치해 놓았단 말이냐!"

청원의 힐난에 성연이 고개를 숙였다. 그 질문은 성연이 하고 싶던 말이었다. 이리가 둘 사이에 끼어들게 된 원인이 바로 소청원이었다.

하지만 이젠 더 이상 이리는 독이 아니었다. 거부했던 신과는 이야기가 끝났고, 이제 비월과 이수에게는 한고비만이 남아 있었다. 둘이 견디어야 될 문제였지만 어찌 되었든 간에 더 이상 둘 사이에 청원이 끼어들 곳은 없었다.

"두 분 사이에 엮인 실타래를 누가 풀 수 있겠습니까?"

"그래도 이렇게 살게 할 수는 없다. 귀족이 무사라니. 더군다나 나와 혼담이 있던 처자다. 더 이상 무사로 지내게 할 수 없어."

귀족의 집안에서 귀히 자란 고운 여자였다. 비록 인연이 없다 믿었기에 버렸지만 살아 있다는 것을 알게 된 이상 저리 내버려 둘 수는 없었다.

지켜 줄 것이다. 비월로 인해 상처 받고 고통스러워하는 모습을 보고 싶지 않았다. 거칠게 옷자락을 휘날리며 청원이 막사 밖으로 나갔다.

그의 기척이 사라질 때까지 가만히 있던 성연이 눈을 감았다. 이리에 의해 달 아가씨가 다치지 않는 조건으로 성연이 치른 것이 마음에 들었는지 그날 이후로 신은 성연을 괴롭히지 않았다. 아니, 도리어 빨리 정리를 하라며 필요도 없는 신력까지 보내 주고 있었다.

그 덕분에 이수가 서비월과 어떻게 지내고 있는지 한눈에 들어왔다.

저렇게 환하게 미소를 짓는 이수를 보는 것이 얼마 만인지 알 수 없었다. 비록 연이은 시련에 아프고 힘들어하겠지만 이수라면 잘 이겨 낼 것이었다.

성연의 목소리에 유일하게 혐오감을 드러내지 않은 여인. 그리고 미래에 있을 일을 알려 주지 않았음에도 오라버니로 여기며 지금까지 같이 살아온 성연의 고운 누이.

몸은 엉망이었지만 이수의 마음은 따뜻했다. 그렇기에 황폐해졌던 성연 또한 따뜻해질 수 있었다.

수색대가 내일 출발할 거라는 말을 들었다. 밖에 나간 청원이 수색대의 대장을 맡을 것이다. 그리고 그곳에서 자신의 마음을 깨닫게 될 것이다. 하지만 그래 보았자 무엇 하겠는가? 인연을 직접 끊은 건 월이 아닌 청원이었다.

자리에 누운 성연의 입가에 미소가 감돌았다. 먼 곳의 무언가가 보이듯 성연의 표정은 편안했다.

*　　*　　*

마을에 머문 지도 이틀이 지났다. 주둔지로 돌아가는 데 필요한 물품과 지도를 구했고, 만나기로 한 장소에서 기다리고 있을 첸에게도 편지를 보냈다. 생각보다 심한 이수의 상처 때문에 발이 묶여 있었지만 비월은 늦어지는 것에 불안해하지 않았다.

어차피 제거해야 할 적들은 주둔지에 있었고, 조금 늦어진다고 잘못될 일도 없었다. 하지만 이수의 상처는 고문 때문에 생긴 것이기에 지금이라도 잘 치료해 놓지 않으면 나중에 문제가 생길 수가 있었다.

"돌아왔는가?"

의원과 함께 돈을 쥐여 준 마을 여자는 틈틈이 이수를 찾아왔다. 소란스럽기는 했으나 언제나 둘을 싹싹하게 챙겨 주었기에 비월은 그녀에게 최대한 예의를 지키고 있었다. 젖은 수건을 들고 나오는 그녀에게 비월이 고개를 숙였다.

"아이고, 인사는 무슨. 부인은 잠들었다네. 저녁쯤 깨어나는 대로 같이 와서 식사하시게나."

"항상 감사드립니다."

"감사하기는 이렇게 돕고 사는 것이지. 그럼 난 가 보겠네."

말을 끝낸 아주머니가 밖으로 나가자, 비월이 방 안으로 들어갔다. 독한 약 냄새가 방 안 가득 채웠다. 햇볕이 잘 들어오는 침대에는 이불을 덮은 이수가 조용히 잠들어 있었다.

침대의 옆에 앉은 비월이 이수의 손을 잡았다. 손에 감겨 있는 천을 어루만지며 다른 손으로 그녀의 머리카락을 쓸었다. 약에 취해 잠들어 있는 이수의 얼굴은 창백했다. 검을 휘두를 때는 누구보다도 강해 보였어도 이렇게 누워 있는 모습을 보면 그저 지켜 주고 싶은 여자였다.

괜찮다. 움직일 수 있다. 하지만 나오는 말과는 다르게 이수의 몸은 지쳐 있었다. 잠을 자고, 약을 먹고 상처를 치료하다 보면 어느새 하루해가 저물었다.

비월은 고른 숨을 내쉬며 자는 이수가 자신도 모르는 새에 사라질까 무서웠다. 정작 이수에게는 걱정하는 내색을 하지 않았지만 그녀가 잠든 사이 하루에도 몇 십 번이나 팔목을 붙잡고 맥을 짚었다. 몸은 다치지 않았지만 마음은 큰 상처를 입었는지 하루에 수도 없이 지옥과 천당을 오고 갔다.

가까이 있어도 불안했다. 만난 시간이 짧기에 마음의 깊이까지 얕은 것은 아니었다.

처음에는 그저 보아 오던 여인들과 달랐기에 시선을 끌었었다. 이후에는 그녀에게 보이는 반짝반짝한 빛에 매료되었다. 지금은 눈 앞에 있는 여인에게 눈이 멀었다.

어느새 밤이 되었다. 미동도 없던 손가락이 흔들리며 감겨 있던 눈이 천천히 떠졌다.

빛이 돌아온 눈이 비월을 향해 고운 곡선을 만들어 냈다.

"내가 얼마나 잔 거예요?"

"약을 먹고 나서 그 뒤로 계속 자더군. 밤이야."

비월의 말에 놀란 이수는 고개를 돌렸다. 달조차 없는 짙은 밤을 보자 그녀가 고개를 저었다.

"밤에 잠자기는 글렀네요."

한결 몸이 나아졌는지 말없이 치료만 하던 이수에게서 실없는 농담이 나왔다.

전보다 그녀의 상태가 괜찮아 보이자 비월이 미소를 지었다. 누워 있던 이수가 그의 부축을 받으며 몸을 일으켜 앞에 있는 비월의 뺨을 손으로 천천히 어루만졌다.

처음 만졌을 때보다 느껴지는 얼굴선이 날카로웠다. 마을에서 치료를 받으며 쉬고 있는 자신과는 다르게 그는 밤낮 가리지 않고 돌아다녔다. 힘든 일이 많은 사람인데, 왠지 자신이 그를 더 힘들게 하는 것 같아 이수의 마음이 가라앉았다.

"나 때문에 당신이 힘드네요."

"글쎄. 힘들었던가?"

마음을 연 이수의 표정은 보는 것만으로도 무슨 생각을 하는지 알 수 있었다. 어깨를 잡고 있는 손을 들어 부어 있는 눈가를 쓸고 터진 입가를 만졌다. 이수는 한동안 말없이 자신의 얼굴을 어루만져 주는 비월을 바라봤다.

두 손으로 비월의 손을 잡은 이수가 그의 어깨에 머리를 기댔다.

"내가 당신만큼 표현을 잘할 수 있었다면 좋았을 텐데."

상처로 인해 열이 오른 얼굴과 다르게 머리카락은 차가웠다.

"당신이 해 주는 것만큼 내가 그렇게 해 주었으면 좋았을 텐데."

기대 있는 이수를 더욱 끌어당겨 품에 안았다. 토닥토닥 등을 두드리며 비월이 부드럽게 말했다.

"전에는 누군가의 힘을 빌려 목표를 이루려는 생각은 한 적 있었어도 누군가와 함께 즐겁게 살고 싶다는 생각은 전혀 한 적 없었어."

"……."

"그런데 욕심이 자꾸 생겨. 무언가를 해 주려고 노력하지 않아도 돼. 그냥 내가 행복한 만큼 당신도 행복하면 되는 거야."

잔잔히 흘러나오는 말에 울컥 눈물이 흘러내렸다. 예전에는 아무리 힘들어도 울지는 않았건만 요즘에는 스스로가 생각해도 감정 조절이 쉽지 않았다. 비월이 앞에 있으면 단단히 무장을 하고 있던 마음이 풀어진다. 누구에게도 허락하지 않았던 깊은 곳까지 그는 단숨에 들어왔다.

"나, 행복해도 되나요?"

그래도 되는 것일까? 귀한 이들의 목숨으로 살아 있는 주제에 이래도 되는 것일까? 하지만 간절히 바라고 바랐다. 어느 때보다도 솔직했다. 은혜도 모르는 못된 것이라는 소리를 들어도 좋았다. 평생 과거 때문에 힘들어하며 살아도 그와 함께라면 무서울 것이 없었다. 그와 함께라면 살아 있다는 것에 감사하며 같은 곳을 보며 웃을 수 있을 것 같았다.

"같이 행복해지자."

비월의 말에 눈물을 글썽대며 이수가 고개를 끄덕였다. 눈물을 닦아 낸 이수는 어색하지만 짧게 비월의 입술에 자신의 입술을 맞추었다. 짧게 끝난 것이 아쉬웠는지 비월이 부끄러워하는 이수를 잡았다.

입술에 딱지가 남아 있었지만 개의치 않았다. 입술을 훑고 수줍어하는 그녀의 숨결을 삼켰다. 피하는 대신 이수는 비월의 목과 어깨를 감쌌다.

마음의 문을 완전히 열고 받아들인 사내의 숨결이라 그런지 모든 것이 따뜻하고 달콤했다.

행복하다. 아니, 행복해질 수 있을 것이다.

가뭄 끝에 내리는 단비처럼 그렇게 비월이 이수의 안으로 들어왔다.

*   *   *

주둔지로 돌아온 임추성은 평소처럼 부대를 점검하고 이민족의 침입을 대비하였다. 하지만 그건 겉모습일 뿐, 실제로는 주둔지를 빠져나가기 위한 준비를 하고 있었다.

소청원의 기억이 얼마큼 되돌아왔는지는 알 수 없었지만, 어찌되었든 그는 다음 날 수색대를 끌고 주둔지를 떠났다. 지금은 가짜 대장군인 주원만 있는 상황, 서둘러야 했다.

집무실에서 서류를 정리하고 있는 도중 주원이 밖에 왔다는 병사의 목소리가 들려왔다.

"앉으십시오."

속은 바짝바짝 탔지만 겉으로는 태연한 모습으로 주원에게 자리를 권했다. 임추성의 권유에 주원이 느긋하게 앉았다.

"임 장군을 수도로 귀환시키라는 통보는 받았소."

"면목이 없습니다. 전쟁이 끝나지 않았는데 갑작스레 이리 부르는군요."

연락이 되지를 않자 주인인 주선풍이 손을 쓴 것이었다.

어차피 진짜 임추성은 사막 어딘가에 먼지가 되어 있었다. 그러니 대역을 맡고 있는 자신은 중간에 도적 떼를 만나 사망한 것으로 처리하면 끝나는 일이었다.

임추성의 말에 주원이 웃음을 터뜨렸다.

"허허. 나랏일이 다 그런 것이 아니겠소. 임 장군의 나라를 위하는 마음이야 내 잘 알고 있으니 그런 말은 마시오. 허허허."

"감사합니다. 주 대장군님의 말씀을 들으니 그래도 한결 가벼워집니다."

"하지만 이런 상황에 임 장군에게 부탁을 해도 괜찮은 것인지 모르겠소."

수염을 쓰다듬으며 입을 여는 주원을 보며 임추성은 긴장하였다. 서비월이 데리고 온 이상 눈앞의 늙은 장군도 만만치 않은 상대였다. 느슨히 대하다가 역으로 당하는 건 자신이었다.

"임 장군도 알다시피 이민족의 공격이 갑자기 멈춘 것이 이상하오. 마음 같아서는 저대로 그냥 멈추었으면 좋겠으나 그들의 생각을 알 수가 없으니 또한 문제가 아니겠소?"

"무슨 말씀이신지? 제가 무식하여 장군님께서 하시는 말씀을 잘 못 알아듣겠습니다."

"허허. 그리 말하니 단도직입적으로 이야기하겠소. 나는 이번 전쟁을 휴전이라는 형태로 정리하고 싶소. 이번 전쟁터를 끝으로 물러날 늙은이가 전쟁터에 오래 있어 보았자 몸만 아프지. 무슨 이득이 있겠소?"

이게 무슨 속셈이지? 갑작스럽게 나오는 말에 임추성이 긴장하였다.

"임 장군은 이곳에 오래 있었으니 연결이 되어 있는 이민족의 수장이 있을 것이오. 소모적인 전쟁은 피해만 될 뿐이오. 임 장군이 그 중간에 서서 조정을 해 주었으면 싶소."

주원의 제안에 임추성은 의심을 하면서도 내심 쾌재를 불렀다. 주인의 소환 명령을 따라야 하는 것도 맞았지만 목표량을 채우지 못했다는 걱정이 더 앞서 있었다. 만약 주원의 제안이 진짜라면 임무를 완벽하게 완성할 수 있는 기회였다.

하지만 선뜻 그러자고 하기에는 걸리는 게 있었다.

"주 장군님께서는 내부에 있는 첩자를 찾고 계신 거 아니었습니까? 저도 주워 들은 정보로 알고 있습니다. 그들을 처리하시는 데 힘을 기울이시고 계셨던 것이 아니었습니까?"

임추성의 말에 주원은 길게 한숨을 내쉬었다. 헝클어진 수염을 살살 어루만지며 의자에 몸을 기댄 채 주원이 힘겹게 입을 열었다.

"자네에게만 말해 주는 내용이네만 난 이곳에 온 대장군이 아니야. 진짜는 다른 사람이지."

"네?"

갑작스러운 폭로에 임추성의 정신이 멍해졌다. 갑자기 이 늙은이가 노망이 난 것일까? 왜 자신에게 사실을 이야기하는지 그는 주원의 의도를 알 수 없었다.

임추성의 놀란 표정을 보며 주원이 말을 계속 이었다.

"이번에 무사 둘이 실종된 걸 알고 있겠지. 수색대를 보냈으니 말이야."

"네. 알고 있습니다."

"실은 그 둘 중 비랑이라는 사내가 대장군이네. 소서의 서비월이지."

주원의 말에 임추성의 입이 쩍 벌어졌다. 물론 그건 주원을 속이기 위한 거짓 반응이었다. 하지만 갑자기 일이 이렇게 진행되는 데에 대한 이상한 느낌도 들었다.

"자네에게만 말하는 게 많구먼. 수색대를 보낸 건 눈속임일 뿐이네. 안타까운 일이지. 내 서가주에게 어떻게 말해야 할지 모르겠네."

주원의 말에 임추성의 머리가 멍해졌다.

"주, 죽었습니까?"

"시체를 찾지 못했으니 장담을 할 수는 없으나 살아 있을 확률이 거의 없다고 하네. 소청원은 그럴 일 없다며 수색대를 꾸려 나간 것이지만 난 가망이 없다고 생각하네. 그래서 수색대에게도 적당히 찾는 시늉만 하고 오라고 했지."

"……."

"나도 늙었네. 진짜 대장군이 실종된 이상 계속 첩자를 조사할 수도, 전쟁을 유지하기도 힘드네. 그러니 도와주게. 내 믿을 사람은 자네밖에 없네. 어찌 보면 지금이 기회인 것이지. 적당히 넘기는 것도 좋은 방법의 하나이지."

주원의 말에 임추성이 손으로 턱을 쓸었다. 이대로 가지고 있는 양만을 빼돌려 돌아갈 것인가? 그게 아니면 조금 더 모험을 해 볼 것인가?

결국 욕심이 이성을 이겼다. 주원의 말마따나 이곳에는 아무도 없었다. 충분히 해볼 만한 도박이었다.

"알겠습니다. 제가 움직여 보겠습니다. 대신 주원 님도 마음을 다 잡으십시오. 장군님이 계셔야 병사들의 사기가 지켜집니다."

"믿음직스럽구먼. 알겠네. 자! 이 늙은이는 이만 일어나도록 하지."

허리를 두드리며 주원이 일어나자 임추성이 같이 몸을 일으켰다. 일어나던 주원이 지친 듯 몸을 휘청이자 임추성이 부축하려 다가섰다. 하지만 그런 임추성을 만류하며 주원은 밖으로 나갔다.

임추성이 마중을 하고 안으로 들어갈 때까지 주원은 몸을 제대로 못 가누는 듯 비틀거렸다. 하지만 그가 사라지자마자 주원은 굽히고 있던 허리를 폈다.

막사로 되돌아간 임추성을 보며 주원이 비릿한 미소를 지었다. 차라리 깽판을 치며 늙은이의 고집을 부리는 게 편했지 약한 모습을 보이는 것도 못할 짓이었다.

"자, 이 늙은이는 자네 말대로 해 주었네. 그러니 빨리 나타나시게나."

지금 주원이 한 행동은 비월이 이수를 구하러 가기 직전에 짜 놓은 작전이었다. 비록 계획과는 다르게 진짜 실종이 되어 버렸지만 그는 그다지 걱정하지 않았다.

그렇게 허무하게 죽어 버릴 서비월이었다면 여기까지 힘을 키워 오지도, 아니 살아남지도 못했을 것이다. 더군다나 그의 사병들이 주인의 실종 장소가 아니라 여전히 주둔지를 향해 오고 있다는 보고가 있었다. 추측이었지만 살아 있는 서비월이 자신의 사병에게 명령을 내리고 있는 게 분명했다.

"늙은이야 물론 빨리 전쟁을 끝내는 게 최고지. 하지만 역시 장군에게는 휴전보다야 승리가 짜릿한 것이 아닌가."

임추성의 관심을 다른 곳으로 쏠리게 만들었으니 할 수 있는 일은 전부 끝냈다. 이제는 서비월이 오기만을 기다리면 되는 것이었다. 뒷짐을 진 채, 주원이 집무실로 걸음을 옮겼다.

*　　　*　　　*

"하우가 멸문된 후, 일 년 정도는 이수라는 여인의 행적을 찾을 수 없었습니다. 찾을 수 있는 흔적은 그 후, 청풍단의 식모로 들어간 것뿐이었습니다. 이 년 뒤에 무사로 활동하기 시작했다고 합니다."

수색대를 떠나며 청원은 사람을 시켜 이수에 관한 조사를 지시했었다. 남의 뒤를 캐는 일이 좋은 것은 아니었으나 청원은 알아야 했다. 이수에 대해 알아야 그녀를 구할 수도, 그리고 비월에게서 떼어 낼 수도 있었다.

"청풍단 주변에서 따라다니는 자유 무사로 활동을 하며 닥치는 대로 전투에 참여를 했다고 합니다. 농담 삼아 저러다가 일 년 안에 죽는다는 내기를 할 정도였다고 합니다. 청풍단의 입단은 이 년 전에 했고, 현재는 청풍단의 살림을 도맡아 할 정도로 입지가 강해졌습니다."

조신한 여인으로서 교육을 받다가 가문에서 정해 주는 사내와 혼인하여 사는 것, 그것이 소위 말하는 귀족 여인의 의무이자 평생의 삶이었다.

그렇기에 가문이라는 보호막이 사라지자 제일 먼저 무너지는 것이 그녀들이었다. 귀족 사내들도 가문이 멸문되어 버리면 미치거나 자살로 삶을 마감하는 경우가 대부분이었다.

하지만 월은 살아남았다. 시종의 이름을 써 가며 평민들도 천하게 여기는 무사가 되어서까지 스스로의 삶을 지켜 냈다.

죄책감과 알 수 없는 감정이 청원을 괴롭혔다. 답을 알 수 없는 감정의 끝에서 생각나는 것은 하나뿐이었다.

이수가 보고 싶었다. 괜찮은 것인지 많이 다치지 않았는지 눈으로 직접 확인하고 싶었다. 미안하다는 말을 하고 싶었다. 그리고 그녀에게 사죄할 수 있는 기회가 오기를 바랐다.

하지만 그 전에 해 놓을 것이 있었다.

"어멈에게 일러서 살 만한 집과 일할 사람을 구해 놓도록 해. 물론 아버지 몰래 해야 한다."

청원의 명에 시종이 고개를 숙이며 밖으로 나갔다. 책상에 놓여 있는 찬물을 벌컥벌컥 들이켰다. 초조한 마음이 불안이 되어 청원을 압박했다.

그녀가 도움이 필요할 때, 그는 아무것도 하지 못했다. 설상가상으로 그녀는 가문을 없앤 원수인 비월에게 마음을 열었다.

그렇게 되면 안 된다. 더 이상 비월의 칼에 이수가 다치는 모습을 볼 수 없었다.

나가는 시종과 교차하여 미리 보냈던 정찰병이 안으로 들어왔다.

"하루 정도 떨어진 곳에 마을이 하나 있었습니다. 그곳에 도적 떼에 쫓겨 온 주단인 부부가 삼 일째 머무르고 있다고 했습니다."

"부부?"

전혀 생각지 못했던 단어에 청원의 표정이 이상해졌다. 이민족 천지인 이곳에서 주단인을 찾았다는 건 다행이었지만 부부라면 다른 사람일 것이다.

아니라고 말하려는 청원에게 정찰병이 말을 계속했다.

"혹시나 싶어 알아보았더니 부인이 도적들에게 맞아 크게 다쳤다고 합니다. 이름은 알 수 없었으나 부인의 머리카락이 흑발과 백발이 섞여 있어 회색으로 보인다는……."

"어디냐? 지도에 그 마을을 표시해라. 그리고 밖에 누구 없느냐?"

말이 끝나기도 전에 청원이 소리를 질렀다. 청원의 외침에 사람이 들어오고, 그에 맞춰 정찰병이 빠르게 지도에 표시를 했다.

"다른 지도에도 이걸 표시하여 나에게 다오. 그리고 발 빠른 말과 식량을 준비해라. 내가 먼저 가겠다. 이곳에서 대기하라."

"하지만 하루 정도밖에 안 되는 거리입니다. 차라리 수색대를 출발시키십시오. 이민족의 마을입니다. 위험합니다."

말리는 목소리가 간섭으로밖에 들리지 않았다. 몸은 이곳에 있었지만 마음은 저 멀리 둘이 있는 곳에 가 있었다.

"내가 데리고 오겠다. 날이 밝는 대로 출발해라."

"하지만……."

"이 이상 말린다면 명령 불복종으로 처리하겠다. 그렇게 해도 괜찮다면 혀를 놀려라."

숨 막히게 바뀌는 분위기에 말리던 병사가 고개를 숙였다. 간단한 여장만을 챙긴 채, 청원이 수색대를 떠났다. 그리고 하루 뒤 청원은 비월과 이수가 있는 마을에 도착하였다.

*　　*　　*

"오늘 출발하면 내일쯤이면 당신이 말한 부대와 만나겠죠?"

이제는 밖으로 나가도 된다는 의원의 허락에 둘은 밖으로 나왔다. 내색하지는 않았지만 답답했었는지 나오자마자 이수가 깊이 공기를 들이마셨다. 이수가 짓는 환한 미소가 비월의 심장을 떨리게 했다. 그의 시선에 이수는 그 미소를 머금은 채 그의 옆으로 다가왔다.

치료도 끝났고 이수가 움직일 수 있게 되자 밤에 마을을 떠나기로 했다. 하지만 그 전에 제대로 보지 못한 마을을 구경하기로 했다.

"아마 이틀 내에는 만날 수 있을 것 같은데. 왜? 마음에 걸리는 거라도 있어?"

비월의 물음에 이수가 고개를 저었다. 하지만 잠시 후, 그와 함께 걸어가던 이수가 조심스럽게 말을 꺼냈다.

"원래대로 돌아간다면 지금처럼은 어렵지 않겠어요? 당신은 주둔지의 대장군이고 난 당신에게 돈을 받는 무사잖아요. 둘이 있을 때는 상관이 없지만 그래도 사람들 앞에서는 이렇게 있기에는 어려울 거예요."

그와 함께 있고 싶다. 그렇기에 더욱 비월과의 선을 지켜야 했다. 비월은 주변의 시선을 의식하며 행동하기보다는 본인의 신념에 적극적인 사람이었다. 하지만 비월의 사람들이 그와 똑같은 생각을 하고 있을 리 없었다.

자신들의 상관 옆에 붙어 있는 여무사의 모습은 자칫 그들의 반감을 일으킬 것이다.

이수는 비월에게 짐이 되고 싶지 않았다.

"신분의 차이라는 건가?"

이수가 꺼낸 주제가 불편했는지 비월의 눈썹이 찌푸려졌다. 그의 표정에 이수가 미안한 듯 고개를 숙였다.

"당신을 의심하거나 밀어내는 게 아니에요. 하지만 다른 사람들의 시선을 신경 써야 할 때도 있는 거잖아요."

조심스러운 그녀의 말에 비월은 말없이 생각에 잠겼다. 이수의 말이 틀린 것은 아니었으나 마음에 들지는 않았다. 아버지와 가문의 일만으로도 주변은 충분히 복잡하고 엉망이었다. 그런 틀 안에 이수를 넣고 싶지 않았다. 하지만 그녀를 곁에 두려면 한 번은 해야 할 일이기도 했다.

비월은 그녀와 있으면 편안했다. 시끄러운 주변도 어느 순간 의식하지 않게 되었다. 유일한 안식처. 비월은 이수가 소중했다.

"내가 주단의 귀족과 똑같은 놈이었다면 사막까지 오지도 않았을 것이고, 힘을 가지고 있는 아버지에게서 떨어지겠다며 발버둥을 치지도 않았을 거야. 물론 무사인 당신에게 내 마음을 알아 달라고 열심히 매달리지도 않았을 것이고."

"비랑. 그렇지만……."

"반발은 있겠지만 어차피 내가 키우는 병사들이야. 제어할 수 있는 놈들이니 걱정하지 마. 그리고……."

"……."

"당신은 내 옆에서 지켜보고만 있을 여자가 아니잖아. 난 나와 같이 싸워 줄 수 있는 여자가 좋아. 물론 다치는 것은 싫지만."

마지막에 나오는 말에 심각하게 있던 이수가 까르르 웃음을 터트렸다. 주눅이 들어 있는 이수의 표정은 보기 싫다. 밝고 반짝반짝 빛나는 여자가 비월이 반한 이수였다.

그녀를 보고 있던 비월이 마음을 굳혔다. 당장에 이런 말을 꺼내는 것이 맞는 행동일지는 모르겠으나 비월에게는 덧없이 흐르는 시간이 아까웠다.

가던 걸음을 멈춘 비월이 이수의 뺨을 손으로 어루만졌다. 아직 부기는 남아 있었지만 창백했던 혈색은 어느 정도 돌아와 있었다.

이마에 입을 맞춘 그가 두 뺨에, 그리고 콧잔등에 입을 맞추었다.

콧잔등에 가 있던 입술이 이수의 입술과 만났다. 숨을 뺏고 다시 내주듯이 오랫동안 입을 맞추었다. 입술이 떨어진 이수가 상기된 표정으로 숨을 내쉬었다. 부끄러운 듯 주변을 둘러봤으나 피하지는 않았다.

"전쟁이 끝나면 나와 함께 가자."

갑자기 나온 말에 이수의 눈이 커졌다.

하지만 비월은 진지했다. 그 어느 때보다도 길게 고민하고 생각했다. 사막이 터전인 이수에게 모든 걸 버리고 와 달라는 말이 얼마나 큰 의미인지 알고 있었다.

"절대 당신만 혼자 데리고 가지 않을 거야. 준비는 내가 할게. 진심으로 내가 주단으로 돌아갈 때 당신이 곁에 있었으면 좋겠어."

비월의 말에 이수가 말없이 고개를 숙였다. 입에서 꺼내는 말이 얼마나 큰 의미를 가지는지 잘 알고 있었다. 혼자 데리고 가지 않는다는 소리는 청풍단과, 성연도 포함이 되는 의미였다. 혼자만의 결정으로 그들의 운명을 멋대로 할 수 없었다.

고민하는 이수를 비월이 품에 안았다.

"지금 대답할 필요는 없어. 그때도 그렇고 이번에도 기다릴 테니까."

"당신은 기다릴 틈도 주지 않으면서 계속 기다린다고 하는군요."

"생각할 틈을 주면 도망갈 거 아니야."

품에서 이수를 놔준 비월이 싱긋 웃었다. 이수는 그가 웃는 게 좋았다. 그의 뺨을 양손으로 부드럽게 만지며 이수가 먼저 그의 입술에 자신의 입술을 갖다 댔다. 호흡과 호흡이 다시 맞닿았다. 이수는 팔을 들어 비월의 목을 그대로 껴안았다. 얼굴을 빨개진 채 껴안고 있는 이수의 모습에 비월이 웃음을 터트렸다.

비월에게서 떨어진 이수는 그와 시선을 맞추었다.

"이제는 도망가지 않아요. 함께 있을 거야. 하지만 다른 사람들은 내가 물어볼게요. 당신은 그래도 귀족인걸."

그녀의 대답에 비월이 웃으며 그녀를 품에 안았다. 콩닥콩닥 뛰는 이수의 심장박동이 맞닿은 비월의 심장에 울렸다. 세상에서 그를 가장 편안하게 해 주는 소리였다.

"항상 같이 있자."

"응."

비월의 품 안에서 이수가 고개를 끄덕였다. 이수를 풀어 준 비월이 고민이 있는 듯 잠시 주저했다. 그 모습에 무슨 일이냐고 물어보려는 찰나 비월의 손이 어색하게 이수의 앞에 내밀어졌다.

단 한 번도 누구에게 손을 내밀어 본 적이 없는 비월이었다. 어색한 미소와 함께 내민 손이 어정쩡했다.

그 의미를 알아챈 이수가 자신의 손을 그의 손에 포갰다. 어색했던 모습은 어느새 보기 좋은 그림이 만들어졌다.

서로의 미소가 만나고, 만난 미소가 웃음이 되었다.

비월이 이수의 손을 잡아당기자 이수가 그의 옆으로 다가왔다.

함께하는 걸음에 그늘은 보이지 않았다.

하지만 그들의 뒤, 서 있는 청원의 얼굴에는 짙은 어둠이 퍼져 있었다.

*   *   *

이수가 무사한 모습을 보게 된다면 마음에 얹혀 있는 짐이 가벼워질 것이라 생각했다. 그렇기에 둘의 흔적을 찾자마자 쉴 새 없이

303

달리고 달려 주단인 부부가 있다는 마을로 왔다.

건강해 보이는 비월의 모습에 청원이 안도의 숨을 내쉬었다. 허름한 옷을 입고 있었지만 눈에 띄는 상처도 없었고, 시원시원한 움직임에 평소와 같은 분위기도 여전했다.

웃으며 비월을 부르려던 찰나 청원이 그 자리에 멈추었다. 진정되었던 심장이 떨렸다. 쉬고 있던 숨이 멈추고, 시선이 고정되었다. 단순한 동정도 흔한 호기심도 아니었다.

이수가 비월에게 보여 주는 미소는 달콤했다. 저렇게 웃을 수 있는 여자였던가? 여전히 귀밑까지 오는 머리카락에 기본적인 치장조차 하지 않았다. 그럼에도 어느 가인보다도 화려하고 매혹적이었다.

비월이 손을 잡자 이수는 붉어진 얼굴로 그의 옆으로 다가갔다. 주단의 누구도 비월의 저런 표정을 본 적은 없었다. 그만큼 비월은 진심이라는 것이었다.

평소였다면 응원했을 것이다. 여인은커녕 자신조차 제대로 둘러보지 않는 벗이었으니 이참에 만나 보는 것도 나쁘지 않았다. 하지만 이상하게도 이수의 옆에 있는 비월의 모습은 마음에 차지 않았다. 아니, 솔직히 말하면 보고 싶지 않았다.

비월과 이수의 뒤를 멀찍이서 청원이 따라갔다.

무슨 이야기를 하고 있는지 둘은 연신 미소를 짓고 있었다. 달콤한 미소에 비월이 그대로 그녀에게 입 맞췄다. 상기된 뺨에 촉촉해진 입술로 이수가 비월을 껴안았다. 수줍어하는 표정이 사랑스러웠다.

걸음을 멈추고 고개를 돌렸다. 손으로 가린 입에서 거친 숨이 흘러나왔다. 제멋대로 날뛰는 심장을 다른 손으로 움켜잡았다.

온몸이 비틀리듯 격정적으로 몰아쳤다. 처음으로 느껴지는 감정이 청원을 미치게 했다.

비월의 품에 있는 이수, 아니 월을 보고 싶지 않았다.

굳게 쥐고 있는 주먹에서 핏줄이 튀어나왔다. 벗에게 더없이 좋은 일임에도 받아들일 수 없었다. 밀물처럼 밀려오는 감정에 허우적대는 자신이 싫었다. 하지만 그럼에도 현재의 감정을 부정할 마음도 없었다.

비월의 자리에 청원이 있었으면 하는 바람이, 이수의 미소를 받는 사람이 그가 아니라 자신이기를 바랐다.

제멋대로 시작된 감정에 청원은 결국 걸음을 멈추었다. 둘에게 다가가는 대신 청원이 몸을 돌려 왔던 길로 다시 되돌아갔다. 청원의 변화는 모르는 채, 비월과 이수는 사람들 속으로 사라졌다.

그리고 그날 저녁, 신세를 졌던 이들에게 인사를 마친 비월과 이수가 마을을 떠났다.

그들의 짧은 휴가가 끝났다.

七章
파국

"비월 도련님, 명을 받고 기다리고 있었습니다. 건강하셨습니까?"

이수는 자신의 귀를 의심했다. 비랑이 진짜 이름이 아니라는 것을 알았기에 그녀 또한 기대하고 있었다.

그의 입에서 본래의 이름을 듣게 되기를……. 그리고 그날, 자신 또한 이수가 아닌 월이라는 이름을 이야기해 줄 수 있을 거라 생각했다.

"첸, 오랜만이다. 그런데 전쟁터에서 도련님이라니, 너무한 게 아닌가?"

"도련님은 아직 독립된 가주로 인정을 받지 못하시지 않았습니까. 정식으로 인정을 받으시면 그때는 가주님이라 부르겠습니다."

"예전에는 주군이라 잘도 부르더니만. 나이가 드니 엄격해지기만 하는구나."

비월의 농에 첸이 싱긋 웃었다. 고개를 숙인 첸의 등을 비월이 두드렸다. 고개를 든 첸이 비월의 뒤에 있는 청원에게 인사를 하였다. 하지만 평소라면 농을 건네며 웃었을 청원이 오늘은 표정을 굳힌 채 시선을 다른 곳에 두고 있었다.

청원의 시선을 따라 첸이 고개를 돌렸다. 창백한 얼굴의 여자가 비월의 옆에 서 있었다.

"실례지만 옆에 계신 분은……?"

첸의 물음에 비월이 이수를 향해 시선을 옮겼다. 생각보다 놀란 듯 이수의 얼굴을 창백했다. 바뀐 이수의 기척에 비월이 눈썹을 모았다. 창백한 뺨을 비월이 쓸자 이수가 흠칫 몸을 떨었다.

"죄송해요. 제가 좀 노, 놀랐나 봐요. 이 정도의 사병이라니…… 소개, 진짜 왜 이러지. 미안해요. 소개해 주세요."

어떻게 말이 나가고 있는지도 몰랐다. 이수의 시선이 첸의 등에 있는 커다란 활과 화살에 꽂혀 있었다.

피가 차가워진다. 떨리는 몸이 말을 듣지 않았다.

머릿속에 새겨져 있는 과거가 이수의 눈앞에서 지나갔다. 경직된 고개를 돌려 비월을 보았다. 이수의 시선을 느낀 비월이 미소를 지었다. 손을 들어 차가워진 볼을 만져 주고 있음에도 아무런 느낌이 없었다. 도리어 지독한 한기마저 느껴졌다.

하얗게 질린 뺨을 가린 이수가 고개를 흔들었다.

그저 연이어 일어나는 일에 몸이 피곤하여 잘못 알아들었을 것이다. 아니, 어쩌면 지금 상황은 꿈일지도 몰랐다.

지독한 악몽, 깨고 나면 고개를 흔들며 웃어 버리고 끝날 것이라 믿었다.

"첸. 이쪽은 이수다. 주단국 소속 무사이고 이번에 내 일을 많이 도와줬다. 외적이나 내적으로나 많이 의지하고 있는 이다."

생각지도 못했던 비월의 발언에 첸의 고개가 다시 옆으로 돌아갔다. 어디가 아픈가 싶을 정도로 창백한 얼굴, 작게나마 떨고 있기까지 했다. 대화를 나누거나 주변에 대해 아는 것이 없기에 섣불리 판단할 수 없었으나, 여자라면 돌보다도 더 안 쳐다보던 비월이 처음으로 소개한 여자였다.

"첸입니다. 비월 도련님을 모시고 있습니다."

"비……월?"

"네?"

어두운 기운이 떨고 있는 몸을 타고 목을 옥죄어 왔다. 비월의 보좌관인 첸이라는 남자가 이수를 이상한 표정으로 쳐다보고 있었다. 그가 왜 그런 표정을 짓고 있는지 알 수 있었다. 그리고 현재 자신의 목소리가 얼마나 이상하게 나오고 있는지도 알고 있었다.

그럼에도 막을 수 없었다.

절대 건들면 안 되는 상자를 건드려 버린 기분. 힘껏 용기를 내서 연 상자의 안에 가득 들어 있는 보물에 취해 마지막에 나온 독을 이제야 알게 된 기분이었다.

첸을 보고 있던 시선을 청원에게로 돌렸다. 그러면 답을 알 것이다. 지금 이 상황이 어떻게 흘러가고 있는지 알고 있을 것이고, 옆에 있는 비랑이 누구인지 알기에 며칠 전에 그런 제안을 했을 것이다.

이수의 시선에 결국 청원이 고개를 돌렸다. 그의 반응에 이수의 몸이 흔들렸다.

그녀를 보고 있던 비월이 이제야 알겠다는 표정으로 이마를 쳤다.

"미안. 그렇게 같이 있었으면서 제대로 내 소개를 하지 못했네. 쳰, 너에게도 미안하다. 내가 그녀에게 내 본래 이름을 말 못 했다. 어영부영 넘어가 버려서."

이수의 시선이 비월의 손에서 천천히 위로 올라갔다. 언제나 안아 주었던 단단한 팔에 정돈되지 않은 거친 목선을 타고 턱으로 넘어갔다. 고요하게 흘러가는 이수의 시선만큼 빠르게 심장은 조각조각으로 부서져 갔다.

언제나 같이 있자며 맞추었던 입술이 보였고 오똑한 코가 보였으며, 이수를 보며 웃고 있는 입매가 보였다.

아, 이 남자다.

이 남자와 같이 있으면 난 행복해.

행복할 수 있어.

이수가 그를 향해 웃었다. 떨리는 손을 억지로 들어 비월의 뺨을 어루만졌다. 힘없이 지은 미소가 부서지듯 위태로웠다. 결국 보다 못한 청원이 앞으로 나가려는 찰나 비월의 입이 열렸다.

"내 이름은 비랑이 아니라 서비월이야."

"하우가 있던 곳에 있는…… 소서, 소서의 서비월?"

오랜만에 들린 원수의 이름에 비월의 눈썹이 꿈틀댔다. 하지만 재빨리 원상태로 돌리며 그가 미소를 지었다.

많이 놀란 듯 잡고 있는 팔이 약하게 떨렸다. 평소보다도 창백한 얼굴에 눈가가 촉촉한 것이 생각보다 크게 충격을 받은 듯했다.

이수의 불안해하는 모습 따위 보고 싶지 않은 비월이 흔들림 없는 눈으로 고개를 끄덕였다.

신뢰를 주기 위한 행동이었음에도 이수에게 있어서는 죽음과 같은 의미로 다가왔다. 촉촉한 눈으로 이수가 고개를 돌려 청원을 보았다.

'당신이 말하려고 했던 게 이런 것이었나요?'

더 이상 가까이 가지 못한 채 청원의 얼굴이 하얗게 질렸다. 과거의 잘못이 현실의 칼이 되어 날아왔다.

결국 이수를 보고 있던 청원이 고개를 돌려 그녀의 시선을 외면하였다.

"안 되는데……."

청원을 보고 있던 시선을 비월에게로 돌렸다. 이수의 반응이 이상하다 여겼는지 비월의 표정이 잔뜩 굳어 있었다.

내가 사랑하는 사람.

아버지를 죽인 사람.

나를 행복하게 해 줄 수 있는 사람.

동생을 죽인 사람.

나와 미래를 같이할 수 있는 남자!

나와 내 친구의 미래를 짓밟은 남자!

"정말로 안 되는데……."

알 수 없는 말이 이수에게서 나오자 비월이 고개를 갸웃했다. 무엇이 안 된다는 것인가? 하지만 이수의 표정에서 불길한 기분이 들었다.

언제나 비월에게 보여 주던 밝은 빛이 보이지 않았다. 떨리는 몸에 흐르는 땀이 심상치 않았다.

"당신이 서비월이 되면 안 되는데…… 그건 안……."

털썩!

이수가 그대로 힘없이 쓰러지자 깜짝 놀란 비월이 그녀를 품으로 받아 안았다. 축 늘어진 이수를 서둘러 비월이 안아 드는 것을 뒤에 있던 청원이 보고 달려왔다.

그렁그렁 맺혀 있던 눈물방울이 이수의 얼굴선을 따라 또르르 흘러내렸다. 축 늘어진 몸에 생기라고는 하나로 느낄 수 없었다.

정신을 잃은 이수를 비월이 단숨에 들어 올렸다. 비월의 품에 쓰러져 있는 이수의 정신이 삼 일 전으로 거슬러 올라갔다.

* * *

비월과 이수가 마을을 떠나자마자 만난 사람은 청원이었다. 그의 안내에 둘은 수색대를 만나 주둔지를 향해 이동하였다. 밀린 일을 처리하느라 바빠진 비월 대신 청원이 이수의 상대를 하게 되면서 그는 더욱 그녀에게 빠져들었다.

처음 보는 사람들 틈에서 이수는 비월에게 의지를 하는 대신, 자신이 할 수 있는 일을 찾기 시작했다. 곱게 보이기 위해 꾸미는 대신 새로 발급받은 무기를 점검했고, 바빠서 만나기 어려운 비월을 직접 찾아가는 대신 자신의 몸 상태를 확인했다.

거칠고 제멋대로인 수색대의 병사와도 친해졌고, 틈틈이 비월이 신경 쓰지 못하는 자잘한 일을 찾아 조용히 처리했다. 청원에게 있어서 이수의 모습은 마치 보좌관인 첸을 생각나게 했다.

이수가 비월만을 마음에 두고 있다는 것을 알고 있었다. 그럼에도 한 번 향하기 시작한 마음은 좀처럼 가라앉지 않았다. 아니, 도리어 이수와 가까이 있을수록 더욱 강렬해졌다.

이수도, 비월도 서로에 대해 아무것도 몰랐기에 연결된 것뿐이었다. 첸이 오기로 한 이상 조만간 모든 것이 밝혀질 것이다.

"여기에 계셨습니까?"

주둔지 밖에 말없이 서 있던 청원에게 이수의 목소리가 들려왔다. 그녀의 물음에 청원이 몸을 돌렸다. 몇 걸음 떨어진 곳에 서 있는 이수의 모습에 청원의 입가에 부드러운 미소가 생겨났다.

"그 녀석에게 가져다 줄 서류입니까?"

이수를 향해 청원이 고개를 숙였다. 그녀가 월이라는 것을 알고 있는 이상 편하게 말을 할 수 없었다. 그의 존대에 이수가 불편한 표정을 지었다. 하지만 이수는 곧바로 표정을 되돌리며 청원에 고개를 숙였다.

"주둔지로 돌아가기 전에 관련 서류는 모두 처리하고 싶어 하셔서요."

"좀 쉬는 게 어떻소? 완전히 회복된 것이 아니지 않소."

청원의 걱정에 이수가 고개를 저었다. 이수의 입장에서 청원은 상대하기 불편한 사람이었다. 마음 같아서는 이수는 그를 평생 외면하고 싶었다. 동시에 많은 것을 물어보기를 원했다.

하지만 그는 비랑의 친한 친구, 그것도 단 하나의 믿을 만한 친구라는 그의 이야기에 이수는 모든 것을 덮었다. 무엇보다도 그는 자신이 월이라는 것을 몰랐다.

비월과 함께 행복해지고 싶었다. 그러기 위한 포기라면 얼마든지 참아 낼 수 있었다.

"여자의 몸으로 이런 곳……. 사막에 있기 힘들지 않소?"

갑작스러운 그의 물음에 이수의 말문이 닫혔다. 뜬금없는 물음에 어찌 대답해야 할지 생각을 하던 그녀가 어색하게 웃었다.

"처음에는 힘들었지만 이제는 지낼 만합니다."

이수의 대답에 청원이 말없이 바라보았다. 달라진 환경만큼이나 그녀는 변했다. 서류를 잡고 있는 이수의 거친 손이 보였다. 지금까지 많은 여인을 만났지만 이수처럼 굳은살이 박인 손을 가진 여인은 없었다.

말없이 손을 보고 있는 청원의 시선이 불편했는지 이수가 그를 향해 고개를 숙였다.

"가 보겠습니다. 바람이 차가우니 두꺼운 겉옷이라도 입고 계십시오."

'밖이 추우니 두꺼운 겉옷을 입고 나가시지요.'

스물넷의 이수에게서 열여섯의 월이 겹쳐 보였다. 그때처럼 미소를 짓고 있지는 않았지만 그 모습이 겹쳐지자 청원은 용기를 냈다.

"소가에 사람이 필요하오."

청원의 말에 이수가 고개를 돌렸다.

"단순한 무사가 아닌 행정적인 면도 같이해 줄 수 있는 사람을 구하고 있소. 그대가 괜찮다면 자리를 제안하고 싶소. 지금보다 안정적일 것이고 보수도 섭섭지 않게 받을 수 있을 것이오."

그의 갑작스러운 제안에 이수가 말없이 청원과 시선을 맞추었다. 말없이 바라보는 시선이 부담스러웠다. 하지만 피하는 대신 청원은 참아 냈다.

조만간 모든 것이 밝혀질 것이다.

벗인 비월은 강하니 잘 이겨 나갈 것이다. 하지만 월은? 그녀가 어떻게 될지는 상상조차 할 수 없었다. 마음에 든 여인이라면 상처 없이 지켜 주고 싶었다. 그리고 그에게는 그렇게 할 수 있는 힘이 있었다.

"왜 그런 제안을 하시는 겁니까?"

"비랑의 아버지는 조금은, 아니 아주 많이 힘든 분이오. 가문에 목숨을 걸고 있는 사람이지. 그 사람에게 여자는 가문을 꾸며 주는 존재일 뿐이오. 사이가 좋지는 않다 허나 영향력만은 무시할 수 없소. 비랑과 같이 가는 것보다 소가에 자리를 잡는 게 안전할 것이오."

이미 모든 준비가 끝나 있었다. 이수만 괜찮다고 한다면 오늘이라도 그녀를 비월에게서 빼돌릴 수 있었다. 반발이 있겠지만 진실을 이야기를 한다면 이수도 청원의 뜻을 받아들일 것이다.

이것이 청원이 생각한 최선이었다.

하지만 그가 간과한 것이 있었다. 이수는 청원이 생각한 것보다도 훨씬 힘하고 격하게 살아온 여자였다. 그렇기에 자신에게 올 위험을 피하기보다는 마주하려 했다.

그게 이수라는 여자가 가지고 있는 최고의 힘이자 장점이었다.

"죄송합니다. 위험이 무섭다고 피하기만 한다면 제대로 얻을 수 있는 것이 없다고 생각합니다. 해 주신 제의는 감사드리지만 이번 또한 헤쳐 나가겠습니다."

곱게 짓고 있는 미소가 청원의 마음을 흔들었다. 힘들 것이 뻔한

가시밭길을 헤쳐 나가겠다는 말을 하고 있었다.

"이만 가 보겠습니다. 쉬세요."

몸을 돌리는 이수의 어깨가 유난히 작아 보였다. 목까지 자란 회색 머리카락이 바람에 흔들렸다. 복잡한 감정에, 며칠 후에 일어날 일까지 생각하면 청원의 마음이 초조해졌다. 이수는 굳건히 버티고 있었지만 그렇기에 한순간에 무너질 수 있었다.

"고생은 그때부터 지금까지 충분히 하지 않았소!"

움직이던 이수가 그대로 멈췄다. 청원에게서 느껴지는 분위기가 전과 달랐다. 감옥에 있었을 때와는 다르게 조급해하는 모습, 이수는 그저 지난번의 기억이 돌아와서라 여겼다.

느낌이 이상했다. 차가운 사막의 바람에 몸은 차가웠지만 감정은 뜨겁게 타올랐다.

"그때라니 도대체 언제를 말씀하시는 것입니까? 청원 님."

낮지만 또박또박 말하는 목소리에 힘이 들어갔다. 차분하게 내쉬는 숨과 함께 긴장된 몸을 풀었다. 답을 기다리는 이수를 본 청원이 눈을 감았다. 도저히 그녀를 보고 있는 상태로 말할 수 없었다.

"나는 당신의 열여섯 살 때의 모습을 보았소. 이수, 아니 하우월."

모든 것을 알고 있다는 청원의 목소리가 머리에 울렸다. 손가락 끝부터 시작된 떨림이 팔을 통해 온몸으로 전해졌다.

들이마신 숨을 내쉬는 것이 이토록 힘든 일이었던가? 굳게 입술을 깨문 이수가 주먹을 쥐었다. 그들의 죽음 앞에 아무것도 하지 못했던 과거가 주마등처럼 눈앞을 스쳐 갔다.

매달려 있는 목, 차가운 사람의 시선, 그리고 시리도록 치열하게 살아왔던 삶.

"월."

청원의 말에 숨기고 있던 감정이 한꺼번에 터졌다. 이수의 허리에 차고 있던 검이 단번에 뽑혔다.

서늘한 검의 감촉이 목에서 느껴졌다. 하지만 그보다도 싸늘한 이수의 시선이 청원을 향해 있었다. 굳게 다문 입술이 파르르 미약하게 떨렸다.

피부로 느껴지는 살기가 섬뜩했다. 그리고 그 모든 것을 감내할 정도로 애잔했다.

"월."

"그렇게 부르지 마!"

목소리에서 진한 분노가 느껴졌다. 충혈된 눈에 촉촉이 눈물이 고였다. 고이다 넘치는 것이 뺨을 타고 턱을 따라 흘러내렸다. 굳게 다문 입술이 파르르 떨렸다. 감내해야 할 시선이라는 걸 알면서도 마주하기 힘들었다.

결국 청원이 눈을 감고 고개를 숙였다. 그의 반응에 이수가 검을 휘둘렀다.

*   *   *

사막에 차가운 비가 내리던 날, 술기운을 빌려 이수가 려현에게 자신의 과거에 관한 이야기를 한 적이 있었다. 한참을 말없이 듣고 있던 려현은 좋지 않은 과거 따위 훌훌 털어 버리라 말했고, 이수는 그 말에 그럴 수 없다며 고개를 저었다.

'바꿀 수 없는 과거를 품고 사는 일은 너에게 너무 잔인한 족쇄를 채우는 것이 아니냐. 버릴 수 있다면 버리렴. 수야, 세상에는 어쩔 수 없는 일이라는 게 있는 거잖니.'

너만큼은 너를 그렇게 미워하지 마라.

려현의 마지막 말에 이수는 오랫동안 그의 앞에서 통곡하였다. 그의 말처럼 훌훌 털어 버리고 살 수 있었다면 얼마나 좋았을까! 하지만 그럴 수 없다는 것을 누구보다도 자신이 잘 알고 있었다.

아무것도 하지 못한 채 보내 버린 이들 앞에서 월은 이수가 되었다. 신랑을 기다리며 혼인을 초조하게 기다리던 신부는 그날 불타오른 안채와 함께 죽었다.

그런데 팔 년 뒤, 그녀가 그토록 기다려 왔던 신랑은 모든 것을 안다는 표정으로 그녀를 보고 있었다.

월.

자신의 이름이자, 이제는 자신의 이름이 아닌 것을 부르는 청원의 눈에 연민이 보였다. 그는 자신을 그렇게 바라볼 자격이 없다. 혼례에 오지 않은 소청원, 그 또한 하우가 멸문한 것에 책임이 있는 자였다.

청원의 목을 향해 이수가 검을 휘둘렀다. 하지만 목에 검이 닿기 직전, 이수의 머릿속에 비월의 모습이 스쳐 갔다.

'믿을 수 있는 내 벗이야.'

검의 방향이 바뀌었다. 심장을 찢는 듯한 절규와 함께, 이수가 그의 목을 베는 대신 검을 들고 있는 손으로 청원의 얼굴을 후려쳤다.

이수의 일격에 청원이 자리에 주저앉았다.

"왜! 왜 그날 오지 않았어? 왜! 당신 대신 서비월이 오게 되었느냐 말이다!"

나지막이 터트리는 분노가 무섭기보다는 슬펐다. 죽일 듯한 시선으로 청원을 보고 있던 이수가 검을 내려놓았다. 이수의 주먹에 터진 청원의 입가에서 피가 주룩 흘러내렸다.

터진 상처보다도 심장이 무거웠다. 어떤 변명을 해도 지금의 이수에게는 아무것도 들리지 않을 것이다. 그럼에도 해명을 해야 했다.

"나는 내 의사와 상관없이 진행이 되는 혼인이 싫었고, 하우에 원한을 가지고 있는 비월에게는 그곳을 칠 기회가 필요했소. 더군다나 하우는 다른 가문들과의 반목도 심한 편이었지."

"……."

"어차피 멸문이 될 가문이라면 혼인 전에 깨지는 것이…… 그 편이 나을 것이라 생각했소. 그래서 비월에게 가라 하였소. 내가 그에게 길을 열어 줬어."

청원의 해명에 이수가 나지막이 헛웃음을 터트렸다. 머리끝까지 솟아오르던 분노가 어이없이 사라졌다. 거창한 이유가 있기를 바라지는 않았지만 그래도 조금이나마 이해할 수 있는 이유였기를 바랐다.

하지만 결국 희망은 희망일 뿐, 현실은 그저 개죽임뿐이었다.

'버릴 수 있다면 버리렴, 수야.'

"이러니 버리려야 버릴 수 없지 않습니까?"

나지막한 독백이 무거웠다. 고개를 숙인 이수가 입술을 질끈 깨물었다. 감고 있는 눈에서 흐른 눈물이 모래에 뚝뚝 떨어졌다.

모든 분노를 자신에게 터트릴 것이라는 예상과는 달리 이수는 스스로 감내하고 있었다.

그 모습이 애잔하여 청원이 이수를 향해 다가왔다. 고개를 숙인 채 감정을 진정시키고 있던 이수는 충혈된 눈으로 그를 노려봤다.

다가오지 말라는 무언의 신호. 청원의 발걸음이 멈추었다.

차가운 사막의 밤바람보다도 더 날카롭고 차가운 분위기가 둘 사이에 흘렀다. 마치 끝나지 않을 것같이 긴 정적 사이에서 먼저 입을 연 것은 이수였다.

"어떻게 내가 월이라는 걸 아셨습니까?"

격하게 몰아치던 어조가 침착하게 바뀌었다. 흐르던 눈물을 손으로 닦아 낸 이수는 답을 요구하듯 청원을 조용히 응시하였다.

"하우에 일했던 사람들 중 몇몇은 소가에서 일하고 있소. 그들의 말이, 이수는 그러니까 당신의 시종이었던 이수는 뺨에서부터 내려오는 긴 상처가 있다고 했지."

청원의 말에 이수가 아니, 월이 왼쪽 뺨에서 목까지 검지로 길게 그어 내렸다. 죽은 진짜 이수를 회상하듯 그녀의 입가에는 작은 미소가 생겨 있었다.

"다른 흉터는 다 없어졌는데 그 상처만큼은 죽을 때까지 가지고 있었죠. 아버지에게 맞아서 생긴 상처라 했었는데……. 나만 아는 상처라고 생각했는데 아는 사람이 있었군요."

"월."

청원의 말을 듣고 있던 월이 고개를 돌렸다. 힘을 주며 참고 있는 눈가가 파르르 떨렸다. 잔뜩 굳어 있던 입가가 힘없는 미소와 함께 풀렸다.

"다행히 살아남은 사람이 있었군요. 나는 나 이외에는 아무도 없는 줄 알았는데……."

힘겹게 짓는 미소가 아찔하게 아득했다. 비틀거리는 모습이 위태로웠지만 용케 이수는 스스로를 잡았다.

어차피 이수는 복수를 포기했다. 그리고 이제는 과거에서 벗어나 그의 옆에 있고 싶다는 꿈도 품게 되었다. 그에게 왜 그랬느냐며 감정을 폭발시켜도 아무 소용도 없는 일이었다.

검을 뽑느라 내려놓았던 서류를 집어 들었다. 짧은 대화였지만 지쳐 버렸다. 더는 그와 마주하고 싶지 않았다. 어차피 끝난 관계. 더 이상 과거를 말하며 대화를 할 일은 없을 것이다.

이수는 조용히 청원을 노려봤다. 조용히 타오르는 불꽃이었지만 안에서 느껴지는 기운은 격하게 휘몰아치는 분노였다.

"아무것도 모른 채, 신랑을 기다리던 월은 그날 죽었습니다."

"그건 당신이 아니었지 않소? 그 사람이 진짜 이수이지 않……."

"아니요! 그건 나입니다!"

청원의 말을 자르며 이수가 처절하게 외쳤다. 낮지만 섬뜩한 고함에 청원의 말문이 막혔다.

"도망가라는 말도 못 한 채 죽어 간 내 아버지도 나였고, 내 대신 활을 맞아 피지도 못한 채 죽은 내 동생도 나였으며, 능욕을 당하고 스스로 타 죽을 수밖에 없었던 이수 또한 나입니다. 그들을 포함해 이유도 없이 죽어야 했던 하우의 모든 사람들이 다 나였습니다."

눈가에 가득 눈물이 고일 뿐, 흐르지 않았다. 팔 년을 품고 살았던 분노를 어찌 한 번에 다 보여 줄 수 있겠는가? 그리고 보여 준들 무슨 소용이 있겠는가!

아무리 후회를 해도 되돌릴 수 없기에 과거인 것이다.

"당신 덕분에 난 충분히 힘들었습니다. 하지만 그 고생에 후회는 하지 않습니다. 아니, 후회할 수 없습니다. 내가 어찌 그들의 삶을 지고! 그들의 목숨을 가지고 후회를 하며 살아갈 수 있겠습니까?"

굳게 다문 입에서 나지막이 나오는 말들이 비수보다도 날카로웠다.

무엇을 변명하고 또 무엇을 잘못했다 말할 수 있겠는가! 청원, 그가 할 수 있는 일은 이수가 조용히 터트리고 있는 절규를 그대로 받아들이는 것뿐이었다.

"하긴…… 당신에게 뭐라 한들 무슨 소용이겠습니까? 이미 끝난 일인데."

체념하듯 나오는 말에 청원이 결국 손으로 입을 막았다. 그의 모습을 보고 있던 이수가 눈을 감았다.

"당신이 해 주실 수 있는 건 이수로서 비랑, 그 사람 곁에 있게 해 주시는 일뿐입니다."

"기회를, 단 한 번만이라도 속죄할 기회를 줄 수 없는 것이오?"

입을 굳게 다물고 있던 청원이 힘겹게 그녀에게 물었다. 그의 물음에 이수가 고개를 저으려는 찰나 청원이 그녀의 말을 잘랐다.

"당신을 귀족으로 되돌린다 한들 아무 소용이 없다는 건 나도 알고 있소. 솔직히 말하겠소. 비랑은 안 되오. 내가 둘의 관계에 뭐라 말할 자격이 없다는 것은 알고 있소. 하지만 당신은 비랑에 대해 아무것도 모르지 않소."

"적어도 당신보다는 믿을 수 있겠죠."

청원이 힘들게 말한 대답에 대한 이수의 대답은 차가웠다. 자르듯 말하는 그녀의 말에 청원의 말문이 막혔다.

"이름을 알지 못하기에 내면을 보았고, 진심을 알기에 받아들인 겁니다. 정략도 가문도 아닌 사람을 보고 만났기에 후회는 없어요. 그의 아버지가 힘들다 한들 이겨 나갈 수 있습니다."

"바보 같은! 비랑의 원래 이름은…… 그 녀석은!"

"이수야, 거기서 뭘 하고 있는 거지?"

비랑의 원래 이름을 말하려던 청원이 입을 다물었다. 그를 노려보고 있던 이수의 고개가 뒤로 돌아갔다. 이수의 차가운 표정이 그를 보자마자 언제 그랬냐는 듯 부드럽게 변하였다.

"가 보겠습니다. 기회를 주고 싶다면 아무 말도 하지 마세요. 그에 대해 들어야 한다면 그에게 직접 듣겠어요."

더 이상 듣고 싶지 않다는 듯 이수가 비월을 향해 총총 뛰어갔다. 비월에게 다가간 이수가 팔로 그를 껴안았다. 수색대에 참여한 후, 애정 표현이 확 줄여 있던 이수가 갑자기 품 안으로 들어오자 비월이 이상해하면서도 웃음을 터트렸다. 차가운 이수의 손을 잡은 비월이 청원과 눈인사를 한 후 집무실로 걸어갔다.

둘을 보고 있던 청원은 시선을 돌렸다. 벗의 여인이라는 것도 알고 둘이 안 된다는 것도 알고 있었다. 더군다나 이수는 어느새 마음 안에 들어온 여인이었다. 차라리 사실을 다 알고 둘의 관계가 끝나 버렸으면 하는 바람도 있었다.

결국 청원은 그 이후로 아무 말도 하지 않았다.

그렇게 시간이 흐르고 모든 일이 밝혀졌다.

*　　　*　　　*

창백한 이마에서 맺혀 있는 땀이 얼굴에서 목으로 흘러내렸다. 간간이 들려오는 신음 소리가 초조한 비월의 마음을 불안하게 했다.

이수의 땀을 닦아 낸 비월이 찬물에 다시 수건을 넣었다. 능숙한 손놀림으로 수건을 짜낸 비월은 이수의 머리 위에 수건을 올려놓았다. 부지런히 이마의 열을 식히고 있었지만 좀처럼 땀은 멈추질 않았다.

몸의 내상이 완전히 낫지 않은 상태로 무리하게 움직여서 쓰러진 것이라 생각했던 비월은 의원에게서 예상과는 전혀 다른 소리를 들었다. 몸의 상처가 아니라 정신적 충격으로 쓰러진 것 같다는 진단이었다.

이수는 자신의 본명을 듣자마자 안 된다는 말과 함께 쓰러졌다. 더군다나 며칠 동안 보아 온 청원의 태도, 그건 무언가를 준비하고 있는 사람의 행동이었다.

"청원 도련님을 모셔 왔습니다."

첸의 목소리가 들리고 청원이 안으로 들어왔다. 그의 표정을 본 순간 비월은 자신의 생각이 틀리지 않았음을 알 수 있었다. 비월에게 힘없는 미소를 보인 청원은 곧바로 쓰러져 있는 이수를 쳐다보았다.

청원의 표정에서 연민과 그녀를 향한 희미한 애정이 느껴졌다.

왜 청원이 그녀를 보며 저런 표정을 짓고 있는 것인가?

당황한 비월이 말없이 그를 보는 가운데 그의 시선을 알지 못하는 청원이 물었다.

"어떤가? 그녀는 괜찮은가?"

청원의 물음에 비월은 다시 현실로 돌아왔다. 지금은 청원의 감정에 신경 쓸 때가 아니었다. 모르겠다는 의미로 고개를 저으며 비월이 이수의 뺨을 어루만졌다.

"무엇인가?"

비월의 물음에 청원이 굳게 입을 다물었다.

십오 년 이상을 함께 지내 온 친구였다. 조심한다고 했어도 비월은 이수에게 흔들리는 자신의 감정을 알아챘을 것이다.

속일 수 없다. 하지만 말할 수도 없었다.

비월에 대해 직접 알고 싶다고 했다. 그렇다면 월에 대해 말해야 될 사람 또한 이수였다.

"말할 수 없네. 지금 내가 해 줄 수 있는 건…… 그녀를 위해 지금은 떨어져 있는 게 좋을 거라는 말뿐이네."

청원의 말에 비월이 말없이 그를 쳐다봤다. 언제나 노는 것을 좋아하고 무언가에 얽매이는 것을 싫어하는 친구였지만, 그는 비월에게 거짓말을 하지 않았다. 청원에게 가 있던 비월의 시선이 이수에게로 돌아갔다.

굳게 닫힌 입술이 신음 소리와 함께 어느새 윗니에 깨물려 있었다. 잘은 몰랐지만 불안하거나 초조할 때마다 보여 주던 모습이었다.

답답하면서도 불안했다. 주변은 차가운 겨울이었지만 그녀는 봄이었다. 그 봄이 자꾸 사라질 듯 흔들리고 있었다. 손으로 윗니에 물려 있는 입술을 빼 주었다.

그 순간, 지금까지 생각하지 못했던 것이 스쳐 지나갔다.

"내가 서비월이라면…… 당신은 누구지?"

비월의 물음에 청원이 숨을 들이마셨다. 비월 또한 본론에 접근했다. 지금까지 이름조차 알지 못한 채 서로에게 끌린 둘이었다. 아니, 어찌 보면 이 정도까지 관계를 진전시킬 수 있었던 것 자체가 신기한 일이었다.

이름을 알게 된 후에도 둘은 지금처럼 상대를 바라며 지낼 수 있을까? 아니, 그렇게는 어려울 것이다. 남자는 여인의 가문에 의해 세상이 무너졌고, 여인은 남자에 의해 가족과 가문을 잃었다.

"비월 도련님, 청원 도련님. 작전 회의가 다 준비되었다고 합니다. 막사로 가셔야 합니다."

"가자, 비월. 밖에 간병할 이를 불러 놓았으니 회의를 할 동안 봐 줄 거야."

청원의 말에 비월이 힘겹게 고개를 끄덕였다. 자리에서 일어나 밖으로 나가려던 비월이 고개를 돌려 이수를 다시 쳐다봤다.

아무래도 불길하다.

이수가 어디론가 도망가 버릴 것 같은 불안한 기분, 웃으며 폭 안겨 오던 그녀가 그대로 사라져 버릴 것 같았다. 그럴 리가 없다. 거칠게 고개를 저은 비월이 청원을 따라 막사 밖으로 나갔다.

둘의 기척이 완전히 사라지자 이수는 감고 있던 눈을 떴다. 정신은 차리고 있었지만 손가락 하나 움직일 기력이 없었다. 지끈거리며 울리는 머리에 주마등처럼 과거가 스쳐 지나갔다.

아닐 것이라며 수천 번도 더 되뇌었다. 하지만 그건 그녀만의 이기적인 바람이었다.

복수를 포기하고 지옥 같던 전쟁터에서 살아남으며 생각한 것이 있었다. 만약 서비월을 직접 만난다면 자신은 어떻게 할 것인가?

죽인 가족을 살려 내라며 분노를 터트렸을까? 아니면 나는 살려 달라며 손이 발이 되도록 빌었을까? 그게 아니면 난 당신을 모른다며 도망을 갔을까?

선택하지 못하고 끝냈던 생각이 현실이 되고 나니 모든 생각이 한꺼번에 밀려왔다.

차라리 스쳐 지나가는 바람처럼 지나가고 끝날 사이였다면 괜찮았을 것이다. 대장군으로, 그에게 고용된 무사로 대했다면 상처가 덜했을 것이다.

무거운 몸을 힘겹게 일으켰다. 심장은 뛰고 있건만 살아 있는 기분이 들지 않았다. 차라리 그날 그렇게 죽었다면 이렇게 아프지도 않았을 것인데 지독한 고통이 온몸을 감쌌다.

손이 떨릴 정도로 그를 증오한다. 온몸에 힘이 빠질 정도로 가문을 멸문시킨 그가 무서웠다. 아무것도 말하지 않을 테니 보내 달라며 빌고 싶을 정도로 그에게서 도망가고 싶었다.

그리고…….

모든 걸 외면해서라도 같이 있고 싶었다.

사랑하니까. 그깟 과거라고 외면하여 옆에 있고 싶었다.

하지만 그 누구보다도 자신이 가장 잘 알고 있었다. 절대 같이 할
수 없는 감정들이 만나고 섞이자 이수는 결국 무너졌다.

"하하하하."

아무도 없는 방에서 이수가 웃음을 터트렸다. 무릎에 있는 이불
을 끌어당겨 얼굴을 묻었다. 사이로 흘러나오는 웃음소리가 부서질
듯 애처로웠다.

웃음이 울음으로 바뀌고, 울음이 절규로, 그게 다시 웃음으로 바
뀐 건 청원이 불렀다는 사람이 안으로 들어왔을 때였다.

눈앞에 보이는 이수의 모습이 무섭고 기괴하여 그는 뒷일은 생각
지도 않은 채 밖으로 도망쳤다. 얼굴을 묻은 채 터트리는 울음 섞인
웃음소리가 슬프다 못해 가련했다.

*　　　*　　　*

"주둔지를 포위하자마자 명단의 인물들을 잡아들여야 합니다. 틈
을 주면 놓치게 되는 건 이쪽입니다."

"예상 병력은?"

팔짱을 낀 비월이 냉정한 표정으로 지도를 쳐다봤다. 아마 적들
은 지금쯤 정신없이 상황을 정리하고 있을 것이었다.

"주로 중하위 귀족들로만 이루어져 있기에 실질적인 병력은 오십
정도밖에 되지 않을 것입니다. 그 이상이라 하더라도 비월 님께서

공개적으로 나서시게 되면 그 밑에 명을 따르는 병사들은 대부분 이쪽으로 돌아서게 될 것입니다."

쳰의 말을 듣고 있던 비월이 끼고 있는 팔짱을 풀었다. 이제 모든 걸 정리할 때가 왔다. 내 집을 먼저 치운 후, 먼지를 끼워 넣으려는 이들을 제거할 때가 온 것이었다.

"명은 간단하다."

"……."

"항복하겠다는 자는 살리나 조금이라도 반항을 한다면 죽여라. 대신 한 명은 살려 놓아야 한다."

"누구를 말씀하시는 겁니까?"

쳰의 물음에 비월이 들고 있던 종이를 내려놓았다. 비월의 손을 떠난 종이가 책상에 넓게 펴졌다. 그것에는 임추성의 모습이 그려 져 있었다.

"현재 호북장군 임추성의 행세를 하는 자다. 일의 주도적인 인물 로, 반드시 생포해야 한다."

모든 이의 시선이 비월에게 향했다. 그 시선을 말없이 받은 비월 이 고개를 아래로 내려 임추성의 그림을 쳐다봤다.

"말만 할 수 있으면 된다. 나머지는 알아서 처리하라. 이만."

비월의 말이 끝나자 쳰과 청원을 제외한 모든 이들이 고개를 숙 인 후 밖으로 나갔다. 그러자 비월이 청원을 보며 말했다.

"임추성에 대한 신병 처리는 내 선에서 하고 싶네."

"개인적으로 주선풍을 잡으려고 하는 것인가? 그건 쉽지 않아."

"주선풍이나 아버지를 잡기에는 난 힘이 모자라. 하지만 임추성 을 이용해서 원하는 것을 얻기에는 충분해. 이용한 뒤에는 주선풍이 알아서 처리하겠지.”

세 개의 가문이 모두 허락을 해야 비로소 가문으로 인정을 받았다. 아직 청원의 가문인 소 이외에 승인을 받지 못한 비월에게는 임추성의 존재가 유용할 것이었다.

“하지만 쉽지 않을 거다. 하우는 대가문이었어. 네가 그곳에서 가문을 인정받는다는 것은 대가문의 틀 안에 들어가겠다는 거야. 다른 귀족들의 반발이 강할 거야.”

“나라의 물건을 횡령한 벌을 받고 싶지 않다면 서진형, 그 사람이 알아서 잘 마무리해 줄 거야. 죽고 싶지 않다면 지금 바쁘게 움직이고 있겠지.”

하우에 대해 이야기를 하면서 청원은 막사에 누워 있을 이수를 생각했다. 그녀가 하우의 성을 되찾아도 받을 수 있는 것은 아무것도 없었다. 여자는 부가주가 되어 가주의 일을 보조할 수는 있지만 가주는 될 수 없다. 그리고 귀족으로 되돌아온들 반역으로 멸문된 가문의 여인일 뿐이었다.

이게 바로 주단의 법 중 하나였다.

“임추성이 처리되는 대로 이민족을 바로 공격할 생각이야. 최대한 빨리 끝내자. 그리고 청원.”

“아, 응? 무슨 일인가?”

갑자기 부르는 이름에 청원이 비월과 시선을 맞추었다. 이수 이외에는 변하지 않는 냉정함이 청원 앞에서 누그러졌다.

“쉬는 게 어떤가? 그녀 때문에 미처 말하진 못했지만 안색이 안좋다.”

“괜찮아. 있을 만하네.”

"아니, 주둔지로 돌아가면 할 일이 많아. 그때는 소가의 힘도 빌려야 할 거야. 좀 쉬게. 이수의 일은 내가 알아서 하겠네."

연이은 비월의 말에 결국 청원이 고개를 끄덕였다. 별로 피곤하다 느끼지 못하고 있었건만 주문처럼 비월의 이야기를 듣자 피곤이 몰려왔다. 그럼 좀 쉬겠다는 말을 한 청원이 밖으로 나갔다.

청원이 나가자 비월은 첸이 준비해 놓은 서류를 집어 들었다. 그 옆에 언제 준비한 것인지 따뜻한 차가 놓여 있었다. 차를 마신 비월이 서류에 집중하려는 찰나 막사가 열렸다.

굳어 있던 비월의 표정이 부드럽게 변했다. 그의 미소에 막사에 들어온 여인이 힘없이 미소를 지었다. 여전히 창백했지만 차분하게 가라앉은 여인은 첸을 향해 허리를 숙였다.

"할 이야기가 있습니다. 자리를 비켜 주세요."

*　　　*　　　*

세수를 하고, 얼굴에 있는 물기를 수건으로 닦아 냈다. 헝클어진 머리카락을 나무 빗으로 빗어 내렸고, 땀으로 엉망이 된 옷을 벗고 새 옷으로 갈아입었다.

눈을 감고 길게 숨을 내쉬었다.

마음의 정리는 절규와 함께 모두 끝났다. 어떤 결과가 나오게 될지는 그녀도 알 수 없었다.

이수가 막사 밖으로 나왔다. 언제나 그렇듯 사막의 밤은 추웠다. 떨리는 몸을 추위에 맡기며 이수는 머리 위에 뜬 보름달을 바라봤다. 그리고 잠시 후, 달을 보고 있던 시선을 내린 그녀는 다시 비월을 향해 걸어갔다.

비월과 다니면서 어느덧 기척을 숨기고 걷는 일이 없어졌었다. 기척을 숨기고 다니면 죽을 확률이 낮았기에 자유 무사 때부터 그렇게 하고 다녔었다.

그와 다니면서 안심이 되었던 것일까? 어느새 예전부터 해 왔던 일을 하나씩 잊고 있었다. 그만큼 그를 믿고 마음을 주었다. 비월과 함께 있으면 행복할 수 있을 것이다. 그렇게 믿고 있었다.

그랬던 현실이 바뀌었다. 그리고 이수가 한 것처럼 비월 또한 선택해야 했다.

회의를 하고 있는 막사 앞에 도착하고, 그 앞을 지키는 병사들을 향해 몸을 숙였다.

이수의 낮은 자세에 지키고 있던 병사들이 경계를 풀었다. 아직 회의 중이니 기다리라는 말에 막사 앞에서 꼿꼿이 허리를 편 채 조용히 기다렸다.

사람들이 모두 나오고, 청원이 밖으로 나왔다. 청원의 시선이 이수에게 향하였다.

"안에 대장군님께서 계신지요?"

항상 비랑이라 부르던 것이 어느새 대장군으로 바뀌어 있었다. 차분하고 조용하였으나 무언가 결심한 것이 분명했다.

"지금 들어가시면 되오. 안에 있소."

"그럼 살펴 들어가십시오. 나리."

심장이 멈춘 것 같은 충격이 청원을 강타했다. 아무 말도 하지 못한 채 그대로 서 있는 청원을 지나 이수가 막사 안으로 들어갔다.

눈썹을 찡그린 채 인상을 쓰고 있던 비월이 그녀를 보자마자 환하게 미소를 지었다. 그의 미소에 이수 또한 미소를 지었다.

이제는 보지도, 그에게 보여 주지도 못할 미소였다.

비월을 미워하지만 여전히 사랑한다. 그에게 분노하지만 비월의 품에서 웃고 싶었다. 처음으로 받아들이고 아낌없이 사랑했기에, 그리고 아직도 사랑하기에 후회는 하지 않았다. 그렇기에 이수는 비월에게도 정리할 기회를 주고자 했다.

서비월을 받아들이는 하우월의 감정은 아직 섞이지 않은 극단의 감정들이었다. 그렇다면 서비월은? 그는 하우월을 어떻게 받아들일 것인가?

그건 비월이 선택할 일이었다.

"괜찮은 거야?"

비월의 물음에 말없이 다가온 이수는 그의 입에 자신의 입을 맞추었다. 그녀의 반응에 당황하던 비월도 이내 그녀를 품에 안은 채 그녀의 숨을 들이마셨다.

들이마시고 또 마셔도 채워지지 않았다. 그래서 이번에는 상대방에게 자신의 숨을 내주었다. 그렇게 긴 입맞춤이 끝나자 이수는 비월의 품에서 벗어나 옆의 의자에 앉았다.

"당신에게 해 줄 이야기가 있어요."

이수의 모습이 평소와는 달랐다. 그녀와 가까이 있고 싶었지만 이상하게 다가갈 수 없었다. 결국 다가가는 대신 비월은 이수를 향해 고개를 끄덕였다.

"조금은 재미없는 이야기예요."

"듣고 있어."

비월의 말에 이수는 말없이 그를 쳐다봤다.

입을 맞추었을 때 내 손에 칼이 있었으면 당신의 심장을 찔렀을 거야.

그렇게 심장을 찔렀다면 나는 마음이 편해졌을까?

움직이지 않는 당신을 보며 나는 복수를 끝냈다며 웃을 수 있을까?

아니 그렇게는 못 해…….

"옛날에, 그러니까 팔 년 전에 귀족 아가씨가 한 명 살고 있었어요."

시간이 지날수록 비월의 표정이 굳어졌다. 의자에 앉아 있었지만 핏줄이 터질 듯 힘껏 주먹을 쥐고 있었다.

그에 비해 이수는 담담했다. 힘줄이 터지듯 주먹을 쥐지도 조금 전처럼 몸을 떨지도 않았다. 다른 사람의 이야기를 하는 것처럼 이수는 그에게 자신의 이야기를 하기 시작했다.

"혼례날 그 아가씨의 집에 들어온 건 미래를 약속한 신랑이 아니라 나라에서 보낸 군대였어요."

그만하라고 소리를 치고 싶었지만 목에 가시라도 걸린 것처럼 움직이질 않았다. 이성은 들을 필요가 없다며 소리치고 있었지만 감정은 계속 들어야 한다고 명령하고 있었다.

"그녀의 시종이자 벗이었던 친구는 아가씨 대신 혼례복을 입고 생의 마지막 힘으로 집에 불을 질렀어요. 그 틈에 그 아가씨는 빠져나왔고 동생을 만났어요."

목소리나 태도가 담담할 뿐, 내용은 전혀 그렇지 않다. 시선을 낮게 내린 채 말을 잇던 이수가 고개를 들어 비월을 바라봤다.

"계속해."

서늘한 음성이 비월에게서 흘러나왔다. 잔뜩 충혈된 눈이 그가 지금 어떤 마음인지 가늠할 수 있게 했다.

당신도 아프구나.

하지만 당신은 칼을 휘두른 당사자잖아.

난 당신의 칼에 죽은 사람이었어!

"갑옷을 입고 있었던 동생은 자신의 누나 대신 말 뒤에 탔고, 남매는 빠져나왔다고 생각했죠. 이제야 살았다고 생각한 순간, 생전 처음 보는 큰 화살이 말을 꿰뚫었어요. 그리고 연이어 날아온 화살은 말에 타고 있던 동생의 등에 박혔죠."

"……."

"동생이 갑옷을 입지 않았다면 같이 죽었을 텐데……. 그 갑옷 덕분에 그 여자는 화살에 맞지 않았어요. 몸을 숨기고 숨을 죽였을 때, 끝났다는 남자의 목소리가 들렸죠."

이수의 말에 비월이 눈을 감았다. 그 모습을 하나도 놓치지 않고 이수가 바라봤다.

평생을 함께하겠다고 한 여자가 알고 보니 철천지원수의 살아남은 딸이었다. 이런 게 복수의 일부라고 할 수 있는 건가? 이수는 조심스레 자신에게 자문하였다.

아니, 이건 복수가 아니다. 언제나 상상을 했던 복수가 이런 것이었다면 기분은 아주 상쾌했을 것이다. 이렇게 아픈 것이 복수일 리가 없다.

눈을 감고 있던 비월이 눈을 떠 이수를 쳐다봤다.

이제 이 재미없는 이야기를 마무리할 때가 왔다.

"내 이름은 이수가 아니라 월이에요. 하우월."

비월이 부정하듯 세차게 고개를 저었다. 하지만 그것도 잠시, 비월이 결국 몸을 일으켜 이수에게 다가왔다. 그 모습을 이수는 말없이 바라봤다.

"아니야. 네가 잘못 알고 있는 거야!"

몸을 돌린 비월이 이수를 보며 말했다.

"아니라고 말해!"

낮은 부정이 고함으로 바뀌었다. 그의 고함을 들으며 이수가 힘겹게 고개를 저었다. 젓는 고개가 비월의 손에 잡히고, 닫혀 있는 이수의 입술에 비월의 입이 닿았다.

조금 전의 진한 여운과는 달랐다. 거칠고 일방적이었다. 숨을 다 삼켜 버리겠다는 듯 달려드는 비월과는 다르게 이수는 고요함 그 자체였다.

이수가 그대로 있자 비월이 초조해졌다.

제발 답을 해 줘.

아니라고. 그것만은 아니라고 해 줘.

한마디면 되잖아? 응?

제발…….

비월의 애절함이 입맞춤을 통해 이수에게 전달되었다. 하지만 언제나처럼 그 답에 답을 하는 대신 이수는 힘을 주며 그를 떼어 냈다.

"당신을 사랑해."

이수의 말에 비월이 떨리는 눈으로 그녀를 쳐다봤다.

봄이 떠나려고 했다. 어떻게 품에 안은 봄인데 이렇게 허망하게 보낼 수 없었다.

"나도 사랑해."

진심이라는 듯 한 자, 한 자 힘을 주며 비월이 말했다. 지금 그녀를 믿게 하기 위해서라면 무슨 짓이라도 할 수 있었다.

이수의 말 따위 하나도 믿지 않았다. 무슨 다른 이유가 있을 것이다. 팔 년 전에 죽은 계집의 이름 따위 얼마든지 갖다 붙일 수가…….

"그리고 증오해. 왜 죽였죠?"

담담하게 나오는 말이 칼이 되어 비월의 심장에 박혔다. 하지만 이수의 말은 그것으로 끝난 것이 아니었다.

"이제는 사실을 알았으니 나도 죽일 건가요?"

놀란 비월이 숨을 삼켰다. 이수를 죽인다? 하우가의 살아 있는 여식을 죽인다?

하지만 눈앞에 있는 건 증오하는 하우가 아닌 살아 있는 자신의 봄이었다.

말을 마친 이수는 힘겹게 몸을 일으켰다.

"이번 일은 계약한 거니 전쟁이 끝날 때까지 잘 해결할게요. 하우의 일로 이번 일에 영향을 주지는 않을 거예요. 전쟁이 끝나면 나는 떠날 겁니다."

떠난다는 말이 검처럼 비월의 심장을 베었다. 하얗게 질린 그가 믿을 수 없다는 시선을 보냈다. 그가 그런 표정을 짓는 것을 이수는 처음 보았다.

그는 언제나 강했고 자신만만했다. 그녀에게만큼은 여유가 있었고 다정했다.

하지만 이제 그것도 끝이다.

"만약 하우의 사람이라 죽이실 거라면 이번만큼은 쉽게 죽어 드리지 않을 거예요. 난 그때의 열여섯 어린애가 아니니까. 그리고 당신을 죽여야 속이 풀릴 거 같다면…… 난 주저하지 않을 거예요."

이수가 몸을 돌려 막사 밖으로 걸음을 옮겼다. 참고 있던 무언가가 터지듯 눈 안에서 흘러나왔다.

하우의 봄이라고 생각했었던 남자는 서의 겨울이었다.

그리고 서의 겨울은 그녀가 감당하기에는 너무 차가웠다.

＊　　　＊　　　＊

조용한 폭풍이 지나가고 해가 밝았다. 자리에 앉은 채 생각을 하고 있었을 뿐인데도 시간은 금방 흘러갔다. 몸과 마음이 모두 지쳐 있었지만 버틸 만했다. 아니 버텨야 했다.

비월은 어떻게든 버텨 낼 것이다. 그렇다면 이수 또한 버텨야 했다. 무거운 몸으로 준비를 마친 이수가 막사 밖을 나왔다.

비월에게는 월이라는 말을 했지만 어찌 되었든 현재의 그녀는 이수였다. 그녀가 나오자 알아본 사람들이 손을 흔들거나 말을 건넸다. 그들의 인사에 적당히 대응을 하는 이수의 눈에 청원의 모습이 보였다.

바로 앞까지 다가온 청원에게 이수가 허리를 숙였다. 그녀의 인사에 청원의 걸음이 그 자리에 멈추었다.

"출발하려면 멀었는데 더 쉬는 게 낫지 않겠소?"

"쉬셔야 할 분은 나리 같습니다. 저는 괜찮습니다. 버틸 만합니다."

하루가 채 지나지 않았는데 몇 년이 흐른 것처럼 길게 느껴졌다.

담담히 이야기하는 모습이 불안하면서도 안심이 되었다. 모든 사실을 아는 순간 완전히 부서질 것이라 예상했던 청원과는 달리 이수는 대단하다고 느껴질 정도로 차분했다.

도리어 밤새 분노를 온몸으로 표출한 사람은 비월이었다. 아직도 청원의 귀에 분노를 쏟아 내는 비월의 절규가 각인처럼 남아 있었다.

청원의 시선이 부담스러웠는지 이수가 먼저 고개를 숙였다.

"이만 가 보겠습니다."

"내가 말한 기회…… 생각해 볼 수 있겠소?"

이수의 걸음이 멈추었다. 이제는 부정할 생각이 없었다. 그녀를 더 이상 이런 위험한 곳에 두고 싶지 않았다. 딱 한 번만 이수가 기회를 준다면 이번에야말로 절대 놓치지 않을 생각이었다.

하지만 청원의 바람과 다르게 이수는 고개를 저었다.

"일이 끝나면 저는 떠날 것입니다."

이수의 눈가가 촉촉해졌다.

"비랑이 서비월만 아니었으면 결과는 달랐을 텐데 말이에요. 지금은 시간이 필요합니다. 나리께서 주신 기회는 받지 않겠습니다."

다가갈 수 없는 선을 보여 주는 이수의 말에 청원은 결국 고개를 끄덕였다. 더 말하려는 그를 외면하며 몸을 돌렸다. 팔 년을 살아온 사막이었건만 이상할 정도로 낯설고 힘들었다.

언제나 걸어 다녔던 모래밭이 왜 이렇게 무거운지 알 수 없었다. 몸이 무거워서 그런 것인지 생각까지도 답답했다.

비틀거리지 않기 위해 최대한 정신을 추슬렀다. 어디를 어떻게 걸어가고 있는지도 느껴지지 않았다.

"여기가 어딘 거지?"

낯선 곳만 보이자 결국 이수가 손으로 눈을 가렸다. 비월과 함께 있으면서 이수는 많은 걸 순식간에 망각하였다. 문제는 그 사실을 전혀 인식하지 못했다는 것이었다.

"이거…… 하우라고 죽여도 할 말이 없겠네."

이수가 힘없이 웃음을 터트렸다. 마음은 폭풍인데도 정신은 고요했다. 솔직히 그녀는 서비월을 직접 만나게 되면 불같이 화를 내며 복수하겠노라고 소리라도 칠 줄 알았다.

"한 번은 포기해서 그런가?"

그런 것일까?

예전에 포기했었던 복수였기에, 한 번 더 포기하라는 악마의 외침이 달콤해서 그런 생각이 드는 것이라 여겼다. 물론 그 안에는 마음을 열었던 비랑이라는 것도 한몫했다.

"여기서 이러고 있을 때가 아닌데."

짐을 마저 정리하러 되돌아가야 했다. 고개를 저으며 몸을 돌렸다. 그리고 자리에 멈추었다.

심장이 덜컥 내려앉았다. 본능적으로 멈춘 숨을 내쉬기까지 오랜 시간이 흘렀다. 경직된 몸이 빠져나가는 숨에 반응하여 풀어졌다. 고통스러운 듯 이수가 비월을 힘겹게 쳐다봤다.

이수가 하루 만에 달라진 것처럼 비월 또한 달라져 있었다.

부드럽게 보아 주던 비월의 눈매는 손에 베일 듯 날카로웠다. 굳어 있는 얼굴에 고통의 흔적이 보였다. 비월 또한 밤을 새웠는지 지쳐 보였다.

비월을 보는 이수의 표정이 어두워졌다. 어떻게 해야 하는 것일까? 그에 대한 마음은 물과 기름처럼 섞이지 않았다.

하지만 감정보다도 먼저 이성적으로 이수는 비월에게 고개를 숙였다.

비월은 귀족, 이수는 평민의 무사. 지킬 것은 지켜야 했다.

하지만 이수의 인사가 마음에 들지 않은 듯 눈을 질끈 감은 그가 소리쳤다.

"그런 식으로 인사하지 마! 달라진 건 이름뿐이야. 그 이외에는 하나도 변한 것이 없어."

"많은 게 달라졌지요. 받아들여야 할 게 아주 많아지지 않았습니까? 어쩌면 죽여야 할지 살려야 할지, 그게 아니면 도망가야 할지도 모르는 일인데 말입니다."

"난 당신을 죽이지 않아. 그렇게는 절대 안 해."

지독하게 길었던 지난밤, 치열하게 갈등하고 대립하던 감정 속에서 비월은 최소한의 것만 생각했다.

하지만 그렇게 했음에도 쉽게 선택하지 못했다. 바로 결정하고 단번에 진행하는 그의 성격과는 다르게 지금의 상황은 어찌해야 할지 정할 수 없었다.

그럼에도 느끼고 있는 것은 하나였다.

복수에 집착하다 이제야 품에 안은 것을 잃을 수 없었다.

비월은 아버지와 똑같은 사람이 될 생각은 죽어도 없었다.

"당신도 알다시피 지금은 처리할 일이 있어. 곧 끝날 테니 후에 이야기를 했으면 해."

"난 전쟁이 끝나면……."

"못 가. 안 보낼 거야. 일이 끝났는데 돈을 못 받으면 무사들은 절대 떠나지 못해. 그 정도는 알아."

그의 차가운 말에 이수의 눈이 커졌다. 속으로 올라오는 쓴 물을 억지로 참으며 비월이 표정을 굳혔다. 이런 더러운 모습 따위 이수에게 보여 주고 싶지 않았다. 하지만 눈앞에서 이수가 저렇게 가 버리는 모습을 죽어도 볼 수 없었다.

"내가 돈에 얽매이는 사람으로 보이나요?"

빛을 잃었던 그녀의 눈에 싸늘한 빛이 돌아왔다. 그 모습에 작게나마 비월은 안도했다.

죽은 사람처럼 돌아다니는 그녀의 모습에 심장이 덜컥 내려앉았다.

공허한 눈빛에 지친 표정, 귀하게 여기는 이수에게서 죽기 직전 어머니의 모습을 보았다. 그녀 스스로 무너지게 할 수 없다. 그 모습만큼은 절대 보고 싶지 않았다.

마음을 먹은 순간, 비월은 이수에게 절대 보여 주고 싶지 않았던 최악의 모습을 꺼냈다.

"당신은 돈에는 자유롭지만, 스스로의 책임에는 얽매이는 사람이지. 그것을 이용할 거야. 난 대장군의 지위를 가진 귀족이니까. 당신이 떠나면 청풍단은 단 하나도 얻지 못해."

이수가 말없이 그를 노려봤다. 그가 왜 이렇게 하는지 알면서도 이런 식으로 힘을 이용하려는 그에게 화가 났다.

이수의 눈이 살아나는 것을 보면서 비월은 마음을 정리했다. 우선은 이렇게라도 잡아 놓으면 된다. 저렇게라도 이수가 생기를 되찾을 수 있다면 족했다.

눈앞에서 완전히 사라지는 것보다 복잡한 감정으로라도 곁에 두고 싶었다.

"곧 출발할 거야. 준비해."

말을 끝낸 비월이 몸을 돌려 걸었다. 시간은 벌었다. 이것도 지금까지 겪었던 시련 중 하나에 불과하다. 그렇다면 해결하면 되는 것이었다.

이수를, 아니 월을 죽일 생각은 없다. 그녀가 아무리 하우라고 해도, 하우천이 자신의 어머니를 죽이는 데 일조를 했다고 해도 그 분노를 그녀에게까지 터트리고 싶지 않았다.

그녀는 그에게 있어서 봄이었다.

*　　　*　　　*

"망할 늙은이!"

정신없이 서류를 챙기며 임추성이 비명을 질렀다. 이런 식으로 뒤통수를 맞을 줄은 생각도 하지 못했다.

"장군, 서두르셔야 합니다!"

"알고 있다!"

서류를 품에 안은 그가 병사들의 호위와 함께 밖으로 나왔다. 밖은 이미 난장판이었다.

자신이 대장군임을 밝힌 서비월과 그의 병사들은 연루된 사람들을 빠르게 잡아들이기 시작했다. 그리고 그 와중에 반항하는 자들에게 일말의 자비도 없이 검을 휘둘렀다.

여기서 잡히면 끝이었다. 어떻게든 이 포위를 빠져나가야 했다. 안내하는 대로 정신없이 따라가고 있을 때, 임추성의 옆에 있던 병사의 몸이 날았다. 고개를 숙여 본 병사의 이마에는 단검이 박혀 있었다.

"너는?!"

임추성을 본 이수가 차가운 미소와 함께 검을 휘둘렀다. 죽이지 말라는 명이 있었으니 건들 수는 없었으나 병사들은 예외였다. 병사의 심장을 깊게 찌른 검을 빼자 이수의 얼굴에 피가 튀었다. 아무리 검을 휘두르고 몸을 혹사해도 꽉 막힌 답답한 심장이 뚫리지 않았다.

살이 데일 정도로 뜨거운 피에도 정신은 차가웠다. 정신만큼 심장도 차가워졌으면 싶었건만 그에 비해 점점 타올랐다.

그날 이후, 주둔지로 돌아와 공격할 때까지 단 한 번도 서로를 보지 않았다.

그럼에도 비월이 주변에 있으면 감정이 느껴졌다.

차라리 미쳐 버렸으면 좋았으련만…….

마지막 사병의 피가 눈가로 튀었다. 붉은 배경, 그날의 하우가 지금의 배경에 겹쳐 보였다.

병사들에게 검을 휘두른 것처럼 비월의 심장에, 그의 목에 이렇게 휘두를 수 있을까?

수천 번도, 수만 번도 계속하는 고민이었다.

서류를 들고 있던 임추성이 허리에 차고 있던 검을 빼냈다. 그가 이수를 보며 긴장하는 것이 보였다. 하지만 임추성이 이수를 보고 있는 것과 달리 그녀의 시선에는 아무것도 없었다.

임추성의 공격을 피하는 이수의 눈에 차고 넘치던 눈물이 흘러내렸다.

"사, 살려 줘!"

무언가 달라져 있었다. 그때의 그 계집이 맞는 것인가? 온몸에 돋는 소름이 위험하다는 경고를 계속 보내고 있었다. 눈앞에 있는 여인은 사람이 아니라 악귀였다.

매섭게 들어오는 이수의 검을 피하고자 임추성이 들고 있는 검을 가로로 눕혔다. 그리고 그 틈으로 이수의 검이 들어왔다.

임추성의 어깨에 검이 꽂히고 오른팔이 하늘을 날았다.

"아아악!"

비명 소리가 아득하게 들렸다. 검으로 벤 사람은 임추성이었지만 이수의 머릿속을 지배하고 있는 것은 비월이었다.

주단에 열 명만이 쓸 수 있다고 하는 기검의 소유자. 저돌적이고 냉정한 성격으로 하우의 자리에서 가문을 세우려고 하는 젊은 귀족. 그리고 이수가 포기한 복수의 상대.

비월을 일대일로 만나게 된다면 복수를 할 수 있을지도 모른다는 생각은 꿈일 뿐이었다.

"아아악!"

임추성의 허벅지를 베어 버리며 이수가 절규하였다.

"살려 줘! 살려 달라고!"

이수의 분위기에 압도된 임추성이 비명을 질렀다. 하지만 지금 이수의 눈앞에 보이는 건 임추성이 아닌 다른 사람이었다. 더 이상 아무것도 들리지 않았다.

그의 목을 향해 이수의 검이 움직였다. 비명을 지르던 임추성이 눈을 질끈 감았다. 동시에 목과 검 사이에 다른 검이 끼어들었다.

이수의 검이 두 동강이 되어 바닥에 뒹굴었다. 하얀 기운에 감싸져 있는 검, 같은 종류의 싸구려 검임에도 마주치는 순간 종이 자르듯 가볍게 상대의 검을 베어 냈다.

기검(氣劍). 눈앞의 증거가 그가 서비월이라는 것을 알려 주는 것이었다.

"이놈은 살려야 돼. 상황은 정리되었다."

여전히 심장이 떨린다. 떨리는 심장이 그를 보자마자 갈기갈기 찢긴다.

"왜 당신이 서비월이지?"

담담한 이수의 물음이 비월에게는 절규로 들렸다. 격한 전투였음에도 이수는 다치지 않았다. 그리고 그녀 덕분에 임추성도 잡을 수 있었다.

대신 이수는, 비월의 봄은 무너져 가고 있었다.

잡고 있는 팔이 부서질 듯 위태로웠다. 이대로 팔을 당겨 품 안에 가둬 놓고 싶었다. 콩닥콩닥 울렸던 작은 심장에 얼굴을 묻고, 그 또한 위로받고 싶었다.

그녀 앞에서 표현하지 않았지만 비월 또한 피가 마르도록 절박했다. 그날 이후로 잠재워지지 않는 갈증에 미칠 것 같았다. 모르고 있었다면 원하지 않았겠지만 이미 맛본 봄이었다. 결코 말도 안 되는 과거 때문에 놔줄 수 없었다.

병사들이 비월에게로 다가오자 이수가 그의 팔을 쳐 냈다. 몸을 돌려 흐르는 눈물을 닦아 낸 그녀는 비틀거리며 그에게서 멀어져 갔다.

이수가 완전히 사라질 때까지 보고 있던 비월이 옆에 온 첸에게 말했다.

"죽지 않을 정도로만 살려 놔. 쓸데없는 생각 품지 못하도록 잘 감시하도록 해. 문제가 생길 시 그날 담당자는 죽는다."

"네."

대장군으로서 일이 아니었다면 비월이 가고 싶은 방향은 이수가 있는 쪽이었다. 하지만 그의 속마음을 아는 첸이 비월을 잡았다. 고집을 부리는 대신 비월은 모두가 모여 있는 곳을 향해 걸어갔다.

비월을 본 주원이 그의 어깨를 두드렸다. 마련되어 있는 단상에선 비월이 아래를 보았다. 그를 초보 무사인 줄로만 알고 있었던 무사들 사이에 파동이 일었다. 그들의 소란을 병사들이 막았다.

이야기를 하기 직전, 비월이 청원을 보았다. 하지만 청원의 시선은 이수에게로 향해 있었다. 자신도 모르게 비월의 눈썹이 꿈틀댔다.

얼굴에 묻은 피를 수건으로 닦으며 이수가 려현과 함께 들어왔다.

비월과 시선을 마주친 이수는 미소 대신 고개를 돌려 외면했다. 하지만 그럼에도 비월의 시선은 이수에게로 고정되었다.

놓치지 않으리라. 언젠가는 자신을 보며 미소를 짓게 하리라. 결심한 마음을 다잡으며 비월이 입을 열었다.

*　　　*　　　*

려현은 심각한 표정으로 이수를 보았다. 그녀가 건강한 모습으로 돌아온 것은 기뻤으나 무언가가 이상했다. 비월이 대장군이었다는 것도 놀랐지만 어떻게 돌아가고 있는 것인지 둘 사이의 분위기가 심상치 않았다.

귀족인 데다 대장군이었다는 말에 모두 동요했지만 비월은 그런 면에서 괜찮은 말발을 가진 사내였다. 간단한 인사와 짧은 상황 설명이 끝나자 어느 순간부터 그의 말에 수긍하고 인정하기 시작했다.

무엇보다도 지금까지 밀려 있었던 돈을 해결해 주겠다는 말은 수긍을 떠나 엄청난 호응을 불러일으켰다.

차분한 목소리로 말을 잇고 있었지만 비월의 시선은 이수에게 고정되어 있었다. 하지만 둘의 시선은 연인 사이의 애정 어린 것이 아니었다.

"수야, 이게 무슨 일인 거니?"

"웃긴 게 말이에요. 이야기에서처럼 복수의 대상은 자신이 원하는 것을 취한 후, 엉망이 되어 있어야 하는 거 아닌가요? 그래야 힘을 키워 그 사람에게 복수할 수 있는 거잖아요. 왜 현실은 이야기처럼 안 되는 거죠?"

"수야, 그게 무슨……."

도대체 무슨 일이 있었던 것인가? 반짝반짝 빛나던 이수였다. 그런데 지금, 그 빛이 빠르게 사그라지고 있었다.

"너……."

무언가를 말하려는 려현을 누군가가 뒤에서 붙잡았다. 갑작스러운 침범에 려현이 고개를 돌렸다. 하지만 그의 뒤에 있는 건 굳은 표정의 여청풍이었다.

이수의 반응을 말없이 보고 있던 여청풍이 그녀의 앞으로 걸어갔다.

"미안하구나, 딸아."

이수의 눈가에 짙은 무언가가 겹쳤다. 온몸에 꽉 들어가 있던 힘이 자신도 모르게 풀렸다.

진실을 알게 된 이수가 힘들어하는 모습은 보기 힘들었다. 하지만 사람들의 눈이 많은 이곳에서 소란을 피우면 그것 또한 문제가 되었다.

이수를 안아 토닥이는 대신 여청풍이 그녀의 귀에 속삭였다.

"막사로 돌아가서 쉬어라."

"괜찮아요, 아버지. 괜찮습니다."

특유의 책임감으로 버티고 있다는 것을 알고 있는 여청풍이 고개를 저었다. 비월의 이야기가 마무리되어 가고 있었다. 차분히 이야기하면서도 이수가 신경이 쓰이는 듯 그의 시선이 여청풍 주변으로 고정되어 있었다.

"건강한 모습을 성연에게 보여 줘야지. 오늘 네가 오게 되면 싸워야 될지 모른다며 준비하라고 했단다."

불안정했던 이수가 성연이라는 이름에 안정을 보였다. 여청풍은 속으로 안도를 하며 그녀의 어깨를 두드렸다. 이수에게 있어서 최후의 방어선은 성연이었다.

여청풍의 재촉에 이수가 고개를 끄덕였다.

뭐가 어떻게 되어 가는지 알 수 없었다. 물과 기름과 같은 감정이 선뜻 하나로 합쳐지지 않았다.

복수를 포기하지도 못하면서 그를 사랑한다. 사랑하면서도 복수가 생각나 그의 곁에 있을 수가 없다. 그의 시선을 자신만이 소유하고 싶으면서도 한편으로는 저 시선 따위 그대로 없어졌으면 좋겠다는 생각을 했다.

천천히 걸어가는 길의 끝에서 익숙한 모습이 눈에 들어왔다.

이수가 어색하게 그를 보며 웃었다. 괜찮다며, 자신은 아무렇지도 않다며 웃어야 하는데 그 표정이 이상해졌다.

마지막으로 보았을 때보다는 안색이 나아져 있었지만 성연은 여전했다. 점쟁이라, 그의 몸에서 나오는 신기가 불길하고 재수 없다는 사람도 있었지만 이수에게 있어서 성연은 세상에서 가장 튼튼한 울타리였다.

"다녀왔어요."

우스꽝스러운 목소리가 흘러나왔다. 하지만 지금의 목소리는 그녀가 지금 낼 수 있는 최선이었다. 아니, 그 최선조차 그를 보는 순간 전부 무너져 내렸다.

"어서 와요. 달 아가씨."

참고 참은 게 결국 흘러내렸다. 그에게 다가가던 이수의 걸음이 결국 그 자리에 멈추었다. 손으로 자신의 얼굴을 가렸다. 그런 그녀에게 다가온 성연이 말없이 안아 주었다.

흐느끼던 소리가 성연의 품에서 점점 크게 터져 나왔다. 자신을 다잡던 이수는 그대로 그의 품에 무너져 내렸다. 아무도 없는 곳에서 터트리는 울음소리를, 그리고 그 안에서 쏟아져 나오는 감정을 성연은 모두 받아들였다.

"아무도 없어요. 다 터트려요. 다 버려요."

"아아악."

비명과 같은 울음소리가 이수에게서 터져 나왔다. 이수의 품에 안은 채 그녀의 등을 두드리던 성연이 정면을 쳐다봤다.

서둘러 뛰어온 듯 숨을 고르고 있는 청원이 굳은 표정으로 이수를 쳐다봤다.

그리고 그 너머에서 비월이 말없이 그 모습을 보고 있었다.

八章
당신과 나의 다른 시간

인위적으로 만들어 놓은 호수가 한눈에 보이는 넓은 공터였다. 잎이 두껍고 키가 큰 나무들의 중앙에서 열두 살 정도가 된 소년이 양손에 검을 쥐고 있었다.

머리카락 위로 묶어 어깨까지 단정히 내려오는 흑색의 머리카락, 또래의 소년치고 날카로운 눈매를 가지고 있었지만 전체적인 분위기는 따뜻하고 부드러웠다.

"후우."

조용한 분위기에서 꼿꼿이 서 있는 소년이었지만 잠시 후, 긴 한숨과 함께 들고 있던 검을 내려놓았다.

마음이 복잡해서 그런 것일까?

흐트러지면 안 된다며 스스로 다독여도, 잡념은 작정이라도 한 듯 소년을 괴롭혔다.

"아직도 이곳에 계신 것입니까?"

뒤에서 들려오는 소리에 소년의 고개가 돌아갔다. 이십 대 초반의 다부진 몸을 가지고 있는 사내가 소년의 뒤에 서 있었다. 유순하고 부드러운 외모의 사내였으나 등에 매달려 있는 거대한 활은 위협적이었다.

"첸, 왜 여기에 있는 거지? 난 분명히 아무도 들이지 말라고 했는데!"

"비월 도련님의 검을 봐 드려야 한다고 했더니 바로 들여보내 주더군요. 생각보다 제 수완 괜찮지 않습니까?"

내뿜는 기와 다르게 가볍게 나오는 말에 비월은 이길 수 없다는 표정으로 고개를 저었다. 다시 검을 들어 자세를 잡았지만 그마저도 쉽지 않은지 비월의 입에서 한숨이 터져 나왔다. 비월을 보고 있던 첸이 걱정스러운 표정으로 조심스럽게 말을 꺼냈다.

"가모님의 일은 아직도 어려운 것 같습니다."

첸의 말에 더 이상 안 되겠다고 여겼는지 비월은 결국 검을 집에 넣었다. 손짓으로 그에게 앉으라고 한 비월이 바닥에 털썩 주저앉았다.

"오히려 더 심해지셨다. 어머니는 전혀 아니라고 항변하고 계시지만 아버지는 안 믿고 계셔."

비월의 말에 첸이 짧게 한숨을 내쉬었다. 주단에 있는 두 개의 무인가문인 하우와 서, 그곳에서 배출한 각각의 장군인 하우천과 서진형은 막역지우로 유명했다. 하지만 최근 막역지우라는 말이 무색할 정도로 둘의 사이가 벌어지고 있었다.

원인은 서가의 안주인인 이소진, 비월의 어머니 때문이었다.

서진형과 혼인하기 전까지 그녀는 하우천과 연인 사이였다. 하지만 하우의 반대 때문에 혼약은 이루어지지 않았고, 대신 서가와 혼인을 하였다. 그게 무려 십이 년 전의 일이었다.

그런데 최근, 서진형과 혼인을 한 이후에도 이소진과 하우천이 통정을 하고 있었다는 소문이 돌기 시작했다. 말도 안 되는 소문이라며 하우천이 항변을 했지만 서진형은 듣지 않았다. 더군다나 언제부터인가 항변을 하던 하우도 갑자기 태도를 돌려 사건을 외면하고 있었다.

"어머니는 그러실 분이 아니다. 그런데 아버지는 왜 못 믿으시는지 모르겠어."

비월의 말에 첸은 고개를 끄덕였다. 확실히 비월의 어머니인 이소진은 다른 사내와 통정을 할 정도로 대담한 여인이 아니었다. 그토록 바라던 하우와의 혼약이 깨졌을 때의 충격인지는 몰라도 작은 문제에도 민감하게 반응하는 여린 성격의 소유자였다.

하지만 그녀의 항변에도 믿지 않는 서진형과 어느 순간 태도가 바뀌어 상황을 외면하고 있는 하우의 냉대 속에서 그녀는 점점 궁지에 몰리고 있었다.

"비월 도련님. 아이고, 도련님!"

찢어질 듯 들려오는 여자의 목소리에 둘의 고개가 돌아갔다. 희끗희끗한 머리카락에 얼굴색이 하얗게 질린 여인이 그들에게 달려오고 있었다.

중년의 여인…… 그녀는 이소진의 수발을 드는 여시종이었다.

"무슨 일인가?"

하얗게 질린 비월 대신 첸이 그녀에게 물었다.

"가모님께서! 가모님께서!"

마음속의 불안은 폭풍이 되어 비월에게 몰아쳤다. 자리에서 일어난 비월이 성큼성큼 걸음을 옮겼다.

안채의 첫 번째 문이 열리고, 대기하고 있던 시종들이 비월의 양쪽으로 서며 몸을 숙였다. 원래는 가주인 서진형에게 인사를 먼저 하고 허락을 받은 후, 안채 출입을 해야 하는 것이 예의였지만 지금만큼은 불안이 이성을 억눌렀다. 가까이 다가갈수록 현실로 느껴지는 공포감, 하지만 그것을 최대한 속으로 억눌렀다.

"열어라."

비월의 말은 짧았다. 그렇지만 그의 말을 들은 문지기들은 목이 떨어져 나가는 공포를 느꼈다. 그리고 그 공포를 몸을 숙이는 것으로 회피하려 했다. 그 모습에 화가 난 비월이 스스로 안채의 두 번째 문을 열었다. 그리고 마지막 세 번째 문은 명령 없이 직접 열고 들어갔다.

아흔아홉 개의 방이 있는 저택의 주인, 네 개의 가문 중 하나의 가주. 수를 셀 수 없는 노예들과 사병들의 주인, 그리고 자신의 아버지.

비월과 시선이 마주치자 서진형은 서둘러 안채의 문을 닫았다. 하지만 닫히기 직전 보인 장면에 비월의 몸이 굳었다.

"왜 온 것이냐? 돌아가라."

낮지만 강한 힘이 느껴지는 소리, 황제의 허가 없이 오백 명의 사병을 가질 수 있는 자의 목소리에 무릎을 꿇고 있는 시종들이 몸을 벌벌 떨었다.

하지만 그들 중 한 명, 비월만이 분노에 가득 찬 눈으로 닫힌 방문을 노려봤다.

한 걸음, 한 걸음 안채를 향해 걸어오는 비월에게 서진형이 엄하게 말했다.

"돌아가라는 말을 못 들은 게냐!"

"전 어머니를 뵈어야겠습니다."

"나중에 봐도 된다."

"저도 모르는 장례가 끝난 다음에 말입니까? 아니면 친정으로 시신을 돌려보내신 뒤에 그곳에서 자결했다는 억지 주장을 듣고 말입니까?"

나이에 맞지 않게 또박또박 말하는 비월의 태도에 서진형의 말이 막혔다. 그리고 그사이, 비월이 닫혀 있는 문을 열었다.

열린 방 안에 보이는 흉측한 모습에 몸을 숙이고 있던 시종들의 고개가 더욱 아래로 내려갔다. 눈앞의 모습에 서진형의 고개 또한 돌아갔다.

모든 이들이 외면하고 있는 모습을 비월은 하나하나 마음속에 새겼다. 언제나 안부 인사를 하러 들어가면 환한 미소와 함께 부드러운 손길로 빰을 어루만져 주던 어머니였다.

세상 사람들은 나약하고, 무능력한 여자라 했어도 비월에게만은 세상에서 가장 편한 안식처이자 잔인했던 아버지에게 피할 수 있는 도피처였다.

억울하다며 눈물을 쏟아 내던 여린 그녀에게 눈앞의 선택은 최선이었을 것이다. 모든 사람이 이건 아니라며 말렸어도 그녀에게는 저 방법만이 무죄를 증명할 유일한 것이었으리라.

―나는 억울합니다.

그녀의 피로 추정이 되는 붉은 글씨가 각인처럼 벽에 적혀 있었다.

천장의 대들보에 묶여 있는 하얀 천, 그리고 그 천이 묶고 있는 이소진의 목.

허공에 떠 있는 발이 문으로 들어오는 바람에 의해 처량하게 흔들렸다.

비월의 눈에 눈물이 왈칵 솟았다. 그의 유일한 안식처가 사라져 버렸다.

흐르는 눈물을 닦아 내며 비월이 첸에게 고개를 끄덕였다. 비월의 명에 첸이 대들보에 묶여 있는 천을 단번에 잘라 냈다.

이소진에게서 느껴지는 스산한 기운이 비월을 덮쳤다. 참으려 했지만 흘러내리는 눈물이 창백한 시신의 이마에 뚝뚝 떨어졌다. 치료될 수 없는 날카로운 상처가 비월의 심장 안에 새겨졌다.

망자는…… 진실을 위해 자신의 목숨을 버린 어머니는 아들의 심장에 남기면 안 되는 것을 남겼다는 걸 알기는 알까? 그토록 진실을 알려 주고 싶어 했던 아버지는 이 모습을 외면하고 있는데, 이게 유일하게 진실을 밝히는 방법이라며 어머니를 몰아붙인 아버지라는 사람은 지금 보이는 모습을 보고 있지도 않았다.

—나는 억울합니다.

저것이 이소진이 표현할 수 있는 최대한의 항변이었을 것이다.

"증거를 보여 주셔야 할 겁니다."

피로 쓴 글씨를 노려보고 있던 비월이 뒤에 있는 서진형에게 말했다.

"……무슨 증거를 말하는 것이냐?"

서진형의 말에 비월이 코웃음을 쳤다. 마음이 부서져 내렸다. 첸을 불러 어머니를 침대에 눕혔다. 시종이 가져온 하얀 천으로 이소진을 덮은 비월이 길게 숨을 내쉬었다.

"어머니께서 실절하셨다는 증거, 그 증거를 아버지께서는 저에게 보여 주셔야 할 것입니다."

열두 살이라고는 믿기 어려운 비월의 분위기에 서진형은 자신도 모르게 고개를 끄덕였다.

"내 어머니를 이렇게 돌아가시게 한 아버지도, 그 원인이 된 하우도 전 절대로 용서하지 않겠습니다."

약소하게 치러진 장례식.

그 안에는 비월과 첸, 그리고 그녀를 모셔 왔던 시종 몇 명만이 자리를 지켰다.

시신이 관에 들어가 땅속으로 들어갈 때까지 서진형은 물론 하우천의 얼굴도 보지 못했다. 심지어 살아 있을 때 문지방이 닳도록 드나들던 귀족 여인들과 청탁을 위해 오던 사람들 또한 아무도 없었다.

언제 그랬냐는 듯 그녀의 죽음 아래 어지럽게 퍼트려지던 소문이 순식간에 잠잠해졌다.

이소진의 죽음은 비월을 제외한 다른 이들의 기억에서 잊혀 갔다.

채 일 년이 지나기 전에 서진형은 자신보다 나이가 반이나 어린 여자를 부인으로 맞이했다. 그리고 그 여인은 서가에 온 지 얼마 되지 않아 그의 배다른 동생을 낳았다.

그리고 그때부터였다. 비월에게서 무언가를 느낀 서진형은 그를 위협하기 시작했다. 허튼수작을 떨면 아들이고 뭐고 죽이겠다며 공식적으로, 사적으로 공격을 해 왔다. 그리고 그 공격에 비월은 맞서면서 때로는 도망쳐 오면서 살아남았다. 무언가가 있을 것이라는 생각에 하우천에게 만남을 청했지만 그때마다 그는 비월을 피했다.

그렇게 팔 년을 버텨 냈다. 살아남았고 힘을 얻었다.

하우가 어머니의 죽음에 책임이 있는지 없는지는 중요하지 않았다. 서진형과 대립하기 위해서는 힘이 필요했고, 그녀의 죽음을 방관하고 숨기려는 하우는 비월에게 있어서 분노를 터트리기 좋은 상대였다.

그렇게 지독한 추위와 차가운 악귀들 속에서 그는 살아남았다. 공격을 받는 자에서 공격을 주도하는 자로 바뀌고, 이제는 한 단계만이 남았을 뿐이었다.

가문의 독립, 그 앞에서 비월은 이수를 만났다.

*   *   *

멍한 눈에 빛이 들어오기까지 오랜 시간이 흘렀다. 원래의 직위에 복귀한 지 며칠이 지났다. 그런데 정확히 얼마나 지났는지 기억이 나지 않았다. 지금까지 미루어 왔던 일을 한꺼번에 처리하고 있었지만 몇 개월을 썩을 대로 썩어 있던 전쟁터였다. 완전히 해결되려면 시간이 필요했다.

정신을 차린 비월이 옆을 보았다. 작은 촛불만이 비월이 있는 곳을 비추고 있었다.

'언제부터 자고 있었던 건가?'

흔들림 없이 켜져 있는 초에 시선을 고정하였다. 처음에 첸이 초에 불을 붙일 때까지는 기억이 있었다. 하지만 지금의 초는 삼분지 일 정도 줄어든 상태였다. 조금 쉬겠다며 대기하고 있던 첸을 내보냈다. 하지만 선뜻 잠이 오지 않았고, 결국 자는 대신 서류를 집어 든 것까지는 기억에 있었다.

일이 마음대로 되지 않으니 울컥 짜증이 샘솟았다. 좁힌 미간을 손으로 누른 비월은 굳은 몸을 풀었다. 하지만 꿈이 뒤숭숭해서 그런지 별 도움이 되지 않았다.

편안하게 자 본 게 언제가 마지막이었더라? 그 생각을 하자 비월은 자신도 모르게 조소를 지었다. 아이러니하게도 이수가 자신의 이름을 말하기 하루 전날, 그녀의 무릎에서 잠을 청했던 때였다.

아무리 고개를 저어도 길게 숨을 내쉬어도 꽉 막힌 것처럼 답답했다. 이수를 이대로 놓칠지도 모른다는 불안감. 하우월이 그녀가 아닐지도 모른다는 막연한 기대. 그리고 이소진, 하우천과 서진형에 의해 죽어 버린 자신의 어머니.

앉아 있던 비월이 신경질적으로 밖으로 나왔다. 그가 나오자 첸이 고개를 숙였다.

"혼자 걷겠다. 따라오지 마라."

"하지만 도련님. 지금은……."

만류를 하려던 첸이 비월의 모습을 보자 그대로 고개를 숙였다. 청원에게 무슨 일이 있었는지 들은 후였다.

어머니였던 이소진이 그렇게 된 후, 웃고 즐거워하던 비월은 손에 꼽을 정도였다. 그것도 그나마 일과 관계된 부분이 성사되었을 경우일 뿐, 그 이외에는 아무것도 없었다.

비월은 주단에서 떠오르는 신성과 같았다. 그렇기에 딸이 있는 가문이라면 공공연히 접근을 해 왔고, 가문이 아니더라도 다가오는 여자들도 상당했다.

하지만 앞만 보며 달려왔기에 주변은 보지 않던 그였다. 그렇기에 혼인이 싫다는 청원과는 다르게 그는 혼인 자체를 생각하지 않았다.

그랬던 자신의 주인이 어느새 누군가를 마음에 담고 웃고 있었다 했다. 문제는 그 여인이 바로 하우천의 살아남은 딸이었다.

첸의 인사를 넘기며 비월이 걸음을 옮겼다. 때는 밤을 지나 새벽이었다.

머리만 식히고 다시 돌아가야 했다. 그리고 밀린 일을⋯⋯.

"아⋯⋯."

자신도 모르게 옮긴 발걸음에 비월이 짧게 탄식했다. 눈앞에 보이는 막사에 그의 발걸음이 멈추었다. 예전에는 앞에 서 있기만 해도 이수가 웃으며 나왔었다. 마음이 통하기 전에는 일에 대한 이야기를 하기 위해 나왔었고, 그 후에는 달콤한 미소와 함께 주변의 눈치를 보며 다가왔었다.

하우를 멸문시키고 비월은 최대한 하우에 대한 감정을 정리하려 애썼다. 그에게는 서진형이라는 상대가 아직 남아 있었고, 하우는 그것을 위한 한 단계의 전진일 뿐이었다.

그랬던 생각이 이수의 존재 하나로 흔들리고 있었다.

그 때, 고정되어 있던 막사의 문이 열렸다. 기대하며 고개를 든 비월의 얼굴에 실망의 빛이 나타났다.

"비월 님."

여전히 가늘고 위태로운 목소리의 성연이 비월을 보며 고개를 숙였다.

이수, 아니 월이 비월에 의해 모든 것을 잃은 후 만나게 된 점쟁이, 지금까지 살아오면서 가장 의지가 되었던 오라버니. 비월이 마음을 열어 받아들인 사내라면 성연은 평생을 믿을 수 있는 가족이라는 말을 이수가 했었다.

믿고 의지하는 성연의 품에서 처절하게 터트리는 절규를 보며 비월이 느낀 것은 하나였다.

그가 있어 다행이다.

그녀에게 호감이 있는 청원을 보며 마음껏 질투할 수도, 쓰러질 듯 위태롭게 서 있는 이수를 안을 수도 없었다. 지금의 비월은 그녀에게 독이었다.

그렇기에 비월은 이수에게 다가가는 대신 성연에게 감사하다며 고개를 숙였다. 비월이 절대로 다가갈 수 없는 부분, 가장 깊은 속의 상처에 갈 수 있는 사람은 성연뿐이었다.

성연의 존재에 고마워하면서도, 사내로서 이수를 향한 그의 감정을 알기에 비월은 아무 말도 할 수 없었다.

"처음 만난 날, 당신은 날 이리라고 불렀지."

아무것도 보지 못하는 눈임에도 성연은 비월을 향해 힘없는 미소를 지었다.

"달 아가씨는 주무십니다. 들어가 보시겠습니까?"

성연의 말에 비월의 시선이 이수의 막사로 향했다. 몇 걸음만 걸어 안으로 들어가면 그녀가 있을 것이다. 그날 이후로 제대로 먹지도 못한 채 누워 있다는 보고를 들었다. 의원을 통해 약을 보냈지만 먹지도 못하고 토해 냈다고 했다.

아프다. 그녀가 아프면 비월도 아팠다.

하지만 왜 아픈지 알기에 가까이 갈 수 없었다.

"내가 가면 자다가도 깨겠지. 이만 가 보겠다."

"비월 님, 꺼리지 않으신다면 잠시 저와 걸으시겠습니까?"

막사로 되돌아가려던 비월을 성연이 잡았다. 그의 제안에 비월이 고개를 끄덕이며 앞장섰다. 사막의 바람이 매서웠지만 둘은 신경 쓰지 않았다.

사람의 기척이 희미하게 느껴질 정도로 걸었을 무렵, 성연이 입을 열었다.

"달이 참 곱게 떴습니다. 제가 달 아가씨를 만났던 날도 만월이 곱게 피었던 날이지요."

성연의 말에 비월이 고개를 올려 하늘을 보았다. 가득 채운 달이 머리 위에 밝게 떠 있었다. 달을 보고 있던 비월이 성연을 보았다.

왜소한 체격, 가는 목소리, 사내라기보다는 여자에 가까운 분위기. 자신이 알고 있는 여자들보다도 더 여성스러운 그가 달을 향해 웃고 있었다.

"달 아가씨는 소가의 도련님과 혼약이 있으셨지요. 전 그 혼약에 관한 미래를 보기 위해 가게 되었고, 거기서 아가씨께 말씀드렸지요. 이리의 이름이 주변에 없는 한 아가씨의 미래는 소가의 도련님과 묶여 있을 것이라고 말이지요."

"……청원하고 말인가?"

"점쟁이가 모든 것을 알지는 못합니다. 전 비랑이 가명인 줄은 몰랐지요. 그리고 비월 님은 달 아가씨 쪽의 사람이 아니라 소가에 연결된 인연이었지요."

성연의 말에 비월이 걸음을 멈추었다. 그의 이야기에 집중하고 있던 비월이 천천히 말을 시작했다.

"대가문이라는 게 다 더러운 일을 하기 마련. 소와 서가 황제 몰래 일을 처리했으면 하는 일이 있었어. 하지만 하우가 거부를 했고, 두 가문은 그냥 넘기지 않았다."

성연은 그의 얼굴을 향해 고개를 돌렸다. 앞이 보이지는 않았지만 느껴지는 비월의 기운은 불안정했다. 월과 있으면서 느껴졌던 따뜻한 기운과는 거리가 멀었다.

"그때 주에서 제안을 해 왔지. 모두가 찬성한다면 자신 또한 마음을 바꾸겠다고 말이야. 결국 하우를 설득하는 대신 제거하기로 했어. 그때 난 아버지에게서 독립할 준비를 마친 상태였고, 하우를 받는 조건으로 내가 움직였다. 하우천은 지금도 원수니까. 하지만……."

"달 아가씨는 봄이지요. 아무리 추워도 같이 있다 보면 따뜻해지지 않습니까?"

성연의 말에 비월이 말없이 미소를 지었다. 불안정했던 감정이 진정이 되었다. 점쟁이라 청원은 불길하다 했지만 비월은 다르게 느껴졌다.

누구보다도 강한 사람. 적어도 비월이 보아 온 사람 중 가장 내면

이 강한 이였다.

"그대에게 푸념을 늘어놓을 자격 따위 나에게는 없는데. 난 도리어 당신에게 고마워해야 하는데 말이야."

처음이자 마지막일 것이다. 성연의 진심을 아는 건 눈앞의 이리뿐이었다.

겉으로 표현하지도, 말을 꺼내지도 않았지만 비월은 어느 순간부터 성연의 감정을 알고 있었다.

"저는 품는 대신 받아들일 겁니다. 그렇게 할 것이기에 그 누구보다도 전 달 아가씨의 가장 진하고 솔직한 사랑을 받을 거고요."

성연의 말에 비월이 힘없이 웃었다. 성연이 이수를 여인으로 여기고 있다는 것을 알면서도 비월은 그에게 어떠한 질투도 느낄 수 없었다. 아니, 오히려 기대고 있는 걸지도…….

비월의 모습을 보고 있던 성연이 그의 앞으로 걸어왔다.

"나는 받아들일 테니 당신은 품으세요. 부딪쳐야 이어질 수 있는 것입니다."

비월이 고개를 돌려 달을 보았다. 짙은 어둠 속에서도 달은 유일하게 빛을 품고 있었다.

"당신은 억울하지 않아? 그 누구보다도 당신이 아끼는 사람이잖은가?"

핵심에 가까운 질문에 성연이 미소를 지었다. 목숨을 버려도 좋을 만큼 달 아가씨를 귀하게 여긴다. 그에게 있는 단 하나의 빛이었다.

성연은 평생을 그 빛을 지키기 위해 살기로 했다. 그렇기에 그 빛이 부서지는 걸 막아야 했다.

"제가 모시는 신은 해죠. 하지만 제가 사랑하고 가까이하고 있는 건 달입니다."

성연의 말에 비월의 눈이 커졌다. 하지만 성연의 말은 멈추지 않았다.

"주단의 황제가 힘을 잃은 이유는 해를 모시는 신녀가 없기 때문이지요. 모시고 싶어도 해는…… 그는 답을 해 주지 않았을 테죠. 저에게 있었으니까요."

신녀나 점쟁이에 관한 이야기는 비월은 잘 몰랐다. 하지만 황제의 권위를 나타내는 부분 중 하나가 해를 모시는 신녀라는 건 알고 있었다. 그리고 몇 년 전부터 그런 신녀의 부재 때문에 현 황제가 재목이 아니라는 이야기가 나돌고 있는 것 또한 사실이었다.

하지만 성연의 말이 이해가 되지 않았다. 해, 즉, 태양은 여성이라기보다는 남성에 가까운 신이었다. 그렇기에 신의 상징이 되는 성과 반대되는 성을 가진 이가 받아들이는 것이 기본이었다.

물론 간혹 여신을 받아들인 신녀가 남성과 비슷한 성격이거나 그런 행동을 하는 것을 종종 비월 또한 본 적이 있었다.

하지만 신녀보다 신기가 상대적으로 적은 점쟁이가…… 그것도 같은 성의 신을…….

"그래서 당신이 그렇게 바뀐 것이었군."

여성스러운 외모와 행동. 가는 목소리.

마음에 드는 재목을 발견한 신은 인간의 사정 따위 봐주지 않았다. 신녀가 자발적으로 신을 받아들이고 자신을 바꾼 것이었다면, 눈앞의 이는 모든 게 강제였다.

기분 나쁘고 저주스러운 의미를 가지고 있는 점쟁이라는 표현은 그에게 어울리지 않았다. 만약 그의 말이 사실이라면 그는 주단에서 가장 강한 능력을 갖춘 이였다.

비월의 시선에 미소를 띤 성연이 다시 걷기 시작했다.

"전 그가 하는 짓이 꼴 보기 싫어 보란 듯이 반대되는 분과 어울렸죠. 심지어 사랑하고 귀하게 여기는 아가씨조차 이름에 달이 들어가지 않았습니까? 실제로 난 달에게도 예쁨을 받았습니다. 그러니까 이 정도로 아슬아슬하게 살아 있죠. 다만 달이 절 완전히 보호하기에는 원래의 신이 강했다는 게 문제였지만요."

이수를 만나고 성연의 몸이 붕괴하기 시작했다는 이야기를 들었다. 단순히 받아들인 신이 마음에 안 든다고 저럴 수 있을까? 더군다나 해를 모시고 있다는 게 밝혀지기만 했어도 그는 지금의 험한 삶이 아닌, 그 누구보다도 호의호식하며 살 수 있었다. 신녀들과 대립하고 있는 귀족 입장에서 성연은 대항마와 같은 존재였다. 그가 귀족들의 손만 들어 줬어도 누구보다도 편하게 살았을 것이었다.

하지만 왜 그가 그렇게 하지 않았는지 알 수 있었다.

"사람이 절벽 위에 한참을 매달려 있게 되면 그곳을 빠져나오겠다는 생각보다, 그냥 잡고 있는 손을 놓고 싶어집니다. 원하지 않는 신기에 피폐해져 있을 때 저는 제 나름대로 모험을 하나 하게 되었죠. 바로 그날이 하우에 불려 갔던 날이었습니다."

눈앞에 앉을 만한 돌이 있는 공터가 나타났다. 성연을 이끌어 그 돌에 앉힌 비월이 그의 앞에 앉았다.

"필요할 때만 찾고 버려지는 점쟁이, 지금의 상황을 이겨 나갈 수 있는 계기가 한 번이라도 오게 된다면 저 스스로 살아남겠다고 했을 때, 달 아가씨를 만났습니다. 아가씨에게는 사소한 호의일 수 있었으나 저에게는 길이었지요."

"……."

"해가 너무 밝아 아무것도 느끼지 못할 때, 다른 길이 있다는 것을 알려 주신 분입니다. 그렇게 전 살아남았지만 아가씨는 무너졌지요. 다시 만나 같이 지내며 달 아가씨는 제 덕분에 버텼다고 하지만 그 반대입니다."

잔잔한 미소에서 나오는 아픈 말에 비월이 눈을 좁혔다. 무슨 이야기를 하고 싶은 것일까? 성연이 자신의 이야기를 이토록 길게 하는 건 처음이었다. 성연이 쉽게 자신의 이야기를 할 리가 없다.

"비월 님, 당신이 지금까지 알아 온 사실이 진실일까요?"

단도직입적인 질문에 비월의 말문이 막혔다. 말을 잇지 못하는 비월을 보며 성연이 다시 물었다.

"그게 아니라면 당신은 달 아가씨를 지켜 줄 수 있나요?"

"무슨 이야기를 하는 거지?"

"당신의 아버지나 하우천은 모든 것을 알고 움직였을까요? 어쩌면 전혀 다른 사람이 움직인 것일 수 있겠지요? 제대로 흘러가야 할 일이 중간에 바뀌어 섞여 버렸다면, 그리고 그렇게 묻어졌다면 그런 식으로 결과가 나와도 아무도 모르지 않았을까요?"

떨고 있는 비월을 평온한 표정으로 성연이 보았다.

지금까지 성연을 지켜 준 이수를 위해 그가 할 수 있는 최선이었다. 나아진 몸 대신 치러야 할 값은 잔인했지만 후회는 하지 않았다.

망가졌던 몸은 나아질 것이다. 멀었던 눈도 다시 보게 될 것이다. 하지만 그는 달 아가씨를 포기해야 할 것이다.

"저는 그때의 일은 모릅니다. 그저 점쟁이의 싸구려 말이라며 무시해 버리셔도 할 수 없습니다. 하지만 과거를 제대로 찾아낸다면 당신과 달 아가씨가 함께 살아가는 길이 나타나겠지요."

"……."

"솔직히 그게 제 진심입니다. 당신이 어떻게 되든지 저는 아무 상관이 없어요. 하지만 내 아가씨는 살아남아 환하게 웃기를 원합니다. 진정으로 살아 있다는 것에 기뻐하며 누구의 삶이 아닌 자신의 삶을 선택하여 살아가기를 너무나도 바랍니다."

말을 끝내고 한동안 둘 사이엔 정적만이 흘렀다. 성연이 다시 이수의 막사로 되돌아가고, 혼자 남은 비월은 그가 한 말을 곱씹고 되새기며 주먹을 쥐었다. 바람이 완전히 사라지고, 해가 다시 떠오를 때까지 비월은 자리를 지켰다.

*　　　*　　　*

일주일이 지나갔다. 비월의 발 빠른 대처와 청원의 움직임으로 인해 내부는 어느 정도 수습이 되었다. 새로운 무기가 보급되었고, 이민족과의 전쟁을 마무리 짓기 위한 움직임도 시작이 되었다.

그리고 근 열흘 만에 이수가 막사 밖으로 걸어 나왔다. 여전히 창백한 안색에 비틀거리는 모습이 불안했지만 그래도 오랜만에 보는 모습이었다. 그녀의 등장에 주변에 있던 청풍단원과 무사들이 알은 척을 하였다.

"감기라면서? 이제 좀 괜찮아진 거야?"

심한 감기로 인해 움직일 수 없으니 다가갈 생각 따위 하지도 말라며 여청풍이 으름장을 놓았었다. 그의 배려 덕분에 이수는 무너져 있던 자신을 추스를 수 있는 시간을 벌 수 있었다.

"견딜 만합니다. 려현 오라버니는요?"

"아버지한테 할 이야기가 있다고 했어. 그쪽으로 가 봐."

"감사합니다."

"좀 쉬라고. 네가 아프니까 아버지도 려현이 놈도 까칠하다고."

그의 말에 이수가 고개를 숙이고 걸음을 옮겼다. 성연 이외에는 아무도 들어오지 못했던 막사, 하지만 딱 한 번 려현이 들어왔었다. 어두운 막사에서 쪼그리고 앉아 떨고 있는 이수를 보며 려현은 절규했다.

'그렇게 힘들면 차라리 죽이렴. 포기했던 복수를 해.'

떨고 있는 이수를 안아 주며 려현이 소리쳤다.

'그가 그렇게 미치게 좋으면 과거 따위는 버려. 지금의 빛나는 널 무너뜨리지 마라. 하지만 과거가 널 놔두지 않는다면 지금까지 못했던 복수를 해. 기검? 대장군? 그깟 게 다 무슨 소용인 거냐!'

아무것도 들리지도, 느껴지지도 않을 때 한 줄기 빛처럼 복수라는 단어가 이수에게 들려왔다. 팔에 묻었던 얼굴을 들어 려현을 바라보았다. 창백한 이수를 살피는 려현의 표정에는 근심이 가득했다.

'너의 원수인 줄 진작 알았다면 그런 관계 따위 절대로 막았을 것을! 너는 내 귀한 동생인데! 어찌 그딴 놈 때문에 이렇게 망가지려고 하는 것이냐. 차라리 내가 도와주마. 사라지지 않을 거 같으면 없애 버려. 검으로 쑤시든지 활을 쏘아 버리든지 아니면 독이라도 먹여. 그래서 편해질 것 같다면 차라리 그렇게 하자는 말이다.'

려현의 말이 들려오자 머리가 울렸다. 가던 걸음을 멈추고 이수가 머리를 붙잡았다. 머리가 뜨끈뜨끈하고 귀가 윙윙 울렸다. 좀 더 쉬라는 성연의 만류에도 괜찮다며 나온 것이었다.

여전히 몸은 엉망이었지만 더는 걱정을 끼칠 수 없었다.

려현도, 성연도, 여청풍도 이수의 주변에는 좋은 사람이 너무 많았다. 자신의 어그러진 행동에 그들까지 영향을 가게 할 수는 없었다.

외부와의 연결을 모두 끊고 누워 있는 동안 치열한 감정의 대립이 그녀를 괴롭혔다. 그를 증오하는 마음과 그를 향한 애정이 한 치의 물러섬이 없이 서로의 자리를 요구했다.

선택할 수 없다. 한곳의 손을 들어 주기에는 극과 극의 감정이 전부 강했다.

"월?"

려현을 향해 걸어가는 이수의 옆으로 청원의 목소리가 들렸다. 그의 목소리에 이수가 고개를 돌렸다. 주변을 보고 있던 청원이 천천히 그녀에게 다가왔다.

"나아졌소?"

여전히 창백한 얼굴이 불안했다. 바짝 마른 입술에 생기라고는 느껴지지 않았다. 빛이 꺼진 눈동자가 힘없이 청원을 보고 있었다. 확 사로잡는 아름다움은 없었으나 부서질 듯 힘없는 모습이 애처롭게 매혹적이었다. 그녀를 보지 않는 동안 멈춰 있던 청원의 심장이 다시 떨렸다.

"괜찮습니다, 나리."

"청원이라 부르시오. 나리는…… 그런 호칭은 싫소."

"그럼 나리부터 바꾸시지요."

자르듯 말하는 이수의 모습에 결국 청원이 손을 먼저 들었다.

"이수."

청원의 말에 이수가 고개를 끄덕였다. 쉬고 있으라는 성연의 말에도 밖으로 나온 것은 월에서 이수로 되돌아오기 위해서였다. 사실을 알게 된 여청풍과 려현에게 전처럼 대해 달라는 부탁을 해야 했다.

"그럼 전 일이 있어서 가 보겠습니다. 살펴 가십시오."

"이번 일이 끝나면 주단으로 돌아갑시다. 예전처럼은 어렵겠지만 소에서 직접 도와주겠소. 비월이 그 어떤 해도 안 끼치게……."

"이번 일이 끝나면 저는 떠납니다."

이수의 말에 청원의 표정이 굳었다. 그를 보고 있던 이수가 자조적인 미소를 지었다. 일주일을 내내 고민하고 생각했다. 도망치는 것 아니냐는 반문이 들었지만 외면하였다.

다른 사람이 소중한 만큼 비월이 귀했다. 과거에 죽어 간 사람들이 그리운 만큼 비월을 원했다.

하지만 가져서는 안 된다. 욕심을 내서도 안 된다. 이수에게 비월은 그런 사람이었다.

그렇다면 그 누구도 보이지 않는 곳으로 이수가 떠나는 것이 맞을 것이다.

이수의 대답에 청원이 고개를 저으며 입을 열었다.

"부담 가질 필요 없소. 당신 말이 맞아. 나로 인해 당신이 이리되었지. 그러니 기회를 주시오. 적어도 이수, 당신만큼은 이렇게 힘들게 살게 하지 않겠어. 과거에는 저버린 손, 이제는 절대 놓지 않겠어!"

초조한 청원의 말에서 다른 것이 느껴졌다. 힘없이 내려놓았던 이수의 팔을 청원이 붙잡았다. 힘들어하는 이수의 앞에서 이런 말을 할 때가 아니라는 것은 알고 있었다. 하지만 청원의 머릿속에는 이수의 떠날 것이라는 말만이 맴돌았다.

그녀의 성격이라면 비월도, 청원도 다시는 볼 수 없는 그런 곳으로 갈 것이다. 그동안 참아 왔던 마음이 제멋대로 날뛰었다.

그녀를 원한다. 비월에게 보여 줬던 미소를 보지 못해도 좋았다. 가까이에서 그녀의 행복을 빌어 주며 힘들어하지 않게 지켜 주고 싶었다. 청원에게는 그렇게 할 만한 힘도 있었고 밀어붙일 의지도 있었다.

"사내도 힘들어하는 험한 길로 가게 둘 순 없소. 난 당신을⋯⋯ 당신을⋯⋯."

"⋯⋯."

"내가 당신과 혼인을 했다면 지금 이렇게 당신이 힘들지 않았을 것이오. 이런 복잡한 마음 또한 생기지 않았을 테지."

말을 잇지 못하는 청원을 이수가 말없이 쳐다봤다. 언제부터 상황이 이렇게 흘러가게 된 것일까? 이수가 비월에게 마음을 열었던 것처럼, 청원 또한 언제부터인가 달라졌을 것이다. 이런 감정에 명쾌한 해답은 없다. 하지만 어떻게 행동해야 하는지는 나와 있었다.

오랜 시간 계속된 정적 속에서 이수가 천천히 청원의 팔을 떼어 냈다.

"스쳐 가는 바람은 한 명으로 족해요. 그리고 당신은 이미 과거에 떠난 인연이죠."

항변하려는 청원을 이수가 막았다.

"이수는 손안에서 떠나는 바람을 잡지 않아요. 그러니 놓아주세요. 당신도, 비월도 바람처럼 보낼 것입니다. 당신들로 인해 이수가 위험해진다면 난 모두 포기할 거예요."

눈을 감고 청원을 밀어낸 이수가 몸을 돌렸다. 가라앉았던 열이 다시 올랐다. 어지러운 머리를 손으로 붙잡자 놀란 청원이 그녀를 부축하였다.

투둑.

바닥으로 떨어지는 소리가 묵직했다. 놀란 청원이 말을 잇지 못하자, 이수가 손을 들어 코 밑을 쓸었다. 손가락 끝에 피가 맺혀 있었다. 바닥에 떨어진 피를 확인하려던 순간 방울방울 떨어지던 것이 주르륵 흘러내렸다.

모래로 떨어진 피가 빨갛게 흡수되었다. 반사적으로 손으로 코를 막은 이수가 고개를 들었다. 그리고 그때, 위로 올렸던 고개를 누군가가 부드럽게 아래로 내렸다.

그와 눈이 마주쳤다. 힘이 없던 몸이 긴장으로 인해 경직되었다. 떨지 않던 심장이 그의 모습과 함께 격하게 떨렸다.

"고개를 드는 게 아니야. 좀 더 아래로 숙여."

목소리는 부드러웠지만 청원을 보는 비월의 시선은 차가웠다. 말을 하지 않아도 비월이 말하고자 하는 의미를 알았다. 그의 시선에 결국 청원이 한 발짝 물러났다.

빠져나가려는 이수의 어깨를 붙잡은 비월이 품에서 꺼낸 손수건으로 그녀의 코에 대었다.

"피는 삼키지 마."

응급처치로 콧방울을 눌렀지만 나아지지 않았다. 결국 비월이 이수를 안아 들었다.

그의 행동에 이수가 비명을 질렀다.

"이거 내려놔요!"

소리를 지르는 이수를 무시하며 비월이 따라오는 병사들에게 소리쳤다.

"오지 마라!"

"내려놓으라고요!"

"사람을 더 부르고 싶으면 소리쳐. 난 당신 몸 상태부터 봐야겠어."

이수를 안은 채 비월이 몸을 날렸다. 순식간에 둘의 모습이 사라졌다. 텅 비어 버린 자리를 보고 있던 청원의 표정이 어두워졌다.

청원이 함부로 다가갈 수 없는 이수의 깊은 곳에 비월은 단숨에 들어갔다. 마음속에 불길이 인다. 과거에는 비월을 위해 그녀의 손을 놓았다. 하지만 이제는 그럴 필요가 없다. 아니, 그러고 싶지 않았다.

막연히 기다리며 기회를 달라고 말하는 것은 이제 끝이다. 다가갈 것이다. 스쳐 가는 바람이 아닌 그녀의 곁에서 항상 있는 존재가 될 것이다.

*　　*　　*

비월이 이수를 데리고 간 곳은 주둔지에서 조금 떨어진 곳에 만들어 놓은 집이었다.

이런 곳이 있었다는 사실에 놀란 것도 잠시, 이수의 앞에 비월이 새로운 수건을 내밀었다. 지금의 호의를 거부하고 싶어도 한 번 터진 코피가 멈추지 않았다. 결국 수건을 잡은 이수는 고개를 숙였다.

"얼마나 못 잔 거야?"

비월의 물음에 이수가 아무런 대답도 하지 않았다. 이 상황에서 입을 열면 어떤 말이 튀어나올지 그녀도 알 수 없었다. 그와 같이 있다는 긴장 때문인지 심장이 빠르게 뛰었다. 담담하려 했지만 열이 오른 뺨이 붉었다.

물어보기는 했으나 그녀의 대답을 기대하지는 않았는지 조금 전 물에 담가 놓았던 수건의 물기를 짰다. 수건을 접어 몸을 돌린 비월의 눈이 좁혀졌다.

코피는 멈춰 있었으나 창백한 얼굴이 쓰러질 듯 위태로웠다. 눈에 보이지 않았던 며칠 동안 얼마나 자신을 학대한 것인가? 최대한 참고 있었지만 비월의 속이 바짝바짝 탔다.

피가 그친 걸 확인한 이수는 수건을 내려놓으며 일어났다.

"이제 되었으니까 이만 갈게⋯⋯."

후두둑.

손에 잡고 있던 수건을 본능적으로 코에 대었다. 한숨을 쉬며 비월이 이수를 다시 앉혔다.

"따로 쉬려고 부하가 마련한 자리야. 누가 올 일 없어. 쉬어!"

"괜찮아요. 그러니까."

"말 좀 들어! 괜찮다는 여자가 왜 이 꼴이야!"

바보 같은 것인지, 자신의 속을 긁으려고 작정을 한 것인지 쓸데없는 억지를 부리는 이수를 향해 비월이 소리쳤다. 그의 외침에 무언가를 말하려 했던 이수가 결국 고개를 옆으로 돌렸다.

비월이 왜 이러는지 알고 있었다. 태연한 척, 괜찮은 척하고 있었지만 이수의 눈에 보이는 그도 많이 지쳐 보였다. 왜 이렇게 말랐느냐며 물어보고 싶어도 이수는 할 수 없었다.

이수의 코피가 멈추자 비월이 안도의 숨을 내쉬었다. 곳곳에 묻은 피와 새하얀 안색으로 인해 얼굴이 더 엉망이었다. 들고 있던 수건으로 비월은 이수의 얼굴에 묻은 피를 닦아 냈다.

비월이 내뿜는 기운이 너무 살벌해 차마 이수는 자신이 하겠다는 말을 꺼내지 못했다. 그녀의 얼굴을 닦아 낸 수건을 적당히 던지며 비월이 이수의 무릎에 담요를 덮었다.

의자를 이수 앞에 놓고 앉은 비월은 이수를 보며 나지막이 말했다.

"복수하고 싶은 마음이 남아 있다면 적어도 나보다는 좋은 상태로 있어. 그렇게 무너지지 마."

"무슨 이야기를 하자는 건가요?"

어차피 문을 등지고 앉아 있는 비월에게서 벗어날 수 없다. 더군다나 그를 보면 볼수록 온몸에 힘이 빠졌다. 마주하는 것도 고통이다. 열흘 만에 본 그의 모습에 아물지 않은 상처가 멋대로 헤집어졌다.

"그 몸 상태로 무슨 이야기를 해? 쉬어야지. 어차피 그때의 일은 없던 일이 되지 않아. 그때 일로 도망가지도 않을 테니 언제든지 이야기할 수 있어."

"난 당신 얼굴 보고 싶지 않아요. 조금 쉬고 일어날게요. 그러니까 먼저…… 읍."

자신의 상태는 생각도 안 하고 고집을 피우는 이수가 안쓰러우면서도 화가 나 그대로 안아 버렸다. 밀어내는 이수의 팔을 끌어 그대로 품에 안으며 턱을 붙잡고 거칠게 입을 맞추었다. 마르고 갈라진 입술을 조급해하는 혀로 천천히 쓸었다.

굳게 닫혀 있던 입술이 뜨거운 숨과 함께 천천히 열렸다. 더디게 열리는 것이 마음에 들지 않는지 다급히 비월이 안으로 들어왔다. 비릿한 피 맛이 입술에서 입술로 넘어와도 달콤했다. 지독하게 그를 괴롭혀 오던 두려움과 갈급이 조금이나마 해소가 되었다.

"하아. 하아."

비월의 입술이 떨어지자 이수는 격한 숨을 내쉬었다. 상기된 뺨이, 거칠게 헐떡이는 모습이, 몸이 아프다는 것을 알고 있음에도 유혹적이었다. 떨어졌던 입술이 다시 만났다. 마치 이수가 내쉬고 있는 모든 숨을 다 마셔 버리겠다는 기세로 거칠게 달려들었다.

비월의 옷을 뜯고 밀어내도 그는 요지부동이었다. 숨 쉴 틈 따위 더 이상 없다는 듯 피하려는 이수에게 다가오고 또 다가왔다. 마주하고 있는 비월의 열기에 숨을 쉴 수 없었다.

그에 대한 증오로 밀어내기만 하던 이수가 어느 순간부터 팔로 비월의 목을 감았다. 그가 전해 오는 열기에, 익숙한 체향에, 항상 새롭게 느껴지는 그의 감촉이 미치도록 좋았다.

지금까지 참아 왔던 모든 것을 쏟아붓듯 둘은 한동안 서로의 숨을 탐하였다. 회색의 머리카락과 가는 목선을 훑어 내리던 비월의 손이 이수의 허리를 감아 조심스럽게 그녀를 자리에 눕혔다. 계속 탐하고 삼키던 입술을 그제야 뗐다.

숨을 거칠게 몰아쉬며 이수는 상기된 얼굴로 그를 쳐다봤다. 비월 역시 숨을 내쉬며 그녀의 어깨에 얼굴을 묻었다. 이수의 청량한 체향이 비월의 소유욕에 불을 댕겼다.

완전히 가지고 싶다. 그녀를 보며 흔들리는 청원의 시선도 싫었고, 그에게서 멀어지려는 이수도 불안했다. 참아 왔던 피곤이 그녀의 곁에서 밀려왔다.

"그날 이후로 잠을 못 잤어. 졸려 죽을 거 같아."

비월의 말에 이수는 말없이 그의 뺨에 손을 댔다.

여전히 그가 밉다. 그가 자신에게서 가져간 것이 너무나도 귀했기에 도저히 잊어버릴 수 없었다. 자신이 당한 고통만큼이나 그도 느끼게 하고 싶었다. 이수의 고통을 그 또한 느꼈으면 했다.

하지만…….

그녀도 지칠 대로 지쳐 있었다. 익숙한 온기가 판단을 흐리게 했다. 그의 품에서 이수 또한 쉬고 싶었다.

더 이상 잃을 것도 포기해야 할 것도 없었다. 그렇다면 온전하게 하나 정도는 가져도 되는 것이 아닐까? 어깨에 얼굴을 묻고 있는 비월의 뺨을 들어 오랫동안 바라보았다.

어차피 사실이 드러나도 이수는 이제 귀족이 아니었다. 귀족 여인이 가져야 할 제약 따위 그녀에게는 없었다. 그렇기에 이수의 위에 있는 비월을 보며 정조를 지켜야 한다며 비명을 지르지도, 혼인 전에 원수를 사랑했다며 스스로의 삶을 포기할 일도 없었다.

"그렇게 증오하는 하우라면서 왜 난 안 죽인다고 하죠?"

창백한 안색과는 다르게 이수에게서 나오는 말은 달콤했다. 위에서 내려다보고 있음에도 고문을 당하고 있는 건 비월 같았다. 몸은 피곤해 죽겠으면서도 아래에 있는 보석에 눈이 멀어 심장이 뛰었다.

"당신은 반짝반짝 빛나니까. 그 빛 옆에 있으면 따뜻해서 나른해져. 내 주변에 있는 사람 중 나한테 그렇게 해 줄 수 있는 사람이 당신밖에 없는데 내가 왜 그런 짓을 하지?"

"난 당신을 죽일 수 있어."

이수는 손을 들어 비월의 얼굴을 쓰다듬었다. 모순되게도 며칠 내내 그녀를 괴롭히던 복잡한 감정이 그와 같이 있음으로써 안정이 되었다. 죽일 수 있다고 말하고 있었지만 표정은 말과는 반대였다. 얼굴을 어루만지는 이수의 손을 잡아 비월이 입술을 댔다.

"내가 더 강하니까. 당신이 날 죽이려고 하면 열심히 막으면 돼."

비월의 말에 이수가 힘없이 웃음을 터트렸다. 그는 어떻게 저리 판단이 빠를까? 자신은 온몸을 휘어잡는 복잡한 감정에 미칠 것 같은데, 그는 언제나 답이 바로바로 나왔다.

이수의 표정을 말없이 보고 있던 비월이 그녀의 뺨에, 코에, 목에 입을 맞추었다. 태워 버릴 듯 뜨겁게 달아오르던 열기가 이수에게 전해졌다. 비월의 눈에 보이는 불이 어떤 것인지 이수 또한 알았다. 그리고 그 불은 어느덧 이수에게서도 뜨겁게 타올랐다.

그의 하나 정도는 내가 가지리라. 자신을 그에게 맡기는 게 아니었다. 비월을 이수의 것으로 만들려는 것이었다. 비월에게서 여유는 느껴지지 않았다. 그건 이수도 마찬가지였다.

시선과 시선이 마주치고 비월이 입고 있던 옷을 벗었다. 일어나 있던 이수의 허리를 잡고 자리에 눕혔다.

이제 시작일 뿐이었다. 승낙한 이상 품에서 놓아줄 수 없었다.

꽁꽁 숨겨져 있던 이수의 몸이 비월의 손길에 하나씩 드러났다. 새하얀 속살 안에 새겨져 있는 크고 작은 흉터들이 그녀가 여느 여인들과는 다르다는 것을 보여 줬다. 그 누구보다도 치열하게 살아온 그녀만의 흔적이기에 그것마저도 유혹이자 매혹이었다.

누구에게도 보여 주지 않은 나신을 내보인 이수가 몸을 움츠렸다.

고개를 돌려 비월의 시선을 외면하는 이수의 목에 입술을 대고 혀로 희롱하였다. 작은 접촉에도 자지러지는 이수의 모습이 사랑스러웠다. 목덜미에서 유려한 곡선의 어깨에 연이어 입을 맞추었다. 허리를 감싸고 있던 손이 매끈한 등을 훑었다.

맞닿은 피부를 통해 이수의 긴장감이 비월에게도 전해졌다.

닫혀 있던 마음에 다가가듯 조금씩, 그리고 하나씩 시작하였다. 지금까지 아무도 다가오지 못했던 이수의 전부에 비월이 흔적을 남겼다. 소담하게 오른 가슴을 희롱하고 고개를 돌리며 보이는 귓불에 입을 맞추었다.

팽팽하게 머물고 있던 긴장이 조금씩 흥분으로 바뀌었다. 두려운 감정에 어찌할 바를 모르던 이수는 천천히 비월과 움직임을 맞춰 갔다. 이수의 허리가 비월에 의해 들려지고 때가 되자 그가 그녀의 안으로 들어왔다.

"아악."

온몸을 울리는 고통에 이수가 비명을 질렀다. 비월의 어깨를 팔로 감싼 이수의 몸이 경직되었다. 까무러칠 듯 빠르게 내쉬는 숨을 입안에 가두고 혼자만의 것으로 만들었다. 천천히, 곧이어 격해지는 움직임에 이수의 머릿속이 하얘졌다.

고통과 열락에 나오려는 신음을 이수는 손으로 막았다. 그와 자신 이외에 아무도 없다는 것을 알고 있었지만, 그나마 남아 있는 이성이 그것까지는 허락하지 않았다.

입을 가리고 있는 이수의 손을 떼어 낸 비월이 입을 맞추었다. 비월의 등을 만지고 있던 이수의 손이 어깨를 감쌌다. 살과 살이 닿는 느낌은 미치도록 따뜻해서 어떤 생각도 할 수 없었다. 며칠 동안 곪고 터지던 상처가 상대에 의해 조금씩 아물어 갔다.

비월이 이수를 보았다. 그의 시선에 이수가 미소로 답하였다.

그녀는 자신의 것이다.

그리고 그는 나의 것이다.

*   *   *

구름이 끼고 비가 내렸다. 오랜만에 내리는 시원한 비였기에 모두가 환호했다. 부슬비처럼 내리던 비는 삽시간에 매섭게 내리기 시작했다.

빗소리가 커지자 곤하게 잠이 들었던 비월의 눈이 떠졌다. 잠에 취한 눈을 비비며 시선을 창으로 옮겼다. 사막에서 처음 보는 비였다. 그렇게 답답할 때는 한 방울도 내리지 않더니 이제야 신이 나게 쏟아붓고 있었다.

최근에 자 본 잠 중에 가장 달게 잤다. 축축 처지던 무거운 몸이, 흐릿했던 정신이 말끔해졌다. 비가 내리는 창을 보고 있던 시선이 옆으로 옮겨졌다.

이수가 고른 숨을 내뱉으며 잠들어 있었다. 비월은 어깨 밑으로 내려가 있는 이불을 위까지 덮어 주었다. 날씨에 따라 온도가 변하는 사막답게 비가 오자 평소보다 쌀쌀해졌다. 체온을 좇아 비월을 향해 이수가 몸을 웅크렸다.

깊게 잠이 든 이수의 심장이 오르락내리락 움직였다. 땀에 젖은 얼굴에 붙어 있는 머리카락을 뒤로 넘겨 주었다. 잠은 완전히 깼지만 일어나고 싶지 않았다.

남아 있는 더러운 것을 쓸어버리듯 세차게 내리는 빗소리를 들으며 비월이 이수의 어깨를 어루만졌다. 심장을 움직이며 내는 숨이 안고 있는 비월의 팔을 간질였다.

시끄럽게 내리는 빗소리에 자고 있던 이수의 눈이 떠졌다. 흐릿한 눈빛을 보고 있던 비월이 이수의 이마에, 코에, 입술에 짧게 입을 맞추었다.

정신을 차린 이수는 웅크렸던 몸을 움직이다 말고 인상을 찌푸렸다.

무사인 이수는 비월 없이 살아왔지만 모순되게도 여자인 이수는 언제나 그와 함께였다. 전투 중에 다쳤을 때와는 다른 고통이 몸에 남아 있었다.

이수가 왜 그러는지 아는 비월이 편하게 자리할 수 있도록 그녀를 안았다. 그의 품에 안긴 이수는 비가 내리는 창을 향해 시선을 고정하였다.

사막에 내리는 비는 잠시 동안 누릴 수 있는 작은 휴식과 같았다.

비와 함께 쉬라는 것일까? 아니면 이제는 답을 정하라는 것인가?

창밖을 바라보던 그가 익숙한 시선에 다른 방향을 보았다. 전보다는 표정이 한결 편해 보였다.

자신과 같이 있어서? 아니면 여인과 사내로서 즐기고 난 뒤라서?

이수는 후자는 아니라고 결론지었다. 그렇다고 선이 먼저라고는 할 수 없었지만.

어찌 되었든 그의 품에서 잠다운 잠을 잤다. 아무것도 모를 때처럼 행복할 수는 없겠지만 그래도 죽을 것같이 답답했던 압박감은 덜어졌다.

비월의 눈을 말없이 보고 있던 이수가 그의 뺨에 손을 대었다. 그 위에 비월의 손이 이수의 손을 잡았다.

눈가가 흐릿해진다. 눈앞의 사내가 주는 온기가 좋았다. 다른 사람은 볼 수 없는 미소가 그녀를 향해서만 지어졌다.

같이 있고 싶은 사람임에도 과거라는 선은 철저히 둘을 갈랐다.

"가족들의 목 아래로 당당히 지나가는 당신이 무서워서 남쪽으로 도망 왔어. 성연 오라버니가 하늘 아래 가장 단단히 지켜 줄 수 있는 곳이라고 했거든."

조용히 말하는 목소리에 귀를 기울였다. 비월의 팔에 기대고 있는 이수의 눈가에 물기가 서렸다. 비월의 손가락에 맺혀 나오는 눈물은 따뜻했다. 비월이 그녀의 몸을 끌어 품에 안자 그의 어깨에 얼굴을 묻었다.

"청풍단에 들어가고 먹고살 만해지자마자 복수라는 걸 해 보려고 했는데…… 당신이 너무 크더라. 복수할 틈은커녕 마주하는 것도 겁나서 포기했어. 그 대신 진짜 열심히 살아 보려고 노력했는데……."

말을 잇지 못하던 이수가 몸을 돌렸다. 그를 보며 과거를 말할 자신이 없다. 무겁게 짊어지고 있던 삶의 무게를 비월에게 보여 줘도 되는 것일까? 아직 정해진 것은 아무것도 없다.

눈을 감고 말을 아끼고 있는 이수의 허리와 어깨를 비월이 안았다. 어깨를 감싼 단단한 팔에 각인처럼 새겨져 있는 흉터를 이수의 손가락이 천천히 쓸었다.

대가문의 귀족이라는 그는 신분에 맞지 않는 상처가 많았다. 천천히 스쳐 가는 손가락에 걸리는 상처를 감촉으로 느끼며 이수가 말을 이었다.

"너무 완벽해서 상처 따위는 아무것도 없는 귀족인 줄 알았는데 당신도 상처투성이구나. 나는 당신 때문에 다쳤다지만 당신은? 누가 이렇게 한 거지? 당신이 말하던……."

"아버지. 어머니를 부정한 여인으로 몰아 목매달게 하고, 지겨울 때마다 여자를 바꾸던 아버지. 의심할 어머니가 죽자 그 아들을 의심하고 죽이려 하고 있는, 참으로 잘나신 내 아버지."

말을 끝낸 비월이 등을 돌리고 있는 이수의 어깨에 얼굴을 묻었다. 흔적을 남기고 남겨도 부족했다. 다른 사내들 따위 넘보지 못하게 내 사람이라는 표시를 제대로 남기고 싶었다.

몸에 남겨지는 흔적만큼이나 이수의 마음 안에도 각인처럼 자신의 존재가 새겨지길 원했다. 단순히 스쳐 지나가는 사내 따위는 되지 않을 것이다. 비월에게 이수가 전부이듯 이수에게도 비월이 전부이기를 바랐다.

그렇다면 이제는 시작해야 할 이야기가 있었다.

"전에 이야기하자고 했었지? 지금 하자."

그의 말에 이수가 몸을 돌렸다. 이수를 바라보던 비월의 분위기가 달라졌다. 그녀를 바라보는 눈빛과 어루만지는 손길은 나긋하고 부드러웠지만 입가는 굳어 있었다.

"길고 재미없을 거야. 들을 만한 내용도 아니지. 하지만 하나만 약속해 줄래?"

"……말해."

"날 죽이는 게 생각보다 어려운 일이라면, 복수하는 대신 포기하게 된다면 그때는 내 곁에 있어. 내가 가는 길에 당신이 있었으면 좋겠어."

몸을 일으키는 비월을 따라 이불로 몸을 가린 이수가 같이 일어섰다. 비월이 팔을 벌리자 품에 안긴 이수는 그의 어깨에 얼굴을 묻었다. 눈을 감은 이수가 비월의 목소리에 집중하였다.

"내 어머니는……."

그칠 생각이 없는 듯 비가 계속 쏟아졌다. 알지 못했던 과거가 비월에게서 차근차근 시작되었다. 이소진, 서진형, 하우천. 과거에서 이어지는 이야기가 현재를 향해 천천히 흘러갔다. 경악으로 인해 크게 눈을 뜬 이수가 조곤조곤 이야기하는 비월을 보며 글썽였다.

혼란스럽다. 무엇이 진실이고 거짓인지 판단할 수 없었다. 왜 아버지 대의 일이 지금에서야 칼이 되어 둘에게 휘둘려지는지도 알 수 없었다.

눈을 가득 채운 눈물이 얼굴을 타고 흘러내렸다. 바닥에 흘린 눈물이 떨어지기 전, 비월의 손이 흘리는 눈물을 가져갔다. 비월의 힘 없는 미소 안에 고통이 보였다.

"당신의 아버지를 미워하고 싶지 않았어. 그는 내 아버지와는 다른 사람이었으니까 존경했었어. 그랬던 그가 더 이상의 오해는 싫다며 나서지 않겠다는 말을 했을 때는 진심으로 믿고 싶지 않았어. 가문이 욕보는 모습은 보고 싶지 않기에 소문을 더 커지게 하는 행동은 할 수 없다고 했지."

"……"

"자신이 떳떳하면 버티라며, 스스로 증명할 방법이 있다면 그걸 선택하라고 한 그가 미웠어. 물론 내 어머니가 그런 선택을 할 줄은 생각하지 못했겠지. 아무도 없었던 나에게서 그는 전부를 없앤 사람이었어."

굳은 표정으로 말하는 그를 보며 이수가 눈을 감았다. 그녀와는 다른 상처가 비월에게서 천천히 흘러나왔다. 눈물은커녕 목소리의 높낮이조차 없이 말하는 비월의 모습에 이수는 자신과 똑같은 상처를 느꼈다.

"이제 그만해도 돼. 하지 마."

굳은 표정으로 말하려는 비월을 이수가 막았다. 팔을 올려 비월을 껴안았다. 안고 있는 이수의 등을 비월이 손으로 어루만졌다.

끝없이 비가 내리고, 시간이 더 흐른 후, 집 밖으로 이수가 나왔다.

$$* \qquad * \qquad *$$

모든 걸 말해 준 그는 잠들어 있었다. 이불을 덮어 주고 나오는 길에도 비는 계속 내렸다.

애초에 비를 피할 물건을 가져온 것이 아니었기에 이수는 오는 비를 그대로 맞고 있었다. 몸을 적시는 비는 시리도록 차가웠지만 느껴지지 않았다.

'서진형이 나한테 보여 준 증거는 몇 개의 연서와 값비싼 세공품 몇 점이었어. 자신이 누구인지 숨기려는 듯했지만 억지로 지운 인장이나 글씨체, 그리고 특유의 종이 재질이 모두 하우천을 가리켰지만 아닐 것이라며 믿지 않았어.'

천천히 걷던 걸음이 멈추었다. 정면을 보고 있던 눈이 감겼다. 짙은 절망이 하얗게 질린 얼굴에 깊숙이 드러났다.

'어머니가 돌아가셨을 때만 해도 하우에 대한 적의는 있었지만 증오하지는 않았어. 그저 힘을 키워 사과를 받겠다는 결심만 하고 있었지. 죽음에 관한 책임은 아버지에게 있었으니까. 솔직히 통정했다고 해도 이해할 수 있었어. 그 사람 옆에서 부인으로 산다는 것이 얼마나 끔찍한지 알고 있었으니까. 그런데 어머니를 묻고 안채를 정리하다가 그걸 찾게 되었어.'

열두 살의 서비월이 찾아낸 건 이소진이 옷장 뒤편에 숨겨 놓은 편지 묶음이었다. 통정한다는 소문이 나돌기 시작했을 때부터 하우천과 주고받은 편지였다. 얼마나 보았는지 비월은 안의 내용을 전부 기억하고 있었다.

'어머니는 도와 달라고 했고, 하우천은 처음에는 최선을 다해 도와주겠다고 했어. 하지만 어느 순간부터 하우가 항변을 하면 할수록 소문이 커지기만 하니 미안하지만 덮어야 할 것 같다고 했지. 이런 식의 편지를 나누는 것도 오해될 수 있으니 서로가 감수하자고 했어.'

가문을 욕보일 추문이 커지려 하자 하우천은 진실을 밝히는 대신 묻기로 한 듯했다. 그 이후로도 이소진은 여러 번 편지를 보내었으나 하우천은 모두 외면했다.
그리고 마지막에 온 편지에 비월의 적의는 증오로 바뀌었다.

'어머니는 다른 사람의 입에서 오르내리는 건 참을 수 있으나 아버지에게만큼은 진실을 말해 달라고 했어. 그 사람에게만큼은 이런 대접을 받을 수 없다고 말이야. 그런데 어머니가 돌아가시기 전날, 본가의 인이 찍힌 하우천의 편지가 도착했고 그걸 본 어머니는 스스로를 저버리셨어. 편지에는……'

—당신은 스스로가 진실을 증명할 방법을 찾아야 할 것이오.

이소진에게 서진형이 요구한 유일한 증명은 스스로의 목숨을 끊는 것이었다. 그리고 하우천은 본의 아니게 유약한 그녀에게 죽어서 의심을 풀라 말한 상황이 되어 버렸다. 유약하고 어리석었던 귀족 여인은 자신을 다잡고 오해를 푸는 일을 하는 대신 외부에서 하라는 그대로 받아들이고 행하였다.

'장례가 치러지고 얼마 되지 않아 하우에서 화해의 의미로 어머니 무게 세 배의 금, 그리고 하우와 서가 맞닿는 지역의 기름진 땅을 양도해 왔어. 그걸 웃으며 받아들이는 아버지나 과거의 일은 잊어 달라며 온 하우의 사람들이나 똑같았어. 그들의 모습을 본 순간, 난 어머니가 두 번 죽임을 당한 거라고 생각했어. 그 모습을 머릿속에 하나씩 넣으며 결심했어. 어머니와 연관된 모든 걸 없애겠다고 다짐하고 뼛속에 새겼어.'

하우천은 진실을 밝히는 대신 묻어 버렸다. 유일하게 진실을 말할 수 있는 능력과 힘을 가진 이가 순식간에 태도를 바꾼 것이었다.

거래가 끝난 이후, 두 가문은 원래대로 돌아왔다. 친밀하지는 않았지만 적당한 선에서 교류하기도 하였고, 이득을 위해 손을 잡기도 했다.

잘난 가문. 그토록 대단한 가주들 사이에서 묻혀 버린 사람은 이소진뿐이었다.

그들에게는 아무것도 아니었지만 이소진은 비월에게 세상이었고 전부였다.

'하우천은 억울할 수도 있었을 거야. 하지만 적어도 그가 떳떳했다면 사건을 묻자며 보상금을 내미는 일 따위 하지 않았을 거야. 그게 아니었다면 최소한 어머니의 장례식에 와서 미안하다는 말 정도는 해 줄 수 있지 않았을까? 아무도 없었는데 말이야. 정말…… 그곳에는 아무도 와 준 사람이 없었어. 그날 이후로 그는 한 번도 어머니에 관한 이야기를 해 주지 않았어.'

자신의 막사에 도착한 이수가 들어가지 않은 채 밖에 서 있었다. 비월을 처음 만났을 때 귀밑에 있던 머리카락은 어느새 턱에 닿을 정도로 길어 있었다. 차가운 빗방울이 머리를 차갑게 해 줬지만 생각은 정리되지 않았다.

하우를 멸문시키고 힘을 얻은 비월이 왜 서진형에게서 그토록 독립하고 싶어 하는지 이제는 알 수 있었다. 아버지인 서진형을 죽일 수는 없기에 비월은 그가 가지고 있는 모든 것을 빼앗으려 하고 있었다.

비월이 정식으로 가문을 인정받는 순간, 서진형은 아버지이기는 했지만 그에게 지배력을 행사하는 가주는 아니게 된다. 가문에 소속된 사람이 아니라 가문 대 가문으로 대립하게 되면 비월은 얼마든지 서진형을 공격할 수 있었다.

이수는 가문을 잃고 가족을 잃었다.

비월은 가족을 잃고 가문에서 버림받았다.

누가 더 불쌍하고, 누가 더 옳은 대의명분을 가졌는지는 이제 아무런 의미가 없었다. 비월이나 이수나 지독하게 꼬인 운명 속에 놓인 것뿐이었다. 피할 수도 벗어날 수도 없는 그 안에서 앞만 보고 살아왔을 뿐이었다.

빗속에서 결국 이수가 울음을 터트렸다. 참아 왔던 절규가 빗속에 묻힌 채 울렸다.

그를 미워한다. 그리고 사랑한다.

지옥으로 같이 가자면 웃으면서 함께할 수 있는 사람이었다. 그저 재미난 귀족이라고 생각했었던 그는 어느새 이수의 중심이 되었다.

왜 하필 그가 서비월인 것인가? 어째서 그가 모든 일의 시작이 되어 버린 것인가?

그는 선택하라고 했지만 이수는 할 수 없었다. 그녀에게는 비월만큼이나 죽어 간 사람들이 귀했다. 과거를 버리고 현실을 선택하기에는, 이수는 과거의 힘으로 살아온 여자였다.

절규가 멈추고 막사의 천이 열렸다. 붉어진 눈에 한쪽에 놓아둔 풍사궁이 보였다.

한 걸음, 한 걸음 앞으로 다가온 이수가 손가락으로 궁의 표면을 쓸었다.

"복수를 해야 할지, 안 해야 될지 마음이 정해지지 않을 때는 어떻게 해야 하죠?"

아무도 없는 막사에서 답이 들려올 리가 없었다. 자조적인 미소가 생겨났다.

'하우천에게 한 일은 후회하지 않아. 당신은 이해하지 못하겠지만 나에게 있어서 내 아버지와 그는 어머니를 죽인 사람이니까. 솔직히 당신이 만나기 전까지는 겨울이었어. 지독하게 추워서 하우와 아버지의 몰락 이외에는 관심도 없었거든. 하지만 당신에게는 미안해.'

눈살을 찌푸리며 말하는 비월에게서 진심이 느껴졌다. 눈을 속이기 위한 미사여구도, 이해해 달라는 변명도 없었다. 흔들리지 않는 시선 속에서 비월이 담담히 말했다.

'말뿐인 사과라 미안해. 대신 평생을 갚아 가면서 살겠어. 내 생애에 당신 이외에 그 누구도 나에게 전부를 가져갈 수는 없을 거야.'

밀어내면서도 그에게 끌렸던 이유는 하나였다. 비월도 결국은 상처 입은 사람일 뿐이었다. 지워지지 않는 상처가 있는 사람들끼리 서로의 온기에 마음을 연 것뿐이었다.

복수한다면 마음이 편해질까? 그것에 대한 답은 없었다. 결국 할 수 있는 행동은 하나뿐이었다.

비월의 심장에 풍사궁의 화살이 박힌다면, 그래서 마음의 상처가 아무는 기쁨을 느끼게 된다면 이수는 최선을 다해 그에게 복수할 것이다.

하지만…….

세상이 무너지는 고통을 느끼게 된다면 이수는 포기하리라.

비가 그치고 시간이 흘렀다. 멈춰 있던 이민족의 공격이 시작되었다. 내부에 있던 첩자들이 제거되자 위기를 느낀 듯 그들의 공격은 치열하고 잔인하였다. 깎아 내릴 듯 양쪽 절벽을 사이로 주단군과 이민족의 군대가 팽팽하게 대립하였다.

그리고 그 순간, 이수의 활이 비월을 향하였다.

*　　　*　　　*

'당신이 하우월인지 이수인지는 상관없어. 나에게 있어서 그대는 달이니까.'

건조하게 불어오는 바람이 마른 피부를 때리며 사라졌다.

'이번 전쟁이 끝나면 주단으로 가자.'

그 말에 당혹해하면서도 설레었다. 외면하고 있었던 심장에 따뜻한 애정이 들어오자 처음으로 느껴 보는 행복에 얼마나 떨렸는지 말할 수 없었다.

풍사궁을 어루만진 이수가 길게 시위를 당겼다. 활을 쏠 줄 아는 청풍단원에게 급한 대로 배웠어도 쉽지 않은 듯 여전히 무겁고 벅찼다.

누군가에게 내세울 활 실력은 전혀 아니었다. 혼자서 수없이 연습을 해 봤지만 손과 팔을 다치기만 할 뿐 쉽지 않았다.

열 번 중 세 번. 그나마도 불안하게 맞춘 것이 전부였다.

왜 불안한 활로 그에게 복수하려는지 이수 또한 알지 못했다. 다만 복수를 해 보자는 생각이 든 순간 뇌리에 스친 것은 천후의 죽음이었다.

복잡한 생각은 모두 뒤로 미루었다. 시위가 당겨지고 숨을 조절하였다. 머리를 비우고 감정을 없앴다. 바람을 느끼고 활에 감각을 최대한 실었다.

전쟁의 무구가 부딪치는 소리와 사람들이 내는 비명이 섞여 있는 전쟁 속에서 이수는 단번에 비월을 찾았다. 아직 전투의 시작 전이었지만 결과가 눈에 보였다.

어영부영 방어만 해 오던 주단의 병사들이 맞는지 의심될 정도로 비월의 명령에 따라 일사불란하게 움직였다. 맞춰 놓은 옷을 입고 차려 놓은 음식을 먹는 것같이 그는 자연스럽게 스스로의 자리를 활용하였다.

그의 움직임과 목소리에 이수의 시선이 고정되었다.

그를 보며 미소를 지은 이수는 시위를 놓았다.

"아!"

매서운 소리와 함께 움직인 시위가 이수의 팔에 깊고 날카로운 상처를 만들어 냈다. 피가 흐르는 상처 부위를 다른 팔로 붙잡은 이수가 날아가는 화살에 시선을 고정하였다.

긴 포물선과 함께 비월을 향해 빠르게 화살이 날아갔다. 비월을 향해 화살이 꽂히기 직전 그의 검에 하얀 기가 맺혔다. 검이 움직이고 단단한 풍사궁의 화살이 순식간에 몇 개의 조각으로 나뉘었다.

잘린 조각이 비월의 앞에서 흩어졌다. 조각을 완전히 막지 못한 듯 뺨에서 목까지 긴 핏줄이 생기며 피가 뿜어 나왔다.

"장군!"

주변에 있던 이들이 비월의 상처에 소리를 쳤다. 하지만 별거 아니라는 손짓과 함께 비월이 전진하라는 소리를 질렀다. 그의 고함에 흐트러졌던 진영이 빠르게 회복이 되었다.

달려드는 이민족의 목을 검으로 베어 버린 비월은 화살이 날아온 방향으로 고개를 돌렸다. 눈에 익은 가느다란 체구에 비월의 눈이 날카로워졌다. 거리가 멀기에 자세히 볼 수는 없었다. 하지만 다친 것인지 앉은 것인지 작은 체구가 반 정도밖에 보이지 않았다.

쓰러진 것이 아닐까? 놀란 비월은 그녀가 보이는 방향으로 말을 몰려는 찰나, 작게 보이던 인영이 자리에서 일어났다.

인영이 쏜 화살이 비월을 향해 날아왔다. 동시에 앞뒤로 적이 그를 포위했다.

앞에 보이는 적을 향해 비월이 검을 휘둘렀다. 하지만 그의 등은 무방비였다.

비월을 공격하리라 생각했던 화살은 뒤에 있던 적의 몸통을 꿰뚫었다.

기검으로 주변을 정리한 비월이 다시 시선을 돌려 인영을 찾아보았다. 하지만 이미 그곳엔 아무도 없었다.

시선을 돌린 비월은 적의 몸통을 꿰뚫은 화살로 시선을 옮겼다.

활의 끝. 추진력을 위해 달아 놓은 흰색의 깃털에 붉은 피가 묻어 있었다. 누구의 피인 줄 알기에 심장이 철렁 내려앉았다. 승기가 이쪽으로 넘어온 전투는 이미 관심 밖이었다. 되도록 빨리 끝내야겠다는 마음을 먹으며 비월은 우두머리로 보이는 이를 향해 말을 몰았다.

＊　　＊　　＊

피를 흘리는 팔을 지혈하고 약을 발랐다. 흉터는 남겠지만 대장군이 활에 의해 상처를 입었다는 소문이 도는 이상, 의원에게 보여 줄 수는 없었다.

약이 어느 정도 스며들자 천을 꺼내 상처를 감기 시작했다. 그때, 막사 안으로 성연이 들어왔다. 그의 등장에 이수가 서둘러 상처를 등 뒤로 감췄다. 하지만 막사 안에 퍼져 있는 약의 향기까지는 막을 수 없었다.

초점 없는 눈동자가 이수를 향하였다. 기척을 느낄 수 없는 조용한 걸음으로 그녀 앞에 앉은 성연이 차분히 말했다.

"팔의 상처, 보여 줘요."

성연의 말에 이수가 고개를 저었다. 조금이나마 멀어지려는 이수의 팔을 성연이 잡았다.

굳은 표정으로 치료술을 하려는 순간 그를 이수가 막았다.

"이 상처는 제가 감당해야 할 거예요. 그러니까 오라버니, 치료술 하지 마세요."

이수의 말에 멈춰 있던 성연이 고개를 저었다. 어깨부터 손목까지 길게 베어 내려가는 상처에 치료술을 쓰며 성연이 말했다.

"난 이수의 오라버니예요. 자꾸 걱정시킬 건가요?"

걱정이라는 말에 팔을 빼려던 이수의 움직임이 멈췄다. 성연이 손으로 한 번씩 상처를 쓸어내릴 때마다 벌어졌던 상처가 천천히 아물었다. 그 모습을 이수가 말없이 쳐다봤다.

"활은 쏴 봤으니 이제는 검으로 찔러 보려고요."

평소와 다름없는 말투, 하지만 그 안에서 극한의 갈등이 느껴졌다. 굳이 신기를 써 과거를 보지 않아도 오늘 이수가 비월에게 무슨 짓을 했는지 알고 있었다. 화살에 의해 목에 부상을 입은 비월의 치료로 의원 몇이 바쁘게 불려 가는 것을 보았다. 그리고 풍사궁을 들고 밖을 나간 이수가 빈손으로 들어왔다. 활을 어찌했느냐는 물음은 필요하지 않았다.

"복수는 해 볼 만하던가요?"

잘했다, 잘못했다를 떠난 물음이 성연에게서 나왔다. 그의 물음에 상처를 보고 있던 이수가 고개를 저었다.

"아파요."

잡고 있는 손에서 느껴지는 떨림이 애처롭다. 미소를 짓고 있었으나 아무런 힘이 느껴지지 않았다.

"아픈데 왜 검까지 찌르려고 하나요? 활을 버렸을 때 이미 마음은 정했잖아요."

말하지 않아도 다 알고 있는 성연의 물음에 이수가 미소를 지었다. 풍사궁을 들고 내려오는 발걸음이 무거웠다. 그래서 활을 버렸다. 버리고 내려오니 마음이 편해졌다.

극과 극에서 휘몰아치던 감정이 활을 버리면서 고요해졌다. 이수 스스로 말도 안 되는 일이라며 웃어 버렸을 일이었지만, 어느 순간 답이 나오지 않던 물음에 해답이 보였다.

가문이 멸문되고 지금까지 혼자서 살아남았다면 이수는 주저 없이 비월을 향해 죽이겠다며 달려들었을 것이다. 잃을 것이 없었기에 무서울 것이 없었을 것이다.

하지만…….

이수는 혼자서 감당하지 못했다. 아무것도 없는 그녀를 자신의 목숨보다도 사랑해 주는 성연이 있었고, 언제나 길을 제시해 주는 려현이 있었다. 사내들도 살아남기 어려운 사막에서 사람같이 살게 해 준 여청풍이 있었고, 청풍단이 있었다.

그리고 무사인 이수가 아니라 여자로서 삶을 느끼게 해 준 비월도 있었다.

과거만큼이나 현재가 중요하다.

"화살이 그 사람의 얼굴에 스친 순간 다 끝났다고 생각했는데…… 그 끝났다는 기분이 복수가 끝나서가 아니라 지금까지 만들어 놓은 모든 것이 없어질지도 모른다는 불안감같이 느껴지더라고요. 불쑥 겁도 나고, 짜증도 들고, 그러다가 마지막엔…… 아프더라고요."

"……"

"상처가 깊으면 안 되는데 흉터가 되면 어떡하지? 다친 사람은 비월인데 왜 내가 아픈지 모르겠다……. 웃기죠? 진짜 예전이나 지금이나 전 달라진 게 하나도 없어요."

"그는 당신이 그랬다는 걸 알면서도 뭐라 할 사람이 아니에요."

그래서 더 아프고 힘들었다. 그는 이수가 복수하겠다는 말에 모두 감당하겠다는 말을 해 줬다. 그리고 그 약속을 실제로 지켰다.

"제가 검을 휘두르면 그 사람은 막을까요? 아니면 검에 맞을까요? 전 심장만 노릴 건데요. 그 사람에게서 나오는 피를 보면 전 또 아플까요?"

담담히 말하는 이수를 성연이 안았다. 성연의 어깨에 이수가 얼굴을 묻었다. 길어진 이수의 머리카락을 성연이 쓰다듬었다. 아무리 결정을 해도 힘들 것이다. 원하는 것을 얻어 내는 것보다 포기는 훨씬 힘들고 고통스러운 일이 될 것이다.

"이수, 독까지는 가지 마요."

성연의 말에 이수가 자신도 모르게 웃음을 터트렸다. 려현과의 대화를 듣지도 않았음에도 그는 언제나 알고 있었다. 안고 있던 이수를 풀어 준 성연이 말을 계속했다.

"만약, 만약에 말이에요. 주단으로 가게 된다면…… 그와 같이 가게 된다면 나쁜 감정은 이곳에 다 버리고 가세요. 비월도 아프고, 이수도 아프니 당분간은 어둡겠지만 곧 밝은 길이 보일 거예요. 그리고 복수를 할 생각이라면 주저 없이 심장을 찔러요. 이번이 지나고 나면 기회는 오지 않을 거예요."

처음 느껴 보는 분위기에 이수가 미심쩍은 시선으로 성연을 보았다. 어느 순간 사라지고 다시 나타나기를 반복하는 성연이었지만 이번 같은 분위기는 처음이었다.

"제가 가면 오라버니도 가야죠."

그녀의 말에 성연이 이수의 머리카락을 어루만지며 말을 계속하였다.

"과거의 일을 현재서 다시 꺼낸다는 게 쉬운 일은 아닐 거예요. 주단에 가도 여전히 힘들 것이고, 또 선택해야 할 겁니다. 하지만 이곳처럼 춥지 않을 거예요. 여기에서처럼 혼자 헤쳐 나가지는 않을 거예요."

"여기서도 혼자는 아니었어요. 많은 사람이 있었고, 무엇보다도 오라버니가 있었잖아요. 어디를 가시려고요? 곧 오실 거죠?"

그녀의 물음에 성연이 고개를 저었다. 성연을 잡고 있던 이수의 손이 떨렸다. 이것저것 캐묻는 대신, 이수는 눈을 감았다.

아무리 참을 수 없는 감정이라 해도 함부로 터트리지 않았다. 되도록 생각하고 행동하였다. 그렇기에 비월이 원수여도 무조건 죽인다는 결론이 아닌, 다른 길을 생각하고 그것을 하고자 할 수 있었다.

그것이 이수의 장점, 험한 속에서도 반짝반짝 빛나는 그녀만의 매력이었다.

"다시는 못 보는 건가요?"

그녀의 물음에 성연이 고개를 저었다. 그의 신은 성연의 대답에 약속을 어기는 것이냐며 난리를 치겠지만 그럼에도 성연의 마음은 바뀌지 않았다.

돌아올 것이다. 무슨 수를 써서라도 그녀의 오라버니로 반드시 올 것이다.

"한 가지만 솔직히 이야기해 주세요."

"그럴게요."

"저 때문에 그러는 건가요?"

"아니요. 그건 아닙니다. 당신 때문에 떠난다니요. 그건 아닙니다. 다만…… 제가 외면하고 있던 신을 다시 받아들였어요. 그런데 그게 아직 익숙하지 않아서요. 주어진 힘에 적응하고 그걸 지금처럼 사용하려면 시간이 걸려요. 난 그 모습을 이수에만은 보여 주고 싶지 않아요. 난 당신에게만큼은 정말로 좋은 모습만 보여 주고 싶습니다."

그의 말에 이수가 고개를 숙였다. 무언가를 참듯 이수의 입에서 나오는 목소리가 유난히 작았다.

"나에게는 무슨 모습을 보여 줘도 오라버니인데요. 너무해요. 내 추한 모습을 다 봐 놓고 오라버니는 도망간다니 억울해요."

"······."

이수의 투정에 성연은 미소를 지었다. 성연의 가는 손을 이수가 양손으로 잡았다.

마음 같아서는 가지 말라며, 당신이 없으면 안 된다며 소리라도 치고 싶었다. 하지만 그러면 그럴수록 성연의 마음이 무거워질 것 이다. 손으로 감싼 성연의 손에 이수가 얼굴을 묻었다. 피부에 각인 을 시키듯 성연의 감촉을 기억했다.

"오라버니는 제 삶의 빛입니다. 이기적이지만 누구도 오라버니의 가치를 몰랐으면 했어요. 나만 알기를 바랐어요. 그게 얼마나 못된 생각인 줄 알고 있으면서 말이죠."

"달 아가씨. 난······."

"오라버니는 내가 어디에 있는지 다 알 테니까. 기다릴게요. 대신 몰래 떠나지는 마세요. 알았죠?"

그에게만은 웃으며 보내 줘야 한다. 그게 유일하게 이수가 할 수 있는 일이었다. 당장 떠나지는 않겠지만, 간다고 말한 이상 성연은 반드시 떠날 것이었다.

성연이 자리에 눕고 잠이 들 때까지 이수가 자리를 지켰다.

비월을 만나고 이수의 세상이 변해 간다. 영원히 바뀌지 않을 것 이라 믿었던 모든 것이 그녀와 함께 움직이기 시작했다.

여청풍에게서 서비월과 계약을 맺었다는 답을 들었다. 이수가 원하지 않으면 거절하겠다는 것을 그녀가 먼저 맺자고 제안하였다. 무사단이 대가문과 계약을 맺는 것은 최고의 영광이었다. 그 좋은 기회를 자신 하나 때문에 버리라고 할 수 없었다.

길게 끌어 가며 생각하기에는 이수는 스스로의 삶을 낭비할 여유가 없었다. 죽은 사람들의 유언에 따라 살아남았다. 그렇다면 그 후의 선택은 이수가 직접 해도 되는 일이었다.

막사의 천을 걷고 나가자 비월이 서 있었다. 달조차 숨어 버린 깊은 밤에도 그는 이수의 눈에 단번에 들어왔다.

"사람이 없는 데로 옮길래요?"

이수의 물음에 그가 끄덕였다. 언제나 차고 다니는 검이 그녀의 눈에 들어왔다. 그의 뒤를 따라가며 그녀가 입을 열었다.

"기검은 쓰지 마요."

따라오던 그가 걸음을 멈춘 채 이수를 쳐다봤다. 그를 향해 이수가 힘없이 미소를 지었다. 그녀의 미소에서 무언가를 느낀 듯 그가 이수의 뺨에 손을 가져갔다. 평소라면 그의 손에 얼굴을 묻었겠지만 이수는 고개를 저으며 뒤로 물러났다.

"난 사람을 불러 모으고 싶지 않아요. 하지만 상관없다면 여기서 한판 하든가요."

"무슨 생각이지?"

비월의 물음에 이수가 자신의 검에 시선을 옮겼다.

"생각은 무슨 생각? 아무리 생각해도 답이 안 나오니까 그냥 정리하자고요."

차갑게 말을 하면서도 시선은 비월의 목에 가 있었다. 천에 배어 나오는 피를 보자 심장이 다시 아파졌다. 비월이 다치면 마음속에 있는 복수심이 좋다고 즐거워할 줄 알았는데 어찌 된 것이 그런 감정이 하나도 들지 않았다.

"당신이 제일 잘하는 거. 빨리 결정하고 선택하고 앞으로 나아가는 거 나도 해 보려고요. 그러니까 상대해 줘요. 대신 기검은 쓰지 마요. 내가 밀리니까."

이수의 무언가가 확실히 바뀌었다. 하지만 비월이 생각했던 방향으로 모두 바뀐 게 아니었다. 하긴 그렇게 쉬운 여자였다면 그저 스쳐 지나가듯 만나고 사라졌을 것이다. 저렇게 반짝반짝 빛날 리가 없었다. 저 빛이 그리워 한밤중에 이렇게 오지도 않았을 것이다.

"안 봐줄 거야."

굳어 있던 비월의 표정이 풀렸다. 그의 표정에 이수는 소리 없이 웃었다.

"제대로 하는 게 좋을 거예요."

비월을 따라 걸음을 옮기며 이수가 말했다.

"안 그러면 다치는 건 당신이 될 테니까."

"조심해야겠군. 안 죽으려면 말이야."

비월의 말에 이수는 몸에 서리는 긴장을 짧은 숨과 함께 내보냈다.

길고 긴 밤, 마지막으로 정리할 게 있었다.

*　　　*　　　*

검과 검이 부딪혔다. 온 신경을 자극하는 살기에 비월은 미소를 지었다. 맞대고 있는 검에 힘을 주자 곧바로 상대의 검이 비스듬히 미끄러졌다.

끝없이 미끄러지던 검이 방향을 바꾸어 비월의 옆을 공격했다. 공격을 막아 낸 비월은 이수의 팔을 향해 검을 찔렀다. 이수의 검이 반원을 그리며 사내의 검을 막았다.

막고 공격하고의 끊임없는 연속, 쓸데없는 움직임을 배제한 깔끔한 비월의 검에 이수가 이를 악물었다.

"한 대 정도는 맞아 줄 수 있잖아요!"

바득바득 이를 갈며 이수가 소리쳤다. 그녀의 고함에 비월이 고개를 저었다.

"여유를 부렸다가는 목이나 심장이 날아갈 건데 미쳤다고 맞아?"

죽자 사자 달려드는 검에 자칫 잘못 움직이면 그대로 당할 것이었다. 평소에도 강했지만 지금은 어느 때보다도 날카로웠다.

"맞아야 할 검이라면 맞아야죠! 당신이 무슨 짓을 저질렀는데 그 정도도 안 맞아!"

검을 맞대면 맞댈수록, 고함을 지르면 지를수록 예전의 이수가 느껴졌다. 꽉 막혔던 가슴이 검이 부딪치면 부딪칠수록 뚫리듯 시원했다.

밀어내는 검을 다시 빗겨 내며 이수가 비월의 복부를 향해 검을 찔렀다. 갑자기 들어오는 공격에 비월이 검을 내렸다. 완전히 막기에는 비월보다 이수의 행동이 빨랐다. 옆으로 빗겨 나간 검에 의해 비월의 옷이 베어졌다.

"그 때 내 동생은 겨우 여덟 살이었어. 이수는 나와 동갑이었어. 아버지는 어쩔 수 없었어도 왜 다른 사람들에게까지 그런 거지? 왜!

왜 그렇게까지 했어야 했냐고!"

안에 있는 나쁜 걸 토해 내듯 이수가 비명을 질렀다. 그녀의 비명을 듣고 있던 비월이 들고 있던 검을 내렸다.

"다 미워서. 그때는 지독하게 추워서 미워하는 감정 이외에는 아무것도 없었어. 증오하는 마음으로 살았어. 다 미웠기에 소중하다는 게 무슨 감정인지 몰랐어."

이수와 시선을 맞추며 비월이 최대한 진심을 담아 말했다. 말로써 전부를 전할 수는 없었지만 그래도 최선을 다해 그녀에게 말했다.

상처 받은 이수의 시선이 비월의 심장을 찔렀다. 마주하기 어렵고 아픈 감정이었어도 비월은 피하지 않았다.

말없이 노려보던 이수는 들고 있던 검을 버리고 비월에게 그대로 달려들었다. 검으로 막는 대신 비월은 그녀가 미는 대로 그대로 땅에 넘어졌다.

넘어진 비월의 허리 위로 올라간 이수는 숨겨 놓았던 단검을 꺼내 비월의 심장을 겨누었다.

기회가 오면 주저 없이 찌르겠다며 다짐을 했지만 막상 그 순간이 오자 더 이상 움직이지 않았다.

비월은 이수가 없으면 안 된다 했지만 그건 이수 또한 같은 마음이었다. 맛보지 않은 꿀은 달콤한지 모르지만 이미 그 맛을 알고 난 뒤에는 단맛을 포기하기 어려웠다. 그게 사람의 마음이었다.

심장에 검을 대는 순간 이수는 비월을 죽이겠다는 생각을 접었다. 쉽사리 죽어 줄 수는 없다고 하면서도, 마음대로 하라는 듯 움직이지 않는 그를 보며 칼을 찌를 수 없었다.

"청풍단과 난 따로 계약하는 거야. 절대 난 당신의 사람들에게 연인으로 소개받지 않을 테니까. 그저 난 당신이 데리고 온 무사 중 하나로 갈 거야."

이수의 말에 비월이 눈썹을 찡그렸다. 무언가를 말하려는 비월의 말을 이수가 잘랐다.

"나에게 일어나는 일이 청풍단에 영향을 미치면 안 돼. 절대 아버지와 다른 사람들이 나 때문에 피해를 입게 하지는 않을 거야. 이건 내 일이니까. 내가 책임져야 할 일이니까."

눈가에 차오르는 것을 참으며 말하는 이수의 모습에 비월이 조용히 고개를 끄덕였다.

"그래. 그렇게 하지."

주단에 데리고 가면 자신의 사람이라 발표할 생각이었던 비월은 생각을 접었다. 그녀를 데리고만 갈 수 있으면 되었다. 그리고 공식적이라고 했으니, 사적으로 그녀는 그의 사람이었다.

비월의 승낙에 이수가 숨을 내쉬었다. 움직이지 않는 검의 끝만큼이나 곧은 눈동자가 그를 보았다.

"나는 나대로 아버지에 대해 찾을 거야. 무슨 일이 있었는지도 밝혀낼 거고, 왜 그렇게 끝났는지도 알아낼 거야. 그 후에 당신에게 사과도 받아 내고, 보상도 얻어 낼 거야. 그러려면 난 하우월이 아니라 이수여야 해."

"하우천에 대한 감정은……."

"아니, 내가 받아 낸다는 사과는 내 동생, 그리고 이수를 포함한 다른 사람들이야. 아버지는…… 지금으로서는 아무것도 모르니까. 하지만 내 동생은, 다른 사람들은 억울해. 그저 그곳에서 일했다는 이유 하나만으로 그렇게 죽이면 안 되는 거였어."

비월의 심장을 겨누고 있던 단검이 바닥에 떨어졌다. 비월은 몸을 일으켜 이수를 품에 안았다. 차갑게 거부했던 전과 달리 비월의 어깨에 얼굴을 묻은 채 이수가 그의 허리를 감쌌다.

떨고 있는 이수의 등을 쓰다듬으며 비월이 나지막이 말했다.

"내가 찾아낸 것과 당신이 찾아낸 것이 다를 수도 있겠지. 당신이 하자는 대로 할게. 대신 당신도 나에게 하나 정도는 해 줘."

처음부터 다시 시작해야 할 것이다. 아무것도 몰랐던 시간대에 나누었던 감정과 지금은 또 달랐다. 하지만 하나는 같았다.

그녀는 여전히 반짝반짝 빛났고 대단하다고 느낄 정도로 강했다.

비월은 그녀처럼 선택할 수 있을까? 선택은 어려웠다.

그 어려운 선택을 해 준 그녀가 미치도록 고맙고 따뜻해서 비월은 이수를 품에 안았다.

"혼자 짊어지지 마. 혼자서 판단하지 말고 멋대로 떠나지 마. 이제 같이 해. 함께하기로 한 이상 혼자서 다 가지게 하지 않을 거야."

품에 안긴 채 이수가 비월의 뺨에 손을 갖다 댔다. 이수의 손을 잡은 비월이 손안에 숨을 불어넣었다. 그를 보고 있던 이수가 말없이 고개를 끄덕였다.

"고마워…… 그리고……."

"……."

"미안. 당신에게만큼은 제대로 말해야 한다고 생각했어. 미안해. 잘못했어."

이수의 눈가가 붉어졌다. 하지만 눈물을 흘리진 않았다. 무언가를 쏟아 내고 터트리는 대신 이수는 말없이 비월의 어깨에 얼굴을 묻었다. 이수의 이마에 입을 맞추며 비월이 몇 번이고 그녀의 등을 쓸었다.

지독하게 어두웠던 밤이 끝났다.

終章
주단으로

주단국의 병사들이 외치는 승리의 고함이 시끄러웠다. 선두에 선 비월이 그들의 고함에 주먹 쥔 손을 힘차게 올렸다.

화려한 칭찬의 말은 없어도 그의 행동 하나에 분위기가 달라졌다. 모두가 입은 피해는 상당했지만 어찌 되었든 이민족은 패퇴했다. 내부가 안정되자 비월은 거침없이 이민족과의 전쟁을 밀어붙였다. 연이은 승리, 사기는 하늘을 찌를 듯했다.

주변에 인사를 받던 비월의 시선이 한곳으로 향했다. 수많은 무사 중 원하는 사람을 보자 비월의 굳은 표정에 미소가 생겼다. 보일 듯 말 듯 희미한 미소에 사람들은 눈치채지 못했지만 한 사람, 이수가 같은 미소로 화답하였다.

열 사람의 인사나 백 사람의 환호성은 중요하지 않았다. 같은 위치, 함께하는 시간 속에서 조용히 보내 주는 기운에 힘을 얻었다.

그렇게 몇 달을 끌던 이민족과의 전쟁이 끝을 보이고 있었다.

전투가 끝나고 주둔지로 돌아오자 무장을 푸는 이수에게 려현이 다가왔다.

"잘 해결이 된 거냐? 녀석 얼굴에 꽃이 피었더구먼."

귀족에 주둔지의 최고 직위인 대장군임에도 려현의 말투는 변함이 없었다. 그의 눈에는 여전히 비월은 귀족이 아니라 이수가 마음에 둔 죄 많은 사내일 뿐이었다.

"다른 사람이 들으면 어쩌려고요."

"들으라지. 어차피 너와 끝났다는 소문이 파다하게 났다. 뭐……내 눈에는 끝나기는커녕 더 안달 난 것으로 보이지만 말이다."

려현의 말에 이수는 미소를 지었다. 적을 베느라 묻은 피를 젖은 수건으로 꼼꼼히 닦아 냈다. 그녀가 답이 없자 적당한 자리에 려현이 앉았다. 긴 정적이 둘 사이에 흐르고 피를 전부 닦아 낸 이수가 엉망인 수건을 물에 던졌다.

"그 사람과 한번 있어 보려고요."

"성연 형님이 엄청 힘들 거라고 했다면서? 그놈이 그렇게 좋은 것이냐?"

툴툴대는 려현을 이수가 말없이 쳐다봤다. 힐난하는 것도, 그렇다고 미안하다는 시선도 아닌 그저 쳐다보는 시선임에도 려현은 결국 손을 들었다.

"알았다. 그만하마. 내가 널 어떻게 당하겠니. 그리고 보아하니 나에 대한 일도 알고 있는 표정이구나."

"아버지께서 말씀해 주셨어요."

"아무튼 지금까지 그 가벼운 입 어떻게 참고 살았대! 그래. 비월하고 따로 계약했다. 아버지를 포함한 청풍단원들은 분가로 가겠지만 난 너와 함께 본가로 가게 될 거야."

혼자서 서비월을 따라간다는 말에 여청풍은 입을 굳게 다물었다. 절대로 안 된다며 말리지는 않았지만 내심 이수의 선택을 받아들이기 힘들어했다. 하지만 여청풍은 반대하는 대신 그녀에게 가장 의지가 되는 사람을 붙여 주기로 했다.

비월은 청풍단과 계약을 맺었다. 하지만 려현과는 이수와 마찬가지로 따로 손을 써 놓았다. 이번 전쟁이 끝난 후, 청풍단은 소서의 분가 가문으로 갈 것이었지만 둘은 본가인 수도로 갈 예정이었다.

"오라버니에게는 짐이 자꾸 느네요. 어떻게 갚죠?"

"어떻게 갚기는! 보란 듯 서가의 안주인이 되어서 이 오라비를 오래오래 써 주면 그게 갚는 길이란다."

"오라버니!"

뾰족한 그녀의 말에 려현이 웃음을 터트렸다. 이수는 예전보다 많이 나아져 있었다. 어느 순간 힘없는 미소로 갈등하는 모습을 보여 주었으나, 아무것도 하지 못한 채 무너지기보다는 스스로를 잘 다독이고 있었다. 손에 턱을 올리고 려현이 그녀를 보며 말했다.

"무사야 돈만 잘 주면 함께하기도 하고 떨어지기도 하는 존재가 아니냐. 그리고 네가 마음에 둔 그 녀석, 돈을 줄 가치가 있다고 생각하면 화끈하게 쓰는 놈인지 섭섭지 않게 챙겨 주더라. 아버지도 너 혼자 그곳을 가게 하는 게 신경이 쓰였는지 같이 간다니까 더 이상 말리시지도 않고."

"……고마워요. 오라버니."

"그리고 예전에는 어땠는지 모르지만 이제는 혼자가 아니지 않니? 비월, 그놈이 제멋대로 굴면 냉큼 도망가 버리자. 제 놈이 화내면 어쩔 것이냐. 절대 못 찾게 하마."

"하하. 오라버니랑 같이 가면 천군만마도 안 무섭겠다."

"당연한 거 아니냐."

능청스러운 그의 말에 이수가 까르르 웃음을 터트렸다. 오랜만에 듣는 웃음소리에 려현의 입가에도 미소가 걸렸다. 역시 이수는 웃고 있는 모습이 좋았다.

편안한 복장의 이수가 려현의 앞에 의자를 놓고 앉았다.

"네가 웃으니 한결 낫구나."

"걱정 끼쳐서 죄송해요."

"미안하다. 죄송하다는 말을 자주 하는 걸 보니 이번에 고생을 시킨 걸 알기는 아는구나. 그만하면 되었다."

언제나 신세만 지을 뿐, 보답은 하지 못했다. 흔한 인사치레조차 불필요하다는 려현에게 이수는 고개를 들 수 없었다.

자신은 잘 선택한 것일까? 아직은 이렇다 할 답이 떠오르지 않았다. 괜찮기를, 잘못한 선택이 아니기를 바랄 수밖에 없었다.

"그나저나 네 예전 정혼자라는 청원이라는 사내랑은 잘 해결이 된 것이냐?"

갑작스럽게 나오는 그의 물음에 이수가 고개를 갸웃했다.

"어차피 인연이 아니었으니까요. 도와주시겠다며 기회를 달라고 하셨지만 애초에 그런 것이야 제가 드리고 뭐고 할 것이 아니었는 걸요."

"으음……. 그래?"

이수의 말에 려현이 짧게 반문하였다. 그의 반응에 이수가 고개를 갸웃했다. 그녀의 시선에도 말없이 막사의 주변을 보고 있던 려현이 천천히 입을 열었다.

"내 눈에 그도 너에게 확 돌아 버린 것같이 보였는데 말이다."

"에이. 아니에요. 오라버니."

그럴 리 없다는 표정으로 이수가 고개를 저었다. 딱 잘라 말하는 그녀에 려현이 손으로 턱을 쓸었다.

비월과 이수가 서로 시선을 교환할 때, 비월의 뒤에 있었던 청원이 지은 표정을 보았다. 그건 포기한 여인을 보는 사내의 표정이 아니었다. 그리고 그런 눈을 가진 귀족에게 동생을 잃은 려현은 그러한 시선을 절대 잊지 못했다.

부정하는 이수의 머리카락을 쓰다듬으며 려현이 나지막이 말했다.

"그래도 조심하렴. 잘못 보았기를 바라지만 그래도 청원이라는 사내의 눈은 쉽게 포기할 걸로 보이지는 않았거든. 뭐, 내가 예민한 것일 수도 있으니 깊게 생각하지는 말고."

려현의 말에 모르겠다는 표정으로 이수가 그를 쳐다봤다. 하지만 그 이후로 려현은 청원에 대한 말을 꺼내지 않았다. 어차피 마음에 둔 여인에게 본색을 드러내려면 시간이 필요할 것이다. 그리고 청원이 그러는 것을 오냐오냐 하면서 가만히 둘 비월도 아니었다.

청원이 이수를 건들지 않는다면 자신 또한 나설 이유가 없다. 무슨 소리냐는 이수의 물음을 적당히 넘기며 려현이 다른 이야기로 화제를 바꾸었다.

그리고 같은 시각, 청원은 임추성이 갇혀 있는 감옥 앞에 서 있었다.

　　　　*　　　　*　　　　*

　해서는 안 되는 생각이었음에도 청원은 비월과 이수가 적으로 남기를 원했다. 하지만 마음과는 다른 결과가 만들어졌다. 천천히, 그리고 조금씩 이수가 비월을 향해 마음을 열었다.

　차가운 공허함이 몸속 깊이 침투해 왔다.

　입구를 지키고 있던 병사들이 청원을 보자 몸을 숙였다. 그들의 인사를 넘기며 그가 안으로 들어갔다.

　코를 찌르는 악취에 들고 있던 부채로 코를 막았다.

　죽으려 한 흔적이 몸에 가득했다. 입에 굳게 물려 있는 재갈, 사지를 묶고 있는 쇠사슬, 어떤 행동도 할 수 없도록 철저히 묶어 놓았다.

　문이 닫히고 청원이 매달려 있는 임추성을 오랫동안 쳐다봤다.

　비월은 적이라고 생각한 사람에게는 최소한의 자비도 내주지 않았다. 그는 부정하겠지만 이러한 행동은 그의 아버지인 서진형의 피를 가지고 있다는 증거로 보였다. 각자의 방향을 가지고 있을 뿐, 적이라 생각하는 이를 절대로 용서하지 않는 면은 부자가 같았다.

　다만 서진형과 비월은 차이는 하나였다. 이수, 아니 하우월.

　이상하다 싶을 정도로 비월은 그녀에게만큼은 모든 것으로부터 예외를 두었다. 만약 연인으로서의 이수가 아니라 적으로서의 하우월로 처음 봤다면 비월은 그녀 또한 예외로 두지 않았으리라.

　"임추성이라 불렸으니 나 또한 그렇게 부르겠다. 당신의 재갈을 풀어 줄 거야. 그때 혀를 깨물고 죽든지 아니면 내 제안에 도전해 보든지 선택하도록 해."

묶여 있는 임추성이 울부짖는 소리가 재갈에 묻혔다. 그러거나 말거나 청원은 마련되어 있는 의자에 우아하게 앉았다.

"노는 걸 좋아하는 나도 정치를 완전히 배제하며 살 수는 없지. 어찌 되었든지 나 또한 가문의 후계니까 말이야. 그러다 보니 갑자기 머릿속을 스치는 게 있더군."

청원의 말에 임추성이 말없이 그를 노려봤다. 그의 시선이 청원은 마음에 들지 않았다.

솔직히 말하면 눈에 보이는 모든 것이 마음에 들지 않았다.

"이렇게 돈이 쉽게 들어오는 일에 아버지는 왜 가만히 계셨을까? 가문을 유지하는 데 필요한 것은 역시나 돈인데 말이야."

청원의 말에 부들부들 떨고 있던 임추성의 몸이 굳어졌다. 그 모습을 보고 있던 청원은 생각하던 가설을 진실이라 믿었다.

이번 일은 세 가문이 합동해서 저지른 일이었다. 표면적으로 서진형을 앞세웠을 뿐이었다. 서진형은 잔인하고 자비는 없었지만 이 모든 걸 생각할 정도로 신중한 사람은 아니었다.

하우천과 함께 무인으로서 최고의 명예를 가졌던 인간은 타락한 지 오래였다.

"네가 나를 소가의 아들이라 살려 두었다고 생각했는데 말이야. 생각해 보니까 그게 그다지 현실성이 없더라고. 아무 보호도 없는 사막에서 귀족 하나 죽어 나가는 일이 그다지 어려운 일이 아니잖아? 호북장군도 바뀌는 판에서 말이야. 더군다나 비월과는 다르게 난 귀족의 신분만 있을 뿐, 국가의 녹을 받고 있지 않으니 얼마든지 제거가 가능했을 텐데 말이야."

"……."

청원은 부채를 접고 손으로 턱을 어루만졌다. 비월이 자신의 가문을 만들려고 하면서도 왜 대가문을 증오하는지 알 수 있었다. 그럼에도 이 상황이 이해가 되는 건 비월과 자신의 차이일 것이다.

비월은 대가문의 방식을 받아들이지 못했지만 청원은 어느 선에서는 수용할 수 있었다. 물론 이런 식으로 받아들이고 싶지는 않았지만 말이었다.

"비월을 따라간다고 했을 때 생각보다 제재가 없더니만, 대단하신 아버지야. 안 그래? 아주 아들을 어르고 달래고 후려갈기시는 재미가 붙으셨어."

으르렁대는 소리도, 노려보는 시선도 아니었지만 임추성의 눈은 겁에 잔뜩 질려 있었다. 그의 모습을 보며 청원은 쓴 물을 억지로 삼켰다.

아무도 없는 사막은 이제 지긋지긋했다. 손을 뻗어 만질 수도, 품에 안을 수도 없었다. 스쳐 가는 바람 속에서 간지럽게 짓는 미소도, 지워지지 않는 과거에 하얗게 질려 참는 모습도 점점 멀어져 갔다.

지금 청원이 보고 싶은 것은 매달린 추악한 사내가 아니다.

봄.

어느새 봄이 되어 다가온 이수가 미치도록 보고 싶었다.

"우선 표면적인 제안을 해 줄게. 네가 알고 있는 적에 대한 정보를 최대한 제공하도록 해. 그럼 적어도 목숨 정도는 내가 거두어 주마."

떨고 있던 임추성이 말없이 청원을 보았다. 그의 시선이 불쾌한지 청원은 부채를 펴 얼굴을 반쯤 가렸다.

청원의 눈은 웃고 있었다. 하지만 부채 안의 입가는 비릿했다.

"표면적인 제안은 했으니까 이번엔 깊숙한 제안을 해 볼게. 그 전에 하나 물어보도록 하지. 고개만 흔들면 되니까 재갈은 안 풀 거야. 소가의 흔적이 남아 있는 문서나 증거가 이 주둔지에 있나?"

청원의 물음에 임추성이 고개를 끄덕였다. 지금은 고민할 때가 아니었다. 이미 주선풍에게 버림받은 이상, 생의 줄을 찾아야 했다. 가장 영향력이 큰 소가의 청원이라면 주단의 실세 중 실세였다. 거부할 이유가 없었다.

임추성의 대답에 청원이 쓰게 웃었다. 자신에게는 그렇게 증거를 남기지 말라고 난리를 쳤으면서 정작 자신의 아버지는 그게 아니었다.

"이곳의 일이 빨리 마무리가 될 수 있도록 최선을 다해 도와. 그럼 비월이 너를 네 주인에게 넘기기 전에 내가 빼돌려 주마. 대신 넌 나에게 몇 가지 줘야 할 물건이 있겠지. 생각해 봐. 어렵지 않은 문제고 나쁘지 않은 제안이잖아?"

비월에게 가도, 주선풍에게 돌아가도 임추성은 죽을 것이다. 하지만 소가라면 이야기가 달라진다. 평생을 숨어 살거나 표면적으로 나설 수는 없어도 어찌 되었든 잃어버렸던 것을 다시 누릴 기회가 올 수 있었다.

청원이 부채로 임추성의 입을 막고 있는 재갈을 풀어냈다. 그러자 곧바로 그가 청원에게 고개를 숙였다.

"돕겠소. 아니, 도울 기회만 주시면 목숨을 바치겠습니다."

고개를 숙이는 임추성을 보고 있던 청원이 몸을 돌려 문을 두드렸다. 문이 열리며 들어온 병사들이 그를 향해 고개를 숙였다.

"사람 구실을 할 수 있게 만들어 놓게. 손과 발은 묶어 놓을 것. 준비를 마치고 내 집무실로 데리고 와라."

"네."

말을 끝낸 청원이 감옥 밖으로 나왔다. 비월은 둘도 없는 친구였지만, 일을 처리하는 방식은 반대였다. 비월은 새로운 가문을 가짐으로써 힘을 얻고자 했지만 청원은 그럴 이유가 없었다. 그에게 자리는 마련되어 있었고, 그렇기에 할 수 있는 최선은 그 자리를 더욱 견고하게 하는 것이었다.

감옥에서 나온 청원은 들고 있던 부채를 불 속에 던졌다. 임추성의 피부에 닿은 물건이었다. 오래 가지고 다닌 물건이어도 만지고 싶지 않았다. 화르륵 소리와 함께 부채가 타들어 갔다.

이수가 비월의 가문과 계약을 했다고 했다. 말로는 축하한다고 말하면서도 입안이 썼다. 복수를 포기했느냐는 청원의 물음에 이수는 모르겠다고 말했다. 그런 그녀를 보며 아무것도 할 수 없는 자신이 싫었다. 왜 자신의 제안에 답해 주지 않았냐는 물음 또한 할 수 없었다.

청원이 이곳에서 할 수 있는 일은 극히 제한적이었다. 그게 너무나도 마음에 들지 않았다.

자신의 힘을 마음껏 쓸 수 있는 곳에서 그녀에게 다가가고 싶었다. 그렇다면 선택할 수 있는 방법은 하나였다.

최대한 이곳을 빨리 정리하고 돌아가는 것.

소가는 처음부터 이곳과는 아무런 연관이 없었다. 그렇게 될 것이다.

적을 완전히 섬멸하기 위한 준비가 차근차근 이루어졌다. 정신없이 움직여 대는 사람들을 피해 도망 온 이수는 고개를 숙인 채 잠자는 비월의 모습에 미소를 지었다. 비랑으로 있을 무렵, 이수가 그에게 알려 준 장소였다.

주둔지 안에 있는 외진 곳. 다른 곳과는 다르게 사람의 움직임도 없고, 그늘도 있어 피곤한 몸을 쉬기에는 적당한 곳이었다.

비월로 돌아온 후, 그는 비랑일 때의 일은 잊고 있다고 생각했다. 그는 바쁜 사람이었고, 무사였던 과거는 일을 해결하기 위한 단계일 뿐 기억에 남을 만한 일을 가지고 있다고 생각하지 않았었다.

하지만 둘만이 아는 장소에서 만나니 말로 표현할 수 없는 기분이 들었다. 이런 게 생각을, 추억을 공유한다는 것일까? 자신만의 기억이었던 것을 누군가와 함께하는 기분은 생각 이상으로 좋았다.

비월의 옆에 자리를 잡은 이수가 조심스러운 손으로 그의 얼굴을 자신의 어깨에 기대게 했다. 연이은 전투와 후처리로 지친 듯 평소라면 잠에서 깨었을 그가 이수의 어깨에 머리를 기댄 채 잠에 취해 있었다. 고른 숨소리가 귓전을 간질였다. 혼자만의 시간을 위해서 온 것이었지만 비월이라면 함께해도 괜찮을 것이다.

이수에게는 말을 하지 않아도 그 또한 힘들었을 것이다. 자신은 강하다며 괜찮다며 웃어넘겼어도 마음 편히 쉬지도 못했을 것이다.

굳은살이 단단히 박여 있는 비월의 손을 이수가 붙잡았다.

그와 있으면 힘들다. 지워지지 않는 과거가 불쑥불쑥 그녀를 괴롭혔다. 그럼에도 그와 함께 있기를 선택했다. 그를 사랑한다. 사랑하기에 스스로가 짊어질 무게를 견딜 자신이 생겼다.

어깨에서 잠이 든 비월의 머리에 이수 또한 기대었다. 솔솔바람이 불고 이수의 눈이 감겼다. 이수의 숨소리가 비월의 머리카락을 흔들고 사라졌다.

조용한 시간이 흐르고 잠에 취해 있던 비월의 눈이 떠졌다. 머리 한쪽에 느껴지는 묵직함에 그가 조심스레 고개를 들었다. 놀란 시선도 잠시, 냉정하고 날카로운 눈매가 부드럽게 휘었다. 신중한 손짓으로 어깨에 이수의 머리를 기대게 했다.

바람이 불어오자 쌀쌀한지 이수가 그의 품으로 들어왔다. 팔을 벌려 이수를 안았다. 못 보는 사이에 혈색이 돌아온 이마에 입술을 갖다 댔다. 화해한 이후로 단둘이 있어 보지 못했다.

이수가 깨지 않도록 조심해하며 비월이 천천히 그녀를 살폈다. 살이 오르지는 않았지만 그래도 하얗게 질려 위태로워 보였던 전에 비해 많이 나아져 있었다. 같이 있을 줄 알았다면 잠 따위 자 버리는 일은 없었을 것을⋯⋯. 연이은 전투의 승리보다도, 대단하다고 치켜세우는 부하들의 칭찬보다도 쉬고 있을 때 옆에 있어 주는 이수의 존재가 훨씬 즐거웠다.

그녀가 없었을 때는 어떻게 견디어 냈을까? 아니 견딘 적이 없었다.

무인으로서 최상의 경지라고 하는 기검을 이루었을 때도, 하우를 멸문시키고 힘을 얻었을 때도 비월은 공허하고 차가웠다. 아버지라는 목표를 위한 선택일 뿐, 즐겁다는 생각 따위 하지 않았다.

"당신이 곁에 있으면 즐거워."

그랬던 비월의 세상이 변했다. 그리고 아직도 바뀌고 있었다. 복수 이외에 아무것도 보이지 않던 길에 이수가 나타났다. 다른 길도 있다는 것을 비월에게 보여 주었다. 그리고 그와 함께 새로운 길을 걸어가 주었다.

"무조건 당신에게 따라오라고 안 할 거야."

그녀가 비월을 받아들이며 고통을 감내했듯 그 또한 그녀에게 갚아 나갈 것이다. 전부를 주겠다는 말은 허언이 아니었다. 그녀에게 그가 세상이 되었듯 비월 또한 이수에게 넓은 세상이 되어 줄 것이다.

"장군님! 어디에 계십니까? 장군님!"

먼 곳에서 비월을 찾는 목소리가 울렸다. 모르는 척 비월이 그들의 소리를 외면했다. 지금의 시간을 버리고 싶지 않았다. 일은 언제든지 할 수 있었지만 이수는 원할 때 볼 수 없었다. 숨을 죽이고 기척을 숨겼다. 어차피 쉽게 찾아내기도 어려운 곳이었다. 잘 넘기면 해결이 될…….

"부르잖아요. 안 갈 건가요?"

옆에서 들려오는 소리에 비월의 입가가 굳었다. 비월보다도 몇 배는 기척을 잘 찾는 이수였다. 함께 있다는 즐거움에 그녀의 능력을 잊고 있었다.

가 보라는 이수의 시선에 비월이 고개를 저었다.

"가고 싶지 않아. 이따 가면 안 될까?"

은근히 말하는 말투에 장난기가 묻어 나왔다. 정말로 가기 싫은 것인지, 아니면 이수를 약 올릴 생각인지 비월은 가기 싫다며 버텼다.

그가 왜 고집을 피우는지 이수도 알고 있었다. 전쟁의 마무리가 다가올수록 둘은 만나기가 더 어려워졌다. 마음을 열고 서로 받아들이려고 노력하고 싶어도 워낙 시간이 안 나니 멀리서만 볼 뿐 함께 있기 어려웠다.

"이제 얼마 안 남았잖아요. 당신이 필요해서 부르는 거잖아요."

"진짜 원하는 사람은 날 너무 쉽게 놔주는데 그만 불렀으면 하는 놈들은 악착같이 찾는군."

진심으로 툴툴대는 비월의 말에 이수가 웃음을 지었다. 손으로 비월의 마른 뺨을 만지고 있던 이수는 붉어진 얼굴로 비월의 입술에 입을 맞추었다.

놀란 비월의 눈이 크게 떠졌다. 하지만 먼저 다가간 이수의 얼굴은 터질 듯 붉었다. 부끄러운 듯 떨어지려는 이수를 비월이 붙잡았다. 작게 벌린 입술 사이로 들어온 비월이 마음껏 삼키고 간질였다.

참고 참은 숨이 떨어진 사이 격하게 내쉬어졌다. 희롱하고 씹힌 입술이 벌겋게 부어올랐다.

"당신 진짜 매번 이럴 건가요!"

"이번 일 전부 끝나면 안 놔줄 거야. 절대!"

비월의 말에 이수의 말문이 닫혔다. 자신도 모르게 그날 일이 떠올라 이수의 볼이 빨갛게 변했다. 고개를 돌리자 보이는 붉은 뺨에 비월이 입술을 맞추었다.

놀란 이수가 뭐라고 하려는 찰나, 그가 몸을 일으켜 사람들이 있는 곳으로 나왔다. 어디에 계셨느냐는 물음에 짧게 대답을 한 비월이 앞장서 걸었다.

떨리는 심장에, 화끈거리는 얼굴에 이수가 손으로 입을 가렸다. 비월이 떠난 자리, 그의 온기가 남아 있는 자리를 지키며 그녀는 오랫동안 그곳에 있었다.

회복되어 가는 두 사람의 관계만큼이나 시간은 빠르게 흘렀다.

사흘 안으로 모든 준비를 끝내라는 비월의 명이 주둔지에 퍼졌다. 이번의 전투에 전쟁의 종결이 달려 있었다.

팽팽한 긴장감이 무겁게 가라앉은 주둔지. 최종전을 이틀 남기고, 성연이 떠날 준비를 마쳤다.

* * *

"오라버니는 저랑 헤어진다니까 더 건강해지는 거 같아요. 누가 보면 내가 오라버니의 기를 빼먹고 사는 줄 알 거예요."

이수의 말에 성연이 웃음을 터트렸다. 여자보다도 아름다운 외모에 가는 체구와 목소리는 여전했다. 유일하게 달라진 것은 송장처럼 시들어 가던 성연이 요즘에는 약을 먹지 않아도 될 정도로 건강해졌다는 것이었다.

"달 아가씨가 제 기를 빼먹고 살았다면 훨씬 강했을 거예요. 많이 다치지도 않았을 거고요."

"역시 오라버니한테는 농담도 안 통해. 재미없어."

볼을 크게 부풀린 이수를 보며 성연이 미소를 지었다. 이수의 시선은 성연이 쌓아 놓은 짐으로 옮겨 갔다. 여전히 그가 떠난다는 것을 믿기가 어려웠다. 하지만 짐이 보이고 아무것도 없는 막사가 눈에 보이자 외면하고 싶던 현실이 피부에 와 닿았다.

"어디로 갈 건지 물으면 대답 안 해 주실 거죠?"

"갈 곳이 어디인지 안다면 장소를 이야기해 줬겠지요. 그저 가라는 대로 가는 거예요. 점쟁이는 모두 알고 있다고 믿지만 사실은 자신의 앞가림도 제대로 못 하는 사람들이에요. 그러니까 달 아가씨는 나 이외의 점쟁이는 믿지 마세요."

성연의 말에 이수의 눈가가 좁혀졌다. 그녀의 앞으로 온 성연이 이수의 뺨을 어루만졌다. 뺨에 있는 성연의 손을 이수의 손이 겹쳤다.

"이수, 내 소원 하나만 들어줄래요?"

고개를 끄덕이는 이수 앞에 성연이 얼굴을 갖다 댔다. 입술과 입술이 짧게 만났다 떨어졌다. 눈을 크게 뜬 이수와는 다르게 성연은 말없이 미소를 짓고 있었다.

크게 떠 있던 눈에 작은 물가가 어렸다. 고여 있는 눈물을 가는 손가락으로 닦아 줬다.

"이제는 오라버니로 돌아갈 거예요. 다시는 이렇게 안 해요."

성연의 말에 이수가 입술을 깨물었다.

"스무 살 때 이렇게 해 주셨으면 행복했을 텐데요."

"말은 못 했지만 그때는 진짜 행복했어요. 저 같은 점쟁이를 좋아한다고 고백을 해 주는 젊은 여자는 없거든요. 하지만 비월에게는 비밀이에요. 당신의 첫사랑이 저였다는 건 평생 비밀로 할 거니까요."

웃으면서 하는 성연의 말이 아팠다. 사람의 관계, 특히 남녀의 관계는 연결될 수 없다면 확실하게 잘라야 한다. 그게 이수가 스무 살에 성연에게 배운 것이었다.

헝클어져 있는 이수의 머리카락을 정돈해 주었다. 귀밑에 있었던 예전과는 달리 머리카락은 이수의 어깨까지 길어 있었다.

"원하는 것을 모두 소유한다고 해서 빛이 나는 게 아니에요. 정말로 귀한 사람이라면 그 사람이 가지고 있는 빛이 내 욕심 하나만으로 꺼지기를 바라지는 않아요. 그리고 지금의 이수는 빛나잖아요. 내가 보고 싶었던 건 지금 같은 모습이에요."

"불공평해. 억울하다고요. 아직도 그때가 안 잊혀져요. 이수는 꼬맹이라서 눈에 안 들어와요. 심장이 울리지도 않아요. 여자로서 매력이 하나도 없어요. 적당히 동생 정도의 수준이에요!"

이수가 성연의 목소리를 따라 하며 툴툴댔다. 그녀의 말에 성연이 속으로 웃음을 삼켰다. 벌써 사 년이나 된 기억 중 하나였다. 그리고 선명하게 기억하고 있는 흔적이었다.

한참을 성연을 바라보고 있던 이수가 그를 조심스럽게 불렀다.

"오라버니."

이수의 말에 성연이 말했다.

"훨씬 듣기 좋네요. 역시 난 선택을 잘했어요. 그렇죠?"

"아무리 신이 잘해 줘도 빨리 돌아오세요. 오라버니가 안 오면 내가 찾으러 다닐 거야."

"비월은 어쩌고요?"

"같이 가자고 하죠. 싫으면 오지 말래요. 난 갈 거야. 하지만 그전에 오라버니가 와 주면 되는 거예요. 아셨죠?"

이수의 말에 성연이 고개를 끄덕였다. 성연이 방심한 틈을 타 이수가 그의 입술에 길게 입술을 맞추었다.

"이건 복수. 그날 이후로 제가 얼마나 주량이 늘었는지 내 첫사랑은 모를 거예요. 안녕, 내 첫사랑. 그리고 조심해서 다녀오세요. 오라버니.”

닦아 주었던 눈가가 다시 눈물로 채워졌다. 결국 고개를 숙인 이수를 성연이 말없이 안아 주었다.

한밤중이 되도록 그녀가 보이지 않자 비월이 그녀를 찾아 성연의 막사로 들어왔다. 아무도 없는 막사, 깔끔하게 정리되어 있는 공간, 왜소한 체구에 미소를 지으며 앉아 있던 그의 흔적은 어디에도 없었다.

그가 있었던 막사에 무릎을 모은 채 이수가 앉아 있었다. 아무 말도 하지 않은 채 허공에 시선을 두고 있던 그녀가 조용히 말했다.

“떠나셨어요.”

이수의 말에 비월이 길게 숨을 내쉬었다. 그녀는 강하다. 하지만 강하다는 말이 영향을 받지 않는다는 말은 아니었다. 그녀의 뒤에 앉은 비월이 말없이 이수를 껴안았다. 목을 감는 비월의 팔을 꼭 잡으며 이수가 숨을 들이마셨다.

“울어도 돼.”

숨을 참는 소리가 짧게 들렸다. 자존심이 강한 그녀를 위해 얼굴을 보지는 않았지만 그녀가 어떤 표정을 짓고 있을지 잘 알고 있었다.

“다시 볼 건데 왜 울어요. 좋게 보내 드려야죠.”

이수가 비월에게 몸을 기댔다. 이수의 머리카락에 얼굴을 묻으며 비월이 공허한 막사에 시선을 돌렸다. 좋은 사람일수록 빈자리는 크게 느껴졌다.

더군다나 그가 없었다면 이수는 이곳에서 비월의 곁에 머물지 않앉을 것이다. 어디서 어떻게 망가졌을지도 모르는 일이었고, 최악에는 복수하겠다며 공격을 해 오는 그녀를 비월이 죽였을 수도 있는 일이었다.

갚을 수 없는 빚을 지었다. 평생을 갚아도 모자랄 은혜를 성연에게 받았다.

오랜 시간 동안 둘은 그 자리에서 움직이지 않았다. 아침 해가 뜨자 눈을 붙이라는 비월의 말에 이수가 고개를 끄덕였다. 성연이 누웠던 자리에 그녀가 누웠다.

숨을 들이마시고 길게 내쉬었다. 약간의 시간이면 될 것이다. 물 흐르듯 지나고 나면 이 고통스러운 상처도 아물 것이다. 그러다 보면 다시 만날 수 있을 것이다.

성연은 예전이나 지금이나 이수의 오라버니였다. 그를 위한 일이기에 아플 이유가 없었다. 웃으면서 보내 줄 수는 없었지만 이기적으로 떠나지 말라며 붙잡지도 않았다.

잘한 것이다. 그러니 아플 이유가 없다.

하지만 아팠다. 칠 년을 의지하며 같이 지내 온 사람이었다. 그런 사람을 단번에 잊기에는 그녀는 아직도 약했다.

눈을 감고 있던 이수가 결국 팔로 눈을 가렸다. 묵직하게 내려오는 감촉을 느끼며 입술을 깨물었다. 얼굴 밑으로 내려오는 눈물이 옷을 적시고 머리카락 안으로 스며들어 갔다. 소리를 내며 울지 않았지만 얼굴로 흐르는 눈물은 한동안 멈추지 않았다.

온몸을 감싸는 따뜻한 기운에 이수가 팔을 내리고 고개를 들었다. 옆에 누운 비월이 시선을 마주치지 않은 채 이수를 품에 안았다. 거절하는 대신 이수가 품 안을 파고들었다.

체온에 의해 절제가 풀리자 참고 있었던 것을 쏟아 냈다. 시작된 울음이 쉽사리 멈추지 않았다. 가진 걸 쏟아 내고 진정될 때까지 비월이 말없이 그녀의 곁을 지켰다.

* * *

이민족도 이번 전투가 전쟁의 결말을 결정할 것을 알고 있었다. 평소와는 다른 병사의 수와 긴장감에 전쟁터는 무섭게 가라앉아 있었다.

작전을 지시하던 장군들이 선두에 서서 상대를 마주 보았다. 그리고 그들의 주변, 명을 기다리는 무사들의 입에서 나오는 입김이 하얗게 서렸다.

이민족의 족장이 웃는 소리가 멀리서 들려왔다. 주단을 조롱하는 말에 비월의 눈가가 꿈틀댔다.

"주단의 대장군은 벙어리가 아닌가?!"

족장의 조롱에 비월의 입가가 꿈틀 비틀었다.

"족장은 물에 가라앉으면 주둥아리만 동동 뜨겠군. 지금까지 나불대고 싶은 걸 어찌 참았는가?"

무겁게 나오는 조롱에 족장이 이를 갈았다. 아무 말도 못 하는 족장을 보고 있던 비월이 쐐기를 박았다.

"이민족의 족장은 벙어리가 아닌가?"

"공격하라!"

참지 못한 족장의 말에 준비하고 있던 이민족의 공격이 시작되었다. 무기가 만나고 고함이 하늘을 울렸다. 누가 적이고 아군인지 알 수 없는 난전 속에서 피가 뿜어져 나오고 사람들이 쓰러졌다.

머리를 향해 들어오는 무기를 검으로 비튼 이수가 적의 안으로 이동해 복부를 베었다.

뿜어져 나오는 피와 함께 적이 비명을 지르며 쓰러졌다. 얼굴에 묻은 피를 닦아 내는 이수의 옆으로 려현이 다가왔다.

"올 놈은 다 왔구나."

공격해 오는 적을 단숨에 베어 넘기며 려현이 소리를 쳤다. 몸을 휘감으려는 줄을 자른 이수가 려현의 옆으로 오는 적에 단검을 던졌다.

"언제나 마무리 전투는 지겹잖아요!"

"쉽게 끝나지도 않고 말이다!"

끊임없이 밀려드는 이민족을 베며 려현이 지겹다는 듯 이수에게 물었다.

"언제까지 이놈들은 버틴다니?"

처절한 전투의 한복판에서 수다를 떨면서 싸우는 둘의 모습에 질렸다는 듯 무사들이 고개를 저으며 무기를 휘둘렀다. 그러거나 말거나 둘은 여전히 일정한 간격을 유지하며 적들을 베어 넘겼다.

"제가 알면 여기에…… 있겠어요?"

여자인 이수는 전쟁터에서도 꽤 눈에 들어오는 존재였다. 여자는 사내들보다 힘이 없다. 그렇기에 하나라도 상대를 줄여야 하는 전쟁터에서 그녀는 누구보다도 공격하기 편한 상대였다. 물론 그런 생각은 자신의 심장이 멈춘 다음에나 잘못되었다는 것을 깨닫게 되었지만 말이다.

적의 심장을 찌른 이수가 발로 사내를 밀어냈다. 끊임없이 밀려드는 적 속에서 그녀가 지급받은 검은 어느새 날이 무디어져 있었다. 적의 시체와 함께 검을 버린 그녀가 허리에 차고 있는 여분의 검을 꺼냈다.

"이동할게요!"

"어디로 가게?"

"빨리 끝내는 방법을 가지고 있는 사람이 하나 있잖아요!"

어느 정도 적을 뚫고 가자 이수의 눈에 익숙한 이가 보였다. 수많은 이민족 장수를 베어 넘기고 있음에도 그의 움직임은 처음과 똑같았다. 아니, 기검과 같이 움직이는 비월의 모습은 지금까지 보아왔던 모습과는 차이가 있었다.

어쩌면 지금의 모습이 진짜 비월의 모습일 수 있었다. 달려드는 장수의 목을 그대로 베어 버리며 비월이 이수를 쳐다봤다. 엉망진창인 전쟁터에서 단번에 상대를 바로 알아볼 수 있다는 게 신기했지만 오래 생각할 상황은 아니었다. 비월이, 그리고 이수가 상대를 빠르게 훑었다. 서로에게 큰 상처가 없다는 사실에 감사하며 시선을 교환했다.

대장군인 비월의 목을 벤다고 달려드는 이들을 한 번에 베어 버리며 그가 이수를 쳐다봤다. 유능한 무사답게 이수는 요령 좋게 적을 상대했다.

"괜찮은가?"

그의 물음에 이수가 고개를 끄덕였다.

"괜찮습니다. 이쪽으로 오는 동안 수장으로 보이는 이는 없었습니다."

비월이 물어보지 않아도 그녀는 그가 원하는 정보를 말했다. 아수라장의 한복판에서 비월은 최대한 머리를 굴렸다. 족장을 베어야 했다.

사기가 떨어지게 하기 위해서는 그게 최적이었다.

"이봐! 여기다!"

려현의 고함이 전장의 소음을 뚫고 비월에게 들려왔다. 막으려는 병사들을 베어 넘기며 말을 몰았다. 병사들과 장군들이 만들어 주는 공간에 이 원수 같은 군대의 수장인 족장의 모습이 보였다.

"비켜!"

꽉 막힌 길을 강제로 뚫으며 비월과 족장의 검이 부딪쳤다. 족장의 검이 움직이자 비월의 팔에서 피가 뿜어졌다. 하지만 반대편인 족장의 어깨에서도 같은 상황이 만들어졌다.

말을 돌린 비월과 수장이 다시 검을 부딪쳤다. 스쳐 지나간 것과는 달리 이번에는 팽팽히 대립하였다. 검과 검이 만나고 다시 검이 미끄러지려는 찰나, 비월이 각도를 바꾸어 움직였다. 일대일의 대결이 아니라 전쟁터였다면 작은 기회도 순식간에 전세를 바꿀 수 있었다. 그리고 비월은 그사이를 놓치지 않았다.

순간 시끄럽고 어지럽게 싸우던 병사들의 움직임에 정적이 찾아왔다.

족장의 목 위에 있던 머리가 아래로 떨어지자 그것을 받아 든 비월이 모두가 보이게 들어 올렸다. 숨 막힐 듯 조용했던 정적이 주단군의 고함으로 깨졌다. 팽팽하게 대립하고 있던 사기가 순식간에 주단을 향해 기울었다.

끔찍하게도 더웠던 한낮의 사막, 수많은 피와 사람이 모래 위에 쓰러졌고 부러진 검이 하늘을 원망하듯 땅 위에 꽂혀 있었다.

몇 개월을 지지부진하게 끌었던 전쟁이 끝나는 순간이었다.

*　　*　　*

같이 있자 했지만 오늘은 불가능할 것이다. 이수는 비월이 오지 못한다는 예상을 사실로 받아들이기로 했다. 지지부진하게 끌던 전쟁이 끝났다. 힘들고 어려웠던 전쟁이었던 만큼 승리라는 단어는 모두에게 기쁨을 주었다.

족장의 머리가 주둔지 위에 매달려 있는 짙은 밤. 지금까지 묶여 있던 제약이 풀렸다. 창고에 묵혀 있던 고기와 술이 밖으로 나오고 모두가 실컷 마시고 먹기 시작했다.

려현이 건넨 술을 받으며 이수가 미소를 지었다. 어차피 비월은 대장군이니 지금쯤 귀족인 장군들과 어울리고 있을 것이다.

"우리 수야, 외로워서 어쩌느냐?"

몸에 물 대신 술이 들어가 있을 것 같은 상태의 려현이 해롱해롱 웃었다.

"오라버니, 술기운에 또 놀릴 건가요?"

"놀리기는! 우리 수야, 의기소침해서 술도 잘 안 먹고 있는 게 아니냐?"

"안 되겠다. 오라버니. 더 마셔요. 쓰러지면 데려다 줄게."

왁자지껄 떠드는 소리와 술 따르는 소리가 요란했다. 어차피 전쟁이 끝나면 무사들은 다른 전쟁터로 이동해야 했다. 그 전에 공짜로 음식을 먹을 수 있는 이런 기회를 놓칠 리가 없었다.

끝없이 이어질 것 같은 술판이 시간이 지날수록 점점 사그라졌

다. 술에 절어 잠이 든 려현의 몸에 모포를 올려 준 이수가 모래 위
에 엎어진 사람들을 넘어가며 막사를 향해 걸어갔다.

평소보다 많은 양의 술을 마시기는 했지만 취하지 않았다. 전쟁
이 끝났다는 게 실감나지 않았다. 쌀쌀한 사막의 밤바람에 팔짱을
끼며 천천히 걸어갔다.

막사에 가까이 가자 멍했던 이수의 정신이 번쩍 들었다. 약하지
만 분명히 기척이 있었다.

비월인가? 하지만 아직 대장군의 막사 또한 장수들의 목소리로
시끌벅적했다. 그렇다면 이민족의 침입자인 것일까? 한 손에 단검
을 든 이수가 조심스레 막사의 천을 들었다.

그리고 그 순간, 익숙한 손이 그녀의 팔을 낚아채 안으로 끌었다.
들고 있던 단검이 바닥에 떨어졌다.

짧은 비명과 함께 막사의 천이 흔들렸다. 비월이었다. 이수에게
서 술 냄새가 나듯이 그에게서도 같은 향이 났다. 물론 똑같은 향이
라고 하기에는 비월에게서 나는 향이 좀 더 고급이었고, 훨씬 더 진
했다.

어떻게 빠져나왔는지 물어볼 겨를이 없었다. 내쉴 숨 따위 모두
마셔 버리겠다는 기세로 비월이 입술을 맞추었다. 도망갈 틈 따위
줄 생각이 없는 듯 이수의 팔과 어깨를 감싼 그가 그제야 입술을 떼
고 그녀를 바라보았다. 짓궂은 미소에 이수가 믿을 수 없다는 표정
으로 물었다.

"어떻게 빠져나왔어요?"

놀라는 이수를 보며 비월이 씩 미소를 지었다. 술을 마신 이수는
평소보다 상기된 표정이었다. 달콤하다. 물음에 답을 해 주기보다

는 그대로 입안에 넣고 삼켜 버리고 싶었다.

"어차피 술에 뻗을 놈들은 다 쓰러질 시간이잖아. 자기가 누구인지 어디에 있는지도 모를 정도로 먹이고 빠져나왔지."

"당신은 용케 온전한 정신이네요."

"글쎄. 그건 장담할 수 없는걸."

부드럽게 짓고 있는 비월의 미소가 녹아들 듯 매력적이었다. 눈 안에 이는 열기가 타오를 듯 뜨거웠다. 조각처럼 잘 깎여진 비월의 턱에 이수가 입을 맞추었다. 계속되는 강행군에 턱에 난 짧은 수염이 까칠까칠했다. 어깨를 잡고 있던 손으로 이수를 안으며 들어 올렸다. 갑자기 몸이 들리자 이수는 까르르 웃음을 터트렸다.

"여기까지 도망 왔는데 설마 내쫓지는 않겠지?"

비월의 말에 그에게 안겨 있는 이수의 얼굴이 붉어졌다. 술 때문인지는 몰라도 나지막이 말하는 목소리가 단단히 닫혀 있는 마음을 단숨에 녹였다. 모든 일이 끝났다.

그와 함께 있고 싶었다.

허락의 의미로 이수가 그에게 미소를 보였다. 그녀의 허락에 비월은 이수를 침상에 눕혔다. 보름달같이 하얀 이마에 오뚝한 코에 연이어 입을 맞추었다.

가늘게 떠는 목을 열기가 오른 입술로 눌렀다. 팔딱팔딱 뛰는 목의 생동감을 느끼기도 하고, 이로 목을 살짝 깨물기도 했다. 평소보다도 거칠게 들어오는 느낌에 이수는 짧게 비명을 질렀다.

마주하는 시선에 미소가 묻어 나왔다. 경쟁적으로 입고 있던 옷을 벗어 던졌다. 간질이는 비월의 손에 웃음을 참아 가며 그의 심장에 입을 맞추었다. 잘 만들어져 있는 등을 어루만지던 이수의 손이 비월의 단단한 목을 감쌌다. 비월이 내쉬는 숨을 피부로 느끼며 뜨거운 입술이 비월의 뺨을 스쳐 갔다.

기억 안에 모든 것을 가두려는 듯 이수의 손가락이 비월의 목을 스쳐 팔로 내려왔다. 열기로 뜨거웠던 팔의 중간은 천으로 감싸여 있었다. 몇 겹으로 단단히 감겨 있는 모습에 이수의 인상이 찡그려졌다.

"괜찮아요?"

이수의 물음에 비월이 자신의 팔을 심드렁하게 쳐다봤다.

"아, 별거 아니야. 아팠으면 당신하고 있겠다고 아등바등 도망쳐 오지도 않았지."

"치료 잘했어요? 상처는 괜찮아요? 그러니까……."

종알종알 말하는 이수의 입을 비월은 자신의 입으로 막았다. 잘근잘근 깨물고 삼켜 버려 빨갛게 부운 입술을 희롱하고 멋대로 휘저었다. 그 열기에 전염이 된 이수도 결국 말하기를 포기하고 비월을 안았다.

간질간질 간지럽게만 느껴졌던 것이 점점 거세게 변해 갔다. 혹시라도 누가 듣지도 모른다는 생각에 입술을 깨물었지만 자꾸만 나오려는 신음을 막지는 못했다. 하얘지며 타들어 가는 이성의 끝자락에서 비월의 어깨를 움켜잡았다. 무언의 물음에 입술을 깨물며 고개를 끄덕였다.

천천히 비월이 이수의 안에 들어왔다. 처음에는 언제나 고통이었지만 그였기에 감내할 수 있었다. 욕구에 따라 멋대로 움직이는 대신 그가 이수를 기다렸다. 비월의 배려에 이수는 미소를 지으며 그의 손을 붙잡았다.

머릿속이 하얘지며 아무것도 생각나지 않았다. 아니, 생각할 겨를이 없었다. 상대의 움직임에 서로가 맞춰 갔다. 온몸을 태우는 절정의 끝에서 비월이 기분 좋은 숨을 내쉬었다.

기분 좋은 떨림이 이수의 몸 전체를 감돌았다. 이수의 어깨에 얼굴을 묻은 비월을 그녀가 안았다. 몸을 옆으로 옮긴 비월은 팔을 벌려 그녀를 껴안았다.

송골송골 땀에 젖은 이마에 입술을 갖다 댄 그가 이수에게 작게 속삭였다. 놀란 표정의 이수가 다급히 그에게 말했다.

"다시요! 다시 들려줘요."

"안 들렸어? 조용하게 말해 주면 더 효과가 좋다던데?"

이수의 눈이 반짝반짝 빛나는 것을 보며 비월이 얼굴을 찡그렸다. 누군가에게 이런 말을 해 보기는 처음이었다. 그렇기에 정말로 큰 결심으로 말한 것이었다. 그녀와의 관계를 눈치챈 부하들이 술자리에서 스리슬쩍 알려 준 방법이었다. 말을 하지 않으면 여자들은 모른다고 했던가? 표현하고 말을 해 줘야 사내의 진심을 믿어 준다는 이야기를 들었다.

"들었어요. 하지만 또요! 한 번 했으니까 또 해 줄 수 있는 거잖아요!"

반짝반짝 빛나는 눈이 도망가려는 비월을 막았다. 그 눈을 보며 그 말을 다시 꺼낸다는 게 엄청나게 많은 용기가 필요했다. 하지만 저렇게 빛나는 눈을 보며 도망가면 기껏 꺼낸 말이 허사가 될 것이다.

"사랑해."

조금은 큰 목소리로 비월이 말했다. 밝고 달콤한 미소가 이수의 입가에 어렸다. 그 미소가 유혹적이라 비월은 이수의 입술에 길게 입 맞췄다. 비월의 입술이 떨어지자 이수가 웃으며 말했다.

"나도요."

"나도? 그게 다야?"

그녀의 말에 비월의 눈가가 휘었다. 그의 모습을 보고 있던 이수가 웃음을 터트렸다.

"나도 사랑해요."

휘었던 눈가가 완만한 곡선으로 바뀌었다. 옆에 누워서 그녀를 만지고 있던 그가 이수의 위로 올라왔다. 비월의 머리카락에서 떨어진 땀이 이수의 이마를 적셨다.

그녀 위에 있던 비월이 고개를 옆으로 돌렸다. 아직 어두웠다. 그리고 아직 놓아줄 생각이 없었다. 달빛에 희미하게 보이는 어깨를 비월이 혀로 핥았다. 간지럽다며 웃음을 터트린 이수가 몇 번이고 닿고 떨어졌던 비월의 입술을 손가락으로 쓸었다.

이수의 머리를 받친 비월이 그녀에게 다가왔다. 그가 이렇게 다가올 때마다 심장이 콩닥콩닥 뛰었다. 이수는 손바닥을 들어 그의 심장에 갖다 댔다.

그의 심장 소리가 손바닥을 통해 다가왔다. 묻지 않아도 느낄 수 있었다.

이수는 그를 향해 기분 좋은 미소를 보냈다. 그녀의 미소에 비월 또한 미소로 화답했다.

언제나 그랬듯 서로의 입과 입이 만났다. 서로의 팔이 만나고 상대방의 움직임과 답을 하며 또는 먼저 물어보며 함께 있었다.

둘은 같은 시간 안에 존재했다.

"이게 전부인가?"

앞에 있는 사내에게 임추성이 고개를 끄덕였다. 그가 건넨 서류를 사내가 꼼꼼히 살폈다.

그러고는 뒤로 고개를 돌려 끄덕였다. 임추성의 시선이 창가에 있는 청원에게로 향했다. 짙은 남색의 부채로 입을 가리고 있던 청원이 고개를 끄덕였다.

"완전히 철수하기 전에 널 빼낼 거다."

"듣던 중 가장 반가운 소리군."

"운이 좋은 줄 알아. 다른 놈들은 시체도 못 건졌어."

사내의 말에 임추성이 씩 미소를 지었다. 방에 갇혀는 있었지만 손발이 자유로웠다. 사내가 문을 열고 나가자 청원이 안으로 들어왔다. 부채를 접어 품 안에 넣은 청원이 손에 들고 온 병과 잔 두 개를 바닥에 내려놓았다.

병을 집어 냄새를 맡은 임추성이 킬킬 웃음을 터트렸다.

"당신이 여기에 술을 들고 온 걸 서비월이 알면 어쩌려고?"

"이렇게 주둔지가 엉망일 때는 움직이기가 참 편하지. 그 녀석은 여기에 신경 쓸 겨를이 없을 거야. 더군다나 좋잖아."

잔에 술을 따르자 임추성이 청원을 노려봤다. 그 시선이 무엇을 뜻하는지 아는 청원은 웃으면서 잔의 술을 단숨에 마셨다. 그리고 임추성의 잔에 있는 술 또한 비웠다.

말짱한 청원을 본 후, 그제야 잔에 술을 가득 채워 입안에 털어 넣었다. 술이 안에서 돌자 임추성이 몸을 떨었다.

"이제야 살 거 같소. 후우우."

길게 쉬는 한숨에 청원이 그의 잔에 다시 술을 채웠다.

"한 잔 더 먹게. 이번 일을 잘 처리한 대가이니 말이야."

청원의 말에 임추성이 큭큭 웃음을 터트렸다.

"술병을 가지고 왔을 때만 해도 혹시나 하는 생각을 했는데 말이오. 인정하리다. 이번만큼은 괜찮은 인간을 만난 것 같소."

"나도 그렇게 생각해. 그러니 내가 직접 자네를 상대하고 있는 게아닌가."

큭큭대며 웃는 임추성을 보며 청원이 부채를 폈다. 웃고 있는 입을 부채로 가리며 앉아 있는 무릎을 손가락으로 톡톡 쳤다.

한 번, 두 번, 세 번.

웃고 있던 임추성의 목소리가 사라졌다. 얼굴이 창백해진 그가목을 붙잡았다. 다른 손으로 다급히 청원의 팔을 움켜쥐었다. 청원의 부채가 움켜잡은 손가락을 하나씩 떼어 냈다. 더없이 우아한 청원이었지만 그 앞에서 바닥을 구르는 임추성의 모습은 기괴했다.

떼어 낸 손이 청원에게 다시 가기 위해 바닥을 긁었다. 하지만 더이상 앞으로 나아가지 않았다.

앉아 있던 청원이 일어나 몸을 돌렸다. 청원이 문밖으로 나오자문이 닫혔다. 온몸을 비트는 고통에 비명조차 나오지 않았다.

대기하고 있던 사내가 청원에게 약봉지를 내밀었다.

"해독제는 한 번만 먹으면 된다."

"이미 드시고 오셨다는 건 알고 있습니다만 혹시 모릅니다. 더 드십시오. 어멈께서 신신당부하신 일입니다."

거절하려던 청원이 고개를 저으며 약봉지에 있는 가루를 입에 털어 넣었다. 지독히 쓴맛에 고개를 찡그리며 잔에 있는 물을 단숨에 마셨다.

"으. 써."

진저리를 치는 청원에게서 사내가 빈 잔과 약봉지를 받아 들었다. 약봉지를 불 속에 집어넣은 사내는 빈 잔을 품속에 넣었다.

사내의 모습을 보고 있던 청원이 그에게 말했다.

"어멈이 자네에게 얼마나 신신당부를 했을지 눈에 선하네."

"조심해서 나쁠 건 없지요. 그게 얼마나 효과가 좋은 건지 아시지 않습니까?"

청원이 창문으로 고개를 돌렸다. 꿈틀거리던 움직임이 완전히 멈추었다. 어차피 소가에 대한 자료를 처리하라는 제의를 할 때부터 내린 결론이었다. 부채로 얼굴을 가린 청원이 옆의 사내에게 말했다.

"너무 잘 알고 있지. 주변을 정리해."

"맡기십시오. 그리고 이거……."

사내가 임추성에게 받은 것을 청원에게 내밀었다. 서류를 보고 있던 청원이 비릿하게 웃었다. 이번 일을 덮기 위해 그의 아버지가 직접 보낸 사람이었다. 이후의 일은 걱정 안 해도 될 것이다.

전쟁 후의 유흥은 오래갔다. 물론 그 안에는 감옥을 지키는 간수는 포함이 되면 안 되는 것이었다. 그렇기에 임추성이 독살되는 데 책임이 있었던 간수는 자살한 것으로 처리될 것이다. 집무실로 되돌아간 청원이 눈을 감은 채 기다렸다.

잠시 후, 비월이 급히 부른다는 소리에 놀란 표정을 지으며 감옥으로 달려갔다. 그리고 조금 전에 보았던 임추성의 죽음을 다시 보았다. 하지만 청원의 표정은 처음 본 사람의 그것과 똑같았다.

핏줄이 보일 정도로 비월이 주먹을 쥐고 있는 게 보였다. 전신에서 나오는 냉기가 숨 막힐 정도로 차가워 친구였던 그조차 함부로 다가가기 어려웠다.

'미안하다.'

청원은 속으로 사과를 했다. 하지만 겉모습은 황당하다는 사람의 그것이었다.

"일에 관한 책임을 질 것이 그렇게 무서웠다면 자살은 하지 말았어야지."

자살한 병사를 보며 싸늘하게 내뱉는 말에 자비라고는 느낄 수 없었다.

"이보게. 침착하게."

공식적으로는 자살, 하지만 비공식적으로 그는 살해당했다. 그걸 알고 있는 사람은 청원과 조금 전, 이곳을 떠난 사내밖에 없었다.

병사의 시체를 노려보고 있던 비월이 숨을 골랐다. 억지로 참고 있는 비월의 모습에 청원이 말없이 그의 어깨를 두드렸다.

분노하고 있는 비월의 뒤로 이곳을 향해 오는 려현과 이수의 모습이 보였다. 그녀의 모습에 첸이 요령 좋게 주변의 사람들을 원래 자리로 보냈다. 청원을 본 이수가 그에게 고개를 숙였다.

인사가 끝나자마자 려현이 죽은 임추성의 앞으로 갔다. 입을 벌린 려현이 고개를 저었다.

"독 종류는 모르지만 독살은 확실합니다. 입술이나 다른 곳에 변화가 없는 걸로 봐서는 효과가 상당히 빠른 독입니다."

비월의 입에서 낮은 소리가 흘러나왔다. 주선풍을 잡을 증거가 눈앞에서 사라져 버렸다.

아버지일까? 아니면 주선풍? 그게 아니면 제삼자?

너무 많아서 추릴 수도 없었다. 더군다나 밝혀 봤자 아무 소용도 없었다. 밝힌다고 죽은 놈이 살아날 리가 없었다. 화가 머리끝까지 치솟는다. 하지만 이미 어쩔 수 없는 일이 되어 버렸다.

"시체를 치우고 마무리해라. 그리고 청원, 아무래도 문서에 관한 부분은 너에게 맡겨야겠다. 완전히 정리했다고 생각했는데 심어 놓은 놈들이 남아 있는 것 같다."

비월의 말에 청원의 표정이 굳어졌다. 그가 이수에게 마음이 있다는 걸 알고 있음에도 비월은 내색하지 않았다. 그리고 여전히 믿고 있었다.

마음의 진실됨을 알기에 심장이 아팠다. 하지만 절대 말할 수 없었다. 마음속으로 아버지에 대한 욕을 토해 냈다. 일을 처리할 거면 자신이 완전히 모르게 처리를 하든지, 그럴 자신이 없었으면 돈이 된다면서 달려들지 말았어야 했다.

"나에게 맡기게. 자네는 괜찮겠나?"

"아, 어쩔 수 없는 건 어쩔 수 없는 거지. 임추성 이외에도 해야 할 일은 산더미니까. 수도에서 공문이 내려올 때까지 기다릴 생각이었건만 마음이 바뀌었다. 오늘부터 철수 시작하자."

비월의 말에 청원이 고개를 끄덕였다. 몸을 돌린 비월이 뒤도 안 돌아본 채 성큼성큼 걸음을 옮겼다. 그의 모습에 첸이 말없이 이수를 보았다.

그의 뜻을 알아챈 이수가 서둘러 비월을 향해 달려갔다. 이수의 모습을 보고 있던 청원이 부채를 펴 표정을 감췄다.

집무실로 되돌아가는 청원의 입가는 완전히 굳어 있었다. 거칠게 의자에 앉은 청원은 기억에서 임추성을 완전히 지워 버렸다. 그의 머릿속을 지배하고 있는 것은 임추성이 아니라 비월을 따라 달려가는 이수의 뒷모습이었다.

*　　*　　*

집무실 안에서 들려오는 소리가 무서웠다. 보고를 위해 들어가려던 관리들이 움찔대며 돌아가는 모습이 보였다. 집어 던지는 소리와 함께 들려오는 낮은 신음이 위협적이었다.

들어가도 되는 걸까?

비월이 얼마나 화가 났는지 알 수 있었다. 그리고 저렇게 화가 났을 때는 다가가지 않는 게 최상이라는 것도 아는 사실이었다. 하지만 지금 그가 미치도록 신경이 쓰였다.

결국 이수가 안으로 들어갔다.

이리저리 쌓여 있던 서류가 엉망으로 흐트러져 있었다. 깔끔하게 정리가 되어 있지는 않았지만 위치별로 정리되어 있던 물건이 바닥에 떨어져 있었다.

이수의 존재를 느낀 듯 비월이 빠르게 숨을 내쉬었다.

"여긴 왜 왔어."

한꺼번에 쏟아 버리던 중이었기에 비월의 목소리가 떨렸다. 자제가 안 될 정도로 화가 나 있음에도 그는 이수에게만큼은 그 모습을 보여 주지 않았다. 비월의 앞으로 걸어온 이수가 그의 뺨에 손을 갖다 댔다. 눈을 감고 그 촉감을 느끼고 있던 비월이 길게 숨을 내쉬었다.

이수의 어깨에 머리를 기댄 비월은 그녀의 향을 실컷 들이마셨다.

"당신을 내 사람이라며 소개할 수 있는 날이 얼마 안 남았다고 생각했는데…… 그렇게 되면 좋겠다는 생각을 하고 있었는데."

자조적인 웃음소리에 가슴이 아팠다. 지난밤, 비월의 품에서 그가 꿈꿔 온 미래에 대해 들었던 이수였다.

가문으로 인정을 받으면 그때부터는 아버지와 싸울 동기도, 힘도 얻을 수 있다고 했다.

어머니처럼 휘둘리다 사라지는 사람 없이, 자신의 사람을 지킬 힘이 생긴다며 좋아했었다. 그렇게 되면 지금까지 못 해 본 걸 하나씩 해 보자고 했었던 비월이다.

"그 사람 하나 없어진다고 당신 공이 없어지는 게 아니잖아요."

"황제가 힘이 없어서 말이야. 주가의 승인이 필요했거든. 그런데 틀렸어. 무슨 수를 써서라도 반대를 할 거야. 그래서 임추성이 필요했었던 거였는데."

어깨에 얼굴을 묻은 비월을 이수가 안았다. 이수와 비월은 다른 연인들과는 확실히 달랐다. 아니, 다를 수밖에 없다고 생각했다. 그래도 통하는 감정이 같다는 건 알았다.

"기회는 많고, 방법도 많아요."

지난밤, 비월이 이수에게 했던 이야기를 이수가 그에게 해 주었다. 어깨에 얼굴을 묻고 있던 그가 고개를 올려 그녀를 쳐다봤다.

"아무것도 안 보이는 곳에서도 길은 있어요. 혼자일 때는 그 길을 찾기가 무척 어렵지만 이제는 아니잖아요."

"길을 못 찾을 수도 있어."

"약한 소리 하기는. 그렇게 포기하려는 사람이 이렇게 화를 내나요? 화가 난다는 건 다시 달릴 의지가 있으니까 나는 거예요. 그리고 아직 하나도 정해진 게 없잖아요. 답이 나온 다음에 움직여도 되는 거예요."

조곤조곤한 목소리가 비월의 상처 받은 심장을 부드럽게 어루만졌다. 이수는 상대에게 가볍게 말을 꺼내지 않았다. 그녀는 말이 가지고 있는 힘을 잘 알고 있었다.

"화를 낸 게 무안해지는군."

멋쩍게 하는 비월의 말에 이수가 미소를 지었다. 화를 내느라 헝클어진 머리카락을 정리해 준 이수가 그의 얼굴을 어루만졌다. 손의 감촉을 느끼던 비월이 주변을 둘러보며 고개를 저었다.

"뒤집고 나니 정리할 게 산더미네."

"도와줄게요. 하지만 순서는 장담 못 해요."

바닥에 떨어져 있는 서류를 집으며 이수가 밝은 어조로 말했다. 불같이 타오르던 분노가 눈이 녹 듯 천천히 사라졌다. 밤새도록 괴롭히느라 부어 있던 이수의 입술에 길게 입을 맞추었다.

시간이 흐르고, 또 배경이 바뀌었다.

성연이 떠났고, 주둔지가 있던 자리는 깨끗하게 정리가 되었다. 주둔지가 있었던 공터의 모습을, 바로 뒤에 있는 언덕에서 이수가 내려다보았다.

청풍단은 비월의 분가 중 가장 규모가 큰 곳의 계약 무사단으로 떠나게 되었다. 본가와 먼 거리는 아니었지만 말을 타고 며칠은 걸리는 곳이었다.

팔 년이나 있었던 곳을 떠나자니 기분이 미묘했다. 그를 피하기 위해 온 곳에서 그를 만났고, 이제는 그와 함께 이곳을 떠나게 되었다. 귀밑에 있던 짧은 머리카락이 목을 감쌀 정도로 길었다. 몇 달을 지옥과 천국을 왔다 갔다 하는 시간이었다.

내가 한 선택은 잘한 것일까?

하루에도 수천 번은 그런 생각을 한다. 가문을 몰락시킨 사내와 함께한다는 결정은 과연 잘한 짓일까? 어쩌면 검을 들어 포기했던 복수를 했어야 하는 게 맞는 게 아닐까?

"왜 여기에 있지?"

뒤에서 들려오는 익숙한 소리에 이수가 고개를 돌렸다. 가볍게 입고 있었던 무복이 아니라 그의 현재 지위에 맞는 갑옷을 입고 있었다. 무게가 느껴지는 두꺼운 갑옷이었지만 그의 움직임은 예전과 별다른 차이가 없었다.

"기분이 미묘해서요."

이수의 말에 비월이 그녀가 보고 있던 곳 너머를 쳐다보았다. 떠날 준비를 마친 군대는 비월의 명을 기다리고 있었다. 군대를 보고 있는 비월을 이수가 말없이 쳐다봤다.

그를 보고 있으면 심장이 떨렸다. 지금 가는 곳이 어쩌면 더 지옥일 수 있었다. 그럼에도 지금 한 선택은 잘한 것일까?

"그곳에 가도 나 믿어 줄 거죠?"

뜬금없는 질문에 비월이 당연하다는 듯 고개를 끄덕였다.

"내가 당신을 못 믿으면서 내 집으로 가자고 할 줄 알았어? 아니,

이제는 우리 집이겠네."

우리 집이라는 소리에 이수가 놀란 눈으로 쳐다봤다. 하지만 비월은 별 반응이 없었다. 비월이 손을 내밀었다.

"사람들 기다린다. 가자."

처음에 어색했던 손과는 달랐다. 익숙한 듯 편안히 내민 손을 이수가 잡았다. 시선과 시선이 만났다. 이수의 손을 꼭 잡은 비월이 그녀의 귀에 작게 소곤댔다.

그의 말을 들은 이수가 환하게 웃었다.

그를 사랑한다. 그러니 자신의 선택에 후회하고 싶지 않았다.

지금은 비월과 함께였다. 앞으로 선택을 또 해야 할 때가 올 수도 있겠지만 적어도 그 고민은 떠나는 사막에 묻어 두기로 했다.

비월의 손을 이수가 꼭 잡았다.

함께 걸어가는 둘의 뒤로 잔잔한 바람이 불었다.

〈이리의 그림자 2부에서 계속〉

1판 1쇄 찍음 2013년 6월 19일
1판 1쇄 펴냄 2013년 7월 1일

지은이 무 연
펴낸이 정 필
펴낸곳 도서출판 **뿔미디어**

출판등록 2002년 9월 11일 (제1081-1-132호)
주소 부천시 원미구 상3동 533-3 아트프라자 503호 (우)420-861
전화 032)651-6513 팩스 032)651-6094
E-mail bbulmedia@hanmail.net

ISBN 978-89-6775-365-8 (04810)
ISBN 978-89-6775-364-1 (SET)

※파본은 구입하신 서점에서 교환하여 드립니다.